DANIEL SCHOLTEN

Der Name der Dunkelheit

Buch

Als am Weihnachtsabend ein Schneesturm Stockholm heimsucht, findet die Polizei am Strandbad die Leiche einer jungen Frau. Sie sitzt erfroren unter einem Sonnenschirm in einem Liegestuhl. Kommissar Cederström will den Fall so schnell wie möglich erledigen, denn Elin Gustafsson ist in diesen Tagen, wo die Sonne kaum über den Horizont steigt und Stockholm im Schnee versinkt, nicht die einzige Selbstmörderin. Und tatsächlich stoßen die Ermittler im Leben der vereinsamten Frau auf lauter gute Gründe für einen Freitod. Verdächtig viele gute Gründe, findet Cederström, der den vereisten Sonnenschirm nicht aus dem Sinn bekommt. Als eine zweite Frauenleiche in einer noch bizarreren Szene auftaucht, steht fest, dass nichts so ist, wie es scheint …

Autor

Daniel Scholten, Jahrgang 1973, stammt aus einer halb deutschen, halb isländischen Familie. Nach längerer Arbeit als Typograph in Skandinavien und Deutschland hat er in München Ägyptologie und historische Sprachwissenschaft studiert. Sein Forschungsgebiet ist die altägyptische Grammatik und Literatur. Nach längeren Aufenthalten in Island und Schweden lebt er zurzeit in Stockholm und München und gibt zwei Literaturzeitschriften für Isländisch und Schwedisch heraus.

Die Fälle von Kjell Cederström werden derzeitig verfilmt und bald im Deutschen Fernsehen ausgestrahlt.

Weitere Informationen zum Autor und zur Kjell-Cederström-Reihe unter: www.danielscholten.net

Von Daniel Scholten außerdem bei Goldmann lieferbar:

Der zweite Tod. Ein Fall für Kommissar Cederström (46402)
Die falsche Tote. Ein Fall für Kommissar Cederström (46466)
Der kopflose Engel. Ein Fall für Kommissar Cederström (46467)

Daniel Scholten

Der Name der Dunkelheit

Ein Fall
für Kommissar Cederström

GOLDMANN

FSC
Mix
Produktgruppe aus vorbildlich
bewirtschafteten Wäldern und
anderen kontrollierten Herkünften

Zert.-Nr. SGS-COC-1940
www.fsc.org
© 1996 Forest Stewardship Council

Verlagsgruppe Random House FSC-DEU-0100
Das FSC-zertifizierte Papier *Holmen Book Cream* für dieses Buch
liefert Holmen Paper, Hallstavik, Schweden.

1. Auflage
Originalausgabe Oktober 2009

Umschlaggestaltung: UNO Werbeagentur, München
Umschlagfoto: Anna Lena Sjölin
KA · Herstellung: Str.
Druck und Bindung: GGP Media GmbH, Pößneck
Printed in Germany
ISBN: 978-3-442-46468-5

www.goldmann-verlag.de

Die Dunkelheit

Montag
24. Dezember
Weihnachtsabend

1

Die schmalen Augen von Suunaat Kjærgaard waren für diese blendende Dunkelheit geschaffen. Als die Sonne um halb drei unterging, hatte sie zufällig am Fenster gestanden und bemerkt, wie sich am nördlichen Horizont ein heller Streifen abzeichnete. Für Suunaat Kjærgaard, die an der Westküste Grönlands geboren und von dort zu einer lebenslangen Reise aufgebrochen war, hatte nicht der geringste Zweifel daran bestanden, dass der nahende Schnee wild war.

Sie blinzelte und klopfte sich das glitzernde Pulver von der Brust. Endlich hatte der Anblick grauer Sträucher ein Ende. Wochenlang hatte die Landschaft vor Kälte gestarrt und auf den Schnee gewartet wie eine leere Bühne auf den ersten Auftritt.

Böen griffen von allen Seiten an und brachten ihren Körper ins Wanken. Der Einbruch des Winters war wie ein Besuch aus der Heimat. Der Wind jaulte in ihrer Muttersprache.

Sie stapfte los. Der Schnee reichte ihr bis zu den Knien, war wegen des Windes jedoch nicht überall gleich tief. Sie kannte das Strandbad vom Sommer und wusste, dass die Badewiese dreißig Schritte weit in sanften Stufen abfiel und kurz vor dem Ufer in Sand überging. Suunaat verlangsamte ihre Schritte. Die Wasserlinie war nur noch ein gefährlich unklarer Schimmer. Sie hörte bereits das Schwappen, sah jedoch die Bäume nicht, die vereinzelt am Wasser standen. Zwei Schritte weiter zeichneten sich die schwarzen Stämme ab. Aber die Stämme trogen. Sie ragten krumm über das Wasser hinaus, das dazwischen kleine Buchten ausgespült hatte.

Suunaat schlug eine andere Richtung ein und bewegte sich entlang des unsichtbaren Wassers. Der Wind schlug ihr entgegen. Vor jedem Schritt prüfte sie den Untergrund mit der Fußspitze, deshalb bemerkte sie den Mast mit dem Rettungsring erst, als sie mit dem Kopf dagegenstieß. Das Signalrot war so verblasst, dass die gesamte Vorrichtung im Gestöber unsichtbar wurde. Nebel verhüllte den Fjord. Von Kungsholmen am anderen Ufer erkannte sie nur die drei Hochhäuser von Marieberg. Sie funkelten wie Kristalle.

Suunaat erreichte die Stelle. Zuerst erkannte sie die blauen Streifen des Sonnenschirms. Er widerstand den Böen mit erstaunlichem Starrsinn. Der Saum des Stoffs flatterte im Wind. Obwohl die Stange tief im Boden steckte, drohte der Schirm durch die Last des Schnees zur Seite zu kippen.

Der Liegestuhl darunter war aus massivem Holz, die Lehne aufgestellt. Suunaat musste sich unter den Schirm ducken und hinknien, um das Gesicht der Frau betrachten zu können. Unter dem Schutz des Schirms lag ein so feiner Schleier aus Schnee auf ihren Wangen und der Stirn, dass Suunaat glaubte, einzelne Kristalle erkennen zu können. Obwohl die Lider geschlossen waren, wollte sie der Frau nicht den Blick auf den Fjord versperren und kroch auf den Knien zur Seite. Sie stellte die Tasche in den Schnee und streifte sich ihre Fäustlinge ab. Als erste Maßnahme öffnete Suunaat den Mund der Frau, legte Zeige- und Mittelfinger auf die Zunge und versuchte, die Körpertemperatur zu schätzen. Irritiert zog sie ihre Finger bald wieder heraus. Sie hatte dort einen Anflug von Wärme erwartet.

Suunaat wechselte von der linken auf die rechte Seite des Stuhls, um den Wind im Rücken zu haben. Die Scheinwerfer des Polizeiwagens oben am Beginn der Wiese waren als diffuser Kreis zu sehen. Eigentlich sollten sie die Stelle markieren und ausleuchten.

Suunaat öffnete ihre Tasche. Der Schnee war trocken und ließ sich mit dem Notizbuch vom Körper der Frau wedeln. In dieser Lage konnte sie nur eines tun. Sie griff nach dem Stechthermometer und stieß es der Frau in den Bauch. In dreißig Sekunden würde es piepsen.

Für eine Rechtsmedizinerin war die Weihnachtszeit eine erfüllte Zeit. Da Suunaat völlig vereinsamt lebte, hatte sie den Weihnachtsabend und die Feiertage in der Abgeschiedenheit des rechtsmedizinischen Instituts verbringen wollen. Mit Menschen sprach sie meist erst nach deren Tod. Wenn man bedachte, dass die Stockholmer in jedem Winkel ihres Lebens recht zu haben glaubten, dann sahen sie nach ihrem letzten Atemzug erstaunlich nachdenklich aus.

Während die Sekunden der Messung verstrichen, glaubte Suunaat in der unmittelbar neben ihr beginnenden Ferne ein Harmonium zu hören, aber da es auf Långholmen weit und breit keine bewohnten Häuser gab, schrieb sie den Klang einer Schiffssirene zu.

Sie fror nicht. Der Speck, der sie sonst vor der Kälte des Lebens schützte, schützte sie jetzt vor der Kälte des Winters.

Die Polizistinnen Annika und Britt saßen da und glotzten. Maria 13 parkte mit eingeschalteten Scheinwerfern oberhalb des Strandbads von Långholmen. Die Wischer quietschten über die Scheibe, doch sobald Annika Holmqvist den Hebel auf Intervall stellte, bewältigten sie den Schnee nicht mehr.

Dieser Schneesturm hatte mit nichts Ähnlichkeit, was Annika in den vierunddreißig Jahren ihres Lebens erlebt hatte. Obwohl er erst seit einer Stunde wütete, mitten durch die Bescherungszeit. Wie viele Menschen er nach der Messe wohl in der Kirche gefangen hielt? Der Wind war so heftig, dass sie es längst aufgegeben hatte, die Höhe des gefallenen Schnees zu schätzen, aber bereits auf der Fahrt hierher waren sie kaum vorangekommen. Annika hatte den Wagen nah am Hang geparkt. Die Frage, wie sie später unbeschadet wenden und es bis zur Brücke schaffen sollte, saß als flaues Gefühl in ihrem Bauch.

Britt seufzte auf dem Beifahrersitz und wischte zum achten Mal mit ihrem benutzten Taschentuch über die beschlagene Seitenscheibe. »Alle haben sich weiße Weihnachten gewünscht.«

»Wie in einer antiken Tragödie«, sagte Annika. »Jemand wünscht sich etwas Wunderbares, und wenn er es bekommt, ist es ganz und gar schrecklich.« Sie zog energisch am Hebel; die Wischer verdoppelten ihre Frequenz, und die Scheibe war für einen Augenblick klar. »Da! Sie kommt zurück.«

Die Eskimofrau trat ins Scheinwerferlicht. Ihr Körper wackelte wie bei einem Pinguin, fiel Annika auf, aber vielleicht war das die beste Art, durch hohen Schnee zu stapfen.

Die Rechtsmedizinerin öffnete die Tür, hievte ihre Tasche auf den Sitz und klopfte sich den Schnee von den Stiefeln.

Annika schaltete das Gebläse ab, damit sie besser sprechen konnten. Doch die sonderbare Frau auf der Rückbank schwieg und machte sich minutenlang Notizen. Es sah aus, als löste sie Rechenaufgaben.

»Ist sie tot?« Inzwischen waren Annika Zweifel gekommen, ob sie nicht zu voreilig gewesen waren. Nach dem Einsatzbefehl waren sie selbst zum Ufer hinabgestiegen. Weil sie in Zentral-Söder Dienst taten und in ihrer Zeit als Streifenpolizistinnen zwölf an Unterkühlung gestorbene Obdachlose gefunden hatten, hatten sie unten am Ufer nicht lange herumdiskutiert. Nur der Umstand, dass die Tote keine Obdachlose war, irritierte sie.

Die Eskimofrau nickte nur. »Ein Nachbar hat sie gefunden?«, fragte sie schließlich.

»Esbjörn Fors«, las Britt von einem der Zettel ab, die sie nach jeder Meldung ans Armaturenbrett klemmte.

»Wo gibt es hier Nachbarn?« Die Rechtsmedizinerin sprach in eigenartigem Tonfall.

Hinter dem Wagen lag das alte Gefängnis, in dem heute ein Hotel war, aber sonst gab es weit und breit nur Bäume und vereinzelte Holzhäuser, in denen im Winter niemand lebte.

»Es ist komplizierter«, setzte Britt an. »Er ist Pensionär und wohnt jenseits des Kanals in der Bergsundsgatan. Er kommt dreimal am Tag mit seinem Hund herüber nach Långholmen, wobei er anscheinend immer die ganze Insel umrundet. Der Einsatzzentrale hat er die Sache so beschrieben: Heute Morgen war der Strand menschenleer und von der Frau angeblich nichts zu sehen. Bei seiner Nachmittagsrunde saß die Frau dann da, als er herkam. Am Ende seiner Runde saß sie immer noch unverändert an derselben Stelle. Inzwischen hatte es zu schneien begonnen.«

Die Rechtsmedizinerin betrachtete Britt schweigend über den Rückspiegel.

Britt fuhr fort. »Er war in Eile, weil er zur Bescherung bei seiner Schwester in Upplands-Väsby wollte. Unterwegs im Auto fiel ihm dann auf, dass die Gestalt sich überhaupt nicht gerührt hatte zwischen den beiden Malen, wo er sie sah. Und da rief er zur Sicherheit an.«

Einem Anruf dieser Art wurde am Weihnachtsabend nicht gerade mit der höchsten Priorität nachgegangen. Das war allen im Wagen klar.

»Jetzt ist er in Upplands-Väsby«, folgerte die Ärztin.

Annika registrierte eine leichte Verärgerung in der Stimme. Das ließ sich bei ihrem mechanischen Tonfall nicht leicht heraushören. Vielleicht war es auch Sarkasmus. »Er hat um 16

Uhr 04 angerufen«, sagte sie. »Nicht mehr als eine Viertelstunde war vergangen, seit er hier am Strand war. Genauer wissen wir es nicht.«

»Um die Mittagszeit war er auch hier, behauptet er? Wann war das?«

»Das weiß er nicht genau. Die Sonne stand jedoch schon tief hinter den Baumwipfeln, gab er an. Gegen drei vielleicht.«

»Jetzt ist es 17 Uhr 29«, sagte die Ärztin. »Der Temperaturausgleich ist abgeschlossen.«

Annika und Britt drehten sich zur Rückbank um.

»Sprichst du von der Leiche?«, fragte Britt.

»Ihre Kerntemperatur liegt bei null Grad.«

»Geht das so schnell?«

Suunaat schüttelte den Kopf.

2

Lilly Cederström saß auf dem Sofa und presste den riesigen Telefonhörer an ihr Ohr. Nach dem dreißigsten Tuten wartete sie mit derselben Spannung wie beim ersten darauf, dass sich ihre ältere Schwester Linda in der Ferne meldete.

Kjell nahm seiner Tochter den Hörer aus der Hand und legte auf. »Da müssen wir es wohl morgen noch einmal versuchen«, sagte er und seufzte.

Klein-Lilly seufzte ebenfalls. Sie seufzte immer mit, wenn ihr Vater seufzte.

Das Familienglück der Cederströms würde also an diesem Weihnachtsabend nicht gänzlich vollkommen werden, dachte Kjell und sah denselben Gedanken in den hellblauen Augen seiner Freundin Ida, die stets eine leichte Unsicherheit an den Tag legte, wenn es um ihn und Linda ging, die aus seiner ersten Ehe mit Madeleine stammte. Nach Madeleines Tod hatte er jahrelang allein mit Linda gelebt und war nicht auf die Idee gekommen, dass noch jemand zu seinem Glück fehlen könnte. Bis Ida, die zehn Jahre jünger als er war, in sein Leben trat.

Klein-Lilly war rechtzeitig zur Welt gekommen, bevor Linda endgültig in dieselbe hinausgeschritten war, um die Malerei zu studieren. Es sei gut für eine junge Malerin, während der ersten Hälfte ihres Studiums in Europa herumzuvagabundieren. Das hatte sie behauptet und so entschlossen dreingeblickt, dass ihm nur die Einwilligung geblieben war. Ein halbes Jahr später hatte Ida ihn beim Abtrocknen des Geschirrs ermahnt, seinen Gram endlich abzulegen. Nicht einmal verprellte Geliebte kamen zurück, und erwachsene Töchter schon gar nicht. Zumal er selbst seinem Vater einst erklärt hatte, sein Leben ergebe nur in Paris einen Sinn. Natürlich hatte er nicht Malerei studiert, sondern klassische Literatur an der Sorbonne. Um dann Kriminalkommissar in Stockholm zu werden.

Die vergangenen Monate hatte er jedoch nicht im Büro verbracht, sondern unten am Steg vor dem Haus. Dort hatte es Klein-Lilly in Windeseile zur Meisterschaft im Entenanlocken gebracht, während Ida mehr oder minder freiwillig vier Monate nach Lillys Geburt zu ihrem Antiquariat in der Drottninggatan zurückgekehrt war. Daneben war sie noch an der Universität und der Wissenschaftsakademie angestellt. Doch weil die Gesellschaft unfähig war, sich Idas Charakter anzupassen, war der Kontakt lose. Ida gab das hiesige Fachjournal für Mathematik heraus und verbrachte die meiste Zeit damit, in ihrem Buchladen zu sitzen, eingereichte Beiträge zu begutachten und hitzige Telefonate mit den Autoren der Beiträge zu führen. Inzwischen hatte sich in der Welt der Mathematik herumgesprochen, dass eine Veröffentlichung im *Schwedischen Journal für reine Mathematik* einem Nobelpreis im Telefonieren gleichkam.

»Da stimmt etwas nicht«, zischte Kjell in Idas Richtung, damit Lilly nichts mitbekam.

»Bestimmt ist sie bei einer Weihnachtsfeier«, sagte Ida. »Ist doch klar, dass sie heute Abend nicht allein in einem Zimmer im Studentenwohnheim sitzt und glotzt.«

»Da stimmt etwas nicht«, wiederholte Kjell und versuchte, seine Kiefermuskeln zu entspannen. »Sie hätte angerufen.«

Er musste unbedingt etwas unternehmen, aber da Linda in Wien lebte, war er machtlos.

Ida hob die Schultern. Sie hatte sich längst daran gewöhnt, dass Bande zwischen ihnen bestanden, die nicht abrissen, egal wie alt und erwachsen Linda auch wurde, und die anderen Menschen zuweilen sonderlich vorkamen. Sie konnte nichts anderes tun, als die Schultern wieder sinken zu lassen.

Kjell nahm Lilly in den Arm und deutete zum Fenster, um sie von der Enttäuschung abzulenken, die vielmehr seine war. Er öffnete die Balkontür und trat ins Freie. Der Sturm hatte so plötzlich aufgehört, wie er begonnen hatte. Nur der Schnee fiel unvermindert weiter. »Sieh mal«, flüsterte er verschwörerisch. »Die ganze Welt ist verschwunden.«

Klein-Lilly hatte in ihrem kurzen Leben noch keinen Schnee gesehen. Der Steg vor dem Haus, ihr zweites Kinderzimmer, war ebenso verschwunden wie die Straße mit den parkenden Autos. Zwei Nachbarn traten gleichzeitig aus dem Haus und winkten einander mit ihren Schneeschaufeln zu. Lilly war noch in einem Alter, wo man schwieg, wenn man keine Erklärung für etwas hatte.

»Morgen können wir runtergehen und im Schnee spielen.«

Lilly erkannte mit einiger Verzögerung, welche Möglichkeiten die Verwandlung der Welt ihrem Tatendrang eröffnete, und lächelte. Gemeinsam betrachteten sie die vorbeischwebenden Flocken, bis das Telefon klingelte.

»Jetzt ruft sie an«, flüsterte Kjell.

Er hörte Ida ins Telefon sprechen. Sie verstummte und erschien hinter ihnen in der Balkontür. »Per Arrelöv ist für dich am Apparat.«

Per? Was wollte er? Ihm frohe Weihnachten wünschen? Kjell fuhr herum und tauschte Lilly gegen das Telefon ein.

»Hoffentlich nichts Dienstliches«, sagte Ida.

Kjell schüttelte den Kopf. Der Kriminaltechniker rief niemals den Kommissar an. Außerdem dauerte Kjells einjähriger Erziehungsurlaub noch acht Tage. »Per? Frohe Weihnachten!«

»Cederström? Gott sei Dank. Frohe Weihnachten.«

Pers Stimme klang weniger schroff als sonst. »Es ist hoffentlich nichts Dienstliches?«, fragte Kjell darum zur Sicherheit.

»Kann man nicht sagen.« Pers Stimme klang gar nicht freundlicher, sie klang bloß erschöpft. »Du hast doch ein Boot, Cederström, oder?«

»Ein Segelboot.«

»Nein, ein kleines Ruderboot hast du auch.«

»Ein Kajak.« Kjell beugte sich über die Brüstung, damit er wieder den Steg unten vor dem Haus sehen konnte. Das Kajak schimmerte blassrot in dem Gestell, in dem auch die Boote der Nachbarn eingewintert waren. Im vergangenen Sommer war er nur zweimal damit gefahren und erwog deshalb, es gegen ein offenes Kanu einzutauschen. Dann könnten er und Lilly im kommenden Sommer damit Abenteuer erleben.

»Hör mal, Cederström! Wir sind ganz in deiner Nähe. Långholmens Strandbad.«

Kjell hob den Blick. Bei diesem Schneefall verlor sich die Sicht nach dreißig Metern, bei besserer Witterung reichte sie weit über die Nachbarinsel Långholmen hinaus, weiter über den Fjord bis zum Stadthaus.

»Wir haben hier eine Selbstmörderin«, sagte Per.

Kjell war verwundert, dass der Leiter der Kriminaltechnik sich überhaupt an ihn erinnern konnte. Er war immerhin ein ganzes Jahr lang zu Hause geblieben, bis auf wenige Abstecher ins Polizeigebäude, wo er Per nie begegnet war. Und Per Arrelöv war bekannt dafür, eine halbe Stunde nach Feierabend frei von jeder Erinnerung zu sein. »Du solltest lieber jemand aus Kungsholmen anfordern«, sagte Kjell deshalb.

»Sie sitzt in einem Liegestuhl so dämlich vor dem Wasser, dass wir sie nur von hinten fotografieren können.«

Per brauchte also gar nicht ihn, erkannte Kjell. Er brauchte das Boot. »Wir?«

»Ich und meine Leute. Die Speckrobbe war zuerst da.«

»Suunaat? Verdammt, Per, das klingt nach einer Schnapsidee. Du glaubst doch wohl nicht, dass ich das Kajak durch den tiefen Schnee zu euch hinüberschleppe! Sie sitzt in einem Stuhl?«

»Ein Liegestuhl, ja.«

»Könnt ihr den nicht fünf Meter landeinwärts tragen? Sonst bist du auch nicht pingelig.«

»Zu viele Leute von der Schutzpolizei hier. Der Bericht ist auch schon fertig. Wenn die Revision sieht, dass wir bei den Fotos geschlampt haben, und dann das heutige Datum liest, bekomme ich wieder Ärger.« Das war zum letzten Mal im Sommer der Fall gewesen, als der Revision auffiel, dass die angeblichen Verkehrsstaus, mit denen die Techniker ihre stundenlange Verspätung erklärten, immer genau dann aufgetreten waren, wenn im Fernsehen ein Europameisterschaftsspiel lief. Bedachte man das Abschneiden der schwedischen Mannschaft, hatte sich die Abmahnung nicht gelohnt, fand Per im Nachhinein. »Kannst du nicht zu uns paddeln? Da bist du doch im Nu da.«

Weiße Wolken stiegen aus Kjells Nase. »Woher willst du wissen, dass der Wind nicht wieder aufzieht?«

»Das behauptet jedenfalls die Speckrobbe. Von solchen Sachen hat sie eine Menge Ahnung.« Per verstummte. Jetzt wartete er auf eine Antwort.

Er war Per ziemlich viele Gefälligkeiten schuldig, erinnerte sich Kjell. Die konnte er jetzt mit einem Schlag zurückzahlen. »Ich schaue, was sich machen lässt«, sagte er und legte auf.

Ida würde ihn auslachen, aber andererseits hatte sie großes Verständnis für jede Form von selbstzerstörerischem Wahnsinn.

»Du bist völlig verrückt«, sagte sie jedoch, während er vor den offenen Türen des Kleiderschranks stand und einen verzweifelten Blick auf seine Winterkleidung warf.

Lilly begann, auf Idas Arm zu zappeln. »Ganz ruhig, Papa geht nur ein bisschen Boot fahren«, flüsterte Ida. »Am besten nimmst du deine Skisachen. Die machen sich jetzt richtig bezahlt! Außerdem brauchst du eine Badehaube. Falls du eine Eskimorolle machen möchtest.«

Zum Glück war es Zeit für Ida, Lilly ins Bett zu bringen. So konnte er sich in Ruhe einkleiden. Eine Viertelstunde später trat er aus dem Haus. Die Nachbarn mit ihren Schneeschaufeln waren wieder im Haus verschwunden, so dass er mit dem langen Paddel nicht wie ein Idiot zurückwinken musste. Seine Hände steckten in dicken Handschuhen, und er hatte einige Mühe, den winzigen Schlüssel nicht fallen zu lassen. Den benötigte er für das Vorhängeschloss, mit dem das Boot an den Steg gekettet war.

Zu seinem Erstaunen war es windstill. Als er jedoch auf dem schwimmenden Steg wankte, streifte eine Bö seine Wange und trieb ihm Schneekristalle in die Augen. Kjell erwog noch einmal, das Kajak lieber auf dem Landweg hinüberzutragen, aber über die beiden Brücken war es ein langer Umweg. Selbst wenn er das Boot an einer Schnur hinter sich herzog, würde er nach einer Ewigkeit völlig erschöpft ankommen.

Das Schloss ließ sich leicht öffnen, aber als er an der Kette zog, fiel sie scheppernd auf den Steg. Er fegte den Schnee vom Kajak und hob es aus dem Ständer. Vielleicht lag es an seinem Widerwillen, dass es sich viel schwerer anfühlte als im Sommer.

Im ersten Stock des Hauses wurde ein Fenster aufgerissen. Die alte Jansson steckte ihren Kopf heraus. »Wo willst du denn hin?«, rief sie aufgebracht. Auf sie war immer Verlass.

»Das ist ein freies Land!«, ächzte er und zwängte seine Beine ins Boot. Und jeder darf während eines verschneiten Weihnachtsabends dorthin rudern, wohin es ihm passt, fügte er flüsternd hinzu. Er wollte sich in nichts verwickeln lassen. »Frohe Weihnachten noch!«, rief er und drückte sich ab.

Das Boot glitt ins schwarze Wasser. Unter den Blicken der alten Jansson trieb er einige Sekunden lang bewegungslos dahin. Noch immer plagte ihn die Sorge, das Boot könnte ein Leck haben. Nach dem zweiten Paddelschlag kam er sich lächerlich vor und warf einen Blick zurück zum Haus. Im sechsten Stock hatte es sich Ida am offenen Küchenfenster bequem gemacht. Sie winkte, als sie entdeckte, dass er zu ihr hochsah.

Er legte sich in die Riemen und kam schnell voran. Seine Befürchtung, er würde binnen einer Minute zu frieren beginnen, bestätigte sich nicht. Nachdem er in die Dunkelheit des Kanals zwischen Reimersholme und Långholmen eingetaucht war, verringerte er seine Geschwindigkeit. Der Schnee schwebte in winzigen Kristallen vom Himmel. Zwischen den Paddelschlägen hörte er sie auf der Oberfläche des Wassers knistern.

Die längliche kleine Insel Långholmen lag nördlich der kugelrunden kleinen Insel Reimersholme, und der Kanal dazwischen maß nur zehn Meter in der Breite. Per befand sich jedoch am entgegengesetzten Nordufer, in zweihundert Metern

Entfernung von Kjells Haus. An diese zweihundert Meter Luftlinie hatte Per wohl gedacht, als er seinen wahnsinnigen Plan ersann. Auf dem Wasserweg musste Kjell allerdings zuerst das halbe Südufer entlangrudern, die Westspitze umrunden und dann dieselbe Strecke am Nordufer zurücklegen. Dadurch verlängerte sich die Entfernung um das Fünffache.

An der Westspitze schlug ihm steifer Wind vom Fjord entgegen, der sich nach der Wende allerdings als hilfreich erwies. Auf der Westbrücke, die den Fjord in riesigem Bogen überspannte, war der Verkehr bis auf zwei Schneepflüge, die mit gelben Scheinwerfern von den beiden Enden der Brücke aufeinander zusteuerten, zum Erliegen gekommen.

Endlich lichteten sich die Bäume. Das Ufer öffnete sich zu einer Bucht. Der Sandstrand war nicht einmal fünfzig Meter breit und lag in der Nacht sonst verlassen und unbeleuchtet da. Nun waren die Bäume geisterhaft beschienen. Kjell hatte die mobilen Strahler erwartet, mit denen die Kriminaltechniker einen Tatort gewöhnlich wie ein Stadion ausleuchteten. Hier mussten sie sich wegen der Witterung mit weniger zufriedengeben. Oberhalb der Wiese parkten drei Autos mit eingeschalteten Scheinwerfern, und unten standen Techniker um die Stelle und hielten wie kleine, zitternde Freiheitsstatuen Handlampen in die Höhe.

Niemand am Ufer entdeckte das rote Kajak. Das Geschehen am Strand war so unwirklich, dass Kjell das Rudern vergaß und lautlos dahintrieb.

Der Sonnenschirm stand gleich bei dem schräg wachsenden Baum, an dem Kjell im Sommer manchmal seine Badehose zum Trocknen aufhängte. Darunter saß eine Frau in einem Liegestuhl. Aus der Ferne sah es aus, als blickte sie zu ihm. Der Wind hatte einen Wall aus Schnee um den Liegestuhl geweht. Die Stelle sah noch unangetastet aus, aber im nahen Umkreis kämpften die Techniker mit Schaufeln gegen das Wetter. Während einer den Schnee weghob, suchte ein anderer den Boden mit einer Taschenlampe nach Gegenständen ab.

Ein solches Durcheinander hatte Kjell bisher nur in seinem Kellerabteil und nach einem Flugzeugabsturz gesehen. Mitten in dieser weiträumigen Szene leuchtete Pers rote Nase. Offenbar hatte sich Kjell soeben aus der Dunkelheit gelöst, denn Per trat winkend ans Ufer. »Es tut mir leid, aber du siehst ja selbst, wie es hier aussieht!«

Entschuldigungen waren eine seltene Geste an ihm, die nicht durch Schuldgefühle ausgelöst wurden, sondern immer dann auftraten, wenn ihn die Lage aufrieb. Er beugte sich über das Wasser und zog das Boot an Land. »Ture hat es mit den langen Gummistiefeln versucht«, sagte er und öffnete die Fototasche. »Aber der Grund ist so glatt, dass Ture sich nach zwei Schritten reingelegt hat.« Das war der Moment gewesen, wo Per an Kjell Cederström gedacht hatte. »Jetzt sitzt er nackt im Transit und lässt sich vom Gebläse aufwärmen.«

»Was ist mit der Frau?«, fragte Kjell.

»Hat sich hier ein schönes Plätzchen gesucht, zum Sterben.« Per schniefte, so laut es ging. Das war selbst bei besserem Wetter seine höchste Form der Anteilnahme. »Sieht jedenfalls so aus. Suunaat sitzt auch im Transit und macht einen Schnelltest des Blutes.«

»Wo ist die Mordkommission?«, fragte Kjell. Außer zwei Streifenpolizistinnen war niemand von der Polizei zu sehen.

»Sie haben uns soeben mitgeteilt, dass sie es nicht schaffen werden. Angeblich ist in der Stadt die Hölle los. Slussen und die Brücke sind ohnehin gesperrt.« Per hängte den Fotoapparat mit der Umhängeschnur an die Schneeschaufel und reichte sie über das Wasser zu Kjell. »Du weißt ja, welche Bilder wir brauchen.«

Kjell hängte sich den schweren Apparat um den Hals. Per stieß mit dem Fuß gegen die Spitze des Kajaks. Nachdem Kjell wieder einige Meter aufs Wasser hinausgetrieben war, begann er zu fotografieren. Der Dreifachblitz zerstörte das seltsame Idyll am Ufer.

»Wir sind bereit, Chef!«, rief Lasse nach einer Weile. Der schlaksige Kerl war seit Jahren Pers linke Hand und würde es auch immer bleiben. Obwohl die Männer vermummt waren, konnte Kjell jeden an seinen Bewegungen identifizieren.

Die Leute von der Tatorttechnik versammelten sich um die Tote und verharrten. Vor dem Anheben der Leiche sprachen sie gemeinsam ein kurzes Gebet. Das taten sie immer, und außer den Todesermittlern wusste nicht einmal der liebe Gott davon.

»Ich weiß, dass mein Erlöser lebt«, hörte Kjell Pers Stimme dumpf durch das Knistern der Schneeflocken hindurch. »Am Ende aller Tage wird er mich auferwecken von der Erde.«

Die Männer deuteten ein Nicken an. Dann griffen Per und Lasse unter die Schultern der Frau. Janne packte die Füße. Sie hoben den Körper aus dem Liegestuhl und betteten ihn auf die Bahre. Lasse rutschte aus und schlitterte ein Stück auf dem Bauch die schräge Wiese hinab. Ein jämmerliches Schauspiel, für das der große Dramaturg im Himmel stets den linkischen Lasse auserkor. Kjell hörte ihn fluchen, während er zurück zur Bahre krabbelte.

Kjell kratzte sich an der Schläfe. Seine Mütze juckte unentwegt. Er hatte erwartet, dass der tote Körper in seiner Sitzposition erstarrt war, aber augenfällig war das nicht der Fall. Als die Männer die Bahre anhoben, lag die Leiche ausgestreckt darauf.

Der Liegestuhl war jetzt leer. Die Frau hatte noch sehr jung ausgesehen. Als Chef der Reichsmordkommission, der obersten Instanz der schwedischen Todesermittler, hatte Kjell nie mit Selbstmördern zu tun, deswegen wunderte er sich, dass sie einen Liegestuhl aus massivem Holz hierhergeschleppt hatte. Und dazu noch den Sonnenschirm. Er erweckte den Eindruck, als hätte sich die Frau über sich selbst lustig machen wollen. Kjell machte weitere Bilder, während die Männer oben am Hang vor den offenen Flügeltüren des Transits standen. Sie beabsichtigten, den Leichnam damit zur Rechtsmedizin zu bringen, was streng verboten war.

Plötzlich tauchte Ida neben dem Wagen auf. Sie beobachtete das Treiben im Fond und wirkte mit ihrem hellen Haar wie eine Schneekönigin. Auch Per bemerkte sie sogleich.

»Und was ist mit Lilly?«, rief Kjell von seinem Platz im Boot aus, als alle wieder unten beim Schirm standen und Ida den Kaffee ausschenkte, den sie mitgebracht hatte.

»Sie ist eingeschlafen.«

»Und wenn sie aufwacht?«

Ida streckte den Arm in die Höhe. In ihrer Hand erkannte Kjell das rosafarbene Babyphon. »Lilly wacht nie auf, das weißt du.« Sie trat vorsichtig ans Ufer. »Jetzt passieren die Morde schon vor unserer Haustür, damit du deinen Erziehungsurlaub nicht so lange unterbrechen musst.«

»Es war Selbstmord, Ida. Das siehst du doch!«

»Frierst du?«

Das tat er, aber die Antwort wurde von Suunaat Kjærgaard durchkreuzt. Sie kam den Hang herabgestapft und postierte sich neben Ida am Ufer. »Alkohol und Benzodiazepin.«

»Also ein klassischer schwedischer Selbstmord«, murmelte Per, der gerade im Liegestuhl probesaß.

»Was ist daran klassisch?«, fragte Ida.

Per sah erstaunt auf. »Rohypnol und ein malerisches Ambiente. So sind sie alle, unsere Selbstmorde.«

»Siebzig Prozent«, sagte Suunaat in ihrem etwas roboterhaften Tonfall, womit sie andeuten wollte, dass die anderen dreißig Prozent der Selbstmörder beim Sterben auf Behaglichkeit verzichteten. »Ich schicke dir den Bericht ins Büro.«

Weil das Boot nah am Ufer zu sehr schaukelte, hatte sich Kjell zurück aufs Wasser treiben lassen. »Ich leiste hier nur Nachbarschaftshilfe. Beruflich habe ich nichts mit der Sache zu tun.«

Ida hob beipflichtend den Daumen. Morgen früh stand ein Besuch bei Idas Eltern in Uppsala an.

»Kannst du uns wenigstens den Bericht abzeichnen?«, wollte Per wissen. »Die Lokale steckt irgendwo in Norrmalm. Wir sind auf Platz sieben in der Warteliste. So lange will ich nicht …«

Ida kreischte. »Kjell! Pass auf! Hinter dir!«

Er riss den Kopf herum. Zwei Meter hinter ihm quollen weiße Blasen aus der Schwärze des Wassers an die Oberfläche. Was war das? Die Blasen wuchsen zu einer Fontäne von einem halben Meter Höhe, die jedoch bald erstarb. Kjell starrte reglos auf die Stelle. Dann begann das Kajak zu schaukeln. Ida kreischte wieder, und auch die anderen standen am Ufer und blickten entsetzt herüber. Das Schaukeln wurde heftiger und fühlte sich an wie die Bugwellen einer vorbeifahrenden Fähre. Aber hier gab es keine Fähren.

Er sah sich um. Die Wellen waren konzentrisch. Und Kjell Cederström befand sich im Zentrum. Er stieß das Paddel ins Wasser und zog es durch. Hinter ihm toste es. Etwas Großes und Schwarzes stieg an die Wasseroberfläche. Und schwamm. Kjell starrte auf das riesige schwarze Ding, das einen Meter neben ihm im Wasser trieb. Das war eine Kugel. Er sah die Hälfte einer schwarzen Kugel. Sie war riesig.

»Was ist das?«, rief jemand am Strand.

Kjell achtete nicht auf die Frage. Er paddelte wild zum Ufer. Kurz davor riss er das Boot herum und fixierte den Punkt mit den Augen. Aus dieser Entfernung hob sich die Kugel kaum vom schwarzen Wasser ab.

»Es sieht wie eine Boje aus«, hörte er Suunaats tiefe Stimme sagen.

»Was soll denn das für eine Boje sein?«, erwiderte Per. »Sie ist aus dem Wasser aufgetaucht. Verdammte Scheiße!«

Das konnte man wirklich sagen. Wenn Ida nicht gekreischt hätte, wäre die Boje unter dem Kajak hochgekommen. Kjell schlug das Herz bis zum Hals.

»Sollen wir dir aus dem Wasser helfen?«, fragte Ida.

Kjell schüttelte mechanisch den Kopf.

»Willst du hin und es dir anschauen?«

Kjell schüttelte immer noch den Kopf. Da würde er nie und nimmer hinrudern. Er würde überhaupt nie mehr rudern.

Minuten verstrichen, ohne dass jemand etwas tat oder sagte. Aus der Ferne näherte sich ein Boot. Es schien aus Kungsholmen am anderen Ufer zu kommen und fuhr mit hoher Geschwindigkeit.

Niemand sagte etwas, bis das Boot sich auf dreißig Meter genähert hatte. Kjell ließ sich mit zwei Paddelstrichen hinaus aufs Wasser treiben. Zwei Scheinwerfer erstrahlten und suchten das Wasser ab. Kjell hielt sich die Hand als Blendschutz vor die Augen, als beide Scheinwerfer auf ihm stehen blieben.

»Wer bist du denn?«, rief eine Megaphonstimme.

»Polizei!«, brüllte Kjell.

Die Antwort war ein mehrstimmiges Kichern. Weitere Lichter wurden eingeschaltet und erhellten das Boot, das von beachtlicher Größe war. Der Schiffsmotor verstummte. Dafür gab ein Krangewinde am Heck quietschende Geräusche von sich.

Kjell erwiderte die Frage und ruderte zum Schiff.

»Wir sind vom Wetteramt«, sagte ein Mann, der sich über die Reling zu Kjell herabbeugte und sehr verwundert aussah. Wir bergen das Auge.«

»Was für ein Auge denn?«

»Na, das da.«

»Die Kugel? Ist das eine Boje?«

»Ja.«

»Ich habe sie für eine Mine gehalten!« In Wahrheit hatte er sie für ein Seeungeheuer gehalten. »Wieso ist die Boje ein Auge?«

»Sie heißt *Odins Auge.*«

»Und warum müsst ihr sie ausgerechnet jetzt bergen? In der Weihnachtsnacht? Hier? An dieser Stelle, wo ich rudere?«

»Wir fragen uns eher, warum du in der Weihnachtsnacht hier ruderst«, erwiderte der Mann, erhielt jedoch keine Antwort. »Sie ist kaputtgegangen. Irgendetwas hat sie getroffen und außer Gefecht gesetzt. Ich dachte gerade, du hast dir daran zu schaffen gemacht. Weil du hier treibst. In einem Kajak. In der Weihnachtsnacht.«

»Ich hab mir fast in die Hose gemacht!«

Ida und die Techniker tigerten unruhig am Ufer auf und ab. Sie konnten das Gespräch dort drüben nicht verstehen.

»Es gibt sie überall im Fjord. Von der Schleuse stromaufwärts bis zum Fyrisån. Alle hundert Meter. Sie werden dicht über dem Grund an drei Seilen befestigt und messen allerlei Dinge. Wegen der Klimaerwärmung, weißt du. Der Pegel wird in den nächsten zwanzig Jahren dramatisch steigen. Reimersholme und das Stadthaus, das wird alles unter Wasser stehen.«

»Verdammt, da wohne ich!«

»Im Stadthaus?«

»Auf Reimersholme, du Witzbold! Zum Glück im sechsten Stock.«

»Der sechste Stock ist nicht betroffen.«

Die alte Jansson im Ersten würde es sich in Zukunft dreimal überlegen, ob sie ihr Küchenfenster aufriss. Die Klimaerwärmung hatte also auch ihr Gutes. »Was ist das denn für ein dämlicher Name? Odins Auge!«

»Die Bojen heißen alle *Odins Auge,* obwohl Odin nur eines seiner beiden Augen am Brunnen der Erkenntnis geopfert hat, um durch einen Schluck daraus Allwissen über die Zukunft zu erlangen. Danach ist das Projekt benannt. Das hier ist Nummer 213.«

»Und warum ist sie kaputt?«

»Wissen wir nicht. Etwas muss sie getroffen haben. Ein Ventil wurde abgerissen. Kann das etwas mit eurem Picknick da drüben zu tun haben?«

»Bestimmt nicht. Wir haben eine Selbstmörderin gefunden.«

3

»Du hättest früher kommen sollen.«

Damit meinte die Tanzlehrerin Anna Issaro nicht etwa Minuten, Stunden oder gar Tage. Sie meinte Jahre und eigentlich das ganze Leben.

Sofi Johansson vermutete, dass das Kompliment weniger ihrem Talent galt, und schwieg deshalb. Welche Rolle spielte schon Talent, wenn man das Tanzen erst mit siebenundzwanzig Jahren in der Singlefrauengruppe begann! Als Kriminalinspektorin bei der Reichsmordkommission saß sie den lieben langen Tag am Schreibtisch. Sie hatte bloß etwas Würdevolleres als einen Fitnessclub zur Ertüchtigung gesucht und übte außerhalb der Stunden nur, wenn sie zufällig Lust darauf bekam. Aber im Sommer konnte es vorkommen, dass sie auf dem Heimweg unter einer Laterne herumhüpfte.

Wenn Anna ihre Schüler lobte, klang das an guten Tagen wie Mitleid, an schlechten wie Hohn. Nur Sofi wurde nie gelobt. Während der Stunde zischte Anna manchmal Sofis Namen, worauf sich Sofi drüben am anderen Ende der Stange augenblicklich zusammenriss, obwohl sie Ende zwanzig, Kriminalinspektorin und im Besitz zweier Schusswaffen war. In der vergangenen Woche hatte sich Anna sogar innerhalb einer einzigen Stunde viermal wegen Sofis *Attitude* bekreuzigen müssen. Keine andere Frau aus der Singlefrauengruppe vermochte bei Anna Issaro religiöse Gefühle zu wecken. Anna spürte anscheinend, dass das Ballett mittlerweile einen zweiten Sinn in Sofis Leben ergab. Sie tanzte als Einzige von den Schülern mit selbstzerstörerischem Eifer. Das war es, was Anna Issaro, die für andere Lebenswege als selbstzerstörerischen Eifer kein Verständnis hatte, so gefiel. Und an Ehrgeiz fehlte es Sofi gewiss nicht: Erst im April hatte sie sich beim Auswringen des Spülschwamms den kleinen Finger gebrochen.

Sofi brauchte wie immer am längsten im Umkleideraum, und Anna Issaro hatte es sich angewöhnt, hereinzukommen und sich schicklich ans Fenster zu stellen und mit ihr zu plaudern.

Sie hob sich elegant auf die Zehenspitzen, um über den Sichtschutz hinwegblicken zu können. »Feierst du mit deiner Familie?«

»Ja«, log Sofi. Ihren Vater hatte sie nie kennengelernt, und ihre Mutter war vor Jahren in einer Nervenklinik an einem Hirnschlag gestorben. Danach hatte Anna bestimmt nicht fragen wollen. »Und du?«

Anna seufzte. Sie stand so nah am Fenster, dass das Glas von ihrem Atem beschlug. »Ich bin katholisch. Da gibt es hier nicht viel zu feiern.«

Das sah man schon daran, dass Anna die Montagsübungsstunde nicht ausfallen ließ, nur weil sie zufällig auf den Weihnachtsabend fiel. Und von den vierzehn Frauen war sogar die Hälfte gekommen. Sie standen jetzt draußen am Schuhregal und verhandelten darüber, was sie noch zusammen anstellen sollten.

Anna musste um die fünfzig sein, überlegte Sofi. Sonst wusste sie so gut wie nichts über sie. Irgendwann war sie aus Spanien nach Stockholm gekommen, und alles, was sie sagte, war eine Kette aus Imperativen. Ihr Schwedisch klang wie ein auf dem Kopf stehendes Ausrufezeichen. Mehr wollte Sofi gar nicht erfahren, so sehr liebte sie Unklarheiten.

»Ich bin ebenfalls katholisch«, sagte sie und zog dabei den Reißverschluss ihrer Jacke zu.

Anna fuhr herum und musterte sie. Sofis schwarzes Haar und ihre ebenso schwarzen Augen genügten als vorläufiger Beweis. Sie stellte keine Folgefrage. Was ihre Schüler außerhalb der Tanzschule machten, kümmerte Anna nicht. Solange sie hier tanzten, gab es kein Draußen.

Der Katholizismus war wie ein geerbtes Schmuckstück für Sofi, etwas, das zu nichts zu gebrauchen war und das man nie herzeigte und nur selten aus der Schatulle holte, weil man ja wusste, dass man es besaß. Darüber hinaus wusste sie so gut wie nichts über ihre Religion, da sie zeit ihres Lebens in ihrer Welt die einzige Katholikin gewesen war. Allein ihr Vater hätte ihr etwas darüber erzählen können, doch den hatte ihre Mutter nach einer leidenschaftlichen Nacht irgendwo südlich des 44. Breitengrades nie mehr wiedergesehen. Die einzige katholische Kirche Stockholms lag in Sofis Stadtteil, doch sie zog es vor, von Zeit zu Zeit in der Sofiakirche nahe ihrem Haus zu sitzen und nachzudenken, während sie die protestantischen Frauen aus der Nachbarschaft bei ihren Qigong-Übungen betrachtete, zu denen sie sich täglich zwischen den Kirchenbänken trafen.

Die anderen waren längst aufgebrochen, als sie ins Treppenhaus trat. Sie wollte den Weihnachtsabend nicht mit sieben verzweifelten Frauen verbringen. Mitten auf der knarrenden Treppe erlosch das Licht. Sie tastete sich voran. Als sie die Tür öffnete, quoll kniehoher Schnee in den Flur. Dicke Flocken schwebten in der Luft. Aus allen Richtungen hörte man Schneeschaufeln über den Asphalt kratzen. Sofi brummte vor Erstaunen. Auf der Fahrt hierher war alles karg und grau gewesen. Schnee war zwar angekündigt worden, aber niemand hatte damit gerechnet, dass er noch zu den Feiertagen eintraf.

Am Gehweg hatten die Räumfahrzeuge den Schnee so hoch angehäuft, dass der Wall Sofi bis zu den Schultern reichte und man wie im Ersten Weltkrieg durch geschaufelte Gräben bis zur Ampel und noch weiter laufen konnte, ohne entdeckt zu werden. Sie hatte das Gefühl, eine ganze Woche verpasst zu haben.

Abseits der Kreuzung waren die Straßen und Wege noch ungeräumt, und überall herrschte Anarchie. Der Zusammenbruch der Zivilisation war das Schönste am Schnee. Man musste sehr weit in den Süden Europas reisen, um eine Stadt zu finden, die bei einem Wintereinbruch in eine vergleichbare Panik verfiel wie Stockholm. Sofi sog den Kristallduft in die Nase und lief los.

Nicht nur sie war auf der Suche nach ihrem Auto. Auf der anderen Seite der Straße versuchte ein Mann im Mantel einen Schneehaufen nach dem anderen und fuchtelte dabei mit seinem elektronischen Türöffner in der Luft herum, ohne dass sich sein Wagen zu erkennen gab. Bei Sofis altem Fiat Mirafiori hätte der Schnee einen Meter hoch auf der Motorhaube liegen müssen, damit die altmodisch lange Antenne darunter verschwand. Der Eiskratzer war in dieser Lage natürlich ein Witz, deshalb behalf sie sich mit der Fußmatte, um das Auto freizuschaufeln.

»Spring an, Mimi!«, flehte sie und drehte den Schlüssel mit unklaren Erwartungen im Zündschloss. Der verrostete Mirafiori war als Sollbruchstelle in ihrer raffinierten Schicksalshygiene fest einkalkuliert. Ein präpariertes Ziel für den lieben Gott. Doch der Wagen sprang jedes Mal an, als wollte sich der liebe Gott über ihren erbärmlichen Versuch lustig machen und sie zappeln lassen. Schon vor langer Zeit hatte Sofi beschlossen, sich ein richtiges Auto zuzulegen und damit in die Zukunft zu fahren, sobald beim Fiat die nächste Reparatur anfiel. Seit dieser Entscheidung lief der Wagen ohne Murren.

Sie wohnte nur drei Straßen von der Tanzschule entfernt. Als sie nach der schlüpfrigen Fahrt in die Tengdahlsgatan einbog, begann sie nach einem Parkplatz Ausschau zu halten und bemerkte daher zu spät, wie am anderen Ende der Straße Scheinwerfer auftauchten. Sie trat auf die Bremse. Das Bremsen half auf der abschüssigen und gebogenen Straße nicht, sondern verschlimmerte alles. Auch der entgegenkommende Wagen bremste, so gut es ging, und geriet ebenfalls ins Schlingern. Fünfzig Meter, dreißig Meter, zehn Meter. Von allen Sicherheitsvorrichtungen, die die Autoindustrie in den vergangenen zwei Jahrzehnten erfunden hatte, besaß der Mirafiori keine einzige. Sofi streckte ihre Arme aus, zog die Füße zu sich und drückte den Kopf gegen die Lehne. Der Aufprall blieb aus. Sie öffnete ihre Augen. Der andere Wagen stand so dicht vor ihr, dass seine Scheinwerfer unter ihrer Kühlerhaube verschwanden. Aus dem Fenster der Beifahrertür ragte ein geschnürter Weihnachtsbaum.

Der Fahrer öffnete die Tür. Auch Sofi stieg aus. Dem Mann sah man an, dass der Beinahe-Unfall eine den ganzen Tag dauernde Gehetztheit von ihm genommen hatte. Jetzt war alles egal, sagte er sich mit einem Seufzen. Sie riskierten einen Blick zwischen die Stoßstangen. Da passte kein Finger mehr dazwischen.

»Heute ist nicht mein Tag!«, brummte der Mann und sah auf.

»Meiner auch nicht!«

»Frohe Weihnachten!«

»Dir auch!«

Als Sofi den Motor wieder anließ, hatte der andere schon zurückgesetzt und wendete in der Einfahrt. Sofi musste weit vom Haus entfernt parken. An der Wohnungstür waren ihre Finger vor Kälte so steif, dass sie den Schlüssel nicht ins Schloss bekam. Hinter ihrem Rücken wurde die Nachbartür aufgerissen.

»Ich hab gedacht, dass du zu Hause bist«, rief Eufrat. »Weil alle Lichter in deiner Wohnung brennen.«

»Das muss an Weihnachten so sein, damit es im kommenden Jahr keine Todesfälle gibt.«

»Seid ihr abergläubisch bei der Polizei?«, kicherte Eufrat. Sie war zwölf und dünn wie eine gut gewickelte Webspindel. Ihre Mutter war Busfahrerin und hatte heute Abend offenkundig keinen Dienst, denn aus der Küche schwebte ein orientalischer Duft ins Treppenhaus.

»Das ist eine alte schwedische Sitte.«

Die Mutter kam aus der Küche und winkte mit ihrem Pfannenheber. Sofi hatte die Mutter noch nie ohne den Pfannenheber gesehen.

»Arbeitest du nicht?«, fragte Sofi. »Bei uns müssen die Moslems an Weihnachten immer dran glauben.«

»Wir sind syrische Christen«, erklärte Eufrat und schüttelte den Kopf. »Deswegen sind wir ja hier und nicht in Syrien!«

»Dann frohe Weihnachten.«

»Ich habe dir deine Weihnachtskarte durch den Briefschlitz geworfen.« Die Mutter fand, dass Eufrat den Erlöser an seinem Geburtstag nicht beleidigen sollte, indem sie wie ein Flittchen im Treppenhaus herumlungerte, und trieb sie mit dem Pfannenheber in die Wohnung zurück.

Sofi schloss ihre Tür und bückte sich nach dem Kuvert.

Aber da lagen gleich zwei. Sie legte die Weihnachtspost auf den Tisch und ging in die Küche. Sie hatte sich Hering vorbereitet. Der wartete auf dem Backblech, und Sofi musste nur noch den Ofen einschalten und ein bisschen warten. Die Hälfte dessen, was von der Reisgrütze am Mittag übrig war, stellte sie wie in ihrer Jugend auf den Balkon, um den Weihnachtsmann bei Laune zu halten. Aus der anderen Hälfte wurde Reis à la Malta für den Nachtisch. Mit einem Glas Punsch nahm sie am Tisch Platz.

Das rote Kuvert entpuppte sich als Eufrats Weihnachtskarte. Das Nachbarsmädchen hatte Sofi eine feste Rolle in ihrem Leben zugewiesen, als Ersatz für eine ältere Schwester.

Das zweite Kuvert enthielt eine Zeichnung. Bei näherer Betrachtung konnte Sofi daran nichts Weihnachtliches entdecken. Es war ein Porträt von ihr. Kein Porträt, ihr ganzer Körper war darauf zu sehen, laufend, mit wehendem Rock und wehendem Haar. Aber es stellte ohne Zweifel sie dar. Sofi drehte und wendete den Umschlag. Nirgendwo ließ sich erkennen, von wem die Zeichnung stammte. Eine Briefmarke gab es nicht.

Sofi klingelte bei Eufrat. Die Mutter öffnete und rief dann Sofis Frage in den Flur.

Eufrat kam angerannt. »Bist du dumm, oder was? Das rote!«

Sofi kehrte in ihre Wohnung zurück.

Das Bild war mit Tusche gezeichnet und sehr hübsch. Sofi dachte für eine Sekunde an Linda Cederström, die Tochter ihres Chefs. Linda war eine eifrige und talentierte Malerin, aber sie wohnte jetzt weit entfernt in Wien und zeichnete auch ganz anders. Sonst kannte Sofi keinen Menschen, der so zeichnen konnte.

Dienstag
25. Dezember

4

Inspektorin Snæfríður Jómundardóttir zeichnete mit der Fußspitze unsichtbare Buchstaben auf den Boden. Seit zwanzig Minuten saß sie schon auf den Stufen des Treppenhauses und wartete. Es war erst neun Uhr. Außerdem roch es nach Staub. Als die schwache Deckenlampe zum zwanzigsten Mal erlosch, stand sie auf. Inzwischen fand sie den Schalter auf Anhieb. Sie setzte sich wieder und seufzte. An Hausbesuche war sie noch nicht gewöhnt.

Snæfríður stammte aus Island und hatte bei der Wirtschaftskriminalität gearbeitet. Im vorletzten Herbst hatte sich diese Kombination mit einem Schlag als äußerst aufreibend herausgestellt. Ihre Landsleute hatten jahrelang in Zentralskandinavien gehaust wie Wikinger. Kaufhausketten, Zeitungsimperien und Werften hatten sie in Dänemark und Schweden gekauft und alles mit sich in den Abgrund gerissen. Vom ersten Tag der Finanzkrise an hatte sich Snæfríðurs Berufsleben dramatisch verändert. Heiß begehrt von allen Behörden, hatte sie zunächst geglaubt, es ginge mit ihrer Karriere nach oben, bis sie begriff, dass es in Wahrheit nach unten ging. Als sie im Frühjahr eine Fremdsprachenkorrespondentin des Wirtschaftsministeriums zu werden drohte, hatte sie sich bei Cederström beworben. Der hatte sie zwar bei der Reichsmordkommission aufgenommen, jedoch umgehend zu einer mehrmonatigen Ausbildung in Verhörtechnik nach Amerika geschickt. Von dort war sie erst vor kurzem heimgekehrt und in ihrer neuen Abteilung daher eine blutige Anfängerin, die bei jedem Schritt zögerte.

Endlich öffnete unten im Erdgeschoss jemand die Tür. Snæfríður hörte Schritte im Korridor. Gummisohlen quietschten auf dem alten und glattgelaufenen Steinboden. Als nach fünf Schritten ein Stöhnen bis hinauf zu ihr in die vierte Etage drang, war sie sich sicher, dass es ihr Kollege Henning Larsson war. Er hatte soeben entdeckt, dass es keinen Aufzug gab.

Sie lächelte vor sich hin und blieb sitzen. Die Schritte und das Ächzen kamen immer näher.

»Heute ist nicht mein Tag!«, stöhnte Henning Larsson auf den letzten Stufen. »Das kann ich jetzt schon sagen, obwohl ich noch nicht lange auf den Beinen bin.« Er sank mit seinem massiven Körper neben ihr auf den Treppenabsatz und keuchte. »Ist es diese Tür da?«

Snæfríður nickte und zauberte den Schlüssel hervor.

»Erst trinken wir unseren Kaffee.« Er hatte zwei Becher dabei, die er vorne an der Ecke gekauft haben musste. Sonst hatte heute alles geschlossen. »Ganz schön heruntergekommen hier.«

Das stimmte. Ein gräulich glänzender Schleier lag in allen Winkeln.

»Wartest du schon lange?«

»Eine Viertelstunde vielleicht. Es war ein wenig unheimlich, weil es so still ist.«

»Das ist an Werktagen anders. Da wackeln hier die Wände, wenn draußen die Lastwagen vorbeirasen.«

Das Haus stand am schmutzigen Ende der Långholmsgatan kurz vor der Brücke. Wegen des starken Verkehrs war die rote Farbe der Fassade von Ruß bedeckt.

»Für mein letztes Stündchen hätte ich mir auch ein hübscheres Plätzchen gesucht«, fand Henning irgendwann.

Snæfríður hatte genau dasselbe gedacht. Henning konnte in

den Gedanken anderer Menschen lesen wie im Sportteil des Abendblatts. Er war von so enormer Statur, dass Snæfríður ihn bei ihrer ersten Begegnung darauf angesprochen hatte. Er habe sich vor einem Vierteljahrhundert in den Polizeidienst gezwängt wie eine Dogge in einen Kaninchenbau. Und wenn man einmal drinsteckte, bekam einen niemand mehr heraus.

Henning war dreiundfünfzig. Ohne jeden Ehrgeiz und ohne jedes Zutun, wie er immerfort betonte, hatte er es von der Södermalmer Maria-Wache bis zum stellvertretenden Kommissar der Reichsmordkommission geschafft. Soweit Snæfríður es bis jetzt beurteilen konnte, bestand seine Ermittlungsmethode ausschließlich aus unruhigen Gefühlen in der Magengegend, was in seinem Kopf aus heiterem Himmel Ahnungen auslösen konnte, mit denen Henning signifikant über dem Zufallsdurchschnitt lag. In diesem Jahr hatte er die Reichsmord als Kommissar geleitet, während ihr eigentlicher Leiter Cederström seine Arbeitszeit für die Erziehung seiner kleinen Tochter auf ein Viertel gesenkt hatte und nur für gelegentliche Unterschriften vorbeigekommen war. Formal galt Cederström immer noch als Voruntersuchungsleiter.

»Cederström«, knurrte Henning Larsson in diesem Moment. »Wenn der noch einmal etwas unterschreibt, kann er was erleben.«

Die Unterschrift war der Grund, weshalb sie beide hier am frühen Morgen des Weihnachtstags auf einer schäbigen Treppe in der Långholmsgatan saßen und auf eine grüne Tür starrten. Henning war nach einem beunruhigenden Anruf des Kriminaldienstes noch früher an diesem Morgen aus dem Bett gesprungen und nach Kungsholmen gerast, um den Schaden zu beheben, den Cederström mit seiner Unterschrift am gestrigen Abend angerichtet hatte, doch es war bereits zu spät gewesen. In der Nacht hatte der Kriminaldienst Cederströms

Unterschrift auf dem Tatortprotokoll entdeckt und die Akte der Reichsmord zugeordnet.

»Wo sie überhaupt nicht hingehört!«, hatte Henning geschimpft und dem Leiter der lokalen Mordkommission die Akte auf den Schreibtisch geschmettert.

Das Schmettern hatte überhaupt nichts genutzt. Hennings Gegenüber hatte mit seiner verschnupften Nase unverschämte Geräusche gemacht und dabei gegrinst. »Wir sind überlastet«, hatte der Leiter der Lokalen behauptet und damit alle anderen Verbrechen aus Leidenschaft gemeint. Vor allem aber sechs weitere Selbstmorde. »Von anderen Abteilungen nehmen wir vor Neujahr nichts an.«

»Ich habe natürlich erwidert, dass der Fall nie bei uns lag und alles nur ein Missverständnis ist«, erklärte Henning seiner Kollegin nun.

»Genutzt hat es nichts, oder?«

Henning Larsson zerdrückte den geleerten Kaffeebecher. »Cederström hat das Formularfeld für den Voruntersuchungsleiter leer gelassen. Und der Kerl vom Kriminaldienst hat dort Cederströms Namen nachgetragen.«

»Und was machen wir jetzt?«, fragte Snæfríður. Sie neigte stets dazu, ihr Los anzunehmen und nach vorn zu blicken.

Henning öffnete die Akte auf seinem Schoß. »Elin Gustafsson, 32 Jahre, arbeitet in einem Telia-Shop am Ringvägen. Wir gehen rein, und wenn uns nichts auffällt, sind wir in zwei Stunden fertig.«

Während Snæfríður die Tür aufschloss, schaltete Henning das Diktiergerät ein. »Aktenzeichen S195632, 25. Dezember, 8 Uhr 41, Öffnen der Wohnung von Elin Gustafsson in der Långholmsgatan 7, vierter Stock, durch die Polizeibediensteten Kriminalkommissar Henning Larsson und Kriminalinspektorin Snæfríður Jómundardóttir, Haupteinheit Reichsmord. Jesus! Eine Höhle!«

»Was meinst du?«

Henning trat in den Flur und vollführte eine Drehung, die man bei schlankeren Menschen Pirouette nannte. Snæfríður folgte ihm und drückte die Wohnungstür zu. Ihr letzter Dienstbesuch in einer Wohnung lag in ihrer Vergangenheit bei der Abteilung für Wirtschaftskriminalität. Damals hatte es so nach Essen und Schweiß gestunken, dass Snæfríður jetzt zuerst auf den Geruch achtete. Aber er war freundlich-neutral und ein bisschen weiblich. Henning betätigte zwei Lichtschalter. Sie standen noch im Flur. Von dort aus sahen sie sich um.

Keine lässig arrangierte Einrichtung, wie Snæfríður es von schwedischen Wohnungen gewohnt war, obwohl man an allen Stellen Liebe zum Detail erkannte. »Es sieht aus, als wären das ihre allerersten eigenen Möbel aus der Studentenzeit, die sie im Laufe der Jahre nur erweitert hat. Aber einen Neubeginn gab es nicht.«

Henning blätterte in der Akte bis zum Volksbuchauszug und nickte zur Bestätigung. Dann lenkte er Snæfríðurs Blick auf die Regalbretter zwischen Garderobe und Decke. Es gab sehr viele Dinge in Elins Leben, wirklich sehr viele, die verstaut werden mussten. Der Boden im Flur war beinahe zur Gänze mit Teppichen ausgelegt. An der Wand entdeckten sie eine Zeitschaltung für das Licht. Henning drehte das Rädchen bis zur Neunzehn. Sämtliche Lampen in der Wohnung sprangen an. »Damit es gemütlicher ist, wenn man nach Hause kommt«, diktierte er in sein Aufnahmegerät. »Deutet auf eine Kontaktstörung hin.«

Snæfríður staunte. »Ein mutiger Schluss, wenn man erst den Lichtschalter im Flur gesehen hat.«

Henning drückte mit seinem dicken Daumen auf die Pausentaste. »Wollten wir nicht in zwei Stunden fertig sein?«, erwiderte er. »Sie hat ihre ganze Freizeit hier verbracht, da kannst du sicher sein. Sofi hat auch so eine. Eine Zeitschaltung, meine ich.«

»Müssen wir auf eine bestimmte Art vorgehen?«, fragte sie. »Ich habe noch keinen Selbstmord bearbeitet.«

»Du schleichst herum. Ich nehme mir die Dokumente vor. Und denk an unsere Deadline!«

5

Kjell stellte den Kragen seines Mantels auf und trat in die Morgenfinsternis. Die angefrorenen Schneeflocken knisterten und pikten auf der Haut.

Eine schlechte Nacht lag hinter ihm. Zweimal hatte er im Traum das Unbehagen durchlitten, helle Luftblasen aus einer finsteren und grundlosen Tiefe aufsteigen zu sehen. Dazu die schreckverzerrten Gesichter der anderen am Ufer. Hoffentlich bringe ich es im Sommer über mich, am Strandbad zu schwimmen, dachte er beim Schlurfen durch den Schnee, der ihm über die Knie reichte und in Klumpen an der Hose klebte. Mehrmals blieb er stehen, um sich den Grimm und den Schnee von Brust und Schultern zu klopfen. Als er die kleine Brücke nach Långholmen erreichte, stand Esbjörn Fors bereits da, unter der einzigen Laterne weit und breit. Deshalb war er in der Finsternis gut zu sehen. Während der Hund mit der Schnauze über den Boden jagte, starrte Fors mit zurückgelegtem Kopf in die Krone eines Baumes. Die Hundeleine baumelte in seiner Hand.

»Esbjörn Fors?«, erkundigte sich Kjell, eher zur Begrüßung als aus Unklarheit, denn außer dem Nachbarn, der ganz vernarrt ins Schneeschaufeln zu sein schien, war ihm seit der Wohnungstür niemand begegnet.

Fors nickte, ohne den Blick von der Baumkrone zu lösen. Er

legte den Zeigefinger an die Lippen, bevor er ihn hinauf zum schwarzen Geäst richtete. Sekunden verstrichen. Dann begann dort oben ein Vogel zu zwitschern.

»Der ist wohl nicht ganz bei Trost«, fand Kjell.

»In jedem Fall ein Irrer«, flüsterte Fors und drehte endlich den Kopf in Kjells Richtung. »Aber einer, der die Hoffnung nicht aufgibt. Die arme Frau.«

»Danke, dass du zurück nach Stockholm gekommen bist«, sagte Kjell beim Händeschütteln.

»Ich wäre besser gar nicht losgefahren«, erwiderte Fors ohne jede Reue in der Stimme. Er roch einige Meter weit nach Seife und hatte millimeterkurze Haare. Der Hund war ein Widerspruch zu Kjells erstem Eindruck. Er war nämlich so gut wie überhaupt nicht erzogen und ignorierte jeden Befehl, den Fors ihm gab.

Kjells Kollege Henning Larsson hatte diese Stelle nicht zufällig mit Fors als Treffpunkt vereinbart. Fors und sein Hund betraten Långholmen stets über die Pålsund-Brücke.

Was jenseits der Brücke geschah, entschied einzig und allein der Hund, gestand Fors, nachdem sie aufgebrochen waren. Kjell bat darum, dieselbe Route abzulaufen wie gestern. Dazu mussten sie den jungen Spaniel gemeinsam wie ein Kaninchen einfangen und anleinen. Der Hund sprang an seinem Herrchen hoch. Er wollte noch einmal freigelassen und dann wieder eingefangen werden.

»Fidel hat auch Qualitäten«, sagte Fors. »Heute Morgen hat er meinen Wagen gefunden. Sonst würde ich jetzt noch mit dem Besen einen Schneehaufen nach dem anderen ausprobieren.«

»Fidel?«

Fors nickte. »Weil er stundenlang bellen kann.«

»Warum bist du gestern am Mittag und zwei Stunden später noch einmal hierher?«

»Wir gehen immer zur Mittagszeit, vom Schnee war jedoch noch nichts zu sehen gewesen. Als er dann kam, habe ich beschlossen, lieber früher zu meiner Schwester aufzubrechen. Aber vorher musste Fidel eine große Runde laufen, damit er es am Abend bei meiner Schwester nicht zu weit treibt.«

Bis zum Freilichttheater hielt Kjell den Mann für einen prinzipientreuen Frühaufsteher, vor allem wegen seines Geruchs nach Seife, doch bis zum Bellman-Häuschen oberhalb des Strandbades erfuhr er, dass Esbjörn Fors von 1962 bis zum Frühling an der Grundschule von Högalid unterrichtet hatte. Zuerst die Erstklässler, später die höheren Klassen. Den Tagesablauf eines Lehrers hatte er auch im Ruhestand nicht aus dem Blut bekommen und sich deshalb den Hund angeschafft. Für Kjell war das die Erklärung. Er hatte sich nämlich seit dem gestrigen Abend gefragt, wer auf die Idee kam, sich für einen Menschen aus hundert Metern Entfernung verantwortlich zu fühlen und die Polizei zu alarmieren. Dazu war nur ein Lehrer imstande.

»Ich frage mich die ganze Zeit, ob die arme Frau vielleicht eine ehemalige Schülerin von mir war.«

»Da kann ich dich beruhigen. Sie ist außerhalb der Stadt aufgewachsen und erst nach der Schule hierhergezogen.«

»Da unten«, sagte Fors.

Neben dem Weg fiel die verschneite Wiese sanft ab bis zum Wasser. Selbst an der Stelle, wo die Techniker den Schnee bis zum Rasen abgetragen hatten, war nichts mehr von den Ereignissen am Abend zuvor zu sehen. Dafür hatte der Schneefall gesorgt, der weiter anhielt.

Fors war etwa zur selben Zeit wie jetzt zum ersten Mal hier eingetroffen. Und wie jetzt war der Hund den Hang hinabgejagt. »Wenn es wärmer ist, schwimmt er eine Runde. Gestern ist er nur durch das flache Wasser gejagt, genau wie jetzt.«

Fidel stürmte durch das Wasser, den ganzen Strand entlang,

und galoppierte am anderen Ende der Wiese wieder den Hang hinauf. Über den oberen Weg, wo gestern die Fahrzeuge gestanden hatten, kehrte er zu ihnen zurück und wedelte mit dem Schwanz. Diese Prozedur wiederholte Fidel noch zwei Mal.

»Du schaust also genau hin«, sagte Kjell.

Fors nickte. »Ich schaue ihm immer zu. Im Sommer muss ich besonders achtgeben. Es erzürnt die Badegäste natürlich, wenn sie nackt auf der Wiese liegen und von einem Hund wachgeleckt werden.«

»Dann bist du also ganz sicher, dass die Frau am Morgen noch nicht da saß?«

»Natürlich.«

»Bist du dir wirklich sicher?«

»Ja. Es wäre ja auch nicht wahrscheinlich.«

»Deshalb frage ich so eindringlich. Hast du es gesehen? Oder hältst du es für wahrscheinlich?«

»Ich habe es gesehen. Daran besteht kein Zweifel. Ich lasse Fidel keine Sekunde aus den Augen, wenn er am Wasser ist.«

»Gut, haken wir die Morgenrunde ab. Am Mittag war sie da?«

»Ja. Wir sind erst nach den Nachmittagsnachrichten los. Also muss ich diese Stelle hier zwischen Viertel nach drei und halb vier erreicht haben.«

Und da waren der Sonnenschirm und der Liegestuhl am Strand gewesen. Von hier oben hatte Fors nur die Füße unter dem Schirm herausragen sehen und nicht gewusst, ob sie einem Mann oder einer Frau gehörten.

»Der Liegestuhl hätte mir eingeleuchtet, nicht jedoch der Sonnenschirm. Die Sonne ging doch schon unter.«

Das war in der Tat irritierend. Fidel hatte sich von dem sonderbaren Arrangement nicht irritieren lassen. Fors' dritter und letzter Spaziergang fand um kurz vor fünf statt. Er hatte ihn vorgezogen, als der Schnee zu fallen begann, um früher losfahren zu können.

»Das gleiche Spiel«, erzählte Fors. »Da habe ich mich schon gewundert, dass sich die Gestalt wieder nicht rührte. Sie saß immer noch da. Aber ich wollte nicht wie ein Förster zu ihr hingehen und fragen, was da los ist.«

Erst viel später im Auto hatte Fors sich ernsthaft gewundert, warum die Person sich nicht gerührt hatte, selbst als Fidel nahe an ihr vorbei durchs Wasser trabte. Nachdem Fors und Fidel von der Nachmittagsrunde heimgeeilt waren, stiegen sie sofort ins Auto und fuhren los.

»Da ging der Sturm richtig los. Es gab einen Stau auf der Brücke, und ich habe von dort oben einen Blick zurückgeworfen. Da war unten alles neblig, aber den Schirm hat man noch gesehen.«

6

Henning spazierte geradewegs zu dem Doppelregal, dessen Bretter sich unter der Last der Bücher durchbogen. Ganz unten gab es drei Ordner.

»Ich habe, was ich brauche«, sagte Henning und ließ sich mit den Ordnern auf dem Sofa nieder.

Snæfríður stand unschlüssig im Raum. »Hast du irgendwo etwas entdeckt, das wie ein Abschiedsbrief aussieht?«

»Danach brauchst du gar nicht zu suchen.«

»Aha. Was soll ich dann tun?«

Henning blickte auf. »Dort steht eine Stereoanlage. Mach sie mal an.«

Sie tat es zögernd, weil sie nicht verstand, was Henning damit beabsichtigte. Aber Henning hatte während seiner Zeit in der Maria-Wache jahrelang die Selbstmorde auf den Schreibtisch bekommen und kannte bestimmt jede Abkürzung. Snæfríður hatte seit einer Ewigkeit keine Stereoanlage von dieser Größe mehr gesehen, zuletzt in ihrer Jugend. Nach dem Einschalten tat sich nichts.

»Die Tonquelle ist auf CD gestellt. Soll ich auf Play drücken?«

Henning brummte. Er hatte sich über den ersten Ordner hergemacht, doch die einsetzende Musik riss ihn aus seiner Versenkung. Das Lied war alt und begann mit tiefen Klavierklängen, nach einigen Takten setzte ein Xylophon ein. Snæfríður stürzte zur Stereoanlage und drehte an den Knöpfen, bis es leiser wurde.

»Der stand auf zehn! Entschuldigung, darauf habe ich nicht geachtet.«

»Dreh wieder auf!«

Streicher kamen hinzu, und schließlich der Gesang. *»Ich will dich! Und niemals darfst du mich verlassen!«*, sang eine altmodisch klare Frauenstimme.

Snæfríður starrte Henning an. Henning starrte die Stereoanlage an.

Ich will dich! Mein ganzes Herz gebe ich dir!

»Das kenne ich!«, rief Henning gegen die Musik an. Sein Blick war ernst. »Eine Schlagersängerin. Als ich jung war. Wie hieß die noch?«

»Wann warst du jung?«

»Irgendwann in den Sechzigern.« Henning schnippte so lange mit den Fingern zum Takt der Musik, bis ihm der Name einfiel. »Marianne Kock!«

Nun bin ich es, die gibt. Kann nicht mehr warten. Komm her! Ich hab dir schon angesehen, dass du mich liebst.

Snæfríður floh vor Marianne Kock ins Schlafzimmer und kehrte kurz darauf zurück. »Noch mehr Bücher!«, schrie sie, denn die Melodie wurde immer dramatischer, und die Stimme von Marianne Kock auch. »Einiges auf Englisch, aber nicht viel.«

Sie verschwand im Bad.

Henning starrte wieder auf die Stereoanlage.

Ich will dich! Das war vom ersten Augenblick an so. Es fühlt sich so richtig an, dass aus uns beiden etwas wird.

»Henning, bitte komm mal!«

Als er ins Bad trat, endete draußen das Lied. Snæfríður stand vor dem Spiegel.

»Das ist alt«, murmelte Henning und fuhr mit der Spitze seiner Finger über den Lippenstiftstreifen auf dem Spiegel. *I'm good for magic. And magic is good for me!* Einige der Buchstaben waren nur noch aus dem Zusammenhang zu entziffern, weil die Lippenstiftfarbe bereits abblätterte. Snæfríður öffnete den Lippenstift auf der Ablage und drehte die Spitze heraus. Sie war intakt und wie das Negativ einer Lippe geformt.

»Dann hat sie es mit einem vorangegangenen Exemplar geschrieben«, folgerte Henning. »Oder noch früher.«

»Woher willst du wissen, dass sie es selbst geschrieben hat?«

»Es ist ihre Schrift.«

»Hast du dir die Bücher angesehen? Das meiste sind Fantasy-Romane. Harry Potter und …«

Draußen sprang wieder die Musik an. Dieselben tiefen Klaviertöne. Dasselbe Lied.

Ich will dich! Und niemals darfst du mich verlassen!

Snæfríður eilte hinaus und schaltete die Musik ab. Henning folgte ihr.

»Es stand nicht auf Repeat.« Sie öffnete das CD-Fach und zeigte Henning eine unbedruckte CD. Sie legte sie wieder ein und sprang mit der Vorwärtstaste von Lied zu Lied.

»Achtmal«, sagte sie schließlich. »Achtmal derselbe Schlager aus den Sechzigern.«

Snæfríður setzte sich zu Henning auf das Sofa. Die Polster waren weich und wie geschaffen für Menschen, die gerne saßen.

Henning legte sich den aufgeschlagenen Ordner auf die Knie. »Eine Mitteilung vom Nationalen Hochschulamt in Umeå. Sie hat die Hochschulaufnahmeprüfung gemacht. Im Herbst.«

»Wofür braucht sie die?«

»Um studieren zu können. In meiner Zeit gab es das nicht, da machte man Abitur. Ich natürlich nicht, ich bin vorher zur christlichen Seefahrt.«

Snæfríður lachte. Sie war erst während ihrer Polizeiausbildung und am Beginn einer Liebesbeziehung zu einem Stockholmer nach Schweden gekommen. Die Schulzeit hatte sie in Reykjavík verbracht. Dort war es gang und gäbe gewesen, zur See zu fahren.

»Zweimal im Jahr, im Frühling und im Herbst, veröffentlichen die Abendzeitungen am Abend nach der Prüfung die richtigen Ergebnisse«, sagte Henning. »Man kommt erschöpft aus der Prüfung und erfährt gleich das Ergebnis.«

»Grausam. Man muss nur ankreuzen?«

Henning nickte.

»Das wird meine Hulda freuen.«

»Wie geht es Hulda?«, fragte Henning.

Snæfríður zog ein großes Schleppnetz durch ihr Leben, in dem sich dauernd neue Verantwortungen verfingen. Die nach zehn Jahren immer noch schlecht anlaufende Unternehmensberatung ihres Lebensgefährten Fredrik verlangte regelmäßige Kapitaleinlagen aus Snæfríðurs Gehaltskonto. Vor einem Monat hatte sie zudem ihre Sonderausbildung in Verhörtechnik in den Vereinigten Staaten abgebrochen, um zum Begräbnis ihres Großvaters nach Island zu reisen. Sie war nicht allein nach Stockholm heimgekehrt. Ihre vierzehnjährige Halbschwester, die zuvor beim Großvater gelebt hatte, lebte nun bei Snæfríður und Fredrik. Sie hieß Hulda, und außer ihrem Namen wusste Henning nur von den Sorgen, die Hulda ihrer großen Schwester bereitete.

»Sie läuft ständig draußen herum, am liebsten abends. Ich weiß nie, wo sie sich herumtreibt. Das macht mir ziemliche Sorgen.«

»Sie erkundet die Stadt. Du solltest es lockerer sehen.«

Henning wog ab, welche von Snæfríðurs Lasten die schlimmste war, und kam zu dem Ergebnis, dass er sich eher mit einem ausländischen Mädchen mitten in der Pubertät abfinden würde als mit dem zweiundvierzig Jahre alten Großmaul Fredrik und seiner jämmerlichen Unternehmensberatung.

Er selbst hatte es auch nicht leicht als freier Mann in den besten Jahren, mit den drei Zimmern seiner neuen Wohnung am Mosebacke Torg, die alle bewohnt werden wollten, mit einem Gehalt als Kriminalkommissar, dessen Großzügigkeit beim Ausgeben seine ganze Vorstellungskraft verlangte, sowie mit einer ziemlich fordernden Saisonkarte für Hammarby. Überdachter Sitzplatz natürlich.

Mit einem Seufzer beendete Snæfríður das Thema. Sie seufzte ziemlich viel, wenn man bedachte, dass sie gerade erst dreißig war.

Henning deutete auf eine Zahl am Ende des Briefes. »Sie war nicht gut.« Er blätterte um und hielt die folgende Seite im ersten Moment für eine Kopie der vorherigen, aber das Datum wich ab.

»Sie hat die Prüfung zweimal gemacht«, murmelte Henning.

Zuletzt im Herbst. Das Schreiben als offizieller Bescheid über das Ergebnis war dann am 12. November angekommen. Davor hatte sie die Prüfung im Frühling gemacht. Dieses Schreiben stammte vom 28. Mai.

Henning blätterte weiter.

Ein weiteres Schreiben vom Hochschulamt, das inzwischen das Design seines Briefpapiers gewechselt hatte.

»Achtmal!«, resümierte Snæfríður, als Henning beim letzten Schreiben ankam. »Sie hat es achtmal versucht!«

»Allerdings jedes Mal besser als davor, das muss man auch sehen!«

Snæfríður fehlten die Worte. »Jedoch immer schlecht. Bei ihrer ersten Prüfung erhielt sie 0,3, bei der letzten 0,7.«

Da hatte sie recht. Um sich auf diese Art bis zur Bestnote 2,0 vorzuarbeiten, hätte Elin Gustafsson noch an sehr vielen Prüfungen teilnehmen müssen.

»Das Schulabgangszeugnis ist auch so«, sagte Henning. »Sie ist nicht überall schlecht, in DTK und NOG hat sie ganz gut abgeschnitten, aber die Lese- und Wortverständnisaufgaben wiegen so schwer, dass ihr Gesamtschnitt weit unter dem Mittelmaß liegt.«

»Was ist DTK?«

»Diagramm, Tabellen und Karten. NOG ist logisches Denken bei mathematischen Problemen.«

»Bei uns in Island heißt das Rechnen. Kann aber keiner.«

»Vielleicht hatte sie Prüfungsangst. Sofi fährt nachher mit der Betreuerin vom psychosozialen Dienst zu den Eltern. Lass uns abwarten, was die sagen.«

»Ist das ein Motiv?«, fragte Snæfríður und deutete auf den Ordner.

Henning konnte nur mit den Schultern zucken. Anscheinend war Elin Gustafsson von ihrem Wunsch, ein Studium zu beginnen, nicht leicht abzubringen gewesen, wenn sie achtmal zur Prüfung antrat. Er schaltete wieder die Musik ein.

Wir haben alles zu gewinnen. Nur ich und du, wir beide gehen auf Entdeckungsfahrt durch unsere eigene Welt.

Henning stellte sich ans Fenster. Ein Kleinwagen fuhr einsam auf der breiten Fahrbahn und schlingerte auf dem schneebedeckten Grund.

Snæfríður war auf dem Sofa sitzen geblieben und blickte erwartungsvoll auf ihren Kollegen.

Auch wenn es draußen stürmt und schneit, siegt die Liebe über alles!

Das Lied verstummte.

Henning steckte die Hände in die Taschen und schmatzte. »Gefällt mir nicht.«

»Welchen Eindruck hast du?«, fragte Snæfríður in die Stille.

»Das mit dem Lied gefällt mir nicht.«

7

Als sich im sechsten Stock des Polizeigebäudes die Türen des Aufzugs öffneten, stand dort die neue Reichspolizeichefin Lis Viklund. Ihre cremefarbene Sporthose deutete Kjell als Hinweis, dass auch sie nicht damit gerechnet hatte, heute Morgen hier einer Menschenseele zu begegnen.

»Was machst du hier?«, fragte sie. »Ist dein Urlaub schon zu Ende?«

»Ich habe einen Fehler gemacht.«

Kjell hatte keine Gelegenheit, diese Aussage durch eine Fortsetzung abzumildern. Da die Lichtschranke keinerlei Personenverkehr registrierte, schloss sich die Tür wieder. Erst durch eifriges Knöpfedrücken zu beiden Seiten der Tür öffnete sich der Vorhang für den zweiten Akt.

»Einen Fehler?«

»Ich habe der Reichsmord durch eine Unterschrift eine neue Sache eingehandelt. Da kann ich die anderen an den Feiertagen nicht damit alleinlassen.«

Lis Viklund hatte ihr Amt erst vor einigen Wochen angetreten. Als erste Chefin der Reichskriminalpolizei war sie nicht aus der juristischen Fakultät eingeschwebt, sondern hatte sich von der Norrmalm-Wache bis hierher in den sechsten Stock der Reichskrim hochgearbeitet. Und nun wollte sie mit dem Aufzug wieder hinab.

»Wohin fährst du?«, fragte er und deutete auf die Reisetasche in ihrer Hand.

»Ich habe mir ein Häuschen ohne Strom gemietet, mitten im Nirgendwo, um einmal im Jahr für ein paar Tage nicht erreichbar zu sein.«

Sie war nur zwei Jahre älter als er, aber zwischen Augen und Mund zeugten zahlreiche Aufopferungs- und Erleichterungsfalten von ihrem langen Weg. Zehn Jahre hatte sie als Chefin der Stockholmer Bezirkspolizei durchgehalten. Das war nach der Kantinenchefin der härteste Posten bei der schwedischen Polizei.

Kjell fürchtete sich ein wenig vor ihr wie vor einer strengen Tante. Ihrem Vorgänger Sten Haglund trauerte er allerdings nicht hinterher. Fünf Jahre lang hatte der immer dieselben Fragen gestellt, wie ein Zahnarzt bei der Halbjahreskontrolle, und sich in Krisensituationen so entschlossen verhalten wie eine geballte Schlagersängerfaust. Das war am Ende sein Spitzname gewesen.

»Wenn du nicht bald aus dem Aufzug steigst, ist Weihnachten vorüber.«

Kjell räumte den Aufzug.

»Es ist hoffentlich nichts Großes?«

»Nur ein Selbstmord.«

»Lass uns im neuen Jahr essen gehen.«

Kjell winkte zum Abschied. Mit einem flauen Gefühl im Magen ging er zu seinem Büro. Nichts Großes. Was meinte sie damit? Doch wohl nicht etwa, dass sie sich in Zukunft in alles einmischen wollte?

Er betrachtete seinen bedenklich aufgeräumten Schreibtisch. Während seiner einjährigen Papateilzeit, bei der er nur drei Nachmittage in der Woche gearbeitet hatte und alle Entschlusskraft an Henning Larsson übergegangen war, hatte er nicht viel Gelegenheit bekommen, Sofi Johanssons Ordnungsliebe zu durchkreuzen. Seit drei Jahren teilte er sein Zimmer mit ihr, dennoch konnte er immer noch über den blauen Lappen lächeln, den sie nach dem Morgenputz zum Trocknen über die Heizung hängte. Sonderbar, dachte er, die chaotischsten Gemüter haben immer die ordentlichsten Schreibtische.

Mit ausgestrecktem Arm erreichte er ein Blatt Papier und überflog es. Henning hatte sich eine Agenda für Suizidfälle aus den Dienstvorschriften kopiert und die einzelnen Aufgaben mit den Namen der vier Mitglieder der Reichsmord beschriftet. Die Wohnung übernahmen Henning und Snæfríður, und Sofi erledigte seit einigen Stunden eine Reihe kleinerer Aufgaben. Eigentlich gab es noch ein fünftes Mitglied, aber Barbro Setterlind hatte rechtzeitig Urlaub genommen und tauchte nicht in der Liste auf. Sie am ersten Weihnachtstag anzurufen, hätte nur weitere Kapitalverbrechen heraufbeschworen.

Die Agenda für Suizidfälle endete mit einem Merksatz: *Selbstmord ist ein Tötungsdelikt, bei dem Täter und Opfer identisch sind. Die Täterschaft ist nachgewiesen, wenn sich in der Voruntersuchung keine Hinweise auf andere Verdächtige ergeben.*

Spitzfindiger konnte man nicht formulieren. Kjell setzte ein Häkchen hinter seinen Namen: *Befragung von Augenzeugen abgeschlossen.* Das hatte auch Sofi bei ihrer ersten Aufgabe schon getan. Ihre Ergebnisse lagen auf dem Schreibtisch. An der Fotokopie eines Zeitungsausschnitts klebte einer ihrer grünen Zettel, mit denen sie ihr ganzes Leben etikettierte: *›DL abgeschlossen. Sonst null Treffer! Bitte nichts unordentlich machen. Habe aufgeräumt. Bitte!‹*

DL, das stand für ›digitales Leben‹. Die Menschen verbrachten ihr ganzes Leben im Internet, nur ermorden lassen wollten sie sich ausgerechnet in der Realität, für die Kjell Cederström zuständig war. Sofi hatte ihre Suche bereits abgeschlossen und war zum Glück auf keine virtuelle Zweitexistenz von Elin Gustafsson gestoßen, so dass sie sich zumindest nicht mit solchen Albernheiten herumschlagen mussten. Kjell zog den Zettel von dem Papier. Es war eine Fotokopie von einem Artikel im Svenska Dagbladet vom 27. Oktober. Zweimal im Jahr, im Frühling und im Herbst, brachten die Tageszeitungen am Tag der Hochschulaufnahmeprüfung einen Artikel, in dem immer dasselbe stand: Wie viele diesmal teilnahmen, was man können musste, und vor allem, welche Gegenstände man nicht zu Hause vergessen dürfe. Obwohl man nur einen einzigen Gegenstand benötigte, nämlich einen gespitzten Bleistift, schienen einige nach wochenlangem Lernen genau den zu vergessen. Der Reporter hatte einen findigen Einwanderer aus Marokko interviewt, dem eine sensationelle Geschäftsidee eingefallen war. An einem Tag im Frühling und dann noch einmal im Herbst stand er morgens mit einem Bauchladen voll gespitzter Bleistifte vor dem größten Gymnasium Stockholms. Den Rest des Jahres habe er frei, und ja, sein Beruf bereite ihm viel Freude.

Meist gab es immer noch ein Interview mit dem Prüfungsbesten vom letzten Mal. Das war grundsätzlich eine Frau, die aus einer Kleinstadt wie Nyköping kam und Empfehlungen gab, wie man es zur Höchstnote 2,0 bringen konnte. Zum Beispiel: In der einstündigen Mittagspause bloß nichts Schweres essen. Doch diesmal hatte der Reporter einen interessanteren Menschen aufgespürt: Elin Gustafsson aus Stockholm nahm zum achten Mal an der Prüfung teil. Am Bleistift lag es allerdings nicht. Sie komme mit den Kästchen nicht zurecht, die man ankreuzen musste, berichtete sie. Elin wollte an der Technischen Hochschule Civilingenieur studieren, scheiterte jedoch immer am Prüfungsteil ›Sprachverständnis‹. Obwohl sie viel lese, wisse sie während der Prüfung nicht, welches der fünf Synonyme zu ›nonchalant‹ das richtige sei. Anscheinend stand Elin mit ihrem Elend nicht alleine da, denn zum Abschluss zitierte der Artikel eine Reihe von Direktoren technischer und medizinischer Institute, die sich darüber ereiferten, wie viele der Begabtesten nicht Arzt oder Astronaut werden konnten, weil sie die Bedeutung der Nonchalance verkannten.

Mit offensichtlichen Selbstmorden hatte Kjell keine Erfahrung. Zur Sicherheit überflog er noch einmal das Merkblatt: Wie bei jedem anderen Gewaltverbrechen genügte ein technischer Beweis oder ein knappes Geständnis nicht, um die Voruntersuchung abzuschließen. Der Bericht musste verständlich machen, warum Elin ihrem Leben ein Ende gesetzt hatte.

Bislang waren allerdings nicht einmal die Berichte von Per und Suunaat eingetroffen, dafür aber ein durchsichtiger Beutel mit Elins Halskette. Sie sei aus echtem Silber, hatte Per auf dem Aufkleber notiert. Die entscheidende Frage beantwortete er nicht: Wie lange hatte Elin die Kette getragen? Kjell spannte sie vor seinen Augen. Ein Davidsstern, dachte er zuerst, aber als der Anhänger zu zittern aufgehört hatte, erkannte Kjell nicht zwei Dreiecke, sondern drei. Deckungsgleiche Dreiecke, wie man es bei der Hochschulaufnahmeprüfung wohl nannte, und ineinander verschlungen.

Obwohl seine Knie von der Kälte draußen noch ganz steif waren, sprang er auf und musterte sein Büro. Irgendwo hatte er dieses Ornament schon einmal gesehen, und zwar häufig und in seiner nächsten Umgebung. Er studierte die Aktendeckel im Regal. Nein, mit den Fällen hatte es nicht zu tun. Dann wäre es ihm eingefallen. Er öffnete den Schrank, und tatsächlich: Auf der Verpackung des Kopierpapiers war dasselbe Zeichen abgebildet. Es war das Signet des Papierherstellers *Svenska Cellulosa.* Kjell nahm eine Packung heraus und überlegte, was das Logo bedeuten sollte. Stand jedes Dreieck für ein Blatt Papier oder einen gefällten Baum? Drei Tannen könnten es sein.

Ein Klopfen riss ihn aus seinen Gedanken. Mit dem Stapel in der Hand lief er hinaus in den Flur, um an der Tür nachzusehen. Sie war aus Glas und konnte nach Angaben der Sicherheitsabteilung Schallwellen und Eindringlinge abhalten, nicht jedoch Kjells verwunderten Blick. Das Mädchen auf der anderen Seite lächelte. Es trug einen gelb leuchtenden Regenmantel. Seine Füße und Beine steckten bis zu den Knien in grünen Gummistiefeln. Unter der Kapuze des Mantels zeichnete sich ein hellblonder Haaransatz ab.

Er öffnete. »Bist du etwa Hulda?«

Sie nickte. »Ich will Snaj abholen.«

Kjell sah auf die Uhr. »Snæfríður ist mit meinem Kollegen unterwegs. Aber lange kann es nicht mehr dauern. Seid ihr verabredet?«

Hulda nickte.

»Am besten kommst du herein. Du kannst einen Kaffee haben. Willst du?«

Hulda folgte ihm in den Besprechungsraum, wo er ihr an der Theke Kaffee einschenkte. Obwohl die Gummistiefel ziemlich groß wirkten, verursachten sie keine Geräusche. Hulda war eine versierte Gummistiefelgeherin.

»Hier wären *Lussekatter.*«

»Ich nehme eins«, sagte sie und griff ohne Scheu nach dem Safrangebäck.

Sie wechselten hinüber in Kjells Büro. Hulda nahm an Sofis Schreibtisch Platz und schob sich die Kapuze vom Kopf. Ihr Haar war so hell wie das seiner Freundin Ida.

»Hast du gewusst, dass Lussekatter gar nicht nach der Heiligen Lucia benannt sind, sondern nach Lucifer?«

Kjell blies über seinen Kaffee. »Das habe ich. Und woher weißt du es?«

Offenbar mochte Hulda gelbe Dinge, Regenmäntel und auch Safrangebäck. Sie biss ab und kaute eine Weile. »Ich bin der Sache auf den Grund gegangen«, antwortete sie nachdenklich.

»Aha«, antwortete Kjell, um einen vertraulichen Ton anzuschlagen. »Und was liest du da?«

Hulda sah an ihrem Mantel hinab. Aus der Tasche ragte ein Buch. Hulda zog es heraus und reichte es Kjell. »Fredrik hat es mir gegeben, für mein Schwedisch.«

Snæfríður zufolge hatte Hulda vor vier Wochen kein Wort Schwedisch verstanden. Inzwischen schien sie sich bestens darin auszukennen. Ihre etwas sonderbare Ausdrucksweise lag auf jeden Fall in ihrem Wesen und nicht in der neuen Sprache begründet.

Kjell klappte das Buch auf. Es war August Strindbergs Roman ›Das rote Zimmer‹.

»Da geht es um einen jungen Kerl, der durch Stockholm irrt.«

»Gefällt es dir?«

Hulda schüttelte den Kopf.

»Ist auch ziemlich alt. Vielleicht nicht das Richtige für dich.«

»Es ist pathetisch, das ist bei schlechten Autoren meistens so.«

Kjell stellte augenblicklich seine Kaffeetasse ab, solange er seine motorischen Funktionen noch kontrollieren konnte, und räusperte sich. »Es ist immerhin ein Klassiker. Die Geburtsstunde des modernen Romans, sagen viele.«

»Zugleich ein wichtiger Jahrestag des schlechten Romans.«

»Darf ich fragen, wie viele Bücher du in deinem kurzen Leben gelesen hast?«

»Dreitausend.«

Kjell überschlug diese Zahl. Das konnte nie und nimmer stimmen. Eigentlich bringe das Ende einer Geschichte die Wahrheit, behauptete sie. Bei Strindberg bringe die Wahrheit die Geschichte.

Die Gewissheit des zierlichen Mädchens blendete ihn. »Hier in Schweden mögen wir das«, entgegnete er zur Verteidigung.

»Was ist das?«

»Das hier?« Er war heilfroh, dass das Gespräch seine Richtung wechselte. »Eine Halskette. Die tote Frau trug sie. Als wir sie fanden.«

Wenn schon Strindberg Hulda nicht einschüchterte, so vermochte das der Tod erst recht nicht. Sie griff nach der Plastiktüte und betrachtete den Inhalt.

»Ich bin der Sache auf den Grund gegangen«, sagte Kjell auf dem Weg zum Papierschrank. Er nahm ein weiteres Paket heraus, weil er das andere in der Küche liegen gelassen hatte, und deutete auf das Signet von Svenska Cellulosa.

Hulda würdigte Kjells Entdeckung kaum und aß weiter. »Valhnútur. Das ist ein Knoten.«

»Knoten. Wie kommst du darauf?«

»Am Zaumzeug.« Sie vollführte eine Vierteldrehung auf dem Bürostuhl, damit er ihr Profil sah. Sie tippte sich an die Wange. »Hier, wo die Riemen zusammenlaufen.«

Vielleicht war Elin Gustafsson Reiterin gewesen, überlegte Kjell, sportlich hatte sie allerdings nicht ausgesehen. Eher dicklich. »Warum sollte sie so einen Knoten als Anhänger um den Hals tragen? *Walknütürr* heißt der? Bei euch in Island?«

»Oder Odins Knoten. Weil Óðinn ihn benutzt hat. Er hat damit die Kräfte der Gegner bei der Schlacht gebunden.«

»Odin?« Kjell verschluckte sich.

Sie schlürfte bestätigend an ihrem Kaffee. Ziemlich laut sogar.

»In Island mögt ihr solche Sachen. Neulich habe ich etwas in der Zeitung darüber gelesen.«

»Irgendeine Lüge müssen sich die Zeitungsleute ja einfallen lassen, hat mein Opa oft gesagt.«

Wenn er das zierliche Mädchen so reden hörte, konnte Kjell den toten Großvater leibhaftig vor sich sehen. Anscheinend war er zu seinen Lebzeiten ihr einziger Bezugspunkt gewesen. »Ich lese Svenska Dagbladet«, sagte er, um das Thema in andere Bahnen zu lenken. »Das ist eigentlich eine sehr gute Zeitung.«

»Es ist nur, dass bei uns immer der Wind pfeift. Ich zum Beispiel komme vom Djúp.«

Man konnte Hulda nicht in andere Bahnen lenken. Auf einmal verstand er Snæfríður, wenn sie darüber klagte, keinen Einfluss auf ihre kleine Schwester zu haben. »Was ist dieses *Tjupp?*«, fragte er also.

Hulda blickte zum Fenster, wo der Wind die Schneeflocken so heftig gegen die Scheiben wehte, dass man sich wie in einem dahinrasenden Auto vorkam. »Eine schaurige Tiefe. Ein Fjord mit hohen Bergen und tiefem Wasser.«

»Dürfte ich noch einmal auf Odin zu sprechen kommen?«, erkundigte sich Kjell. »Der Knoten hat also mit Odin zu tun?«

»Über Knoten weiß ich einiges, über Odin nicht. Der hat keine Bedeutung bei uns im Norden. Der Gott der Nordleute ist Þórr.«

»Stop, Hulda! Ich will nicht über Thor, sondern über Odin reden.«

»Warum?«

»Hast du schon einmal von Odins Auge gehört?«

»Am Mímisbrunnen hat er sein Auge geopfert. Mímir ist der Gott der Tiefe.«

»Der Tiefe?«

»Des Wissens. Außerdem Brunnenbesitzer.«

Kjell stand abrupt auf und stellte sich vor die Fensterscheibe. Odin hat also sein Auge geopfert, um zu tieferem Wissen zu gelangen. Deshalb hatte das Wetteramt seine Tiefenbojen ›Odins Auge‹ genannt. Sie waren kugelrund und sollten das Wissen über die Strömung im Fjord vertiefen.

Warum passierte das, fragte er sich. Warum sprang am Strandbad eine Boje dieses Namens aus dem Wasser, neben einer Toten, die einen Anhänger um den Hals trug, der ›Odins Knoten‹ hieß? Vernünftig betrachtet, konnte dazwischen keine Verbindung bestehen. Elin hatte mit der Boje nichts zu tun. Er musste ein Opfer seiner geschärften Sinne sein, so wie Kjell den Sprecher im Radio oft genau das Wort verwenden hörte, das Kjell gerade niederschrieb oder in einem Buch las.

Zweimal Odin. Das war eines jener unlogischen Zeichen, auf die Kjell dauernd stieß. Aber worauf wies das Zeichen? Er durfte um Himmels willen nicht übereifrig werden – kein Indiz deutete darauf hin, dass mehr an der Sache war. Andererseits hatte Elin in ihrem Liegestuhl direkt auf die Stelle geblickt, an der später die Boje aufgetaucht war.

Ein Rumpeln draußen im Korridor riss Kjell aus seinen Gedanken. Snæfríður und Henning trafen ein.

»Wir sind bei Fredriks Eltern eingeladen«, erklärte sie Huldas Anwesenheit.

Hulda zog sich ihre Kapuze über den Kopf, womit klarwurde, was sie von Snæfríðurs Lebensgefährten Fredrik und seinen Eltern hielt.

»Frohe Weihnachten!« Kjell winkte den beiden hinterher.

Mit einer Tasse Kaffee nahm Henning den freien Platz an Sofis Schreibtisch ein. Er schwieg und trank eine ganze Weile vor sich hin. Deswegen starrte Kjell weiter aus dem Fenster und wartete. Unten liefen zwei Männer durch den Park und rüttelten mit einer Stange den Schnee aus den Baumkronen.

Bisher hatte sich keines der Mitglieder seiner Gruppe beschwert, deshalb war ungewiss, ob sie den Weihnachtseinsatz der Fügung oder seinem Mangel an Gerissenheit anlasteten. Henning schwieg aus sehr vielen Anlässen, auch aus Wut, und dann immer am längsten.

Henning schniefte. »Irgendetwas stimmt da nicht.«

»Habt ihr etwas gefunden?«

Henning deutete ein Kopfschütteln an. »Irgendetwas stimmt da nicht.«

»Das Amulett vor dir auf dem Tisch heißt ›Odins Knoten‹. Ist anscheinend ein mythisches Bild.«

Henning reckte sich über den Schreibtisch und sah sich die Kette genauer an. »Und?«

»Gestern am Strand schoss eine defekte Boje aus dem Wasser. Kurz darauf kam ein Boot vom Wetteramt, um das Ding aus dem Wasser zu fischen.«

»Wieso geschossen?«

»Es ist keine schwimmende Boje, sondern eine Messboje, die am Grund befestigt war. Der ganze Fjord soll voll mit den Dingern sein. Sie messen die Strömung. Und jetzt kommt es: Die Bojen heißen *Odins Augen*.«

»Zauberkram war Elins große Leidenschaft«, brummte Henning und genehmigte sich eine Portion Tabak. Das tat er immer, wenn er nicht wusste, wie er reagieren sollte. »Vielleicht aber auch nur ihre zweitgrößte. Ich suche etwas Handfestes.«

»Was meinst du?«

Er brummte wieder. Sofis Telefon begann zu läuten. »Überall in der Wohnung lagen Schnüre und Stäbe, wie man sie für Zaubertricks braucht. Und diese schlechten Romane, in denen Trolle vorkommen.«

»Strindberg?«

»Nein.« Henning rieb sich am Kinn, ohne dem Telefon Beachtung zu schenken.

»Fantasy?«

»Genau das!« Endlich nahm er den Hörer ab und lauschte eine Weile, bevor er auflegte. »Suunaat Kjærgaard. Wir können jetzt vorbeikommen. Am besten sofort, sagt sie.«

Zwei Minuten später erreichten sie den Ausgang des Polizeigebäudes.

»Hast du Hulda eigentlich eine Besucherkarte ausgestellt?«, fragte Kjell in der Tür.

»Wieso fragst du?«

»Sie ist vorhin oben an der Glastür aufgetaucht.«

»Sie war erst einmal hier, gleich nach ihrer Ankunft in Stockholm.«

Die Tür fiel hinter ihnen zu. Kjell blickte zurück durch die Scheibe. Dann stemmte er die Tür wieder auf, durchschritt die Halle und steuerte auf die Rezeption zu. Henning blieb ihm dicht auf den Fersen. Hinter dem Tresen saß ein junger Mann in Uniform. Er war nicht allein, eine Frau stand in der Nähe, und in der Halle schlich ein Wachmann herum.

»Wo wart ihr eigentlich vorhin?«, fragte Kjell. »Vor einer Dreiviertelstunde?«

Der Mann blinzelte ins Ungewisse. »Hier natürlich. Seit ein Uhr sitze ich hier.«

»Warst du auf der Toilette?«

»Nein.«

»Mich hat vorhin ein vierzehnjähriges Mädchen besucht. Und hier ist meine Frage: Wie kann sie in einem knallgelben Regenmantel an dir vorbeimarschieren und ungehindert bis in den sechsten Stock gelangen?«

Henning zog eine Grimasse. Der Mann sah alarmiert auf, und seine Kollegin ebenso.

»Bist du sicher?«, fragte sie. Offenbar leitete sie die Schicht.

»Ich habe sie auch gesehen«, bestätigte Henning. »Ist euch klar, was alles passieren kann, wenn hier jemand eindringt?«

»Ich muss die Bänder prüfen«, murmelte die Frau und eilte zu ihrem Schreibtisch zurück.

Der junge Mann war auf seinem Stuhl erstarrt, zweifelte aber offenkundig nicht an seiner Aufmerksamkeit. Kurz darauf versammelten sich alle vor dem Monitor. Man sah den Wachmann in Schwarzweiß hinaus ins Freie eilen.

»Da hielt ein Wagen, der nicht zu uns gehört. Den habe ich überprüft.«

Das Video lief weiter. Der Uniformierte hinter dem Tresen nahm den Hörer des Telefons ab, die Frau gab etwas auf ihrer Tastatur ein. Hulda öffnete die Tür und steuerte in gerader Bahn an der Rezeption vorbei, durch die Halle hindurch zu den Aufzügen. Normalerweise bedurfte es einer Karte, um die Tür zu öffnen.

»Jesus!«, murmelte die Frau.

Ein Mann stieg aus dem Aufzug, grüßte Hulda freundlich und lief in den Feierabend.

»Da hat sie Glück«, knurrte Kjell. »Spaziert arglos herein, und dann kommt auch noch jemand mit dem Aufzug unten an. Ihr solltet von nun an besser miteinander kommunizieren. Immerhin trägt sie einen gelben Mantel. Und ihre Gummistiefel quietschen bestimmt auf diesem Boden.«

Henning bat darum, das Band noch einmal sehen zu dürfen. »Mit Glück hat es wenig zu tun, wenn du mich fragst«, sagte er danach und wollte das Band noch einmal sehen.

»Wonach suchst du denn?«, erkundigte sich Kjell nach der vierten Wiederholung.

Henning antwortete nicht und verlangte stattdessen nach den Bildern der Außenkameras. »Fünfzig Kronen, dass sie eine Weile draußen wartet.«

Kjell verweigerte diese Wette, weil er nicht verstand, worauf sein Kollege hinauswollte und was ihn so an den Aufnahmen interessierte.

»Wunderbar!«, hauchte Henning, als sie Hulda draußen stehen und dann loslaufen sahen. »Sie hat die Wachleute beobachtet, den Moment abgepasst und die Sache dann ohne Zögern durchgezogen.«

»Aber woher konnte sie wissen, dass am anderen Ende der Halle der Aufzug ankommen würde?«

Henning zuckte mit den Schultern. »Weiß nicht, aber das macht die Sache so erstklassig. Sie hat es faustdick hinter den Ohren, das sage ich dir.«

8

Der Violvägen wand sich wie eine mittelalterliche Gasse um die Anhöhe, dabei konnte die Siedlung nicht älter als fünfzehn Jahre sein. Sofi Johansson legte wieder ihr Fernglas an. Die Häuser waren alle Kopien des ersten Hauses der Straße, die ganze Siedlung wirkte wie an einem einzigen Tag erbaut. Wie fanden die Leute hier nur ihr eigenes Haus, fragte sie sich. Durch den Schleier aus Schneeflocken erkannte sie die Hausnummer nur unscharf. Neben dem Haus fegte eine vermummte Gestalt den Weg zur Tür frei. Das fiel einem kaum ein, wenn man gerade vom Tod seiner Tochter erfahren hat. Das übernächste Haus wollte sie auslassen, weil sie weit und breit kein parkendes Auto entdeckte. Aber als sie die Nummer entzifferte, bremste sie so scharf, dass sich der Fiat quer stellte. Hier war es, einundzwanzig, Violvägen. Der alte Motor knatterte, das hörte man drinnen bestimmt. Sofi parkte am Straßenrand und suchte nach der Telefonnummer von Stina Nääs. Die nahm noch vor dem zweiten Läuten ab.

»Stina«, sagte Sofi. »Ich stehe vor dem Haus der Gustafssons. *Wo bist du?*«

»Bin vor einer halben Stunde von dort weg.«

Anscheinend wollte die Notfallpsychologin nicht den ganzen Weihnachtstag für die Gustafssons opfern. Sofi seufzte. Das war die einzige Antwort, die ihr einfiel.

»Bist du dir unsicher?«, fragte die Psychologin.

»Es ist gegen die Vorschrift, das weißt du. Ich bin von der Reichsmord. Wir haben keine Erstkontakte. So gut wie nie.«

Stina wechselte in eine einfühlsame Melodie aus Worten und schloss damit, dass es noch einige andere Angehörige von anderen Selbstmördern gebe, die jetzt des Trostes von Stina Nääs bedurften.

»Also gut«, sagte Sofi und seufzte noch einmal.

»Wie alt bist du eigentlich?«, fragte Stina.

»Warum fragst du?«

»Deiner Stimme nach bist du im selben Alter wie die Tochter.«

»Ist das schlecht?«

»Hmm, manchmal ja, manchmal nein.«

Den Weg zur Haustür nutzte Sofi, um Stina Nääs zu verfluchen. Auf der Außentreppe kam sie auf den Holzstufen ins Rutschen und schürfte sich den Ellenbogen an der Hauswand auf.

Eine junge Frau öffnete. Sie konnte nicht zu den Gustafssons gehören. Sofi hatte das Volksbuch studiert und kannte die Familienverhältnisse. Während sie sich im Flur die Schuhe auszog, starrte die Frau unablässig zu ihr herab. Vielleicht war sie eine Cousine, überlegte Sofi. Auch im Wohnzimmer ging das Starren weiter. Dort saßen acht sprachlose Personen auf zwei Sofas. Dazwischen stand der Weihnachtsbaum, und für einige Sekunden verfing sich Sofi Johansson in der Frage, ob sie die Kerzen in dieser Lage ebenfalls einschalten oder lieber aus lassen würde. Der Boden glänzte. Das Holz musste gerade erst verlegt worden sein. Und nun das!

Während sie einem nach dem anderen die Hand schüttelte,

suchte sie nach einem Hinweis, wer von diesen Leuten Elins Eltern waren. Wahrscheinlich handelte es sich um Nachbarn, denn draußen parkten keine Autos. Stina hatte den Leuten bloß mitgeteilt, dass ein Ermittler von der Reichsmordkommission kommen würde.

Sofi hat ihr ganzes Leben lang Zeit gehabt, sich der Wirkung ihrer schwarzen Haare und Augen auf andere Menschen bewusst zu werden, deshalb konnte sie davon ausgehen, dass die Leute auf dem Sofa rätselten, wie sie zu den Farben an ihrem Körper gekommen war, wo ihr Name doch so schwedisch klang. Beim Heimweg in der U-Bahn konnte sie damit die Aufmerksamkeit von Männern auf sich ziehen und sie von einer verhängnisvollen Affäre träumen lassen. Auch bei der Arbeit kam ihr der dunkle Teint zugute. Trauernde verbanden etwas Schicksalhaftes mit ihr, als landete ein schwarzer Rabe auf der Fensterbank.

Sie antwortete auf die stumme Frage. »Bei einem nichtnatürlichen Tod muss die Polizei die Möglichkeit ausschließen, dass es sich um ein Verbrechen handelt. Das ist eine vorgeschriebene Routine.«

»Du bist von der Reichskriminalpolizei«, sagte der Mann, der anscheinend Elins Vater war. »Habe ich das richtig verstanden?«

Sofi nickte. »Wir wurden hinzugezogen, weil an den Feiertagen viel passiert.«

»Werdet ihr Elin obduzieren?«, wollte die junge Frau wissen, die Sofi die Tür geöffnet hatte.

»Die Todesursache muss immer bestimmt werden, wenn sie nicht offenkundig ist.«

»Ist sie das etwa nicht?«

Darauf durfte Sofi nicht antworten. Und sie wollte die Leute nicht weiter verdrießen. »Wenn man nach einem halben Jahr auf der Intensivstation an Krebs stirbt, ist das offenkundig ein natürlicher Tod, aber selbst da muss ein Pathologe das Gewebe untersuchen. Kann ich einzeln mit euch sprechen?«

Das Paar, das Sofi als Elins Eltern ausgemacht hatte, nickte. Der Vater stemmte sich aus dem Sofa. Sofi folgte ihm auf der roten Treppe hinauf in ein Zimmer, das anscheinend ihm allein gehörte. Die Wände waren mit Buchregalen bedeckt. Sonst enthielt das Zimmer nur einen Sessel, in dem Jakob Gustafsson viel Zeit zu verbringen schien. Auf den Lehnen hatte der Blumenbezug fast keine Farbe mehr. Er bot Sofi Platz auf dem schmalen Ziersofa an der Wand an und sank routiniert in seinen Sessel. Sofi sah sich in Ruhe um. Der Straßenatlas vom ICA-Supermarkt und ein altes Wörterbuch für Norwegisch. Die anderen Bücher in den vier Regalen waren alle Krimis.

Ein Krimizimmer.

Sofi richtete ihren Blick hastig auf Jakob Gustafsson. Er rang um Fassung, seit er sich gesetzt hatte. Das raubte einem mehr Kraft, wusste Sofi, als im Klimmzug an einer Turnstange zu hängen.

»Dafür hatte sie einen schönen Tod«, begann sie. Die Leute mit etwas Unerwartetem zu schockieren, damit hatte sie in der Vergangenheit viele Erfolge erzielt.

Der Vater nickte mechanisch, vertiefte sich in diese neue Vorstellung, erlitt dann jedoch einen Weinkrampf, während Sofi schweigend dasaß und noch einmal Stina Nääs verfluchte. Die Vorschrift sah vor, dass der Ermittler Distanz wahrte. Als der Vater sich gefasst hatte, ließ Sofi die Stille noch ein wenig wirken. Ihr frisch lädierter Ellenbogen schmerzte höllisch.

»Würdest du deinem Vater das antun?«, fragte er.

Sie konnte diese Frage nicht beantworten und wog ab, in welche Richtung sie lügen sollte. Am Ende entschied sich für die Wahrheit. »Ich kenne meinen Vater nicht.«

»Aha«, erwiderte der Vater enttäuscht. »Bei Elin … ich hatte das Gegenteil erwartet.«

Sofi verstand nicht recht, was diese Aussage bedeutete, nahm aber dennoch ihren Notizblock und schrieb es auf. Sie schrieb immer alles auf.

»Es gab zwei Dinge, die Elin interessierten. Das eine war die Naturwissenschaft. Deshalb wollte sie unbedingt studieren.«

Sofi hatte zuvor ein kurzes Gespräch mit Henning geführt und schrieb die Zauberei gleich mit auf. Das war sicher das Zweite.

»Das Zweite war die Zauberei. Die hat sie seit ihrer Kindheit geliebt.«

»Auf ihrem Spiegel im Badezimmer steht: *I'm good for magic …*«

»*… and magic is good for me.*« Der Vater lächelte. »Das war immer ihr Spruch. Keine Ahnung, woher sie den hatte. Ich habe lange gehofft, dass sie sich von dem Wunsch zu studieren trennt. Wenn man so oft durch die Aufnahmeprüfung fällt, ist das doch ein sicheres Zeichen!« Er sah Sofi so eindringlich an, als müsste er sie überzeugen.

»Das Schicksal hat etwas anderes mit einem vor?«

Jakob Gustafsson nickte erleichtert. Seine Ansicht war also nicht so abwegig, dass nur er sie verstand.

»Vielleicht hat sie eine Bestandsaufnahme ihres Lebens gemacht«, sagte Sofi. Jakob Gustafsson sah sie an. Das verstand er nicht. »Eine Liste.«

»Sie hat keine Listen gemacht.«

Sofi ließ ihren Notizblock mit der Liste all ihrer Fragen auf das Polster gleiten. »Und ihr Urteil lautete dann, dass sie nicht mehr die Jüngste war und keines ihrer Ziele erreichen würde.«

»Das befreit einen doch«, fand er nach einigem Überlegen.

»Oder es überzeugt einen, dem Leben nicht gewachsen zu sein. Und da hat sie einfach aufgegeben.«

Der Vater nickte halbherzig. Elins Entschluss verstand er

dennoch nicht. Das sah Sofi ihm deutlich an. Sofi fand ihren Vorschlag selbst hypothetisch, aber bei ihrer Arbeit stieß sie dauernd auf Depressionen und Ängste und nie auf einen Grund dafür. Sie deutete auf das Regal. »In Kriminalromanen haben die Leute immer gute Motive und treffen klare Entscheidungen. In der Wirklichkeit trifft man so gut wie nie Entscheidungen. Meist ergibt sich das Nächste aus dem Vorherigen.« Dass Morde eher auf Stimmungen und fehlender Intelligenz beruhten statt auf Motiven, verschwieg Sofi lieber. »Du kannst es nicht nachvollziehen, oder? Dass sie sich einen schönen Platz sucht, um aufzugeben.«

»Mir will nur nicht in den Kopf, wie sie es mit dem Rollstuhl dorthin geschafft hat.«

9

Kjell erreichte den Kamm des Schneehaufens zuerst. Henning sank mit seinem Gewicht bis zum Schritt ein und kam nur mühsam voran. Der Winterdienst hatte die Wege des Karolinska säuberlich geräumt und all den Schnee vor der unscheinbaren Einfahrt zum Hof der Rechtsmedizin aufgehäuft, dem einzigen Institut auf dem ganzen Gelände, wo an den Feiertagen gearbeitet wurde.

Kjell streckte Henning die Hand entgegen. Als sie sich auf der anderen Seite des Schneehaufens an den Abstieg machten, sahen sie Suunaat Kjærgaard im Eingang des Gebäudes stehen und die Tür offen halten. Sie beobachtete die beiden Männer beim Händchenhalten, ohne sich zu regen. Dafür schrie wieder die Krähe in der Fichte.

»Warum habt ihr nicht den Eingang auf der anderen Seite genommen?«, fragte sie, als sich die beiden vor ihr den Schnee von den Schuhen stampften.

»Wir kommen immer von hier«, erwiderte Henning und warf Kjell einen fragenden Blick zu.

Aber der hatte auch noch nie vom anderen Eingang gehört und konnte nur mit den Schultern zucken. Ihnen graute vor der nächsten halben Stunde. Wie in jedem Jahr traf sich die Elite der Depressiven im Kühlraum des rechtsmedizinischen Instituts. Zum Glück waren dieses Jahr keine ›Familienangelegenheiten‹ dabei, zum Beispiel ein Mann, in dessen Kopf ein frisch ausgepacktes Bügeleisen steckte.

Suunaat führte sie durch den orange gestrichenen Korridor und hielt vor einer Tür, hinter der Kjell immer die Putzkammer vermutet hatte.

»Im Klimaraum bewahren wir normalerweise Proben auf.« Und die Milch für den Kaffee. Sie drängten sich zwischen die Regale und den Tisch in der Mitte. Sämtliche Behälter, die sonst darauf standen, waren in aller Eile in die Regale gestapelt worden. »Das ist der einzige Raum, in dem ich Temperatur und Luftfeuchtigkeit genau regulieren kann.«

Das war wohl der Grund, weshalb Elin Gustafsson hier unter einer Glashaube lag wie eine katholische Reliquie. Henning grunzte.

»Ich führe ein kontrolliertes und normiertes Auftauen durch.«

»Aber es ist so kalt wie draußen«, äußerte Kjell. »Wie soll sie hier auftauen?«

Elin war bereits zur Mittagszeit aufgetaut. Danach hatte Suunaat den Leichnam in Augenschein genommen und daran keine Zeichen von Gewalt festgestellt. »Seit zwei Stunden kühlt sie wieder ab«, beendete sie ihre Erklärung. Und zwar genau bei der Temperatur und Luftfeuchtigkeit, die am Abend zuvor am Strandbad von Langholmen geherrscht hatten. »Den Wind simulieren wir nicht, weil der Körper rasch von Schnee bedeckt war.«

»Isolation«, brummte Henning. »Verstehe.«

Suunaat schwieg, was bei ihr sowohl Bestätigung oder Ablehnung bedeuten konnte. Sie wies auf die drei Kabel, die in den Körper führten. »Die Kerntemperatur fällt sogar noch langsamer, als ich erwartet habe.«

»Ist das ein Widerspruch?«, fragte Kjell.

»Ein Widerspruch, ja. Wie groß, das sage ich dir, wenn der Temperaturausgleich abgeschlossen ist.«

»Und wie lange dauert das? Ungefähr?«

»Zu lange. Ein Widerspruch.«

Kjell seufzte, und Henning seufzte unmittelbar nach ihm. Sie verglichen die Aussage von Esbjörn Fors mit dem Befund. Elins Körper musste bereits gefroren gewesen sein, als der Nachbar die Stelle vor dem Ufer am Morgen noch leer gesehen hatte.

Henning verlagerte sein Gewicht auf das linke Bein. Das fiel den anderen auf, weil der Boden rau war und knirschte. »Sonst ist es doch auch immer recht grob, und jetzt nimmst du es auf einmal sehr genau. Ausgerechnet an Weihnachten.«

»Die Einschlafzeit ist nicht eingerechnet. Das Flunitrazepam hat Muskelkrämpfe verursacht. Sie verzögern das Auskühlen noch.«

»Wie viel hat sie eingenommen?«, erkundigte sich Kjell.

»Zwei Tabletten. Vielleicht drei. Eher zwei.«

Stille trat ein. Suunaat wäre die Letzte gewesen, die eine Stille durchbrach. Mit dem Hinweis auf seine eigene Kerntemperatur schlug Kjell vor, bald hinüber ins Büro zu gehen. Als sie in den Korridor zurückkehrten, saß Sofi Johansson auf einem der Wartestühle im Gang und blätterte in einer Trostbroschüre.

»Wo wart ihr?«, fragte sie.

»Hinten«, informierte Henning geheimnisvoll.

Während Suunaat allen Kaffee einschenkte, klärte Kjell Sofi über den widersprüchlichen Befund auf.

Sofi lauschte ungeduldig, bis er zum Ende kam. »Hast du obduziert?«

Suunaat schüttelte den Kopf. Sie war mit allem sparsam, mit Worten, mit Taten und mit der Kaffeemilch.

»Elin Gustafsson litt an einer geheimnisvollen Lähmung, die sporadisch auftrat«, sagte Sofi. »Ich habe eine Fotokopie von ihrer ersten Diagnose. Der Vater hat sie mir mitgegeben.«

»Lähmung?«, fragte Kjell.

»Die Ärzte haben keine Erklärung dafür.«

»Ein Nervenfieber? Wie im neunzehnten Jahrhundert?«

Es gebe viele Krankheitsfälle, erklärte Suunaat, deren Ursache die Ärzte erst nach dem Tod des Patienten bestimmen konnten.

»Die Lähmungen traten immer in Schüben auf und verschwanden nach einigen Wochen wieder«, sagte Sofi. »Dazwischen hatte sie keine Beschwerden. In den letzten drei Wochen brauchte sie einen Rollstuhl.«

10

Henning Larsson musste einsehen, dass sich auch mit frischen Kerzen am Adventskranz keine Weihnachtsbehaglichkeit erzwingen ließ. Gegen das Porträt, das der Projektor an die Wand der Besprechungsraums warf, kam er damit nicht an. Das Bild zeigte Elin Gustafsson an ihrem letzten Schultag. Sofi hatte die Eltern mit der Bitte um ein aktuelleres Foto in Verlegenheit gebracht.

Kjell schob seinem Kollegen die Kontoauszüge zu. Er hatte sie zuvor mit Elin Gustafssons Bankkarte in der Filiale in der Hamngatan geholt. Denn es war immer Henning, der sich um die finanzielle Seite eines Falles kümmerte. Darin war er ein Schlitzohr. Weil er sich jeden Betrag als riesigen Haufen aus

Einkronenmünzen vorstellte, stieß er meist als Erster auf finanzielle Unregelmäßigkeiten, so klein sie auch sein mochten. Überstieg der Haufen Hennings räumliches Vorstellungsvermögen von zehntausend Kronen, gab er die Sache an Snæfríður weiter. Sie hatte früher bei der Wirtschaftskriminalität gearbeitet.

Murmelnd überflog Henning die Auflistung. »Keine leichtsinnigen Abhebungen. Sieht alles ganz regelmäßig aus.«

»Hast du dir etwas erwartet?«, fragte Kjell.

Henning zuckte nur mit den Schultern. Manchmal war aus ihm nichts herauszubekommen.

Sofi raschelte mit ihrem Papier. »Soll ich dann beginnen?«

Ihr fiel die Biografie zu. Henning würde ihren Vortrag später mit seinen Eindrücken aus der Wohnung ergänzen. Sie spürte, dass Kjell über ihre Schulter hinweg das Porträt von Elin anstarrte, und drehte sich um.

»Vor der Pubertät sah sie angeblich nicht so blass und dicklich aus. Die Krankheit ist damals ausgebrochen, vermuten die Ärzte. Diagnostiziert wurde sie allerdings erst vor drei Jahren, als zum ersten Mal Lähmungen auftraten. Seither sind sie gekommen und gegangen.«

Sofi berichtete, was sie aus der Diagnose und vom Vater erfahren hatte: Elin litt unter *hypokaliämischen Lähmungen*. Sie wurden durch Kaliummangel verursacht und befielen Muskeln und Nerven. Bei jedem Schub dauerte es Wochen, bis das Kaliumniveau sich erholte. Dafür hatte bisher niemand eine Erklärung gefunden.

»Ich meine eher die Augen«, sagte Kjell. »Ihr Blick erregt irgendwie Mitleid. Das hat doch mit der Krankheit nichts zu tun, oder?«

»Ich weiß, was du meinst. Das soll in letzter Zeit nicht mehr so gewesen sein. Glaubt ihr Vater.«

»Hast du mit der Mutter gesprochen?«

»Dazu kam ich gar nicht. Bei der Neuigkeit!«

Henning seufzte und nahm ein Zimtplätzchen vom Teller.

»Der Elternteil mit dem gleichen Geschlecht ist bei der Befragung immer der wichtige«, sagte Kjell. »Das weißt du.«

»Die Mutter schien gar keine Verbindung zu ihrer Tochter zu haben. Die saß mit den anderen auf dem Sofa, und ich habe erst eine andere für Elins Mutter gehalten.«

»Da hast du's«, fand Kjell. Für Sofi waren Ermittlungsregeln Reisen in ferne Länder.

Henning pflichtete seinem Kollegen durch Papierrascheln bei. Weiter trieb er Konflikte nie voran.

Sofi versuchte einen Neubeginn. »Die Wohnung in der Långholmsgatan hat sie anderthalb Jahre nach dem Schulabschluss bezogen. Weil noch ungewiss war, ob sie in der Stadt oder auf der Hochschule in Södertörn studiert.«

Zuvor hatte Elin Gustafsson ein Jahr als Aupair-Mädchen in Michigan verbracht. Das Auslandsjahr hatte ihr Gymnasium in Aspudden angeboten. Es ging also nicht auf Elins Initiative zurück.

Sofi suchte ihre Notizen nach etwas Spannenderem ab. »Eigentlich ist alles aus einem Guss. Die Eltern hatten normalen Kontakt zu ihr. Wenn ihr die Krankheit zu schaffen machte, sahen sie sich öfter, sonst etwa alle zwei oder drei Wochen. Von einem Partner oder einer Freundschaft ist nichts bekannt.«

»Jungfrau war sie immerhin nicht mehr«, zitierte Henning aus Suunaats Erstbefund. »Der Hormontest war auch negativ. Ich kreuze zur Sicherheit einmal das Vibrator-Optionskästchen auf der Agenda für die Tatorttechniker an. Obwohl Per ohnehin danach sucht.«

»Mehr brächte der Computer«, sagte Sofi. »Da sind all die Geheimnisse gespeichert, von denen der Vater nichts ahnt.«

Henning überflog seine Inventarliste. »Es gab keinen.«

»Es muss einen geben. Der Vater hat ihr einen tragbaren geschenkt. Am 7. Februar, ihrem Geburtstag.«

»Da war kein Computer, Sofi.«

»Wie genau habt ihr denn in der Wohnung gesucht?«

»Ein Computer ist doch immer sichtbar oder in der Nähe.«

Kjell schrieb den Punkt ›Computer‹ an die Wandtafel.

»Es gab überhaupt wenig persönliche Gegenstände in ihrer Wohnung«, kommentierte Henning. »Verdächtig wenige.«

Kjell setzte eine Überschrift über den Begriff ›Computer‹: *Nichtexistierende Gegenstände.*

Sofi kam zum Ende. »Tagsüber hat sie im Telia-Laden am Ringvägen gearbeitet, abends hat sie sich in ihrer Wohnung verschanzt.«

Kjell nahm wieder am Tisch Platz. »Der Freundeskreis bleibt uns also diesmal erspart. Kommen wir zur Wohnung. Irgendetwas Verdächtiges, Henning? Ich meine Dinge, die existieren.«

Ja, dachte Henning Larsson. Die verdammte CD. Die ging ihm nicht mehr aus dem Kopf. Er war sich nicht sicher, ob sie ins Bild passte oder nicht. Bis dahin wollte er nicht darüber reden.

»Von den sprechenden Gegenständen gibt es auffallend wenig. Ein Mobiltelefon habe ich auch nicht gefunden.«

»Das können wir abhaken«, wandte Sofi ein. »Sie besaß keines. Vielleicht, weil sie den ganzen Tag im Telia-Laden stand. Ein Würstchenbudenbesitzer isst ja in seiner Freizeit auch keine Würstchen.«

»Und weil sie anscheinend ohnehin keinen Menschen hatte, den sie anrufen konnte«, ergänzte Henning. »Wisst ihr, was mich erstaunt? In der ganzen Wohnung bin ich auf kein Anzeichen für ihre Krankheit gestoßen. Es gab Medikamente im Bad, deren Sinn mir inzwischen einleuchtet, aber nicht viele.«

Sofi blickte ihren Chef an. »Wo ist der Rollstuhl?«

Kjell blickte zu Henning.

Henning blickte zu Sofi. »Da war kein Rollstuhl! Auch Krücken waren keine da. Das meine ich ja!«

Doch beides hatte Elin Gustafsson besessen. Kjell ergänzte seine Liste der fehlenden Gegenstände.

»Der Vater hat vor einigen Tagen mit ihr telefoniert«, berichtete Sofi. »Das war am Freitag, dem 21. Dezember. Sie sagte wörtlich, es gehe ihr schlechter, sie sei krankgeschrieben. Das bedeutet, dass sie sich kaum bewegen konnte.«

»Was bedeutet das genau?«, wollte Kjell wissen.

»Sie kann sich leidlich in ihrer Wohnung bewegen, aber niemals die Strecke bis Långholmen ohne den Rollstuhl zurücklegen.«

»Kann man den zusammenklappen?«

»Nein, es ist ein mittelgroßer mit Elektroantrieb. Der Vater hat außerdem einen leichteren im Auto. Zum Anschieben.«

Henning kratzte sich am Kinn. Trotz seiner Weihnachtsrasur vom Morgen knirschte es. »Warum soll sie einen Liegestuhl mit zum Strandbad nehmen, wenn sie ohnehin einen Rollstuhl hat?«

»Glaubt ihr, man kann mit einem Rollstuhl die Wiese hinab bis zum Ufer?«, fragte Kjell. Er badete im Sommer oft dort, hatte aber noch nie einen Rollstuhlfahrer gesehen. Die Wiese fiel nicht als geneigte Fläche zum Wasser ab, sondern in Kaskaden wie die Tribüne eines Stadions. An den Stufen war der Winkel zu steil, schätzte er. Und sobald es schneite, war es gänzlich unmöglich. Das Mobiliar aus Liegestuhl und Sonnenschirm kam noch hinzu. Er stand auf und stellte sich ans Fenster. »Der Sonnenschirm geht mir nicht aus dem Kopf. Den brauchte sie auf keinen Fall.«

»Willst du etwa die Arbeitstheorie ändern?«, fragte Sofi nach einer Weile. Wenn Kjell sich ans Fenster stellte, änderte er danach immer die Arbeitstheorie.

Kjell blickte weiter auf die Schneeböen über den Wipfeln der Bäume. Sofi seufzte.

Henning klappte seine Mappe zu. »Wir suchen den Rollstuhl.«

11

Von der Station Zinkensdamm bis zur Sportkneipe in der Hornsgatan waren es nur wenige Schritte. Kjell und Henning stellten den Kragen auf und liefen geduckt durch das Schneegestöber. Zwei Räumfahrzeuge fuhren nebeneinander auf der Hornsgatan. Doch außerhalb der Hauptstraßen hatte der Winterdienst offenkundig kapituliert.

Da Ida immer noch mit Lilly auf dem Sofa ihrer Eltern in Uppsala saß, hatte Kjell eingewilligt, den Tag in Hennings Lieblingskneipe bei einem großen Starken und langweiligem Weihnachtsbandy ausklingen zu lassen.

Als sie an der Ampel auf Grün warteten, hob Henning die Hand und rief den heranfahrenden Streifenwagen wie ein Taxi herbei.

Der Beifahrer ließ die Scheibe hinab. »Hallo Henning! Sollen wir euch irgendwo absetzen?«

»Wäre nicht übel«, rief Henning gegen das Fauchen des Windes an.

Die Tür sprang auf, und Henning und Kjell rutschten auf die Rückbank.

»Wo darf's hingehen?«, fragte der Fahrer.

Bei jedem gemeinsamen Abstecher nach Söder war Kjell erstaunt, dass selbst junge Polizisten, die Henning gar nicht mehr in der Maria-Wache erlebt haben konnten, ihn in jeder Aufmachung erkannten und mit ihm befreundet sein wollten.

Henning deutete auf das Leuchtschild der Sportbar. Der Fahrer verringerte den Druck auf das Bremspedal und ließ den Volvo langsam die fünfzehn Meter dahinschleichen.

Henning beugte sich vor. »Sagt mal, habt ihr die Fahndung nach dem Rollstuhl schon bekommen?«

»Die kam zum Schichtwechsel um sieben«, antwortete der Beifahrer und tippte auf das Klemmbrett.

»Wir suchen danach. Ist eine merkwürdige Sache. Wer den Rollstuhl findet, bekommt die übliche Belohnung.«

Kjell wollte Henning fragen, worin die übliche Belohnung bestand, doch der Beifahrer drehte sich zu ihnen nach hinten.

»In Långholmen wird es schwierig. Da braucht ihr eine Fußtruppe.«

»Haben wir«, sagte Kjell. »Die sind vorhin aufgebrochen. Aber Bergsunds Strand und die ganze Gegend um die Högalids-Kirche, darauf könntet ihr ein Auge werfen.«

Henning grinste seinen Kollegen an, wie immer, wenn Kjell versuchte, sich im Tonfall den einfachen Polizisten anzunähern. Der Wagen hielt vor dem Lokal.

»Vielleicht fragt ihr mal unter den üblichen Verdächtigen herum«, schlug Henning vor.

Der Beifahrer hob zur Bestätigung die Hand. Henning und Kjell kletterten aus dem Wagen und betraten die Sportbar. Vor der Theke streckte Henning die Hand aus und erhielt sofort zwei Gläser Bier. Das war der Vorteil an einer Statur, die alle anderen Menschen wie Zwerge aussehen ließ. An die Auswahl des Tisches musste man keinen Gedanken verschwenden. Es gab so viele Bildschirme, dass sich das Spiel aus jedem Winkel verfolgen ließ.

Henning konnte sich umgehend in ein laufendes Spiel vertiefen.

»Elin Gustafsson hat eine Zeitschaltautomatik in ihrer Wohnung«, sagte er nach acht langen und langweiligen Pässen. Bandy bestand überhaupt nur aus langweiligen Pässen, fand Kjell. »Damit es gemütlicher ist, wenn man heimkommt.« Henning schwieg für die Dauer von drei weiteren langen Pässen und nippte an seinem Bier. »Vielleicht sollte ich mir auch so etwas einbauen. Würde mich interessieren, wie man so etwas einbaut.«

»Frag Sofi«, schlug Kjell vor. »Sie besitzt eine.«

Sofi hatte den Feierabend in der Sportbar wie erwartet ausgeschlagen. Kjell vermutete, dass sie im Büro geblieben war.

»Hat Sofi nicht auch etwas auf ihren Badezimmerspiegel geschrieben?«, fragte Henning.

Kjell nickte und verfolgte dabei den Puck auf seiner nicht enden wollenden Bahn zum nächsten Spieler. Der entschied sich, wie erwartet, für einen langen Pass. Kein Wunder, dass Bandy außerhalb Schwedens völlig unbekannt war. »Sie will den Morgen wie einen Hollywoodfilm beginnen lassen, mit eingeblendetem Titel und ihrem Gesicht in der Totalen.«

»War es Selbstmord?«

Kjell nippte an seinem Bier und stellte das Glas dann behutsam ab. »Du glaubst es auch nicht, oder?«

12

Sofi trat in den engen Vorraum und klopfte sich den Schnee von ihrem Mantel, bevor sie die Schwingtür zum Lokal aufstieß. Alle Tische waren belegt. Das war gegen Mitternacht immer so.

Mit ihrer Größe überragte Maja Kurylowicz alles im Raum,

deshalb erblickte die Besitzerin des Lokals Sofi schon von ihrem Platz hinter der Bar aus, als die sich auf dem Weg dorthin ihren Schal vom Hals wickelte.

»Nimm deine Jacke vom Hocker, Ernst. Damit Sofi sich setzen kann.«

Ernst regte sich und folgte Majas Aufforderung so unmittelbar, dass man glauben konnte, sie besäße Zugriff auf sein Nervensystem. Er hatte bereits bei der Eröffnung des Lokals vor vier Jahren auf diesem Hocker gekauert, um seine Arme um ein Glas Bier zu schlingen und an seiner Verbitterung zu feilen. Sofi bezweifelte, dass er seitdem öfter mal aufgestanden war. Im Orient gab es Cafés, die in den vergangenen zweihundert Jahren keine einzige Minute geschlossen gewesen waren. Majas Lokal kam von allen Lokalen Stockholms diesem Ideal am nächsten.

Wenn Ernst durch die Nase atmete, stellten sich die Härchen seines Schnurrbarts auf. Den müsste er nur mal abrasieren, dachte sie und glitt auf den freien Hocker. Andere Menschen hätten viel darum gegeben, ihr Dasein mit einem Handgriff von seinem Kummer befreien zu können. Doch Ernst hielt an seinem Schnurrbart fest wie am Rest seines Lebens. Alle zwei Jahre veröffentlichte er einen anspruchsvollen Roman, den die Welt voll von Banausen zwar ausgiebig besprach, aber nicht kaufte. Das war der Kern seiner Verbitterung.

Maja stellte Sofi unaufgefordert ein Glas hin. Sie glaubte immer zu wissen, welches Getränk für Sofi gerade das richtige war. Sie gab so viel auf diese Illusion, dass Sofi ständig Flüssigkeiten trank, die sie gar nicht mochte. An der Durchreiche gab Maja eine Bestellung auf, obwohl aus der Küche schon das Klappern vom großen Abwasch zu hören war. Welches Gericht Maja anbot, hing immer davon ab, aus welchem Land ihre neue Geliebte stammte. An ihnen war nur konstant, dass ihr Haar so dunkel war wie das von Sofi. Durch dieses Missverständnis hatten sie sich einige Jahre zuvor kennengelernt. Während die dunkelhaarigen Geliebten im gleichen Abstand wie die Tageskarte ausgewechselt wurden, war Sofi im Laufe der Zeit so etwas wie Majas jüngere Schwester geworden.

Alja, die durch die Durchreiche winkte, stammte aus dem Libanon. Deswegen bekam Sofi Filet Ghanam. Während sie aß, hörte sie den anderen an der Bar nur mit halbem Ohr zu. Es war ein fester Kreis. Neben Ernst kam Shep öfter her. Er war ein jüdischer Russe, der sich beim Auswandern beim Falschen nach dem Weg ins Gelobte Land erkundigt hatte und ausgerechnet in Schweden gelandet war. Carl-Erik stach als Standardschwede aus der Gruppe heraus. Wahrscheinlich kam er hierher, weil er als Wohnungsmakler dem schwedischen Wahnsinn mehr als jeder andere ausgeliefert war. In den letzten zwei Jahren hatte er zudem versucht, seine ehemalige Frau zu vergessen, und war jetzt Alkoholiker. Die anderen Stammgäste stammten alle aus Beirut, und unter diesen Leuten war es Sitte, dass einer nach dem anderen die Neuigkeiten aus seinem Leben erzählte, wobei es darauf ankam, die Zuhörer zu amüsieren, indem man sich selbst als Narren schilderte. Das behagte Sofi so sehr, dass sie manchmal auch etwas aus ihrem Leben beitrug, sobald die anderen zu Ende erzählt hatten. Doch heute wartete sie nicht. Sie holte den Zettel aus der Tasche und strich ihn auf dem Tresen glatt.

»Ist das von Linda?«, fragte Maja.

Kjells ältere Tochter Linda hatte früher ihre Bilder hier ausgestellt.

Sofi schüttelte den Kopf. »Sie lebt jetzt in Wien.«

»Sieht ohnehin nicht nach ihr aus.«

»Das hat mir gestern jemand durch den Briefschlitz geschoben. Es lag im Flur, als ich heimkam.«

Der Zettel machte die Runde. Nachdem alle sechs Personen an der Bar einen Blick darauf geworfen hatten, wurden Sofi

Theorien unterbreitet, in welchen Bereichen ihres Leben sich Verehrer verstecken konnten. Einigkeit bestand nur darüber, dass man es mit einer Liebeserklärung zu tun hatte.

Maja machte der Sache ein Ende. »Sofi lebt einsamer als ein Leuchtturmwärter. Eure Vorschläge könnt ihr vergessen.«

Sofi nickte eifrig. Maja hatte sie und ihr Leben vom ersten Augenblick an verstanden.

»Du hast also selbst keine Ahnung, von wem das stammen könnte?«

»Nicht die geringste«, gestand Sofi. »Deshalb ist es so rätselhaft. Es gibt keine Möglichkeit.«

»Bei deinem Tanzunterricht vielleicht. Das sieht bestimmt sehr sexy aus, wenn du herumhüpfst.«

»Dort sind nur Frauen. Und sie kennen meine Adresse nicht.«

»Die kann man nachschlagen«, wandte Ernst ein.

Maja wies Ernst darauf hin, dass Sofi wegen ihres Berufs in keinem Adressverzeichnis zu finden war, und überlegte eine Weile vor sich hin. »Dann kann es nur jemand aus deiner Arbeit sein, Sofi.«

Daran glaubte Sofi nicht. »Wir haben nicht so viel Kontakt mit anderen Abteilungen. Außerdem wäre es leichter, mir etwas anonym in die Hauspost zu legen, als zu meiner Wohnung zu fahren.«

»Vielleicht jemand aus deiner Nachbarschaft«, schloss Ernst.

Pontus vielleicht. Der hatte im Sommer immer auf seinem Geländefahrrad draußen in Vita Bergen oder auf der Kinderwagenwiese herumgelungert und Kunststückchen geübt. Sobald er Sofi aus dem Haus kommen sah, war er ihr auf dem Hinterrad fahrend bis zur Haltestelle gefolgt, um mit ihr auf den Bus zu warten. So hatte sie nie allein dasitzen und glotzen müssen. Der Trick mit dem Hinterrad war bei seinen fünfzehn

Jahren die einzige Möglichkeit gewesen, eine Frau auf seine anbrechende Geschlechtsreife hinzuweisen. Aber Pontus war im Herbst auf einmal verschwunden. Wahrscheinlich weggezogen, dachte Sofi und strich ihn von der Liste.

»Kommst du später mit?«, fragte Maja vorsichtig.

Vielleicht ein Passant, der im Bus auf sie aufmerksam geworden und ihr bis zu ihrem Haus gefolgt war.

»Was habt ihr vor?«

»Wir ziehen los und tanzen uns glücklich. Was hast du denn gedacht? Noch ein Mojito für dich, Carl-Erik?«

»Lieber gleich zwei.«

13

Kjell stemmte seine Arme gegen die Türpfosten und fegte mit dem Fuß den Schnee von der Schwelle, bevor er die Tür aufschloss. Idas Antiquariat lag im Dunkeln, nur das kleine Weihnachtsbäumchen leuchtete die Nacht über. Zwei Tage lang hatte es Zeit gehabt, seinen Nadelduft ungestört im ganzen Raum zu verbreiten.

Seit zwei Jahren führte Ida den Buchladen. Der Betrieb verlief ruhig und gestattete es ihr, einmal in der Woche als Privatdozentin zu unterrichten oder Aufsätze zu veröffentlichen, ohne wirklich Teil der Universität sein zu müssen. Aus ähnlichem Antrieb kam er selbst am Abend oft her. Die Umgebung eignete sich wunderbar, um Akten in anderem Licht zu lesen oder um nachzudenken. Wenn das nichts brachte, zog er ein Buch aus dem Regal und lenkte sich damit für eine Weile ab.

Das Bier mit Henning hatte einen sauren Geschmack in seinem Mund hinterlassen, deshalb ging er ins Hinterzimmer und kochte Kaffee. Damit setzte er sich an die Kasse und griff nach dem Telefon. Ida nahm nach dem dritten Läuten ab. »Du hattest ein dickes schwarzes Buch im Schaufenster«, sagte er nach dem Vorgeplänkel. »Ist es noch da?«

»Bist du etwa im Laden?«

»Was soll ich allein zu Hause?«

»Ich komme morgen früh mit Lilly zurück. Meine Eltern wollen sie ein bisschen bei sich haben.«

»Linda habe ich immer noch nicht erreicht.«

»Morgen wird sie sich bestimmt bei dir melden. Von welchem Buch sprichst du denn?«

»Das schwarze, über Odin.«

»Das ist weg. Die werden immer von Fantasy-Liebhabern gekauft.«

»Fantasy?«

»Diese Leute habe ich eigentlich nicht gerne im Laden, weil sie immer seltsame Gespräche mit mir führen wollen. Aber sie lesen viel.«

»Elin Gustafsson war auch eine, glaube ich.«

»Dann kannst du ja heimfahren und dich ins Bett legen.«

Kjell erwähnte das Amulett. »Und dann taucht da diese Boje auf, mit dem Namen *Odins Auge.*«

»Darf ich dir etwas sagen?«

Kjell seufzte. Die kommenden zwei Minuten kannte er bereits wie seine Westentasche.

»Du solltest jetzt nicht übereifrig werden, nur weil du im letzten Jahr kaum gearbeitet hast.«

»Kaum gearbeitet? Weißt du, wie anstrengend Lilly ist, wenn man sie den ganzen Tag hat?«

»Ich meine nur, dass du monatelang nicht im Büro warst. Dann fängst du immer an, dir Sachen einzubilden. Du musst es jetzt ruhig angehen lassen.«

»Darf ich trotzdem nachschlagen, wenn mich etwas interessiert?«

»Das Buch ist weg, aber ich habe es nachbestellt. Sieh mal in die ungeöffneten Kartons am Hintereingang. Vielleicht hast du Glück.«

»Dann schaue ich mal.«

»Bitte mach nichts unordentlich. Ich stecke mitten in der Inventur.«

Bei seiner Suche fiel Kjell eine alte Ausgabe von Strindbergs *Rotem Zimmer* in die Hände. Obwohl ohnehin kein Zweifel bestand, dass die kleine Hulda sich in ihr Urteil verrannt hatte, schlug er das Buch auf. Strindberg benötigte tatsächlich nur drei Seiten, um seine Rage auf volle Touren zu bringen. Außerdem läuteten ständig die Kirchenglocken. Anscheinend hatten die Leser damals immer wissen wollen, wie spät es gerade in der Geschichte war. Kjell las sich fest, bis ihn zwei Tassen Kaffee später eine Stelle mahnte, weshalb er eigentlich hier war: *Und nun mache ich es wie so viele Schiffbrüchige: Ich werfe mich der Literatur in die Arme.*

In der dritten Kiste mit den Nachbestellungen hatte er schließlich Glück. Mit dem schwarzen Buch und einer weiteren Tasse Kaffee machte er es sich am Tisch gemütlich. Vom Umschlag blickte ihm Odin als alter Mann entgegen; mit einem Auge, das zweite war eine leere Höhle. Er hielt einen Stock in der Hand und hatte sich seinen Schlapphut tief ins Gesicht gezogen. Odin als Wandersmann. Kjell schlug das Buch auf. Es war auf Englisch verfasst. Mit dem Zeigefinger durchstreifte er mehrere Seiten des Inhaltsverzeichnisses, aber der Begriff ›Valknut‹ – so lautete der englische Name – tauchte nirgendwo auf. Dafür gab es ein ganzes Kapitel über Odins Jugendjahre. Da war er zum Riesen Mimir gereist und musste eines seiner Augen verpfänden, um aus dem Brunnen der Erkenntnis trinken zu dürfen.

Für Kjell war das Buch alles andere als ein Brunnen der Erkenntnis. Es schien nichts zu enthalten, was er nicht schon wusste. Deshalb schlug er das Register auf und suchte dort nach ›Knoten‹. *Knots of Slain.* Kjell musste aufstehen und in einem hundert Jahre alten Wörterbuch nachschlagen. *Slain* kam von *slay.* Das bedeutete *erschlagen* oder *töten.* Er kehrte zu seinem Platz zurück und begann zu lesen: *Knots of Slain* war tatsächlich eine Umschreibung für Valknut. Alle Belege für den Knoten waren Einritzungen auf alten Steinen, und die stammten aus der Umgebung von Stockholm. Vielleicht hatte Hulda das nicht gewusst. Doch sie hatte noch viel weniger als die halbe Wahrheit gesagt: Die Knoten banden nicht nur die Kräfte des Gegners, sondern lösten auch die Ängste der eigenen Kämpfer und entfachten deren Feuer in der Schlacht.

Betäubung und Inspiration. Er hätte gerne gewusst, wie lange Elin das Amulett getragen hatte. Es machte ja einen Unterschied, ob Elin es seit Jahren am Hals trug wie ein Christ ein Kreuz. Vielleicht war es auch ein Geschenk des Mörders. Wenn es einen gab.

Er griff zum Telefon.

»Kjell Cederström«, sagte er nur. Sätze ohne Verben mochte Suunaat am liebsten.

»Alles ist noch spekulativ.«

»Hast du einen Zeitpunkt?«, fragte er.

»Es ist spekulativ.«

Wenn Suunaat sich stur wiederholte, was in jedem Gespräch mit ihr geschah, durfte man das dramaturgisch nicht überbewerten. Es war eine ihrer Eskimositten und bedeutete nicht mehr, als dass ihre Rechnung spekulativ war.

»Ich verstehe.«

»Zwischen ein und zwei Uhr nachts. Hängt davon ab, wie lange sie vorher in der Kälte war.«

»Spielt keine Rolle. Am 24. Dezember?«

»Ja.«

Für den Selbstmord sprach eine ganze Menge, wandte

Kjell ein, allem voran das Motiv. Elin ging auf die dreißig zu, wohnte vereinsamt in schlechter Lage, arbeitete in einem Telefonladen und war achtmal durch die Hochschulaufnahmeprüfung gefallen. »Die Psychologin behauptete in ihrem Gutachten, jede Depression beruhe auf einem Prestigeverlust, einem Misserfolg in sozialer Konkurrenz. Hier seien alle Voraussetzungen für einen Selbstmord erfüllt.«

»Etwa Stina Nääs?«, fragte Suunaat.

»Genau die.«

»Sie war Evolutionsbiologin, bevor sie Polizeipsychologin wurde. Den Job hat sie vor fünf Jahren nur bekommen, weil sie sich mit Selbstmordattentätern auskennt.«

»Soll ich lieber Göransson fragen?«

»Der hat früher die Qualitätssicherung bei Volvo geleitet und wird zu einem ähnlichen Urteil kommen, nur die Vokabeln werden anders klingen.«

Kjell beendete das Gespräch und seufzte. Vierzehn Stunden! Elin Gustafsson hätte vierzehn Stunden tot im Liegestuhl sitzen müssen, damit ihr Körper auf die Temperatur abkühlte, die Suunaat bei ihrem Eintreffen gemessen hatte.

Ging man nachts um ein Uhr zum Strandbad, um zu sterben? Warum nicht, dachte Kjell. Man wird nicht gestört. Zum Beispiel durch Esbjörn Fors und seinen Hund Fidel. Esbjörn behauptete, sieben Stunden nach dem errechneten Todeszeitpunkt, also genau in der Mitte des Auskühlungszeitraums, bei seinem ersten Spaziergang am Morgen nichts gesehen zu haben. Konnte Esbjörn irren? Es war ja noch finster gewesen. Vielleicht hatte er Elin da bereits gesehen, ließ sich jedoch von seinem Gewissen einreden, die Stelle sei leer gewesen. Kjell verwarf die Idee. Er hatte Fors in die Augen geschaut. Hätte er sie am Morgen bemerkt, wäre er zu ihr gegangen.

Vielleicht log er. Sonst wurden Augenzeugen, die die Polizei alarmierten und sich überaus hilfreich zeigten, sogleich Hauptverdächtige. Täter brachten sich gerne selbst ins Spiel, um frühzeitig eine andere Rolle im Szenario zu besetzen. Aber dann wäre Esbjörn besser beraten gewesen, einen Hundespaziergang auf den Zeitpunkt zu datieren, wo die Leiche platziert worden war. Er konnte sich nämlich nicht sicher sein, dass er selbst von keinem Zeugen beobachtet worden war.

Mord oder Selbstmord – das Wechseln zwischen den beiden Theorien brachte nichts. Wie war Elin zum Strand gekommen? Das war die drängendste aller Fragen. Kjell stand auf, öffnete die Tür und ließ die kühle Luft hereinziehen. Nach drei Minuten traf er seine Entscheidung. Er schloss die Tür, griff wieder zum Telefon und wählte die Nummer des Pressesprechers der Polizei.

14

Der Verkehr stockte bereits, als der Stureplan noch gar nicht zu sehen war. Während Maja mit drei anderen Gästen und Angestellten ihres Ladens auf der Rückbank des Taxis Platz genommen hatte und sich lautstark unterhielt, saß Sofi vorne und betrachtete die Menschen, die kreuz und quer über die Straße gingen.

Maja beugte sich vor und flüsterte: »Du bekommst doch nicht etwa Angst?«

Sofi war seit einer Ewigkeit nicht mehr ausgegangen. Daran änderten auch die beiden roten Cocktails nichts, die Maja ihr zuvor aufgedrängt hatte. Sie ging höchstens in der Skånegatan etwas trinken und kam dabei nie weiter als bis zum Medborgarplatsen. Der Stureplan war eine ganz andere Welt.

Weil das Taxi nicht vorankam, beschlossen sie, den Rest der Strecke zu Fuß zurückzulegen. Ein zweites Taxi war ihnen gefolgt. Daraus stiegen Ernst und die anderen Stammgäste von Majas Tresen.

»Wohin gehen wir eigentlich?«, erkundigte sich Ernst und schritt in seinen alten Turnschuhen auf der Birger Jarlsgatan voran.

»Banana.«

»Was ist das?«, fragte Sofi, um Interesse zu zeigen.

»Macht heute auf. Wo früher die isländische Bank war.«

Am Stureplan stellte sich heraus, dass alle Menschen auf der Fußgängerplattform zum Eingang des Banana drängten. Der lag etwas erhöht und war nur über eine Treppe zu erreichen. Doch während unten dreihundert Menschen im Eiswind zitterten, war die Treppe bis auf die beiden Türwächter leer. Maja drängte sich durch die Menge, die ihrer Aufmachung und ihrem Verhalten nach am Stureplan zu Hause war, hindurch und steuerte auf die Treppe zu.

Ein Türsteher trug einen Lautsprecher ins Freie und spielte *Summer Wind* von Frank Sinatra, um seine Verachtung für die Verblendung der Massen noch zu steigern. Die Masse murrte.

»Nur Einladungen!«, brüllte der Türsteher und grinste.

»Das wird nichts«, fand Sofi und wollte umdrehen. Ein oder zwei Stunden wollte sie nicht in der Kälte stehen. Aber hinter ihr folgte Ernst, er schob sie voran. Als Maja die Samtkordel vor der Treppe erreichte, stand dort ein dritter Türsteher und öffnete. Maja wartete, bis ihr Gefolge aus sieben Personen die Schwelle passiert hatte. Sofi hielt sich bei ihr, während Ernst sofort die Treppe in Angriff nahm. Aus der Menge kamen herablassende Rufe. Warum durfte ausgerechnet der Typ mit dem Schnauzbart hinein?

Ernst wandte sich auf seinen abgelaufenen Turnschuhsohlen zur Menge. »Fickt euch, ihr Penner!« Dann winkte er zum Abschied.

Unter Pfiffen betrat Ernst das Banana. Sofi huschte hinterher.

»Hoffentlich waren keine von deinen Lesern dabei«, sagte sie.

»Ich habe keine Leser. Nur Kritiker.«

Ernst hielt sich nicht am Eingang auf, wo doch das süße Leben auf ihn wartete, deshalb wartete Sofi allein auf Maja und ihren Anhang. Nun geschah, weswegen Sofi selten mit Maja ausging. Sie traf im Korridor mehr Bekannte als Sofi in ihrem ganzen Leben. Das konnte dauern, und weil Majas Mädchen immer brav neben Maja stehenblieben, ging Sofi weiter, um nicht dazugerechnet zu werden.

Einen Raum von dieser Größe hatte sie nicht erwartet. Wie das Lokal zu seinem albernen Namen gekommen war, konnte sie nicht erkennen. Rote Samttapeten, roter Teppich und rötlich glänzende Sofas. Ein rotes Zimmer, genau das Ambiente, das man am Stureplan bevorzugte. Von der Decke hingen zwei Kronleuchter.

Ernst stand am anderen Ende an der Bar und war dort in Verhandlungen über sein nächstes Getränk eingetreten. Sofi versuchte, nicht wie eine Touristin umherzublicken. Der Raum war sehr hoch und hatte eine Galerie, die man über eine Treppe erreichte. Die Musik gefiel ihr, und weil sich auf der Tanzfläche weniger Gäste drängten als am Rand, ging sie los, um zu tanzen.

Nach einiger Zeit sah sie Maja am anderen Ende des Raumes stehen und nach ihr spähen. Sie winkte. Maja winkte zurück und bedeutete ihr, herüberzukommen.

»Da bist du ja!«, schrie Maja gegen die Musik an. »Komm! Jetzt geht es erst richtig los!«

Sofi folgte ihr hinaus in den Gang, doch statt zum Ausgang bog Maja rechts ab. Dort standen bereits Ernst und Majas Gespielinnen vor einer Aufzugtür, die ein Türsteher bewachte.

»Das ist Joakim«, sagte Maja. »Ihm gehört der ganze Laden.«

»Ist sie eine von deinen Lesben?«, fragte Joakim.

»Nein, aber für dich läuft es aufs Gleiche hinaus.«

Wegen dieser geheimnisvollen Unklarheit reichte Joakim Sofi verlegen die Hand. Wenn man bedachte, dass ihm der ganze Laden gehörte, sah er ziemlich artig aus.

Die Aufzugtür öffnete sich. Der Türsteher trat beiseite und ließ die Gruppe herein. Die Türen wollten sich schließen.

»Einen Augenblick«, rief Joakim. Vom Eingang eilten drei Frauen im Gefolge eines Türstehers herbei und drängten sich in den Aufzug. Zu Sofis Erstaunen ging es hinauf und nicht hinab. Eine der zugestiegenen Frauen starrte Sofi an, dann erhellte sich ihr Gesicht.

»Aber nein! Sofi!«

Es war Carina, Carina Lundberg, die mit Sofi die Polizeischule besucht hatte. Sie hatte einen Stöpsel im Ohr. Sofi wollte die Hand ausstrecken, hielt aber inne, weil sie nicht wusste, ob sie Carina zuerst begrüßen und die Prinzessin daneben ignorieren durfte. Anscheinened war Carina für ihren Schutz zuständig. Joakim löste das Problem indem er alle Insassen des Aufzugs vorstellte

»Hej!« sagte Madeleine und gab jedem routiniert die Hand, bis der Fahrstuhl hielt. Satan, dachte Sofi, als sich die Türen öffneten. Unten waren alle Wände anrüchig-rot gewesen, hier oben unter dem Dach strahlte alles lichtweiß. Unter den Bodenplatten fluoreszierte buntes Licht. Die Insassen des Fahrstuhls verteilten sich im Raum, wo ein Dutzend Menschen in Sesseln saßen.

Während alle zu einer kleinen Bar strebten, bewegte sich Sofi mit aufrechter Einsamkeit nach rechts auf die Glaswand zu. Durch eine Öffnung konnte man hinaus auf einen Balkon treten. Sofi beugte sich über die Brüstung und betrachtete die Menschen unter ihr auf dem Stureplan. Deren Zahl hatte noch zugenommen, aber niemand dort unten kam auf die Idee, zu ihr heraufzublicken.

Hinter ihr trat jemand auf den Balkon. Es war Carina.

»Bist du bei der Säpo gelandet?«, fragte Sofi.

»Ja, Personenschutz, jetzt schon im dritten Jahr. Du bist Reichsmord, Glückwunsch! Das ist wunderbar!«

Sofi richtete sich auf. Sie war in ihrem Leben entweder allein oder von ihren Kollegen umgeben. So gab es keine Gelegenheiten, mit ihren Erfolgen zu glänzen.

Als der Kellner mit einem Tablett vorbeikam, nahm Sofi zu ihrer eigenen Überraschung Champagner.

»Wir können ja mal was zusammen machen«, schlug Carina nach dem Anstoßen vor.

»Klar!«, erwiderte Sofi. In ihrer Hosentasche spürte sie auf einmal den Brief. Ihr schien, als hätte sich ihr Leben völlig verkehrt, seit sie ihn im Flur entdeckt hatte. Von innen nach außen.

Sie blickten beide über die Brüstung.

»Das ist doch ein Abend mit vier Assen, oder?«, entfuhr es Sofi. Sie lebte auf einer viel zu festen Bahn, fand sie jetzt. Alles Unberechenbare in ihrem Leben steckte unter der Motorhaube ihres alten Fiats.

Der Wind hier oben stach auf der Haut. Dennoch kam auch Ernst nach einer Weile hinaus. Joakim war bei ihm und legte seine Hand auf Ernsts Schulter. »Wunderbarer Auftritt unten auf der Treppe. Solche Dramen brauchen wir hier.« Er wandte sich ausgerechnet an Sofi. »Wie findest du den Namen *Banana*? Ich habe ihn aus einem ehemaligen Bordell in Hammarby übernommen. Mitsamt den Leuchtern und den Sofas.«

»Vorausschauend«, fand Ernst ungefragt. »Wenn man Liebe wieder kaufen darf, musst du nicht groß umbauen.«

Joakim lachte und stellte die Frage noch einmal an Sofi.

Sie sah keinen Grund, sich bei ihm einzuschmeicheln. »Blöd«, sagte sie daher wahrheitsgemäß.

Mittwoch
26. Dezember

15

Für die Eltern von Elin Gustafsson begann der Morgen mit einer Überraschung. Beim Frühstück, das man eigentlich gar nicht Frühstück nennen konnte, berichteten die Radionachrichten vom Tod ihrer Tochter.

Einige Stunden später stellte Jakob Gustafsson zwei Tassen auf dem kniehohen Tisch in seinem Lesezimmer ab. Der Dampf war deutlich zu sehen und ließ Henning Larsson an ein antikes Orakel denken, bei dem schwefelige Gase aus einer Erdspalte aufstiegen und das Medium beflügelten. Es musste an den niedrigen Stehlampen liegen, dass der Dampf so gut zu sehen war, überlegte Henning Larsson und widmete sich dem Kaffee. Er konnte sich einer Tasse Kaffee auf eine Weise hingeben, dass es andere verunsicherte, bevor es anfing, ihnen auf die Nerven zu gehen. Nun aber zeigte es Jakob Gustafsson, wie viel Zeit sich die Polizei für ihn nahm.

»Um auf deine Frage zurückzukommen«, begann Henning. »Bei der Meldung im Radio und im Fernsehen haben wir den Journalisten nicht nur etwas verraten, sondern die Sache überhaupt erst in Gang gebracht.«

»Das berichtet man doch nicht der Öffentlichkeit«, wandte Gustafsson ein. Er begriff überhaupt nichts.

Henning nickte. Selbstmorde gehörten nicht in die Öffentlichkeit. Doch das hatten die Berichte gar nicht behauptet. Sie ließen keinen Zweifel, dass die Polizei von einem Mord ausging. Der Bericht war ein Schachzug, mit dem Kjell den Mörder aufschrecken wollte. Falls es einen Mörder gab. Zudem suchten sie nach Zeugen und dem Rollstuhl. Henning erklärte es dem Vater, allerdings nur die zweite Hälfte der Wahrheit.

Gustafsson nickte. Die Frage, wohin der Rollstuhl verschwunden war, stand auch ihm ins Gesicht geschrieben.

Henning hatte sich Gustafssons Frau Iris vornehmen wollen, doch sie war seit der Radiomeldung unpässlich. »Weißt du, was man macht, wenn man im falschen Leben feststeckt?«

Gustafsson betrachtete den umfangreichen Polizisten voller Erwartung. Henning ließ seinen Blick über die Buchregale an den Wänden schweifen. »Siebzehn Jahre lang habe ich in der Maria-Wache so gut wie alle Selbstmorde in Södermalm bearbeitet. Das liegt inzwischen einige Jahre zurück, aber dennoch habe ich mich erst gestern Abend in meine Badewanne gesetzt und ein Resümee aus allen Fällen gezogen, die ich damals gesehen habe.«

Gustafsson zwinkerte nervös. Diese Erkenntnis gab es in jedem Verhör mit Henning Larsson. Es war der Wendepunkt, an dem die Leute erkannten, dass ihre Sorglosigkeit unangebracht war. Vor Henning Larsson war man besser auf der Hut.

»Erstens«, begann Henning und spreizte seinen Zeigefinger zum Mitzählen ab. Seine Finger waren dick und als Ausrufezeichen unübersehbar. »Die Ursache kommt von außen. So ist es bei Managern, wenn herauskommt, dass sie ihre Firma in den Sand gesetzt haben. Das können wir außer Acht lassen. Bei der anderen Gruppe kommt die Ursache von innen. Oft geht dem Wunsch zu sterben eine lange Depression voraus. Bei jedem dieser Fälle habe ich festgestellt, dass das Leben vor dem Entschluss zum Stillstand gekommen ist. Da herrschte Leere und Dunkelheit.«

Gustafsson zwinkerte wieder.

»Siehst du in Elins Leben Leere und Dunkelheit?«, fragte Henning.

Gustafsson zögerte. »Mein Einblick in ihr Leben ist alles andere als …«

Henning zog eine Einkaufsquittung aus seiner Reverstasche. »Fünf Tage vor ihrem Tod kauft Elin Gustafsson bei Åhléns am Sergelstorg vier Romane. Die habe ich in ihrer Wohnung gefunden. Sie sind auf Englisch und alle sehr dick.«

Jakob Gustafsson starrte Henning an. In seinem Blick lag auch der Einwand, dass sie die Bücher vielleicht ausgelesen hatte.

»Nicht einmal eines hat sie geschafft«, sagte Henning. »Die anderen sind noch verpackt. Eine Leere sieht für mich anders aus.«

»Worauf willst du hinaus?«

»Nicht nur ihr Rollstuhl fehlt, auch ihr Computer ist verschwunden. Gestern hast du meiner Kollegin von einem Computer erzählt.«

Gustafsson nickte unruhig. »Ein kleiner weißer, den man tragen kann.«

»Es kommt sehr selten vor, dass man so einen Computer weder in der Tasche stecken noch zu Hause liegen hat. Ich frage mich, wofür sie den Computer benutzte. Bei der Videothek am Hornstull, weit und breit die einzige in ihrer Nähe, hat sie kein Konto. Ihr Telefonanschluss wurde nur für das Telefon verwendet. Kein Datenverkehr. In der Nähe meiner Wohnung gibt es ein Café. Dort sitzen abends viele junge Leute, jeder einzeln und mit einem tragbaren Computer vor sich. Das sind die Dinge, wofür Leute heutzutage einen Computer benutzen.«

»Darüber weiß ich nichts. Über so etwas haben wir nie geredet. Junge Leute brauchen eben einen Computer. Wofür auch immer.«

»Ich stehe nun vor der Schwierigkeit, dass ich weder ihren Computer habe noch weiß, wo und wie sie ihn benutzt hat.«

»Was willst du denn damit herausfinden?«

»Die Gäste in dem Café reden nicht miteinander. Das ist das Witzige daran. Sie unterhalten sich mit Leuten, die ganz woanders sind, aber mit den Menschen, die neben ihnen sitzen, sprechen sie kein Wort.«

»In diesem Alter ist das ganz normal, glaube ich.«

»Und ich glaube, dass es jemand in Elins Leben gab, den wir beide nicht kennen.«

16

Vom Fenster aus entdeckte Kjell, wie sich eine Schar Raben drüben auf dem Sofieberg auf Långholmen niederließ. Er steckte Lilly in ihren Schneeanzug und setzte sie auf den Schlitten. Vögel liebte sie über alles.

Dreißig Meter vor den Raben blieben sie stehen. Er brach ein Stück Brot ab und wies Lilly an, was sie zu tun habe. Daraufhin stapfte sie durch den Schnee, ohne sich dabei den Raben zu nähern. Nach zehn Metern hielt sie an, legte das Brotstück auf den Boden und wandte sich verschwörerisch zu ihrem Vater um.

»Und jetzt kommst du wieder zurück!«

Lilly stapfte zurück. Er gab ihr ein weiteres Stück, das sie zehn Meter entfernt in einer anderen Richtung deponieren sollte. Die Vögel verfolgten das Treiben.

»So«, sagte er, als sie zurückkehrte. »Jetzt nimmst du wieder ein Stück Brot und gehst diesmal zu den Raben. Du gehst genauso weit wie zuvor und legst das Brot auf den Boden, als ob die Raben gar nicht da wären.«

Es funktionierte. Die Raben wussten genau, was Lilly vorhatte: Bei jedem Gang wechselte sie die Richtung um sechzig Grad, legte nach zehn Schritten ein Stück Brot ab und kehrte um.

Lilly war gerade auf dem Rückweg, als der Rabe zum Brotstück hopste. Kjell hatte nicht erwartet, dass es gleich beim ersten Mal klappen würde, aber Lilly war nicht viel größer als die Raben und galt nicht als Gefahr.

»Siehst du«, erklärte Kjell. »Jetzt denken die Raben, sie hätten uns durchschaut. Weil sie keine Fragen nach dem Warum stellen.«

Lilly verstand kein Wort. Die Raben sahen ziemlich glücklich aus. Lilly war auch glücklich und erklärte ihrem Vater, dass die Raben jetzt das Brot hatten.

Sie zogen weiter. Oberhalb des Strandes setzte er sich zu ihr auf den Schlitten und gab ihm Schwung. Nach fünfzig Metern kamen sie zum Stehen, unmittelbar hinter Snæfríður Jómundardóttir. Sie drehte sich überrascht um und nahm Lilly sogleich in die Arme.

»Wie ist die Lage?«, fragte Kjell.

Ein Mann im Taucheranzug stand bis zu den Knien im Wasser und hielt eine Leine.

»Die Verankerung der Boje haben sie entdeckt. Jetzt suchen sie nach dem Rollstuhl.«

»Haben die Patrouillen nichts gefunden?«

»Weder die noch der Suchtrupp. Sie haben heute Morgen von hier aus begonnen und sind jetzt bei der Nordspitze angekommen.«

Im Wasser tat sich etwas. Der Kopf eines weiteren Tauchers drang durch die Oberfläche. Er watete zum Ufer.

Snæfríðurs Telefon klingelte. Sie gab Kjell das Kind zurück und entfernte sich einige Schritte, woran Kjell erkannte, dass der Anrufer ihr Lebensgefährte Fredrik sein musste. Man hörte es auch an ihrer Stimme. Drei Wörter aus Snæfríðurs Mund genügten, damit man verstand, dass zwischen ihr und Fredrik nichts mehr war. Kjell stapfte mit Lilly auf dem Arm zu den Tauchern. Lilly musterte sie neugierig, zog dann eine Scheibe Brot aus der Tasche und hielt sie dem Taucher hin.

»Der hat schon gegessen«, flüsterte Kjell. Lilly wollte das Brot wieder verstauen für andere Wasserbewohner, die bei diesem Wetter eine harte Zeit durchlitten, aber der Taucher war ein Spaßvogel und bedankte sich für das Brot.

»Da ist nichts«, sagte er kauend.

»Wie ist die Strömung?«

»Hier in der Bucht ist sie nicht so stark, aber da vorne an der Verankerung nimmt sie zu.«

»Ist die Verankerung da vorne?«

Der Taucher nickte.

Kjell begann zu zweifeln. War er mit dem Kajak so weit draußen getrieben? Wenn die Strömung erst nach zwanzig Metern begann, wie war der Rollstuhl dorthin gelangt?

Er schloss die Augen, um die Szene noch einmal zu erleben. Aus der Ferne hatte er neulich nicht sehen können, ob Elins Augen offen oder geschlossen waren. Es hatte ausgesehen, als blickte sie auf einen bestimmten Punkt auf dem Wasser. Deshalb hatte er zwei, drei Mal das Ruder eingetaucht und sich weiter hinaus aufs Wasser treiben lassen. Sobald er glaubte, im Fokus ihres Blickes zu sein, hatte er angehalten. Genau an dieser Stelle war die Boje aufgetaucht.

Der Taucher nahm die Kamera aus der Hülle. »Die Verankerung selbst ist intakt. Es ist ein Entkoppelungssystem, das vom Boot aus kurz vor der Ankunft ausgelöst wurde. Die konnten natürlich nicht ahnen, dass genau darüber ein Kajak schwimmt.«

Kjell sah verärgert zu Snæfríður. Sie hatte den Tauchern die ganze jämmerliche Geschichte erzählt.

»Ich habe gleich einen Termin beim Wetteramt«, sagte sie. »Die haben ein kleines Forschungslabor in der Winterbucht. Da liegt auch das Boot.«

Die Taucher begannen, ihre Utensilien zusammenzupacken, und wiesen darauf hin, dass die Eisdecke sich wohl in der Nacht schließen würde und dann keine weiteren Tauchgänge mehr möglich waren.

»Hast du Ärger zu Hause?«, fragte Kjell seine Kollegin. Es war immerhin seine Schuld, dass sie am zweiten Weihnachtstag hier stehen musste.

»Hulda ist erst heute Morgen nach Hause gekommen.«

»Was macht sie denn die ganze Nacht draußen? Bei der Kälte?«

»Sie recherchiert, hat sie zu Fredrik gesagt.«

»Mach dir lieber nicht zu viele Sorgen. Die gute Hulda Jómundardóttir kann ganz gut auf sich aufpassen, glaube ich.«

Snæfríður sah Kjell erstaunt an. Woher er das denn wissen wolle, dachte sie bestimmt. »Sie heißt nicht Jómundardóttir. Jómundur ist mein Vater.«

»Ihrer nicht?«

Snæfríður lachte. »Nein. Wir haben nur dieselbe Mutter.«

»Und wie heißt sie dann?«

»Júpítersdóttir.«

»Wie der Göttervater?«

»Ja, wie der. Hulda Júpítersdóttir.«

17

»Vielleicht hilft es euch, dass auch ich meinen Weihnachtsurlaub abbrechen musste«, begann Inspektorin Barbro Setterlind und ließ ihren Blick an den Angestellten des Telia-Ladens am Ringvägen entlangwandern.

Offenkundig war das nicht der Fall.

Die siebenköpfige Belegschaft hatte sich, wahrscheinlich unbewusst, in einer Reihe aufgestellt und nach ihrer Körpergröße sortiert. Nur einer von ihnen war ein Mann. Er stand nicht in der Reihe, sondern kauerte müde auf einem Hocker an dem Stehtisch, wo man Anträge ausfüllen konnte.

»Barbro ist von der Polizei«, verkündete Sandra Göransson mit der Betretenheit, die ihr als Leiterin des Ladens zustand.

Es beeindruckte Barbro, wie eine so junge Frau am zweiten Weihnachtstag die gesamte Belegschaft hatte herzitieren können, ohne den Anlass zu verraten.

»Ich muss euch leider mitteilen, dass eure Kollegin Elin Gustafsson am Weihnachtsabend gestorben ist.«

Sogar der junge Mann, der noch in den Kleidern vom Vorabend steckte und augenfällig an starken Kopfschmerzen litt, richtete sich am Tisch auf. Die Frauen waren alle jünger als dreißig, also etwa so alt wie Elin. Deshalb löste die Nachricht stummes Entsetzen aus. Am Ende der Ratlosigkeit stellte eine der sechs die Frage.

»Sie wurde am Strandbad auf Långholmen gefunden«, antwortete Barbro.

»Ist es etwa das, was im Radio war?«, fragte eine andere.

Barbro nickte. Die anderen hatten die Nachricht nicht gehört und drehten sich zu ihrer Kollegin. Unruhe kam auf. Die Begriffe Selbstmord und Überfall fielen.

»Sie war krank«, murmelte der Mann.

Barbro hob die Hand und brachte die Leute zum Schweigen. Nach einer Weile fuhr sie fort. »Elin saß in einem Liegestuhl, als der Schnee zu fallen begann. Es fand weder ein Überfall noch Missbrauch statt. Aber es gibt eine Reihe offener Fragen. Ich möchte von euch wissen, ob einer von euch mit Elin befreundet war oder von Bekannten oder Freunden weiß.«

Eine längere Stille trat ein, bis eine der Frauen glaubte, die Stille erklären zu müssen.

»Elin war ja keine Verkäuferin. Sie hat hinten im Büro gearbeitet oder unten im Lager.«

Das wusste Barbro bereits von Sandra Göransson. Elin hatte das Lager verwaltet und technische Aufträge bearbeitet.

»Sie war also kaum hier im Laden?«

Einige nickten. Das war der Grund, warum niemand etwas über Elin zu sagen hatte.

Barbro vollführte eine Dreivierteldrehung zu Sandra, die einen Schritt hinter ihr stand. »Sandra, könntest du bitte für einen Augenblick hinausgehen?«

Sandra nickte und verließ den Laden, stellte sich draußen mit dem Rücken zum Schaufenster und begann zu rauchen.

Die sieben Verkäufer kannten die Verkaufsargumente für jedes Produkt und waren mit den Bedienmenüs vertraut. Doch sobald ein Kunde den Laden mit technischen Fragen betrat, war man nach hinten geeilt und hatte Elin geholt. Ihr tieferes Wissen und ihre Arbeit in einem anderen Raum hatten anscheinend auch das soziale Gefüge geprägt. Elin gesellte sich nie zu den anderen, wenn sie sich im Pausenraum unterhielten. Deshalb wussten die sieben nicht einmal das genaue Alter von Elin.

»Über ihr Privatleben wisst ihr also auch nichts?«, erkundigte sich Barbro.

»Sie hat nie etwas erzählt.«

»Vielleicht habt ihr auf andere Weise etwas aufgeschnappt. Hat sie manchmal telefoniert, oder ist jemand hierhergekommen?«

»Nein«, sagte eine der Frauen, die Ann-Marie hieß. »Aber soll ich dir etwas sagen? Ich arbeite seit vier Jahren hier und habe sie kein einziges Mal lächeln sehen, obwohl sie in unserem Alter war. Man fragte sich, was mit ihr los ist. Aber irgendwann war es einem egal.«

»Meist war sie nicht zu sehen«, erklärte der Mann.

»Wie heißt du eigentlich?«

»Sven.«

Eine Blonde, die deutlich jünger war als die anderen, hob beide Hände. »Könnt ihr euch noch an diesen Kerl erinnern? Im Herbst?« Sie sah Barbro in die Augen. »Einmal kam ich in der Mittagspause mit Ann-Marie an der Espressobar an der Kreuzung vorbei. Das ist nur ein Stand mit drei Hockern. Da saß Elin mit ihm.«

Die anderen nickten. Sie hatten die Szene zwar nicht gesehen, aber umgehend davon erfahren.

Auf einmal ganz in ihrem Element, erzählte sie weiter. Der Mann war am Vormittag vor einigen Wochen, im Oktober oder im September, in den Laden gekommen und hatte nach einem Internetkabel verlangt. Doch die Welt der Verkabelung war nicht die Welt der jungen Andrine Hyttstrand, deshalb hatte sie Elin aus dem Lager geholt.

»Hat er sein Kabel bekommen?«

»Ja, es war aber nicht leicht. Er wusste nicht genau, welchen Anschluss er hat.«

»Und dann habt ihr ihn später draußen mit Elin gesehen?«

»Die haben sich schon hier kennengelernt. Er hat sie auf ihre Halskette angesprochen.«

Obwohl an jenem Samstagvormittag alle viel zu tun gehabt hatten, zog der Vorfall Aufmerksamkeit auf sich. Barbro holte die Kopie der Ermittlungsakte aus ihrer Handtasche. Sie hatte sie bisher nur einmal durchgeblättert, entsann sich jedoch der ungelösten Frage, ob die Halskette wirklich Elin gehört hatte und was der Anhänger bedeutete.

Barbro reichte die Abbildung herum. »Ist es diese Kette?«

Sie war es. Was Elin mit dem Mann wirklich gesprochen hatte, wusste niemand. Daher blieb offen, ob sich die beiden noch im Laden für später verabredet oder zufällig draußen wiedergetroffen hatten.

»Wie alt war er?«

»Er hat mich an David Bowie erinnert«, fand Andrine. Sie war bestimmt Studentin und arbeitete nebenbei hier.

Barbro wusste leider nicht, wie alt David Bowie war. Wahrscheinlich wusste er es selbst nicht.

»Genau«, sagte Andrine. »Man sieht es ihm nicht an, wie alt er ist. Das war bei dem auch so.«

»Eher älter als jünger«, fügte Ann-Marie hinzu. »Er trug einen Hut.«

Mit dem Hut hatte er wie ein Cowboy gewirkt; der Hut war jedoch aus Leder gewesen und nicht so steif. Ein Schlapphut. Der Mann hatte ihn beim Eintreten abgenommen. Das habe ihn eher verwegen als alt aussehen lassen, fand Ann-Marie, aber der Jüngste sei er auf keinen Fall mehr gewesen.

18

Kjell hatte aufgehört zu zählen, wie oft er mit Lilly schon den Hang hinabgerodelt war, als ihm der Rauch über den Wipfeln auffiel. Im Sommer kam er oft her, um zu schwimmen. Daher wusste er zwar, dass dort hinten Häuser lagen, hatte sie jedoch um diese Jahreszeit für unbewohnt gehalten.

Lilly protestierte, als er sie nicht wieder den Hang hinaufzog, sondern den Uferweg einschlug. Das Holzhaus lag nur fünfzig Meter vom Strandbad entfernt. Ein Volvo 240 parkte davor, und durch die Fenster des Hauses drang warmes, aber schwaches Licht. Es dauerte nur wenige Sekunden, bis nach dem Klopfen ein älterer Mann die Tür öffnete. Kjell hielt ihm seinen Ausweis dicht vors Gesicht. Er machte einen Schritt zurück in die Stube.

»Frohe Weihnachten! Entschuldige die Störung. Wir haben vorgestern dort drüben eine tote Frau in einem Liegestuhl gefunden. Ich wollte fragen, ob du sie vielleicht gesehen hast.«

Der Mann nickte. Erst einen Augenblick später begriff Kjell, dass das Nicken zugleich eine Aufforderung war, ins Haus zu treten. Kjell nahm Lilly auf den Arm.

»Willst du Kaffee haben?«, fragte der Alte.

Kjell nickte und schlüpfte im Flur aus seinen Schuhen. Durch das Wohnzimmer hindurch sah er eine Frau in der Küche vor dampfenden Töpfen hantieren. Im Radio auf der Fensterbank lief Weihnachtsmusik.

Kjell nahm am Tisch Platz und bekam seinen Kaffee. Der Mann, dessen Namen Kjell noch immer nicht wusste, setzte sich dazu und schenkte Lilly Saft in ein Glas, das mit Bamsebären bedruckt war.

»Jaaa«, begann er. »Die haben wir gesehen.«

Die ganze Tatortarbeit ein Chaos, dachte Kjell. »Wann war das genau?«

»Villa!«, rief er über seine rechte Schulter zur Küche. »Wann sind wir am Freitag von den Kindern gekommen?«

»Du meinst Montag«, sagte Kjell. »Heute ist Mittwoch, und vorgestern an Heiligabend war Montag.«

»Ne.« Der Mann hatte den Kopf noch zur Küche gedreht und wartete auf eine Antwort.

Villa, wahrscheinlich Vilhelmina, trat ins Wohnzimmer. »Wir sind um zwei losgefahren. Dann muss es drei gewesen sein oder etwas später.«

Der Mann drehte sich wieder zu Kjell. »Freitag war das. Zwischen drei und vier also.«

»Am Freitag?«

»Ja. Der einundzwanzigste Dezember.«

»Und da habt ihr eine Frau im Liegestuhl gesehen? Am Freitag, dem einundzwanzigsten, und nicht am Montag, dem vierundzwanzigsten?«

Beide nickten. Sie ließen sich nicht von dem Entsetzen beeindrucken, das in Kjells Gesicht getreten war. »Am Montag waren wir überhaupt nicht hier«, sagte die Frau.

Drei Tage, dachte Kjell und blickte skeptisch drein. Elin konnte nicht drei Tage lang dort gesessen haben.

»Am Freitag hat meine Tochter Geburtstag«, sagte jetzt der Mann. »Seit vierzig Jahren hat sie am 21. Dezember Geburtstag. Wintersonnenwende.«

Die beiden hatten bei der Fahrt zum Haus den Liegestuhl unten am Strand gesehen und den Kopf geschüttelt. Wer darin saß, war vom Weg aus nicht zu erkennen gewesen.

»Welche Farbe hatten der Liegestuhl und der Sonnenschirm?«

»Sonnenschirm? Das hätte noch gefehlt! Der Liegestuhl war schon verrückt genug. Aber wir haben uns nicht weiter darum geschert. Soll da jemand sitzen, haben wir uns gedacht.«

Obwohl es zu verrückt war anzunehmen, dass ein weiterer Mensch auf die Idee kommen könnte, sich bei der Kälte mit einem Liegestuhl an den Strand von Långholmen zu setzen, fragte Kjell zur Sicherheit doch noch einmal nach der Farbe. Und tatsächlich waren beide Liegestühle blau.

»Und am Samstag und am Sonntag?«, fragte Kjell. »Wart ihr da vor der Tür?«

Mehrmals am Tag sogar. Das Paar bewohnte das Holzhaus das ganze Jahr über. »Am Freitagabend saß da niemand mehr«, sagte der Alte. »Ich habe ja noch Holz reingeholt. Und am Wochenende auch nicht.«

19

Noch bevor Sofi Johansson die Augen öffnete, wusste sie, wo sie sich befand. Und sie bereute nichts. Keiner der vielen Überschläge in ihrem bald siebenundzwanzigjährigen Leben hatte je Reue nach sich gezogen.

Sie setzte sich auf und blickte über ihre linke Schulter. Es sah nicht danach aus, als würde Joakim Karlström in nächster Zeit erwachen. Das Schlafzimmer lag in goldenem Licht, das durch die Fenster hereinkam. Sie reichten von der hohen Decke bis zum Boden.

Sofi kroch lautlos vom Bett. Viel hatte sie in der Nacht nicht von der Wohnung gesehen, doch als sie durch die offene Tür ins nächste Zimmer schlich, erkannte sie das Sofa wieder, die vor- oder vorvorletzte Station in der letzten Nacht. Darauf und davor lagen kreuz und quer ihre Kleider als erkalteter Schnappschuss.

Erst jetzt ermaß sie die ungeheure Höhe des Raums. Bis hinauf zur schrägen Decke waren es sechs bis sieben Meter. An der entgegengesetzten Wand gab es auf halber Höhe eine Galerie, auf die man über eine Wendeltreppe gelangte.

Sofi verharrte vor dem Sofa. Auch in diesem Raum nahmen die Fenster beinahe die gesamte Wand ein. Eine Querstraße traf genau auf Höhe des Hauses auf die Straße, in der das Haus stand. Die Sonne schwebte als riesiger goldener Ball in der Straßenflucht. Sofi sah die Sonne an, und die Sonne sah sie an. Wann hat man schon die Ruhe dafür, dachten beide.

Da die Straße nach Nordwesten lief, musste die Wohnung nach Südwesten zeigen. Selbst bei einer so luxuriösen Wohnung war bei dieser Himmelsrichtung kein Sonnenaufgang inklusive. Sofi hob ihre Jacke vom Boden auf und kramte nach ihrem Telefon.

Es war 14 Uhr 10 – später, als sie befürchtet hatte. Darüber hinaus hatte sie vier Textnachrichten bekommen und neun Anrufe verpasst.

Sie drehte die Ärmel der Jacke auf rechts und sah sich nach ihrer Unterhose um. Die hing wie ein Sahnehäubchen oben auf der Sofalehne.

Das Telefon begann zu piepsen. Sie wühlte wieder in der Tasche, damit Joakim nicht davon erwachte.

Am anderen Ende meldete sich eine Frauenstimme. »Sofi Johansson?«

»Ja.«

»Hier ist Jannika Fager. Wir haben uns auf dem Sommerfest kennengelernt.«

»Sommerfest?«

»Polizeisommerfest. Ich war die Rothaarige vom Wirtschaftsdezernat bei der Bezirkspolizei.«

»Ach so«, log Sofi.

»Sofi, kannst du etwas für mich tun?«

»Was denn?«

»Kannst du zum Schreibtisch gehen?«

»Ich bin nicht im Büro.«

»Hinter dir.«

Sofi drehte langsam den Kopf. Hinter ihr stand in der Mitte des Raumes ein massiver Tisch mit nur einem Stuhl davor. Sie wandte den Blick ab und starrte durch das Fenster. Ohne den Kopf zu bewegen, suchte sie mit ihren Pupillen Fenster um Fenster der Häuser auf der anderen Straßenseite ab. Sie konnte aber nichts entdecken.

Verdammte Hölle, dachte sie.

»Links muss eine Schublade sein«, hörte sie die Stimme der Frau, deren Name ihr nicht mehr in den Sinn kam.

Mit nackten Füßen ging sie zum Schreibtisch. Immerhin hatte sie jetzt ihre Unterhose an. So ließ sie sich auf das Polster des Stuhls sinken. Es gab links eine Schublade. Sofi zog sie auf.

»Vorsicht«, hörte sie. »Der Inhalt darf auf keinen Fall verrutschen.«

»Okay, ist offen.«

»Liegt ein schwarzes Telefon darin?«

»Ja.«

»Ist es eingeschaltet?«

»Kann ich nicht sehen.«

»Gut, präge dir genau ein, wie das Telefon liegt und nimm es heraus.«

Sofi drückte eine Taste. »Ja, es ist an.«

In der Hörmuschel ihres eigenen Telefons stöhnten mehrere Menschen erleichtert auf.

»Sofi, kannst du herausfinden, welche Nummer das Telefon hat?«

Sofi drückte auf einen Knopf und suchte im Menü nach den Betriebseinstellungen. »070184963214.«

»Bist du sicher? Das sieht nicht nach einer schwedischen Nummer aus.«

»Es ist eine internationale Redirect-Nummer«, sagte Sofi. »Die beginnen mit +701. Ihr könnt ja anrufen.«

»Das wäre zu riskant. Es müssten Telefonnummern im Verzeichnis eingetragen sein.«

»Ja.«

»Such bitte nach einem Janne. J-a-n-n-e.«

Sofi begann zu suchen.

»Und?«

»Es ist nach Nachnamen geordnet. Es gibt keinen Janne.«

Eine männliche Stimme fluchte im Hintergrund.

»Bitte schau noch einmal.«

Sofi arbeitete sich von unten nach oben. »Es gibt einen Jon. Jon Ardelius.«

»Moment.«

Am anderen Ende der Leitung war Tastaturgeklapper zu hören.

»Wie lautet die Nummer?«

Sofi las die Nummer vor.

»Nein, das ist er nicht.«

Sofi stöhnte. Wenn sie die Wohnung aus dem Haus gegenüber observierten, hatten sie es gestern Abend schon getan. Die Bezirkspolizei hatte alles auf Video. Verdammt. Sie warf einen Blick zum Schlafzimmer. Dort war alles ruhig.

»Wir schicken eine Textnachricht. Kannst du warten?« Es piepste. »Okay. Öffne die Nachricht und dann das angehängte Video.«

Sofi klickte. Statt eines Filmes liefen Programmzeilen über die Anzeige. Dann erschien das Hauptmenü.

»Du musst die Nachricht aus dem Verzeichnis löschen.«

»Schon gemacht. Fertig?«

»Ja. Vielen Dank.«

20

Barbro Setterlind hatte die Einladung ausgeschlagen, sich am Büfett zu bedienen, und wartete, bis der Hoteldirektor mit zwei Tassen an den Tisch zurückkam. Er öffnete seinen Computer.

»Ich komme vom Telefonladen gegenüber«, begann sie. »Angeblich kaufen viele eurer Gäste dort Kabel, um ihren Computer im Zimmer mit dem Internet zu verbinden.«

Der Direktor war jung und daher eher ein Hotelmanager als ein Direktor. Er nickte und trank zugleich von seinem Espresso. »Nur die Deluxe- und ein Teil der Standard-Zimmer haben drahtlosen Zugang. Oft klappt es auch nicht mit dem Einwählen.«

»Dann schickt ihr sie hinüber, um ein Kabel zu kaufen?«

»Ja. Der Kabelanschluss richtet sich automatisch ein.«

»Ich erzähle dir von meinem Problem, weil wir beide nicht viel Zeit haben. Hier ist eine Liste von Leuten, die in den letzten vier Monaten ein Kabel gekauft haben. Es sind zum Teil Namen, vor allem aber Kreditkartennummern.«

»Kein Problem«, sagte der Hoteldirektor und bettete seine Finger auf die Tastatur.

Die Hotels verlangten nie Gerichtsbeschlüsse.

Sie begann mit der ersten Nummer, als ein korpulenter Mann durch die Halle auf die Bar und den Tisch zusteuerte. Henning Larsson nahm neben Barbro Platz und grüßte.

»Und?«, fragte Barbro ihren Kollegen, während der Hoteldirektor suchte.

»Ich habe sie vorhin auf der Fahrt hierher erreicht. Sie sei krank, sagt sie.«

»Was hat sie?«

»Sie lügt.«

»Sofi reagiert immer so komisch. Das bedeutet nichts.«

»Ich stand eine halbe Stunde vor ihrer Haustür. Sie war nicht da. Ihr Auto habe ich auch nicht gesehen.«

»Du weißt ja, wie sie ist.«

»Sie klang komisch. Gestern schon.«

»Okay«, unterbrach der Direktor. »Das ist eine Frau.«

»Vergiss es. Probieren wir zuerst die Namen auf der Liste. Der erste ist Ardelius, Jon Ardelius.«

21

Der Schnee knirschte unter den Reifen, als Snæfríður den Wagen auf das Ende der Winterbucht zurollen ließ. Sie hatte längst das Ende der Siedlung passiert. Obwohl sie immer mehr daran zweifelte, ob sie hier richtig war, kamen heimische Gefühle in ihr auf. Die Gegend ähnelte den Vororten im Süden Reykjavíks. Wenn man all die Bäume hier und all die hässlichen Betonvillen dort abzog. Das vom Wind aufgeraute Wasser und die Serie von Landzungen verknüpften die beiden Orte in Snæfríður's Empfinden.

Als sie schon wenden wollte, lugte zwischen den letzten Fichten ein Wellblechhaus hervor. Wellblech war das Stichwort. Zudem lag auch das im Telefonat erwähnte Boot am Ufer. Sie gab ein wenig mehr Gas, umrundete das Gebäude und zog an der Handbremse, so dass der Wagen sich um die eigene Achse drehte.

In der Tür des Flachbaus lehnte ein Mann. Den Ausbruch an Leidenschaft hatte er mit einem Lächeln im Gesicht beobachtet. Seine Haare standen zu Berge, als hätte er gerade geschlafen, und über seinem Kopf ragten hohe Antennen vom Hausdach. Ein Mann, ein Haus, dachte Snæfríður und trat auf den Eingang zu.

»Bist du Snæfríður von der Polizei?«, fragte er, kurz bevor sie bei ihm ankam.

Sie nickte.

Acht Vorhängeschlösser baumelten an der Tür, deshalb ließ sie sich nicht mit einem Ruck schließen.

»Wir hatten vor einigen Monaten einen Einbruch«, erklärte er. Er hieß Måns und war allem Anschein nach der Leiter des Labors. Den Nachnamen hatte er bei ihrem Anruf nicht genannt. »Danach mussten wir so gut wie von vorne beginnen.«

»Ob Vorhängeschlösser da helfen?«

»Wir haben auch eine Alarmanlage, und fünfmal am Tag kommt jemand von Securitas.«

Am Ende des kurzen Ganges tat sich links eine Teeküche auf, die augenfällig nur von Männern benutzt wurde. Der

Raum rechts nahm beinahe die gesamte Fläche des Baus ein, der so provisorisch wie die Architektenstube einer Großbaustelle war. Die Einrichtung glich der eines Büros, allerdings mit Lötgelegenheit und einem Metallgestell in der Mitte. Darin hing etwas, und wäre es nicht rund gewesen, hätte Snæfríður auf eine Kirchenglocke getippt.

»Das ist sie«, sagte Måns. »Odins Auge 213.«

Snæfríður legte ihren Mantel auf eine Stuhllehne, ohne den Blick von Odins Auge zu lösen. Dann schritt sie respektvoll darauf zu. Die Kugel hatte dieselbe Größe wie der Sitzball in Barbros Büro. Sie ging in die Knie. »Was wiegt die?«

»Nur achtzig Kilo. Innen ist sie hohl.« Måns fuhr mit dem Zeigefinger am nördlichen Wendekreis der Kugel entlang. »Das ist der Schraubverschluss. Das untere Drittel nimmt der Ballasttank ein. Hier unten sitzt das Ventil. Damit kann sie Wasser ein- und auspumpen und für den idealen Auftrieb sorgen.«

Das dauerte einige Zeit, wie Måns erklärte. »Kurz vor der Ankunft mit dem Boot habe ich über die Fernbedienung die Verankerung gelöst. Eigentlich hätte hier oben eine Lampe leuchten müssen. Das hat sie jedoch nicht getan.«

»Was fehlt ihr denn nun?«

»Man kann ihr so gut wie nichts anhaben. Der Mantel ist ja recht dick. Aber hier oben treten die Sensoren aus.« Dort war ein pilzförmiger Aufbau, der einem Soldatenhelm glich. »Irgendetwas Kleines und Spitzes muss da in den Spalt gekommen sein. Die ganze Sensorik wurde abgerissen.« Måns streichelte die Kugel. »An so einen Fall haben wir bei der Konstruktion nicht gedacht. Wenn ein Schiff dagegenfährt, weicht sie wie ein Punchingball aus. Sie hängt ja an einem Stahlseil.«

»Sie schwebt also im Wasser.«

Måns nickte. Er roch besser, als seine Rasur aussah. Snæfríður behagte das gemeinsame Knien vor der Boje.

»Könnte es ein Rollstuhl sein? Daran stehen doch Griffe und anderes heraus.«

»Ein Rollstuhl ist wohl zu leicht, um einen solchen Schaden anzurichten.«

»Es muss sich um einen Elektrorollstuhl handeln. Die sind ziemlich schwer.«

Måns stemmte sich in den Stand. »Ich frage mich, wie lange er schwimmt.«

Snæfríður blieb noch einige Sekunden lang am Boden.

»Immerhin sind es zwanzig Meter«, gab er zu bedenken. »Und wenn er sinkt, kommt es auf seine Form an, ob er von der Strömung mitgezogen wird. Eure Taucher haben ihn ja nicht im Umkreis gefunden.«

»Die Taucher halten auch für möglich, dass er gar nicht schwamm. Bei seinem Gewicht ist er vielleicht ins Wasser gerollt, ohne je den Kontakt zum Boden zu verlieren. Kurz nach dem Ufer fällt der Grund steil ab. Unter Wasser ist er dann auf die Boje zugerollt oder -gepurzelt.«

»Einen Tee vielleicht?«

Trotz des verrohten Zustands der Teeküche nickte Snæfríður.

Bis einige Minuten später die Teebeutel herausmussten, hatte Måns das Szenario zu Ende gedacht. »Aber wenn er wirklich auf dem Grund rollte, wäre bei der Boje Schluss gewesen. Der Rollstuhl müsste noch an der Stelle liegen. Das Gefälle endet dort.«

»Verstehe«, antwortete Snæfríður und blies über ihren Tee.

»Aber an Rollstühlen und Kinderwagen hängen doch immer Beutel. Damit man etwas reinlegen kann.«

Snæfríður schwieg. Von Unterwasserzauber verstand sie nichts.

»Komm mal mit.«

Sie folgte ihm zurück ins Büro. Dort nahmen sie vor einem großen Bildschirm Platz.

»Es liegt ja viel Gerümpel dort unten, aber das bleibt liegen und gefährdet die Bojen nicht.« Er griff nach der Maus. Auf dem Bildschirm erschien eine Karte des Gebiets.

»Du fürchtest, der Rollstuhl könnte seine Teufelsfahrt fortsetzen?« Das würde sein Verschwinden erklären.

Måns konnte auf seiner Karte mit einem Streich das Wasser aus dem gesamten Fjord abpumpen. Übrig blieb das Bodenrelief.

»Der Grund fällt vom Nord- zum Südufer ab. Dort um Långholmen herum fließt also die Hauptströmung. Deshalb liegen die Mälarwerft und die Schiffe mit größerem Tiefgang im Süden am Söder Mälarstrand.«

»Und die Motorboote im Norden am Norr Mälarstrand.«

»Ganz genau!« erwiderte Måns und drückte beschwingt mehrere Tasten auf seiner Tastatur.

Im leeren Mälarbecken erschien ein roter Faden. Er wand sich um Långholmen und reichte bis zum Norrström, dem Hauptkanal am Reichstag. Weitere Fäden entstanden und wanden sich wie Muskelfasern umeinander. Immer mehr Fäden in anderen Farben kamen hinzu, und als Snæfríður sie nicht mehr auseinanderhalten konnte, geschah etwas Neues: Die Fäden vereinigten sich erst zu dickeren Schläuchen, bekamen eine ganz neue Dynamik, bildeten Massen mit Farbverläufen. Oben rechts stand der 24. Dezember, 15 Uhr 00. Die Sekundenanzeige raste. Måns' Finger sauste auf eine Taste. Alles stoppte. 15 Uhr 01 und 19 Sekunden.

»Da hat Odins Auge Alarm geschlagen.«

Sie betrachteten den erstarrten Mälarstrom, bevor Snæfríður sich nach ihrer Tasche umsah und sie auf dem Tisch neben der Boje entdeckte. Sie holte die Ermittlungsakte.

»Die Boje wurde um 15 Uhr 01 beschädigt?«, fragte sie.

»Ja.«

»Aber ihr seid erst um sieben dort eingetroffen.«

»Wir mussten das Boot klarmachen.«

Snæfríður fand die Zeittabelle in der Akte. Die Gerichtsmedizin legte den Todeszeitpunkt auf die Stunde zwischen ein und zwei Uhr in der Nacht fest. So lange hätte Elin tot dort sitzen müssen, damit ihr Körper auf die Temperatur abfiel, die Suunaat am Strand gemessen hatte. Das war unmöglich, wenn man Esbjörn Fors glaubte, denn am Morgen hatte er sie nicht gesehen. Dafür aber bei seiner zweiten Tour um 15 Uhr 15. Vierzehn Minuten zuvor war die Boje beschädigt worden. Da blieb nur eine Erklärung: Elin war erst seit 15 Uhr 01 am Strand gewesen. Und die Kernkörpertemperatur ließ nur einen Schluss zu: Jemand hatte sie zu der Stelle gebracht, lange, nachdem sie gestorben war, und vierzehn Minuten, bevor Esbjörn Fors zu seiner zweiten Runde eintraf.

»Ist es möglich, mit dem Programm zu bestimmen, wohin die Strömung den Rollstuhl getrieben hat?«

»Natürlich. Das Programm ist phänomenal. Eigentlich müsste man dafür den Nobelpreis bekommen.«

»Willst du damit sagen, dass du das alles programmiert hast?«

»Ich? Ich habe nicht den geringsten Schimmer, wie Mimir funktioniert.«

»Funktioniert?«

»Mimir kennt jeden Kubikmeter Wasser auf 42 Kilometern Länge. Und das auf dieser lahmen Kiste. Sie hat nicht mal acht Gigabyte Arbeitsspeicher. Aber auf einem tragbaren Computer liefe es auch.«

»Das beruht alles auf den Daten, die die Bojen liefern?«, erkundigte sich Snæfríður.

»Wir haben nur dreihundert Bojen. Weiter den Fjord hinauf reicht unser Etat noch nicht. Ohne das Programm würden wir achttausend Bojen und mehrere Großrechner brauchen. Wir können uns nicht erklären, wie es solche komplexen Szenarien erstellt. Alles Chaostheorie, weißt du.«

Måns wechselte in eine andere Ansicht, bei der wieder einzelne Fäden erschienen. Es mussten Millionen sein.

»Die Sache hat einen Haken. Das Programm kann zwar Mikroströmungen darstellen, aber ich habe keine Ahnung, wie ich ihm das befehlen soll.« Er stand auf, öffnete das Fenster und rief. Ein Mann trat von außen ans Haus. Måns stellte ihn als Peter vor. Er war deutlich älter, und wie bei allen Männern seines Namens, denen Snæfríður in ihrem Leben begegnet war, war sein Haar dicht und lockig. »Hast du eine Ahnung, ob man mit Mimir bestimmen kann, wie sich ein Objekt im Wasser bewegt?«

»Wahrscheinlich schon.« Peter kratzte sich am Kopf. »Der Programmierer lebt allerdings in Irland. Den wirst du heute nicht erreichen. Vielleicht weiß Ardelius, wie es geht.«

Måns nickte betrübt und schloss das Fenster. Peter trottete zum Ufer zurück.

»Jetzt sehen wir dumm aus«, sagte Måns und seufzte.

»Wer ist dieser Ardelius?«

»Er ist der Mathematiker, der das Differential entwickelt hat, auf dem Mimir beruht. Die Programmierung ist keine große Sache, der Algorithmus durchaus. Wir sind erst nach einiger Zeit darauf gekommen, dass Mimir keine wilden Schätzungen und Hochrechnungen liefert. Wir wollten die Software erst selbst entwickeln, aber unser Chef in Norrköping hat lieber einen externen Mathematiker aus Stockholm engagiert. Das ist bei uns eigentlich unüblich. Wir waren natürlich nicht gerade erfreut, ein fertiges Programm vorgesetzt zu bekommen. Als die Bojen schwammen und wir Mimir zum ersten Mal laufen ließen, um die Messgenauigkeit zu testen, trauten wir unseren Augen nicht. Ich bin mir sicher, dass wir den Rollstuhl damit finden.«

22

Kjell drückte auf die Klingel von Elin Gustafsson und machte sich auf Pers grimmiges Gesicht gefasst. Doch die Laune des Cheftechnikers war alles andere als normal.

»Wir haben was«, sagte Per. »Komm rein.«

Im Flur knöpfte Kjell seinen Mantel auf. An den Wänden, vor allem aber an den Möbeln klebten Markierungen. Pers Assistent Lasse trat mit zwei Koffern aus dem Zimmer und setzte sie neben der Tür ab. Alle waren bereit für den Feierabend.

»Larssons Bauch hat recht. Es gibt tatsächlich jemand. Überall in der Wohnung finden sich Abdrücke. Sie stammen weder von Elin noch von ihrer Familie.«

Sie betraten das große Zimmer. Das dritte Mitglied der Kriminaltechnik war Jenna. Sie war dabei, alles zu fotografieren, und grüßte mit ihrem transzendenten Lächeln, auf das Kjell ganz versessen war.

»Ein Mann oder eine Frau?«, fragte Kjell.

Per zuckte mit den Schultern. »Wissen wir nicht. Wir haben nur vom Zeigefinger einen kompletten Abdruck. Zweierlei ist interessant: Die Abdrücke sind nicht allzu alt und finden sich nur an frei herumliegenden Gegenständen und der Kommode dort. Im Bad und in der Küche ist nichts.«

»Was ist mit dem Computer?«, fragte Kjell.

»Wir kennen zumindest die Marke. Im Keller haben wir die Verpackung und im Flur noch etwas Zubehör gefunden.«

Kjell seufzte und blickte umher, um sich einen Eindruck von der Wohnung zu verschaffen.

»Die Person ist in höchstem Grad verdächtig«, sagte Per.

»Ihr Abdruckmuster verrät, dass sie vor kurzem hier war, nach etwas gesucht hat und nicht länger als eine Viertelstunde blieb.«

»Warum das?«

»Die Hände. Sie konnten sich nicht aufwärmen. Dann wären sie feucht geworden und hätten bessere Abdrücke hinterlassen.«

Kjell seufzte noch einmal.

»Habt ihr den Rollstuhl?«, fragte Per.

Kjell schüttelte den Kopf. Um die Zimmerlampe kreiste eine Mücke. Wo die um diese Jahreszeit herkam, blieb auch ein Rätsel.

Per kratzte sich am Kopf. »Ziemlich teurer Spaß inzwischen. Du näherst dich der Fünfzig-Mannstunden-Grenze. Ohne Materialkosten.«

Kjell nickte. Seine Bewegungen waren jetzt ruppiger.

»Was sagt denn die Speckrobbe?«, machte Per weiter.

»Das Schlafmittel und die Kälte. Das ist die endgültige Todesursache.«

»Eigentlich ist daran nichts besonders verdächtig. Nur der Rollstuhl fehlt dir. Für den brauchst du eine gute Erklärung.«

23

Sofi erhob sich von der Sitzbank, als sie die Tür am Ende des Ganges zufallen hörte und sich Schritte näherten. Da kam Zweigkberg auch schon um die Ecke geeilt. Seine Sohlen quietschten immer beim Gehen. Er war nur ihretwegen ins Polizeigebäude gekommen.

»Ah, Sofi Johansson, was gibt es denn?«

Sofi lächelte und streckte ihm das Formular hin, das er in vollem Schwung annahm. Beim Weitergehen wehte es gegen seine Brust. Vor der Tür seines Büros suchte er eine Weile an seinem riesigen Schlüsselbund herum. Innen roch es nach Lebkuchen.

»Nimm Platz«, sagte Zweigkberg und betrachtete das Formular. »Eine RS-3 mit Restlichtverstärker braucht ihr also. Wie lange denn?«

»Drei Tage?«

»Hier steht ›Wohnungsüberwachung Långholmsgatan 7‹. Da braucht ihr wahrscheinlich auch den Streamer dazu.«

Sofi nickte. Zweigkberg verschwand in einem angrenzenden Raum. Kurz darauf hörte sie ihn in Regalen kramen und eine Schachtel herausziehen.

Er kehrte zurück und schaltete seinen Computer ein. »Die Fernüberwachung ist nicht besonders gut. Besser wäre ein Telefon.« Zweigkberg nahm den Rekorder aus dem Karton, schloss ihn an den Computer an und programmierte Sofis Telefonnummer in den Speicher.

Schließlich griff er noch einmal in den Karton und hob eine kleine Kamera zwischen Zeigefinger und Daumen hervor. »Sobald sich etwas bewegt, läuft sie und sendet die Daten an den Streamer. Gleichzeitig ruft sie dich an.« Er packte alles in den Karton und steckte einen Zettel dazu. »Hier ist der Link. Und hier ist das Passwort. Damit kannst du das Bild auch sehen, wenn du nicht in der Nähe bist.«

24

Nun verstand Snæfríður, warum die Leute vom Wetteramt nicht hatten warten wollen. In kürzester Zeit würde eine geschlossene Eisfläche auf dem Wasser liegen. Überall bildeten sich bereits Schollen, die unter dem Bug des Schiffes zerbarsten. In der Enge zwischen Essingen und Gröndal schimmerte die Wasseroberfläche schon richtig weiß. Es gab keine stillen Pausen mehr, in denen nur der Motor und das Schwappen zu hören waren. Måns stürzte zur Reling und rief Peter auf der Brücke etwas zu. Der Diesel drehte höher, und hinten am Heck, wo Snæfríður saß, vermischte sich eine Abgaswolke mit der Seeluft. Die war ihr aus der Kindheit vertraut, vermisst hatte sie sie jedoch in all den Jahren nicht.

Sie schlang die Arme um ihren Leib, damit der Wind nicht unter ihre Jacke kroch. Das Schiff passierte die Brücke. Der Fjord weitete sich, und damit wurde auch das Eis weniger. Das Boot hielt sich in der Fahrrinne. Måns hangelte sich am Brückenhäuschen vorbei und begann, am Heck die Riegel des Krans zu lösen. Snæfríður stand auf, um nicht im Weg zu sein.

»Wir lassen gleich die Fische ins Wasser«, schrie Måns gegen den Wind an. Er grinste dabei, als hätten sie sich zu einem geheimen Plan verbündet.

Die Fische waren aus Metall, glichen kleinen Raketen von einem Meter Länge und besaßen Flossen am Heck. Måns löste den letzten Riegel. Die Fische begannen, am Stahlseil zu baumeln, und senkten sich einer nach dem anderen langsam zum Wasser hinab. Snæfríður sah zu, wie sich beim Eintauchen ein Rand aus Wirbeln und Schaum um sie bildete.

Sie folgte Måns in die Kajüte unter der Brücke.

Er schloss die Tür. Die Monitore liefen bereits. »Also, jeder Fisch hat ein Seitensichtsonar. Der Computer errechnet aus den drei Signalen ein räumliches Bild.«

»Verstehe!«, sagte Snæfríður.

»Der Rollstuhl wird eher wie ein Würfel aussehen.«

Der Boden sah tatsächlich aus wie in der Simulation im Labor. Die Hauptströme hatten Furchen in den Boden gespült wie bei einem Canyon.

»Das da sind alte Furchen«, erklärte Måns. »Da verlief der

Hauptstrom vor einem Jahrtausend. Damals waren die Ufer noch nicht befestigt.«

»Verstehe!«, sagte Snæfríður.

Nach einigen Felsen war das erste Artefakt, das auftauchte, allerdings das Gegenteil eines Würfels.

»Das ist Nummer 208.«

Trotz des krümeligen Bildes sah man Odins Auge 208 an einem Seil im Wasser taumeln.

Måns deutete zum Fenster. »Da vorne kommt die Bucht.«

Der Motor ratterte. Mit tieferem Brummen änderte das Schiff den Kurs. Über Funk verständigten sich Måns und Peter darauf, die Bucht in Kreisen abzusuchen.

»Kannst du den Bildschirm im Auge behalten?«, sagte Måns eine halbe Stunde später zu Snæfríður. »Ich klettere mit meinem Computer hinauf zu Peter. Wir suchen auf der berechneten Route.«

Måns war es nach langem Grübeln gelungen, die Strömung zu bestimmen, in der sich der Rollstuhl bewegt haben musste, falls er es aus der Bucht geschafft hatte. Das Schiff verließ das Strandbad und bewegte sich an der Küste von Långholmen entlang. Snæfríður glaubte, etwas gefunden zu haben, und meldete es nach oben, aber ihr Fund entpuppte sich als Verankerung einer Badeplattform. Zum Felsbad hin nahm das Gefälle deutlich zu. Vor der Westbrücke wendete das Boot und fuhr in etwas weiterer Entfernung vom Ufer zur Bucht zurück. Dort verstummte der Motor. Snæfríður hörte die Schritte der beiden Männer auf der Eisenleiter. Måns riss die Tür auf.

»Wir sind über der Stelle. Peter lässt eine Sonarkapsel hinab. Sie kann flache, auf dem Grund liegende Gegenstände identifizieren.«

»Glaubt ihr, dass das etwas bringt? Einen Rollstuhl hätten wir doch sehen müssen. Es gab viel kleinere Objekte.«

Zum Beispiel einen Campinghocker. Den hatte jemand von der Brücke geworfen.

»Es gibt keinen Rollstuhl«, murmelte Peter. »Den hätten wir finden müssen.«

»Wonach suchen wir dann?«

»Irgendetwas muss die Sensoreinheit beschädigt haben. Ein Rollstuhl war es offenbar nicht.«

Die Sonarkapsel war klein. Peter ließ sie an einem Seil in die Tiefe.

Snæfríður dachte an die Boje im Labor. »Es kann nur etwas Spitzes wie eine Eisenstange sein. Etwas anderes passt nicht durch die Öffnung.«

Peter und Måns schüttelten den Kopf.

»Theoretisch ja«, sagte Måns. »Aber die Stange müsste ja im Wasser mit der Strömung getrieben haben.«

»Welche Möglichkeit kommt noch in Frage?«

»Eine einzige. Hier muss am vierundzwanzigsten um 15 Uhr 01 ein Boot geankert haben. Direkt vor eurer Leiche.«

25

Das Leben nahm jetzt die Form einer Jagd an, und das gefiel ihr. Rastlosigkeit stabilisierte ihr Leben. Sofi prüfte alle Einstellungen, bevor sie ins dunkle Treppenhaus trat. Sie starrte hinauf zur Decke, bis das Telefon in ihrer Hand vibrierte. Sie öffnete die Internetseite und konnte sich selbst darauf beim Stehen im Treppenhaus beobachten. Ziemlich grün, aber dennoch scharf, wenn man bedachte, wie finster es um sie herum war.

Alles klar, sagte sie zu sich selbst und verschwand wieder in ihrer Wohnung. Am Küchentisch begutachtete sie noch einmal den zweiten Brief, der am Nachmittag in ihrem Flur gelegen hatte. Zwei Tage waren seit dem ersten vergangen, also durfte sie nicht damit rechnen, dass die Kamera heute Nacht etwas Interessantes aufzeichnete.

Der zweite Brief glich dem ersten. Wieder war sie das Motiv. Bei dem Zeichner handelte es sich offensichtlich nicht um einen Perversen. Die beiden Zeichnungen besaßen nichts Anzügliches. Ein heimlicher Verehrer also.

Sie hatte heute alle Zeitungen gekauft. Dagens Nyheter dokumentierte mit seiner aufdringlichen Fixierung auf Menschen Joakim Karlströms Aufstieg zu Stockholms erfolgreichstem Gastronom. Als Barkeeper und Student der Ökonomie hatte er begonnen und dann einige Jahre in New York gelebt. Stockholm sei ihm zu klein geworden, stand dazu in Dagens Nyheter. Jetzt sei er wieder hier, weil er ohne diese Stadt doch nicht leben könne. Genau solche Sachen wollte Dagens Nyheter und ihre Leser hören. Sofi lächelte. Ihr hatte Joakim erzählt, dass er nur nach New York gegangen sei, damit Dagens Nyheter zehn Jahre später etwas darüber schreiben konnte. New York war ein uralter Trick, der in Stockholm immer funktionierte. Nach seiner Rückkehr hatte er ein altes Hotel gekauft und die heruntergekommene Hotelhalle in einem halben Jahr zu Stockholms angesagtestem Nachtlokal verwandelt. Seine Methode war, nach spätestens zwei Jahren zu verkaufen und sich ein Jahr lang nicht blicken zu lassen, bevor er mit dem nächsten großen Wurf zurückkehrte. Das Banana war sein siebtes Lokal. Es war erst einen Tag alt und schon Legende.

Das Abendblatt erwähnte Joakim nicht einmal. Hier ging es nur um die vielen hübschen Menschen in und vor allem vor dem Lokal, die in zahlreichen Fotos abgebildet waren. Auf dem größten sah man Ernst. Neben seinen Kopf hatte der Grafiker eine Sprechblase montiert, in der Ernst abgemildert zitiert wurde: Fahrt zur Hölle, ihr Penner!

26

Über Hulda Júpítersdóttir ist dies zu berichten: Wäre sie eine Figur in Strindbergs Kopf gewesen, dann hätte die Glocke der alten Sofiakirche jetzt zehn geschlagen und dabei Scharen von Vögeln auffliegen und die Krokusse blühen lassen. Außerdem wäre sie gerade auf dem Weg zu einem Grog-Abend im Kreise mittelloser Künstler im Lokal Berns.

In der Wirklichkeit blieb die Sofiakirche jedoch stumm, obwohl anscheinend gerade eine Messe zu Ende ging. Die Tür öffnete sich, und eine Schar von Menschen trat ins Freie und steuerte auf die Autos zu.

Hulda stand dreißig Schritte entfernt und beobachtete das Treiben. Kirchen waren ihr fremd. Für ihren Opa war Gott immer nur eine Spielfigur gewesen, die in seinen gewagten Weltgeistgleichungen bei unterschiedlichen Gelegenheiten und in verschiedenen Kostümen auftauchte und nach Belieben verschoben werden konnte. Von denen, die am *Djúp* aufgewachsen waren – das war ein Fjord, der so tief war, dass man ihn gleich ›die Tiefe‹ nannte –, von denen glaubte so gut wie keiner an den Herrn. Man musste nur die Gardine beiseiteschieben und hatte mit dem Fjord die grundlose Tiefe gleich vor der Nase. Gardinen besaßen deshalb alle in der Nachbarschaft, und wie alle vom Djúp hatte auch der Großvater an die Unerklärlichkeit des Unerklärlichen geglaubt sowie an die Kraft seiner beiden Arme.

So war auch Hulda nicht religiös. Wenn sie mit Gott sprechen wollte, legte sie einfach den Kopf in den Nacken und blickte in den Himmel.

Hundslappsdrífur – Hundepfotenflocken – schwebten vom Himmel. Weil um diese Zeit keine Seele mehr unterwegs war, schlenderte sie mitten auf der schneebedeckten Straße. Später blieb sie stehen und machte ein Foto von der Häuserflucht, der Laterne und den vielen Hundepfotenflocken. Als sie den Apparat in der Tasche ihres Regenmantels verstaute, schien sich das Bild vor ihr auf einmal im Fluchtpunkt zu öffnen. Dort am fernen Ende erschien mitten auf der Straße ein kleiner Punkt. Er leuchtete nicht und war auch zu klein, um ein Auto zu sein. Jemand schien auf sie zuzuschweben. Der Umriss wurde größer, und Hulda begriff: Wo am Tag die Autos fuhren, glitt jemand auf Skiern dahin.

Hulda blieb reglos stehen. Der Skifahrer kam eine Skilänge vor ihr zum Stehen und schob sich die Skibrille von den Augen. »Hulda? Verdammt, wie kommst du hierher?«

Hulda wollte jetzt keine Wörter verwenden.

Henning Larsson zog sich die Mütze vom Kopf. Er war ein wenig außer Atem. »Wie lange bist du schon hier draußen?«

Sie hob die Schultern und lächelte.

»Deine Lippen sind ganz blau. Lass uns etwas trinken gehen.«

Hulda sah sich um. Die Renstiernas Gatan lag verlassen da.

»Dort hinten in der Skånegatan. Da kann man sich aufwärmen.«

Er schnallte seine Skier ab und schwang sie über die Schulter.

»Fährst du oft Ski?«, fragte Hulda, als sie eine Weile nebeneinanderher gegangen waren. »In der Stadt, meine ich.«

Henning dachte angestrengt nach. »Nur im Winter.«

Sie lachte.

»Das hat schon mein Vater gemacht. Und von ihm habe ich es. Meinen Hüften tut es gut.«

Die Bar hatte große Fenster, durch die man rote Wände und Kerzen auf den Tischen sah. Sie reihten sich in die Anstehschlange. Neugierig wartete Hulda darauf, was Henning

Larsson jetzt vorhatte. Er trug einen in die Jahre gekommenen Schneeanzug und hatte sich seine Skibrille um den Hals gehängt. Am meisten fielen natürlich seine Skier auf. Die gut gekleideten Leute vor ihnen drehten sich um und tuschelten.

Als die Reihe an sie kam, lächelte der Türsteher zur Begrüßung, nahm Henning Skier und Stöcke ab wie einen Mantel und lehnte sie neben sich gegen die Hauswand.

»Den kanntest du«, bemerkte Hulda nach dem Eintreten. »Sonst hätte der dich nicht reingelassen, in deiner Montur, und mit mir.«

»Nur ein bisschen. Man muss es immer darauf ankommen lassen im Leben, weißt du!«

»Das weiß ich.«

»An die Bar vielleicht?«

Dieser Vorschlag gefiel Hulda, schon allein weil der Mann im Skianzug und das Mädchen im gelben Regenmantel dazu das gesamte Lokal durchschreiten mussten.

»Was hast du denn Schönes?«, fragte Henning Larsson den Barkeeper. Seine Stimme klang, als hätte er sich wochenlang auf diesen Abend gefreut.

Der Mann auf der anderen Seite der Bar musterte Henning von oben bis zur Hüfte. »Einen Grog vielleicht?«

»Passt gut. Du willst wahrscheinlich keinen Grog, Hulda.«

Hulda kletterte auf den Hocker. »Hast du zufällig Absinth?«

Henning drehte sich zu ihr. »Absinth ist so eine Sache, weißt du. Wenn du unbedingt feiern willst, kannst du es mit einem Leichtbier probieren.«

Der Mann hinter der Bar verfolgte die Beratung mit Belustigung. »Absinth trinkt man eigentlich am Nachmittag. Zur grünen Stunde. Falls den überhaupt jemand trinkt.«

Hulda faltete ihre Hände und schwieg. Sie verstand nicht, was es noch zu diskutieren gab. Bier war für Dummköpfe, Absinth für Poeten. Er konnte die Zukunft zerstören oder prophezeien. Das war genau das Richtige für sie.

Henning zeigte seinen Ausweis und behauptete, es handelte sich um eine polizeilich sanktionierte Maßnahme. Sein Grog kam schnell, der Absinth musste gesucht werden. Der Barkeeper stellte ein Glas vor Hulda, das wie eine Birne gewölbt war. Hulda beobachtete genau, wie er etwas Saft hineingab und dann den Absinth. Sie lächelte.

»Vielleicht noch in Äther getränkte Erdbeeren dazu?«

»Nein, danke.«

Beim ersten Schluck kniff Hulda die Augen zusammen. Henning seufzte vor Erleichterung. Er hatte alles darauf gesetzt, dass sie nach dem ersten Schluck aufgab und sich einen Weihnachtspunsch bestellte. Für das Trinken besaß sie kein Talent, das war klar.

Er setzte ein morgenländisches Grinsen auf. »Und?«

»Wie Zahnpasta. Sonst eigentlich ganz gut.«

Henning genoss die warme Sympathie, die ihm der Grog entgegenbrachte. »Warum ausgerechnet Absinth?«

»Ich muss eine Reihe von Dingen herausfinden.« Hulda sprach nicht weiter. Anscheinend lenkte sie der Barkeeper ab. Er hantierte direkt vor ihnen. Sobald er sich abwandte, glitt Hulda vom Hocker. Der Barkeeper hatte ihnen nur einige Sekunden lang den Rücken zugewandt. Dennoch bekam er nicht mit, wie Hulda die Bar umrundete, eine seiner Schubladen aufzog, eine Tüte mit Erdnüssen herausnahm und zugleich nach einer Schale griff. Etwa sieben Sekunden später stand der Barkeeper wieder vor ihnen, doch zu diesem Zeitpunkt saß Hulda längst auf ihrem Hocker.

»Ich habe uns Erdnüsse besorgt«, flüsterte sie.

»Ich weiß«, flüsterte Henning zurück. Er hatte ja direkt davor gesessen und alles mit angesehen. Hulda musste den Mann vorher genau studiert haben. Nur so hatte sie wissen können, dass er genau sieben Sekunden brauchen würde, um drei Meter entfernt eine Zitrone in Streifen zu schneiden und zurückzukommen. Noch mehr beeindruckte ihn ihre Entschlusskraft und die Seelenruhe, die Sache genau so durchzuziehen, wie sie es sich vorgenommen hatte. Daran scheiterten Kriminelle meist. Sie aber hatte das Zeug für große Coups, einen Eisenbahnraub zum Beispiel. Was wäre geschehen, wenn der Barkeeper sich nicht an ihren Zeitplan gehalten hätte?

Henning Larsson schwieg eine Weile und nippte an seinem Grog. »Mein Kollege behauptet, du hast große Pläne.«

»Man sollte immer große Pläne haben.«

»Dich bringt nichts aus der Fassung, oder?«

»Was sollte das auch sein?« Hulda verzog ihren Mund.

»Zum Beispiel das hier.« Henning hob seinen Hintern vom Hocker, beugte sich über die Theke und steckte seine Hände in den Kübel mit den Eiswürfeln. Ohne hinzusehen, klimperte er laut mit den Fingern darin herum. Als er die Hände wieder herauszog, steckte auf jedem Finger ein Eiswürfel.

Huldas Augen weiteten sich. »Wie machst du das?«

»Die haben an einer Seite ein Loch. Die Eismaschine macht die hinein.«

Das war Hulda durchaus klar. Die Schwierigkeit lag darin, mit jeder Fingerkuppe ein solches Loch zu erreichen.

Sie legte sich mit dem Bauch auf die Theke und steckte ihre Hände in den Kübel. Sie klimperte lange, doch als sie die Hände herauszog, hatte sie nur einen einzigen Eiswürfel erwischt. Und der fiel gleich wieder hinunter. »Es muss an deinen Fingern liegen. Die sind dicker.«

Das war natürlich keine befriedigende Erklärung. Er sah ihr an, wie es sie zermürbte. »Zehn Eiswürfel«, erklärte Henning ruhig. »Jeder hat sechs Seiten, aber nur an einer ist ein Loch. Mit einem Trick ist das nicht zu schaffen. Ich habe lange in einem japanischen Kloster gelebt, bis ich es so weit gebracht habe.«

Hulda lachte. Sie mochte unverschämte Lügengeschichten. In Wahrheit verdankte er alles seiner Spielernatur. Zum Glück kam sie nicht auf den Einfall, es ihn ein zweites Mal vorführen zu lassen. Zu seiner Erleichterung war sie sogar so naiv, es selbst noch einmal zu versuchen. Diesmal erwischte sie gar keinen Eiswürfel und gab auf.

Das war für Henning der richtige Augenblick. »Deine Schwester sorgt sich um dich. Angeblich bist du nächtelang verschwunden. Und das bei der Kälte.«

»Zur Zeit wohne ich bei einem Stukkateur.«

Henning lief es kalt den Rücken herab. »Bei einem Mann?«

»Da ist nichts dabei. Er ist gar nicht da und hat mir seine Wohnung zur Verfügung gestellt. Sie ist sehr schön, und außerdem habe ich dort meine Ruhe vor Fredrik.«

Henning wurde abgelenkt. Soeben betrat ein Mann das Lokal. Er war in Begleitung einer Frau, die er in einem Rollstuhl vor sich herschob. Offenkundig beschränkte sich ihre Lähmung auf den Unterleib. Obwohl sie die Arme bewegen konnte, musste der Mann ihr helfen, den Rollstuhl über die Schwelle zu heben.

Hulda bekam mit, wie Henning das Paar anglotzte, als hätte er noch nie einen Rollstuhl gesehen.

»Die tote Frau, die wir am Strand gefunden haben, brauchte auch einen Rollstuhl«, erklärte er.

Hulda hob die Augenbrauen.

»Kennst du Långholmen?«

Sie nickte.

Henning betrachtete wieder die Frau. Der Mann half ihr gerade aus der Jacke. Elins Lähmung war von anderer Natur. Ihrer Krankenakte nach betraf sie den gesamten Körper, verursachte ein dumpfes Gefühl auf der Haut und sorgte dafür, dass Elin sich zuweilen gar nicht oder nur mit Mühe rühren konnte. Als wären all ihre Glieder auf einmal eingeschlafen, hatte der Arzt im Bericht vermerkt. Dann verschwand die Lähmung wieder, und Elin schien wochenlang gesund.

Henning hatte den Arzt angerufen. Seit zwei Wochen hatte sie sich in einer Lähmungsphase befunden. Auch wenn sie es zum Strand geschafft hätte, meinte der Arzt, niemals hätte sie den Sonnenschirm aufstellen und aufspannen können.

»Wir werden verarscht«, murmelte Henning. »Entweder tut es ein anderer, oder wir tun es selbst.«

Die Kälte

Donnerstag
27. Dezember

27

Das Telefon piepste schon zum zweiten Mal in dieser Nacht. Hatte sie gerade geschlafen? Sie zweifelte daran. Mit dem roten Knopf brachte sie das Gerät zum Schweigen und glitt aus dem Bett. Beim ersten Mal war sie im Flur herumgewandert und hatte auf den Streamer gestarrt, der leise surrte und das Bild der Kamera draußen im Treppenhaus aufzeichnete. Doch geschehen war nichts. Frau Bergenström aus dem Dritten hatte den Fehlalarm ausgelöst.

Diesmal setzte sie sich lieber gleich auf den zotteligen Teppich und wartete. Ihr Blick war schräg auf den Briefschlitz gerichtet, bis sie gähnen musste. Da erst fiel ihr auf, dass das gelbe Lämpchen am Streamer gar nicht leuchtete. Sie schlich ins Schlafzimmer zurück und prüfte das Telefon. Der Anruf war gar nicht von der Kamera gekommen. Sofi hatte vergessen, ihr einen eigenen Klang auf ihrem Telefon zuzuteilen. Sie drückte auf Rückruf. Eine Männerstimme meldete sich.

»Sofi? Ich dachte, du schläfst.«

»Per?«

»Entschuldige die Störung. Bist du zu Hause?«

»Das bin ich.«

»Am besten ziehst du dich an und kommst her. Ich habe etwas, das du dir mal anschauen solltest.«

»Ich bin krankgemeldet. Vielleicht solltest du lieber Kjell informieren.«

»Ich bin oben bei der Sofiakirche.«

Sofi eilte hinüber in die Küche. Hinter dem Fenster begann gleich der Park, in dessen Mitte die Kirche stand. Der Park war nicht groß, aber so hügelig, dass sie die Kirche auch im Winter, wenn die Baumkronen kahl waren, nicht sehen konnte. »Was ist dort?«

»Lieber wäre mir, wenn du dich anziehst und herkommst.«

Um 5 Uhr 32 verließ Sofi das Haus. Eine unerwartete Klarheit schlug ihr ins Gesicht: Der Schnee fiel nicht mehr! Nach drei Tagen war der Himmel wieder nachtschwarz und die Luft kälter. Deutlich kälter.

Die Nachbarn würden sich freuen, wenn sie später aus dem Haus kamen und sahen, dass ihre Autos nicht nur unter einem Schneeberg lagen, sondern der Schneeberg nun auch noch festgefroren war, dachte Sofi und stapfte um das Haus. Der Park begann gleich hinter ihrem Küchenfenster mit einem steilen Hügel. Beim Hochklettern musste man sich mit den Händen abstützen und an den Sträuchern festhalten. Das erwies sich jetzt bei der Kälte und der gefrorenen Schneedecke als unangenehm. Noch unangenehmer war der rutschige Abstieg auf der anderen Seite. Ein zweiter Hügel stand ihr bevor. Dort oben sah sie bereits den angestrahlten Turm der Sofiakirche.

Mit schmerzender Lunge erreichte sie den Vorplatz und stockte. Während die Kälte in die Wangen zwickte, war sie unter der Kleidung ganz schön ins Schwitzen gekommen. Sie zog den Reißverschluss ihrer Jacke auf und wedelte ein wenig mit dem Revers, bis ihr auffiel, dass sie noch ihren rosafarbenen Pyjama unter der Jacke trug.

Suunaat Kjærgaard saß in ihrem Wagen und machte sich im Schein der Deckenlampe Notizen auf ihrem Klemmbrett. Per Arrelöv trat mit zwei anderen Technikern und einer Frau aus einem dunklen Winkel und kam auf sie zu.

»Das ist Birgitta Romberg«, sagte Per.

Unter Birgittas Uniformmütze lugte fingerbreit ein blonder Haaransatz hervor.

Sofi streckte Birgitta die Hand hin. »Bist du von der Katarina-Wache?«

»Nein. Nachts sind wir von der Maria-Wache auch hier im Osten zuständig.«

»Birgitta ist von der Lokalen und war als Erste hier.« Per machte keine Anstalten, Sofi vorzustellen. Das hatte er wohl schon vor ihrer Ankunft getan. Er deutete zur Tür. »Geh allein rein und mach dir ein Bild.«

Offenbar hatte Per eigenmächtig entschieden, sie herzuholen, obwohl Birgitta hier das Sagen hatte.

»Brauche ich einen Anzug?«

»Geh einfach rein. Halt dich links.«

Sofi schwang langsam die Tür auf. Da nur jede dritte Deckenlampe brannte, lag das Innere der Kirche im Dämmerlicht, aber da Sofi oft zur Besinnung herkam, kannte sie den Raum gut. Sie hielt sich an Pers Anweisung und durchschritt die Kirche durch den linken Seitengang, den Säulen vom Mittelschiff abgrenzten. Es duftete nicht nach Kirche, nur nach kühler Luft. Das Holz der Verkleidungen war unheilig hell. Die Wände waren weiß ohne jeden Schmuck. Als sie die erste Säule passierte, entdeckte sie Pers Assistenten Lasse unter dem Kreuz auf dem Boden hocken. Er blickte durch den Sucher eines Fotoapparats. Das Quietschen ihrer Sportschuhe ließ ihn aufblicken. Er nickte ihr zu.

Hinter der nächsten Säule erkannte sie den Umriss eines Menschen. Es war eine Frau mit blondem Haar, die vor Lasse in der ersten Kirchenbank saß. Sofi tat noch einige Schritte. Eine junge Frau. Sie sah aus, als lauschte sie einer Predigt. Lasse setzte seine Füße ein Stück weiter und zog sein Gesäß über die Bodenfliesen nach, um einen neuen Winkel für das nächste Bild zu finden.

Sofi sank auf die Bank und betrachtete das Profil der Frau. Ihre Lider standen offen. Sofi suchte den Punkt, auf den sich die Augen der Frau richteten. Es war das Kreuz, aber woandershin konnte man auch kaum schauen. Sofi wurde vom Blitz an Lasses Kamera abgelenkt, oder eher von dem Umstand, dass die Frau davon nicht blinzelte.

»Es war Musik hier, vorhin«, murmelte Lasse.

»Was?«

Er streckte den Zeigefinger zur Decke. »Die Orgel hat gespielt.«

»Ah«, sagte Sofi.

Lasse versuchte stets, ein Gespräch mit ihr zu beginnen. Er hob an, wieder etwas zu sagen, aber Sofi hielt sich den Zeigefinger an die Lippen und umrundete die Tote in weitem Kreis. Die Frau war nicht älter als zwanzig. Ihr Haar konnte nicht von Natur aus so hell sein. Ein dunkler Ansatz schimmerte hindurch. Auch Brauen und Wimpern waren dunkel.

Sofi steckte ihre Hände in die Taschen und schritt auf den Ausgang zu. Draußen war die Zeit stehengeblieben. Die anderen verharrten in derselben Haltung wie zuvor.

»Cederström hat sich auf den Weg gemacht«, sagte Per und zog die Nase hoch.

Erst hatte sie einmal um die Kirche laufen wollen. Je schneller sie dachte, desto schneller wollte sie auch immer gehen. Doch die Erkenntnis hielt sie fest. Sofi stellte sich teilnahmslos zur Gruppe, wie man es nach Beerdigungsandachten so machte. Auch Suunaat kam vom Wagen hinzu. Der Schneeboden knirschte beim Auftreten nicht mehr wie in den letzten Tagen, sondern kratzte rau.

Birgitta hatte ein Klemmbrett vor den Bauch gedrückt und blätterte in den Seiten. Sie wollte gerade ihren Rapport beginnen, als die Scheinwerfer eines Autos in der Auffahrt auftauchten. Das Wimmern von Kjells französischer Karre hätte

Sofi aus allen Motorengeräuschen der Welt herausgehört. Sie war nicht halb so alt wie ihr Mirafiori und dennoch ständig kaputt. Das Eis und die Steigung brachten den Wagen so ins Schlingern, dass die vier Wartenden bis zur Wand der Kirche zurückwichen. Kjell bremste mitten vor dem Eingang und sprang aus dem Wagen. Anscheinend hatte ihm Per am Telefon mehr verraten als ihr. Er stellte sich einfach zur Gruppe.

»Der Organist kam um Viertel nach drei«, begann Birgitta. »Und hat eine Stunde lang geübt.«

»Nachts?«, fragte Sofi.

Birgitta nickte. »Zur Zeit finden viele Konzerte und Messen statt. Die üben nachts. Die Bank war leer, als er kam. Entdeckt hat er sie danach. Man hört die Orgel draußen nur, wenn man dicht an der Kirche vorbeiläuft. Anscheinend kommen nicht selten Leute herein und hören zu. Er hat sich ein bisschen dumm angestellt und erst langsam kapiert, dass sie tot ist.«

»Obwohl ihre Augen offen stehen.«

Kjell mischte sich ein. »Sie ist also reingekommen, während er oben spielte?«

»Nein«, sagte Suunaat. »Sie ist nicht in dieser Stunde gestorben. Sie liegt bei minus acht.«

»Grad?«

Suunaat rieb sich mit dem Ärmel über ihre Nase. Für Überfluss hatte sie kein Verständnis.

Birgitta fuhr fort. »Wir haben eine Vermisstenanzeige vom letzten Freitag. Sie kommt von einer Frau, die angeblich ihre Nachbarin ist.«

»Wo wohnen sie?«

»Da hinten im Skrapan in der Götgatan. Sind beide Studentinnen.«

Das Hochhaus war von hier aus gut zu sehen. Es ragte aus dem sonst vierstöckigen Stadtteil Södermalm heraus und leuchtete in der Dunkelheit.

Sofi deutete mit dem Daumen zur Kirchentür. »Und sie ist es? Ist das bestätigt?«

»Etwas ist eigenartig: Die Frau, die sie als vermisst gemeldet hat …« Birgitta blätterte. »Astrid Blom. Sie hat als Ort des Verschwindens die Sofiakirche angegeben.«

»Am Freitag?«, unterbrach Kjell. »Das war doch der Einundzwanzigste.«

»Am frühen Abend.«

Die Blicke von Kjell und Sofi trafen sich. »Und jetzt ist sie wieder hier«, brummte er. Er schlug sich den Mantel enger um die Hüften und trat mitten durch die Gruppe hindurch auf die Tür zu.

Sofi wusste nicht so recht, ob sie ihm folgen sollte, und entschied sich dann, draußen zu warten. Per jedoch stürzte hinterher, als wäre ihm noch etwas Wichtiges eingefallen.

Sofi kniete sich nieder und knotete ihre vereisten Schuhbänder neu. »Wann wurde die Anzeige denn aufgegeben?«, fragte sie.

»Am 22. Dezember um 13 Uhr«, antwortete Birgitta. »Ich lese mal vor: *Ich brach am 21. Dezember gemeinsam mit Judit Juholt* – so heißt die Tote – *auf, weil ich mir in einem Geschäft in der Bondegatan ein Sommerkleid kaufen wollte.*«

»Sommerkleid?« Sofis Stimme zitterte vor Kälte. Sie hatte sich zu dünn angezogen und geriet langsam ins Schlottern.

»Moment bitte. *An der Kreuzung Bondegatan und Renstiernas Gatan äußerte Judit Juholt den Wunsch, für einige Minuten zur nahen Sofiakirche gehen zu wollen. Sie würde bald ins Geschäft nachkommen. Ich solle mich schon einmal dort umsehen. Als das Geschäft um 18 Uhr schloss und Judit noch nicht gekommen war, ging ich zur Kirche. Doch Judit war nicht darin. Ich fragte den Pastor, den ich in der Vorhalle traf. Eine blonde Frau habe zehn Minuten zuvor noch in der ersten Reihe gesessen.*« Birgitta wollte einige Zeilen überspringen, fand aber nicht, wonach sie suchte, und setzte den Bericht daher in eigenen Worten fort. »Astrid ist also nach Hause, hat bei Judit geklopft. Als auch am nächsten Morgen niemand öffnete, hat sie sich gedacht, dass Judit jemand getroffen haben muss und bei ihm geblieben ist. Die beiden wollten an jenem Morgen zusammen für eine Woche nach Tunesien reisen. Astrid ist zum Flughafen und wieder ausgestiegen, als alle Fluggäste außer Judit an Bord waren und das Flugzeug starten wollte. Sie ist dann zu Judits Zimmer im Skrapan zurück. Weil sie immer noch nicht öffnete, ging Astrid zur Katarina-Wache. Aber die konnten nicht viel tun. Das ist der Stand.«

Die Tür flog krachend auf. Kjell trat ins Freie.

»Sie wurde etwa zur gleichen Zeit lebendig am Fundort gesehen wie Elin Gustafsson an ihrem späteren Fundort«, berichtete Sofi.

Statt zu antworten, hielt er ihr ein Biopack vor das Gesicht.

»Das gleiche Amulett?«

»Sieh genauer hin.«

Sofi fuhr mit dem Finger über die Tüte, weil die Folie im Laternenlicht spiegelte. »Ein Davidsstern. Ein echter. Kann auch Zufall sein. Ein Davidsstern hat zwei Dreiecke, Elins Anhänger bestand aus dreien. Ist nicht dasselbe Motiv.«

»Aber etwas anderes. Komm, wir gehen ein paar Schritte.«

Kjell legte seine Hand auf ihre Schulter. Das tat er sonst nie. Als die Dunkelheit sie umschloss, blieb er stehen. »Es ist dir aufgefallen, oder? Das sehe ich dir an.«

Er war einen Kopf größer als sie. Deshalb musste sie zu ihm aufschauen. »Was denn?«

»Wir haben es mit demselben Regisseur zu tun. Für *eine* Leiche gibt es hundert Erklärungen, für zwei Leichen nur eine einzige. Ein Wahnsinniger ist am Werk.«

Zwei Leichen waren noch kein Wahnsinn, dachte Sofi. Als Mädchen hatte sie um ein Haar ihre Pflegeeltern mit dem

Traktor überfahren, als sie Händchen haltend auf dem Acker standen. »Der Wahnsinn ist das Theater, die bühnenhafte Inszenierung.«

»Nein. Der Wahnsinn kommt erst: Elin Gustafsson saß vor meiner Haustür. Judit Juholt vor deiner. Am entgegengesetzten Ende von Södermalm.«

»Das soll die Verbindung sein?«, erwiderte Sofi. »Ich dachte an die Körpertemperatur und die Auffindesituation. Das gleicht sich.«

Kjell sah sie eindringlich an. »Minus acht Grad ist niedriger als die Außentemperatur. Was schließt du daraus?«

»Künstliche Kühlung?«

»Ja, und das Fundbild ist eine krankhafte Inszenierung.«

»Vor unserer Haustür, meinst du?«

»Wie zufällig kann das in einer Großstadt sein? Das Problem ist Linda. Sie meldet sich nicht mehr seit dem Einundzwanzigsten.«

»Was?«

»Wir haben letzten Freitag zuletzt telefoniert. Seit dem Weihnachtsabend versuche ich, bei ihr in Wien anzurufen. Nie geht jemand an den Apparat, nur einmal meldete sich eine Männerstimme.«

»Hast du es auf ihrem Mobiltelefon versucht?«

»Da läuft nur das Band. Ich wollte eigentlich gleich nach Wien fliegen. Jetzt muss ich es verschieben. Aber heute Abend oder morgen fliege ich. Alles andere ist mir egal.«

Sofi stand der Mund offen. Trotz der Kälte.

»Und bei dir?«

»Bei mir?«

»Ist irgendetwas Eigenartiges vorgefallen? Hast du jemand vor deinem Haus gesehen oder so etwas?«

»Nein. Gar nicht.«

»Wo warst du gestern?«

»Ich lag im Bett. Ich war ja krank.«

Kjell sah sie eindringlich an. »Wir können diese Sache nicht selbst klären. Ich habe eine Gegengruppe angefordert.«

Sofi nickte. Eine Gegengruppe war Pflicht bei der Reichskrim, sobald sich ein solcher Verdacht ergab. Bei den Abteilungen gegen organisierte Kriminalität wurden ständig Gegengruppen gebildet. Sie fror jetzt so sehr, dass ihr ganzer Körper bebte. »Wie willst du zwischen den Feiertagen eine Gegengruppe zusammenbekommen?«

»Theresa Julander. Sie hat sich auf den Weg gemacht.«

»Oh nein!«

Sie kehrten zu den anderen zurück.

»Sie kennt die Gruppe und steht etwas außerhalb.«

»Aber sie kann keine Ermittlung führen.«

Die Antwort erfuhr sie vor der Kirche. Die Gegengruppe war bereits eingetroffen. Und in der Mitte stand ihr Leiter. Trotz der frühen Stunde war Nils Kullgren der bestgekleidete Polizist in ganz Schweden. Eigentlich war er gar kein Polizist. Sein schwarzes Haar glänzte unter dem Licht der Laterne.

»Kullgren hat sich freiwillig bereiterklärt, die Gegengruppe zu leiten«, flüsterte Kjell.

»Freiwillig?«

»Ja, ich habe ihn angerufen, weil Reichskrimchefin Viklund im Urlaub ist. Da hat er sich selbst angeboten.«

Kjell und Sofi erreichten die anderen und nickten zur Begrüßung.

Nils Kullgren lächelte Sofi an. Der Leiter der Gegengruppe war der Chef der Sicherheitspolizei Säpo.

28

Kjell hatte sich mit der Stirn gegen das kühle Glas seines Bürofensters gelehnt. Er beobachtete drei Männer, die unten im Park das Bruchholz auflasen und es in einen Leiterwagen warfen. Seine Sorge um Linda hinderte ihn am Denken wie ein dicker Kopfverband.

In der Spiegelung des Fensters war Nils Kullgren zu sehen. Er stand seit zehn Minuten ohne jede Regung vor Kjells Wandkarte und starrte auf Södermalm, eine riesige, flache und von Wasser umgebene Raute. Zwei Nadeln markierten die Stellen. Die rote saß an der Westspitze, wo die Inseln Reimersholme und Långholmen wie versehentliche Kleckse an der Kontur von Södermalm klebten. An der Ostspitze, ganz am anderen Ende also, steckte eine blaue Nadel. Die Entfernung betrug 4,3 Kilometer.

»Der Täter tötet für die Inszenierung. Sonst hätte er seine Opfer vergraben oder irgendwo abgelegt.«

Kjell wandte sich um. Seine Stirn kitzelte von der Kälte. Kullgren hatte sich noch nicht gerührt. Seine Hände steckten in den Taschen seines Jacketts. Er war ein scharfer Geist, der in einem sanften Gemüt und einem schwarzen Anzug steckte. Nils Kullgren sah an jedem Tag gleich aus und wirkte in jeder Umgebung wie ein Schauspieler, der ohne jede Regieanweisung in einer Szene stand und einfach seine Standardrolle spielte. Kjell überlegte seit Jahren, ob Kullgren homosexuell war, aber dagegen sprach sein Umgang mit Sofi. Die beiden trafen nicht oft aufeinander, und dann aus Zufall. Dabei war Kjell aufgefallen, dass sich das Verhalten der beiden in diesen Momenten änderte. Sofi war frech zu ihm. Frechheit fand sich sonst nur in ihren Taten, in ihrem Umgang mit anderen aber nie. Kjell hätte tausend Kronen gegen Henning darauf gewettet, dass Nils Kullgren, der Chef der Säpo, Sofi Johansson seit Jahren im Rahmen seiner seelischen Möglichkeiten anhimmelte.

Vielleicht passte ihr Teint einfach gut zu seinen Anzügen.

»Also richtet sich der Täter mit seinen Inszenierungen an die Polizei«, fügte Kullgren nach einer Weile noch hinzu und legte die Finger ans Kinn. »Aber ob es sich speziell an die Reichsmord richtet?«

»Nun ja«, sagte Kjell. »Immerhin liegen die Stellen direkt neben unseren Wohnungen. Die Abstände stimmen beinahe auf den Meter genau überein.«

»Die beiden Punkte sind allerdings auch markante Stellen in ihrer Umgebung.«

Kjell putzte sich die Nase. Der kalte Morgen hatte ihm eine Erkältung beschert.

»Und beide Male war es erst Per Arrelöv, der euch hineingezogen hat«, fügte Kullgren als weiteren Einwand hinzu.

Darüber hatte Kjell den ganzen Morgen nachgedacht. »Es hätte natürlich sein können, dass Per mich nicht anruft, um mich um einen verrückten Gefallen zu bitten.«

»Dann wäre die Sache gar nicht bei euch gelandet, sondern bei der Stockholmer Polizei.«

Kjell schüttelte den Kopf. »Nur in der ersten Nacht. Die Körpertemperatur und der Rollstuhl wären auch der Lokalen aufgefallen. Und an den Weihnachtsfeiertagen landen alle unklaren Fälle bei uns, während sich die Lokale an Selbstmordversuchen und Familienstreitigkeiten abarbeitet. Das ist seit den Siebzigern so.«

»Hätte man vielleicht abschaffen sollen«, fand Kullgren.

Diese Bemerkung passte zu ihm. Er war selbst vergangenheitslos und vor sechs Jahren aus dem Nichts aufgetaucht, um Generaldirektor und Chef der Sicherheitspolizei zu werden. Davor hatte er im Nahen Osten gearbeitet; es ging das Gerücht um, beim Mossad selbst. Als das Zeitalter der Terrorbekämpfung anbrach, hatte seine Heimat jemand zum Direktor der Säpo berufen, der sich mit Terror auskannte.

»Wenn sich die Tat gegen euch richtet, dann muss man genau planen, alle Bedingungen schaffen, damit der Fall auch bei euch landet. Die zweite Leiche könnte eine Verdeutlichung sein. Als wollte der Täter damit die Pointe der ersten Tat erklären.«

Darüber wäre Kjell erleichtert gewesen. Er hatte die Pointe verstanden, was eine dritte Leiche unnötig machte. »Leider sind beide Frauen zu etwa derselben Zeit verschwunden, am 21. Dezember gegen 18 Uhr.«

»18 Uhr 04.«

»Wieso?«

»Da fand in diesem Jahr die Wintersonnenwende statt.«

»Woher weißt du solche Sachen?«

»Es ist in meinen Kalender gedruckt, wie auch die Mondphasen.«

»Und was bedeutet es?« Kjell deutete seine Entdeckungen zu Odin und seinem Auge an. Vielleicht etwas Heidnisches.

Kullgren schüttelte den Kopf. »Es zeigt nur die Zwanghaftigkeit des Täters. Er plant minutengenau.«

»Da läuft die ganze Zeit eine Inszenierung, aber erst jetzt verstehen wir es.«

Kullgren wandte sich endlich von dem Stadtplan ab. »Ich lasse von mir hören.«

»Was auch immer hier geschieht, um acht Uhr fliege ich nach Wien«, rief Kjell ihm hinterher.

Kullgren nickte und verschwand. Eine junge Frau mit sehr kurzen Haaren steckte den Kopf herein. Kullgren musste ihr beim Hinausgehen die Tür aufgehalten haben. »Der erste Bericht von der Technik. Ich habe die Gesprächsliste für das Telefon.«

Auf dem Besucherstuhl lagen alte Akten, eine leere Pralinenschachtel und Kjells Turnschuhe. Er hob das ganze Arrangement beiseite, damit sie sich setzen konnte.

»Die amerikanischen Nummern sind allesamt Anrufe an Judit Juholt«, begann sie. »Sie kommen immer von einem anderen Anschluss.«

»Ihre Familie lebt dort.«

»Meist sind es Hotels.«

»Judit Juholt hat also selbst nicht nach Amerika telefoniert?«

Sie nickte. »Aus Amerika wurde sie stets angerufen. Ihre Gesprächspartner in Stockholm rief sie dagegen auch selbst an.«

Die Liste von Judits Telefonaten und Textnachrichten besaß einen enormen Umfang. Gelinde gesagt. Zwar umfasste sie nicht nur die ausgehenden Telefonate wie bei einer Telefonrechnung, sondern auch alle Eingänge, aber die machten den weitaus größeren Anteil aus. Ganz im Gegenteil zu Elin Gustafsson hatten Judit Juholt viele Menschen etwas mitzuteilen gehabt. Und im Gegenteil zu Elin war ihr Äußeres das, was man landläufig als *frisch* bezeichnete. So einfach war das.

Kjell war immer noch nicht mit dem Durchblättern fertig. »Was bedeuten die bunten Markierungen?«

»Die gelb angestrichenen Nummern gehören zu einem Tonstudio in Södermalm. Sie machen beinahe die Hälfte aller Anrufe aus. Die grünen Nummern stammen von einem Mobiltelefon. Es gehört einem der Mitinhaber des Studios. Er heißt Malte Fluvbjerg.«

»Wie alt ist der?«

»1979 geboren, in der Nähe von Malmö.«

»Wir suchen nach einem Mann im fortgeschrittenen Alter.«

»Es gibt dennoch etwas.« Die Technikerin zog Kjell die Liste aus der Hand und blätterte darin. »Siehst du diese Nummer hier, die rot angestrichene? Das Gespräch fand am 19. November statt und dauerte drei Minuten.«

Kjell beugte sich vor und las die Nummer. Aber er kannte sie nicht.

»Das ist die Nummer des Telia-Ladens am Ringvägen. Judit hat dort angerufen.«

29

Es wurde gerade zwölf, als sich die Tür des Fahrstuhls im zweiundzwanzigsten Stock des Skrapans wie ein Theatervorhang öffnete und Barbro Setterlind die Szene betrat. Henning saß auf dem Boden des Treppenhausflurs, den Rücken hatte er an die Wand gelehnt und seine Beine ausgestreckt. Er betrachtete eine offene Wohnungstür, aus der ein verzerrtes Dreieck aus fahlem Sonnenlicht auf ihn fiel. Neben ihm hatten die Tatorttechniker Kisten und Koffer abgestellt.

Früher hatte die Finanzbehörde in diesem Hochhaus gearbeitet. Es war das einzige in Södermalm. Nach dem Auszug war ein findiger Geist auf die Idee gekommen, es in ein Wohnheim für Studenten zu verwandeln. Mit winzigen Apartments.

»Wo ist Sofi?«, fragte Barbro und stellte das Papptablett aus der Konditorei neben Henning auf den Boden.

Er machte sich gleich daran zu schaffen. »Im Haus unterwegs. Kjell ist im Büro.«

Dass Henning hier draußen auf dem Fußboden herumlungerte und den Technikern im Apartment beim Arbeiten zusah, passte zu seinem Savoir-vivre. Er hatte seinen Streifzug durch die Wohnung beendet, steckte aber noch im Schutzanzug. Nur sein Gesicht lugte heraus.

Barbro schob den von den Technikern über die Tür geklebten Plastikvorhang zur Seite und spähte durch den Spalt. Das Rascheln der feinen Folie ließ die vier Personen aufschauen.

»Es gibt Torte. Weihnachtstorte.«

Per, Jenna und zwei Techniker, deren Namen Barbro nicht kannte, traten einer nach dem anderen durch den Vorhang und lockerten die Gesichtsöffnung ihrer Overalls, die nur Augen und Nase freiließen. Schweigend nahmen sie von Barbro je ein Pappschälchen in Empfang und begannen zu essen.

»Holt ihr jetzt auf, was ihr am Strandbad verpasst habt?«, erkundigte sie sich und deutete auf die Kisten.

Es wurde zunächst weiter geschwiegen. Neben dem Sahneidyll lag es auch daran, dass die Techniker während ihrer Arbeit so gut wie nie sprachen.

»Wir nehmen fast alles mit zum Bedampfen«, murmelte Per. »Kjell will es so.«

Barbro spähte noch einmal durch den Vorhang. Das Apartment war nicht größer als zwanzig Quadratmeter. Eine Seite bestand nur aus Fenstern. Der Ausblick war wunderbar.

Barbro wandte sich an Per. »Ist das da hinten die Ostsee?«

Wegen der dummen Frage ließ er seine Plastikgabel sinken. »Da in der Kiste sind noch Anzüge. Wenn du dich umsehen willst.«

Wie das Schicksal so spielte, trug Barbro einen Rock. In Windeseile tauschte Barbro den Rock gegen den Overall. Per wollte kein Detail verpassen und schob sich dabei Sahnetorte in den Mund.

Barbro trat durch den Vorhang. Die Wand rechts bestand aus einer Küchenzeile, die Per mit seinem Grafitpulver verschmiert hatte. Es roch nach Lauge.

»Baut ihr die Schranktüren auch ab?«, rief Barbro hinaus in den Gang.

»Ja«, rief jemand.

Links ließ das Bett nur Platz für einen Schreibtisch. Die Matratze befand sich auf Höhe von Barbros Schultern und war über eine Leiter zu erreichen. Der hohe Bettkasten hatte Schranktüren und diente als einziger Stauraum in der Wohnung. Das war fein. Wenn man im Bett lag, konnte man wunderbar aus dem Fenster schauen. Genau im Zentrum des Ausblicks nach Süden lag die Sofiakirche. Der Hügel, auf dem sie stand, und das Grün von Vita Bergen darum herum hoben die Kirche aus dem Bild hervor.

Barbro kehrte zu den anderen zurück und zog sich wieder um. »Der Davidsstern ist nicht nur Schmuck. Judit scheint tatsächlich Jüdin zu sein. Der Vater heißt Efraim. Aber der Ausblick hier erklärt vielleicht, warum sie in der Sofiakirche war.«

»Darauf sind wir auch schon gekommen«, murmelte Henning. Seine Stimme klang, als wäre er gerade erst aufgewacht.

Barbro setzte sich neben ihn. »Die Sache mit ihrer Herkunft ist geklärt. Die Familie Juholt ist seit mindestens vierhundert Jahren in Schweden. Judits Vater ist in den Siebzigern nach New York gegangen, um Cello zu studieren. Er ist dort geblieben und spielt in einem Streichquartett.«

Per nickte. »Beethovens frühe Streichquartette. Die höre ich immer im Transit.«

»Hat Beethoven etwa zu jeder Tageszeit Streichquartette komponiert?«, wollte Henning wissen, bevor er sich dem letzten Abschnitt seiner Sahnetorte zuwandte. »Die Eltern müssen ganz schöne Streber sein, wenn sie ihrem Kind einen Namen gaben, der mit dem gleichen Buchstaben beginnt wie der Nachname. Das riecht nach zwanghaftem Planen.«

Barbro hatte am Morgen Judits Musikprofessor aufgesucht, einen vierzigjährigen Zwerg aus Finnland, der auf die Nachricht von Judits Tod kaum etwas zu sagen gehabt hatte. »Dass ihre Eltern Berufsmusiker sind, erklärt auch, warum Judit Bratsche spielt und nicht Geige. Zu einem so seltenen Instrument kommt man meist, wenn die ganze Familie musiziert. Die Mutter ist Amerikanerin und Geigerin. Judit hat eine ältere Schwester, die ebenfalls geigt. Da blieb ihr nur die Bratsche.«

Judit Juholt war bis zum Vorspielen an der Hochschule nie in Schweden gewesen. Wahrscheinlich hatte sie hier studieren wollen, um das Land ihres Vaters und seiner Vorfahren kennenzulernen und sich dem Elternhaus zu entziehen. Neben der amerikanischen Staatsbürgerschaft besaß sie auch die schwedische, doch Schwedisch hatte sie bei ihrer Ankunft nur leidlich beherrscht, inzwischen allerdings fließend.

»Wie kommst du auf Bratsche?«, fragte Henning. »Nach unserer Erkenntnis war sie Schlagzeugerin.«

Die Technikerin Jenna deutete mit vollem Mund zur Tür. »Im Schrank unter dem Bett liegt ein großer Geigenkasten. Aber da sind wir noch nicht.«

»Wie kommt ihr denn auf Schlagzeug?«, fragte Barbro.

Henning rappelte sich vom Boden auf und klopfte den Staub von seiner Hose. »Das behauptet das Mädchen, das die Vermisstenanzeige aufgegeben hat.«

30

Astrid Bloms Erzählstrom brach ab, als sie die Metalltür aufwuchtete und ihnen kühle, staubige Kellerluft entgegenschlug. Sie tastete nach einem Lichtschalter.

Sofi konnte nicht erkennen, welche Ausmaße der Keller hatte. Immer neue Reihen von Lichtröhren flackerten auf.

»Die Jungs spielen hier nachts gerne Fußballturniere«, kommentierte sie die endlos scheinende Weite. »Hier war früher das Aktenarchiv der Finanzdirektion. Bisher haben sie es nicht geschafft, den Keller zu vermieten, deshalb dürfen wir hier unten einige Abteile benutzen.«

»Ist das nicht bedrückend?«, fragte Sofi und trat zögernd ein. »So ein Gewölbe unter einem riesigen Turm?«

Astrid legte den Kopf in den Nacken. »Na ja, er steht seit einem halben Jahrhundert. Wird wohl nicht einstürzen, während ich gerade hier unten bin. Die Abteile sind dort hinten.«

Sie liefen los.

»Darf hier jeder rein?«

»Auf keinen Fall! Nur vier Bewohner haben einen Schlüssel. Die anderen haben keine Abteile und dürfen nicht rein. Deswegen sind wir sehr beliebt.«

Am anderen Ende wartete eine Reihe aus Metalltüren wie in einem surrealistischen Theaterstück, wo sich der Held für das richtige Schicksal entscheiden muss und dann das Verderben oder die Kammer mit den Krokodilen erwischt.

»Da haben die Geschäfte im Parterre ihre Lager, und dort Björn Borg. Der hat ganz oben sein Büro.«

»Archiviert er da all seine Stirnbänder?«, fragte Sofi, und Astrid grinste.

»Das da ist mein Werkraum, und gleich daneben liegt Judits Kammer. Ich muss den Schlüssel dafür aus meiner Kammer holen.« Astrid schloss ihre Tür auf. Sie studierte Möbeldesign und hatte in ihrem Abteil eine Werkbank und Sägen stehen. Ihre Wohnung lag im neunten Stock und wies nach Norden. Bei sechshundert Studenten im Haus wäre sie Judit wohl nie über den Weg gelaufen, wenn die beiden hier unten nicht einsame Nachbarinnen gewesen wären.

Auf der Werkbank stand ein unvollendeter Stuhl, der nur aus kompliziert gewölbten Flächen bestand. Sofi seufzte. Ein Werkraum mit Schraubstöcken war genau das, was ihrem Leben fehlte.

Astrid zog eine lange Metallschublade auf und kramte zwischen Zangen und Schraubenziehern nach dem Schlüssel. »Wie gesagt, wir kannten uns noch nicht lange. Ich bin schon seit meinem Einzug hier unten, Judit hat ihr Abteil seit fünf Monaten. Sie spielt meist am Abend oder in der Nacht, deshalb sind wir uns nur begegnet, wenn ich mal sehr lange hier unten war.«

Judits Raum war nicht halb so groß wie der von Astrid und enthielt nur ein riesiges Schlagzeug, das grün im Halbdunkeln funkelte. Neben dem Schemel stand ein Tischchen mit einer Stereoanlage darauf. An den Wänden klebten Schaumstoffmatten, die den Schall schlucken sollten. Sofi wunderte sich über die Dämmung, wo doch die Kammer so tief unter den ersten Wohnungen lag.

Astrid eilte zum Schlagzeug, setzte sich und griff nach den Stöcken. Sie spielte einen einfachen Rhythmus, der Sofi verdeutlichte, wie laut ein Schlagzeug tatsächlich war. Nach wenigen Takten geriet Astrid aus dem Takt, schlug aufs Becken und legte die Stöcke beiseite. »In der letzten Woche habe ich zum ersten Mal gespielt. Judit hat es mir gezeigt. Sie spielte selbst noch nicht so lange, sagte sie. Aber dafür unglaublich gut.«

»Warum wollte sie mit dir in den Urlaub fahren? Ihr kanntet euch doch kaum.«

»Das habe ich mich auch gefragt. Sie war ganz schön beliebt, glaube ich. Immerhin hat sie oft Leute mit hierhergebracht. Vielleicht wollte sie mal mit jemandem zusammen sein, der nichts mit Musik zu tun hat.«

»Waren die anderen Musiker?«

»Sie sahen so aus. Ein Jüngerer war ständig hier. Seine Stimme habe ich manchmal durch die Wand hindurch gehört. Der ist auch Schlagzeuger, weil er selbst gespielt hat. Neulich war ein Älterer zu Besuch. Der war bestimmt auch Musiker, weil er einen Hut trug.«

31

Das Tonstudio lag in einem Keller nahe der Södra Station. Kjell traf mit einer Viertelstunde Verspätung ein und verpasste so, wie Malte Fluvbjerg auf die Nachricht reagierte. Weil es hier unten außer einem Sofa keine Möbel gab, wirkte der Raum größer, als er in Wahrheit war. Auf dem Sofa waren Barbro und Henning tief in das zerschlissene Polster eingesunken. Malte Fluvbjerg saß auf einem Bürostuhl, der unter der Last seines wuchtigen Körpers hin und wieder ächzte. Er hatte sich so hingesetzt, dass er seine Ellenbogen auf die Lehne aufstützen und die Polizisten erwartend anstarren konnte.

Dieses Arrangement behagte Kjell überhaupt nicht. Man konnte den Eindruck bekommen, Malte stellte hier die Fragen, während Henning und Barbro brav darauf antworteten. Kjell setzte sich dicht neben Barbros rechter Schulter auf die Lehne. So konnte er von oben herab auf ihren Notizblock schielen und Malte im Auge behalten, während Barbro unbeirrt mit ihren Fragen fortfuhr.

Aus ihrer Handschrift, die für keine Tagesform anfällig war, erfuhr Kjell, dass Malte nicht mit Entsetzen auf die Nachricht von Judits Tod reagiert, sondern seine Faust gegen die Wand gedroschen und ›Verdammt!‹ gebrüllt hatte.

Sonst lachte er viel, das sah man seinem Entsetzen an. Er war offen und gierte danach, alles zu erfahren, während sich die meisten Menschen in dieser Lage zunächst verschlossen und mit ihrer eigenen Starre beschäftigten. Ihren Notizen nach hatte Barbro ihn bereits nach seinem Alibi gefragt. Es ließ sich nur nicht entziffern. Von Elin Gustafsson hatte Malte nie gehört.

An allen Wänden ragten Schallzapfen in den Raum. Die geladene Luft kitzelte in der Nase. Kjell zog ein Taschentuch hervor.

Das ließ Barbro mit ihren Fragen innehalten.

»Gehört euch beiden das Studio?«, erkundigte sich Kjell.

Malte warf einen Blick über seine Schulter. Am anderen Ende des Raumes war ein blonder Mann damit beschäftigt, auf dem Boden verstreute Kabel aufzuwickeln. »Wir sind zu dritt«, erklärte Malte. »Sven ist der Tontechniker, und ich bin der Aufnahmeleiter. Karla macht oben das Büro. Die hast du ja gesehen.«

Barbro kam wieder auf Judit zu sprechen. »Wann habt ihr euch kennengelernt?«

»Und vor allem *wie*?«, fügte Henning hinzu. Er fühlte sich auf dem Künstlersofa sichtlich wohl.

Malte fuhr sich durch sein Haar. Es war braun, reichte ihm fast bis zu den Schultern und musste gewaschen werden. »Im Snaps.«

Das war allerdings peinlich.

»Am Medborgarplatsen?«

»In der Frühlingszeit im letzten Jahr. Sven war auch dabei. Wir kamen vom Studio und sind dort gestrandet. Sie war mit einer größeren Gruppe da. Die waren alle von der Musikhochschule, glaube ich.«

»Und es war Liebe auf den ersten Blick?«, fragte Barbro.

Dieselbe Frage schoss auch Kjell durch den Kopf. Bilder von Judits Wohnung deuteten auf eine Ordnungsliebe hin, die sich an Maltes Anblick stören musste.

Sven trat zu ihnen. »Malte sah genauso aus wie jetzt. Hattest du nicht sogar dasselbe T-Shirt an?« Malte zupfte an dem schwarzen Stoff herum. »Judit war damals nicht, wie sie jetzt ist«, fuhr Sven in ernstem Ton fort. »Sie trug eine weiße Bluse und einen Pferdeschwanz.«

Malte nickte heftig. »Ja, sie war ziemlich … nicht gerade spießig, aber förmlich. Wir haben uns den ganzen Abend gestritten. Ich habe versucht, ihr klarzumachen, wie unglaublich gut das Drummen ist.«

»Moment«, unterbrach Barbro. »Da hatte sie also noch nie gespielt? Auf einem Schlagzeug?«

»Nein, da war sie gerade erst nach Stockholm gekommen.«

»Und hat Viola gespielt?«

Malte nickte. »Ihre Ansichten über moderne Musik und vor allem über das Drumming waren ziemlich verächtlich.«

»Wollte sie dich necken?«

»Nein. Das kam von ihrer Erziehung. Ihre Eltern sind sehr ernste Leute mit einer festen Meinung, die sie wiederum von ihren Eltern geerbt haben. Sie fand Drumming unmusikalisch. Erst einige Wochen später habe ich sie überreden können, es mal zu versuchen.«

»Da wart ihr schon zusammen?«

»Ja. Es war nachts, und wir waren nackt. Ich habe ihr ein einfaches Muster vorgespielt, und sie hat es nachgespielt.«

»Und da hat sie ihre Verachtung abgelegt, mit einem Schlag sozusagen, und mit dem Schlagzeugspielen angefangen?«

»So war es ganz und gar nicht. Die hat sie eigentlich nie abgelegt. Ich musste sie anheizen, damit sie spielte. Erst einige Wochen später ist es zum ersten Mal passiert, dass sie von allein gespielt hat.«

»Warum wolltest du das denn überhaupt?«

Malte grinste. »Sie war beim ersten Mal schon sehr gut. Sie konnte jedes Muster nachspielen, das ich ihr zeigte. Es war immer schwer, sie zum Spielen zu bringen, aber sobald sie angefangen hatte, war sie nicht mehr zu halten. Lange ahnte sie nicht, wie viel Talent sie hat, und glaubte, das Drummen sei einfach kinderleicht.«

»Ihr Professor an der Musikhochschule behauptet, dass sie ihr Studium sehr vernachlässigt hat.«

»Sie hat alles vernachlässigt, seit sie richtig übte.«

»Auch eure Beziehung?«

»Nein.«

»Ihr wart also ein glückliches Paar?«

»Wir hatten nur eine Affäre in den ersten Wochen. Ich wollte nicht, dass sie meine Hand hält. Ich wollte, dass sie spielt.«

»Okay«, sagte Barbro und seufzte. »Sie war also richtig gut?«

»Wollt ihr es hören?«

Barbro, Henning und Kjell nickten dreieinig. Malte verließ den Raum und tauchte am Mischpult hinter der Trennscheibe wieder auf. Eine elektrische Gitarre setzte ein mit einer schnellen Folge monotoner Quarten. Es sollte klingen, als spielte sich der Gitarrist zu Beginn des Liedes lässig ein. Nach einigen Takten setzte der Bass auf dieselbe Weise ein. Noch ein wenig später folgte das Schlagzeug. Judit begann mit Schlägen auf das Becken und setzte dann voll ein.

Kjell richtete sich auf. Erst kam es ihm so vor, als läge es an den besonderen akustischen Eigenschaften dieses Raums, dass Judit klang, als schlüge sie ihm direkt auf das Trommelfell. Es musste jedoch an ihr liegen, denn die anderen Instrumente klangen normal. Jeder Schlag war wie ein Knall. Das Gleichmaß ihres Spiels, das sehr schnell, aber ohne Eskapaden war, sorgte dafür, dass man das Schlagzeug wohl auch dann als dominierend empfunden hätte, wenn man von Judit nichts wusste und das Lied ganz unvoreingenommen anhörte.

Nach vier Minuten endete es. Die Stille im Raum knackte und knisterte. Kjell war bewegt. Er liebte es, wenn normale Dinge, denen er bislang keine Beachtung geschenkt hatte, plötzlich ganz neu klangen. Henning warf einen Blick über seine Schulter und suchte Augenkontakt. Ihm war anzusehen, dass auch er an Elin Gustafsson gedacht hatte, an die enorme Diskrepanz zwischen den beiden toten Frauen.

Barbro räusperte sich. »Wie lange und wie viel muss man üben, um so spielen zu können?«

Malte zuckte mit den Achseln. »Ich übe seit siebzehn Jahren sechs Stunden am Tag und kann nicht so spielen.«

»Es ist nicht die Technik«, sagte Sven, der für differenzierte Urteile der bessere Ansprechpartner war. »Bei ihrem Talent hat sie die motorischen Fähigkeiten sehr schnell entwickelt. Es ist die Totalität, mit der sie in die Sache reingeht. Das macht Drumming auf diesem Niveau aus. Ihre Drums sind immer da und treiben die ganze Zeit an, in jedem Augenblick. *Pamm, pamm, pamm*! Sie spielt nicht *mit,* sondern *voraus.* Die Band ist ziemlich gut und kommt gerade groß raus. Aber die Typen hatten wahnsinnige Mühe, ihrem Going-Straight standzuhalten.«

Malte lachte. Das Zurückstreichen der Haare war eine ständige Geste an ihm. »Judit ist nur eingesprungen. Am Anfang waren die ziemlich sauer, weil niemand eine Frau an den Drums haben will. Eine der wenigen Wahrheiten im Musikbusiness ist, dass Frauen nicht drummen können. Wie die Drummerin von Lenny Kravitz. Die schwingt mit Unterarmen und Schultern, als wäre sie auf dem Tennisplatz.«

»Bei ihr ist es Absicht«, wandte Sven ein. »Kravitz will das so. Das habe ich dir schon tausend Mal erklärt!«

»Sieht trotzdem schlimm aus.«

»Spielte Judit etwa nicht so?«, fragte Kjell, damit die beiden nicht über die Schlagzeugerin von Lenny Kravitz in Streit gerieten.

»Nur mit den Fingern, wie es sein muss!« Malte führte die Fingerbewegung vor. »Nach acht Stunden hat sie noch wie ein verdammtes Metronom gespielt. Das ist mir schon in der ersten Nacht aufgefallen.«

Henning war immer tiefer ins Polster gerutscht und richtete sich auf. »Ihr findet also, dass sie zum Trommeln geboren war.«

»Nicht bloß wir«, erwiderte Sven. »Sie hat von überallher

Angebote bekommen. Lest mal die Kritiken zu diesem Album. Die sprechen nur vom Drumming.«

»Es war, als hätte uns das Schicksal zusammengeführt, damit sie mit dem Drummen anfängt. Versteht ihr?«

Die drei nickten.

Henning drehte sich zu Kjell. »War es mit dir und deiner ersten Frau nicht ähnlich? Madeleine war doch auch bei der Polizei.«

»Nur mit einem kleinen Unterschied«, antwortete Kjell, ohne Henning eines Blickes zu würdigen.

»Dass du bei deinem ersten Einsatz als Bulle nicht nackt warst?«

»Ganz recht.«

Malte blickte fasziniert zwischen Henning und Kjell hin und her. »Ihr drei seid echt funky, wisst ihr das?«

Helles Tageslicht drang auf einmal in den Raum. Alle wandten sich zur Tür. Hinter Karla, die oben im Büro arbeitete und Besucher einließ, erkannte Kjell den Umriss von Sofi Johansson im Gegenlicht. Ihr folgte eine weitere Gestalt. Sie nickte und ging geradewegs auf Malte zu, den sie anscheinend kannte. Das musste Astrid Blom sein, die Freundin von Judit. Sofi hatte sich um sie gekümmert und wirkte jetzt ein wenig überflüssig neben den beiden. Irgendetwas stimmte nicht mit ihr, dachte Kjell schon wieder. Von ihrem gewohnten ›Going-Straight‹ keine Spur, als säße sie seit Tagen auf einer stumpfen Rutschbahn.

»Wieso habt ihr so lange gebraucht?«, fragte Barbro und stemmte sich ebenfalls aus dem Sofa.

»Wir kommen vom Zeichner«, sagte Sofi und entrollte die Zeichnung vor Barbros Augen.

Sie zeigte einen Mann im fortgeschrittenen Alter, der einen Hut trug.

»David Bowie!«, entfuhr es Barbro. »Der sieht aus wie der Kerl aus dem Telia-Laden!«

32

Sofi stand am Fenster von Judits Wohnung. Ihre Stirn klebte an der großen Scheibe, damit sie die Tiefe besser betrachten konnte. Dort hatte sich eine blaugraue Nachmittagsdüsternis über die Dächer und Straßen gelegt. Die Laternen sprangen an, aber zu ihrem Erstaunen nicht im ganzen Stadtteil zugleich. Wenn sie den Blick hob, sah sie die Sonne noch über dem Horizont im Süden. Der Anblick des fernen Tageslichts blieb allen anderen Menschen in Södermalm versagt und war für die Leute da unten schon das Gestern.

»Die Sonne gleicht einer Unterwasserlampe im Schwimmbad«, murmelte sie. Ein Schimmer aus kaltem Gelb und Blau. Ihr eigenes Haus war von hier nicht zu erkennen. Es verbarg sich hinter dem letzten Hang von Vita Bergen. In ihrer Küche herrschte um diese Uhrzeit längst völlige Dunkelheit.

»Keine besondere Spur«, sagte Kjell unter der Deckenlampe in der Mitte des Zimmers. Dort stand er nun schon seit einer Viertelstunde und betrachtete die Spurenskizze.

»Das muss gar nichts bedeuten«, murmelte Sofi wieder, ohne ihren Blick von der Sonne zu lösen. »Das weißt du.«

Kjell begann, hinter ihrem Rücken herumzugehen. »Ich sage es nur. Damit ich es nicht vergesse. Weder hier noch in der Kirche gibt es die geringste technische Spur.«

Kjell wollte sich und ihr offenkundig keinen Moment der Ruhe gönnen. Seit Per am frühen Morgen angerufen hatte, war sie auf den Beinen und hatte so gut wie nichts gegessen.

»Ist dir inzwischen etwas eingefallen?«, fragte die Stimme von Kjell.

Er war plötzlich aus der Spiegelung verschwunden. Deshalb wendete sie sich wieder dem Zimmer zu.

»Was meinst du?«

»Am Morgen habe ich dich gefragt, ob bei dir irgendetwas Außergewöhnliches vorgefallen ist. Und seitdem habe ich dich noch zweimal danach gefragt, einmal um zehn Uhr und dann um halb eins.«

»Ich überlege noch. Genau wie um halb eins.« Sofi sah überhaupt keinen Grund, von den Briefen zu erzählen. Sie hatte den ganzen Morgen darüber nachgedacht und war sich sicher, dass die Briefe auf einem anderen Gleis ihres Lebens lagen, dem Privatgleis nämlich. Und falls sie wider alle Wahrscheinlichkeit doch zum Fall gehörten, hatte sie alle Vorbereitungen getroffen und musste bloß darauf warten, dass der Verfasser die Kamera auslöste, wenn er zum dritten Mal bei ihr aufkreuzte.

Kjell setzte sich auf die Bettkante. Die Matratze war bereits im Labor. »Bist du bereit?«

Sofi nickte und drehte sich wieder zur Aussicht.

»Was ist geschehen?«, begann er.

»Zwei Frauen, die erste Ende, die andere Anfang zwanzig, verschwinden etwa zur gleichen Zeit am frühen Abend des Einundzwanzigsten aus einer besonderen Situation ihres Lebens und tauchen einige Tage später in derselben Situation wieder auf. Als Leichen.«

»Eine besondere Situation? Man kann eher von einer Szene sprechen.«

»Vielleicht.«

»Was sind das für Situationen?«, fragte Kjell.

»Darüber denke ich schon die ganze Zeit nach. Ich frage mich, wie typisch sie für das Leben der beiden Frauen waren.«

»Und zu welchem Ergebnis bist du dabei gekommen?«

»Judit Juholt ist Jüdin. In der jüdischen Gemeinde kennt man sie nicht. Vielleicht ist die Familie nicht religiös. Judit hat also kein Problem damit, eine Kirche aufzusuchen.«

»Und was sucht sie dort?«

»Einkehr.«

»Kontemplation?«

»Das ist meine Theorie«, sagte Sofi. »Ich gehe selbst manchmal in die Sofiakirche, obwohl ich Katholikin bin.«

»Im Ernst?«

»Das weißt du doch.«

»Dass du katholisch bist! Aber von der Sofiakirche hast du nie erzählt!«

»Warum sollte ich davon erzählen?«

»Wann warst du zuletzt dort?«

»Neulich. Vor einer Woche vielleicht.«

»Das meinte ich, als ich dich heute alle drei Stunden nach etwas Außergewöhnlichem fragte.«

»So wie du oft am Strandbad bist, wenn auch nur im Sommer.«

»Ich bin ständig mit Lilly dort. Die Stellen liegen also nicht nur in der Nähe unserer Wohnungen, es sind auch genau die Stellen, die wir aufsuchen, wenn wir ins Freie gehen. Oder hast du noch andere Stellen?«

»Nein.«

»Machen wir lieber weiter. Deine Theorie läuft also auf innere Einkehr hinaus. Judit war zum Nachdenken in der Kirche.«

»Genau wie Elin Gustafsson am Strand. Beide Frauen standen in ihrem Leben an einem Scheideweg. Und beide suchten dafür Orte auf, die sich in ihren Augen eigneten, um nachzudenken. Und nicht nur in ihren Augen.«

»Sie sind also beide in einem Moment der inneren Einkehr verschwunden. Ist das deine Theorie?«

Sofi trennte sich von der Aussicht und drehte sich zu Kjell.

»Deine Stirn ist rot«, sagte der. »Sehr rot.«

Sofi rubbelte mit dem Handrücken darüber. »Wenn das die

Gemeinsamkeit ist, dann haben wir ein Problem. Eine weitere Gemeinsamkeit ist nämlich die Gleichzeitigkeit.«

Zwei solcher Übereinstimmungen deuteten immer darauf hin, dass die Ermittler sich in eine Wahnvorstellung verrannt hatten. Eine der beiden Gemeinsamkeiten musste Zufall sein. Der Inhalt oder der Zeitpunkt.

»Was schlägst du vor?«, fragte er.

»Die Auswahl der Frauen ist Zufall. Entscheidend ist, was sie im Moment ihres Verschwindens getan haben.«

»Das kann nicht sein. Finde mal am 21. Dezember um 18 Uhr zwei Frauen, die in sich gehen. Weißt du, was ich glaube?«

»Du bist für den Zeitpunkt.«

»Und ich kann dir auch sagen, warum ich das glaube. Nimm an, du hast die beiden Frauen als Opfer ausgesucht. Der ideale Zeitpunkt für ihre Entführung ist wann?«

»Wenn sie allein sind.«

»Genau. Nicht während des Weihnachtseinkaufs oder bei der Arbeit.«

»Der Zeitpunkt also. Ich bin einverstanden.«

»*Wie* ist es geschehen?«

Das war die zweite der fünf Fragen aus dem Katalog der Reichsmord. Sofi lief im Zimmer auf und ab. »Sie sterben ohne Bewusstsein durch Unterkühlung. In der Zeit bis zu ihrem Wiederauftauchen bleibt der Körper gefroren.«

»Gefroren? Du meinst gekühlt?«

»Gefroren. Bei Elin sind wir bisher davon ausgegangen, die Außentemperatur hätte ihren Körper abgekühlt. Aber Judits Körper lag weit unter der Temperatur in der Kirche. Sie wurde viel schneller entdeckt als Elin, deshalb glaube ich, dass Elins Körper sich am Strand nicht auf den Gefrierpunkt abkühlte, sondern sogar erwärmte.«

»Wozu dient die Kälte?«

»Bei Elin konnte man noch annehmen, die Kühlung solle die Tatzeit verschleiern.«

Kjell hob seine rechte Augenbraue. »Und vor allem den Umstand, dass es Mord war.«

»Das haben wir aus unserer Sicht geglaubt. Hätten wir aber Judit *vor* Elin gefunden, wären wir nie der Annahme verfallen, der Täter wollte uns täuschen. Deshalb dürfen wir auch die Erkenntnisse, die wir scheinbar aus Elins Fall gezogen haben, nicht auf Judit übertragen. Dann stellen wir nur die falschen Fragen. So hast du es mir beigebracht.«

»Damit du mich darauf hinweisen kannst, wenn ich wieder darauf hereinfalle.«

»Und ich sage dir: Wäre Judit das erste Opfer gewesen, hätten wir einen Selbstmord bei Elin nicht in Betracht gezogen, weder als echten Selbstmord noch als verschleierten Mord. Mit dem Wissen von Judits Fall wäre unser Augenmerk bei Elin auf die Szene gefallen. So herum hätten wir die richtigen Fragen gestellt, denn objektiv ist die Methode bei beiden Opfern gleich.«

»Nun haben wir also alle falschen Fragen eliminiert und stehen ohne Motiv da.«

Sofi breitete ihre Arme aus. »Versuch mal, mich hochzuheben.«

Kjell umfasste ihre Hüfte und hob sie mit Leichtigkeit.

»Ich wiege etwa soviel wie Judit. Probier es noch einmal.«

Diesmal entspannte Sofi all ihre Muskeln, so dass Kjell sie nur mit Mühe vom Boden lösen konnte.

»Aber diesen Effekt hätte er auf andere Weise auch erzielen können.«

»Er kann den Körper nicht nur leichter transportieren, er kann ihn auch leichter in der Szene arrangieren. Judits Leiche saß ohne Hilfsmittel da.«

»Wie immer denkst du praktisch. Hier glaube ich allerdings

nicht, dass praktische Gründe den Ausschlag geben.« Er wandte sich ab und setzte sich auf den Stuhl, einen der wenigen Gegenstände, die noch hiergeblieben waren. »Es ist das Bild, Sofi. Die Frische. Bei ihrem Auffinden wirkten die Leichen, als wäre seit ihrem Verschwinden keine Zeit verstrichen. Das bringt uns zur dritten Frage: Warum ist es geschehen?«

»Du glaubst an einen Irren.«

Kjell schüttelte den Kopf.

»Kein Irrer?« Sofi war jetzt sehr gespannt.

»Irre schon, aber nicht einer.«

Sofi musterte ihn schweigend.

»Warst du oben bei der Orgel?«

»Nein.«

»Rate mal, was man von dort sieht.«

Sie zuckte mit den Schultern. Das bedeutete auf Värmländisch, dass sie keine Ahnung hatte.

»Man sieht alles!«

»Aber es war nicht sehr hell, hat der Organist ausgesagt.«

»Man sieht es, Sofi, ich habe es ausprobiert. Bei Minimalbeleuchtung bemerkt man, wenn dort unten jemand sitzt. Nur wenn man konzentriert spielt, kann es einem entgehen. Aber der Orgelstuhl ist so angebracht, dass der Organist die Bänke überblicken kann. Glaubst du, ein Einzelner ist in der Lage, den Körper schnell hinzutragen und zu arrangieren? Wie soll er das schaffen?«

»Mit dem Rollstuhl von Elin Gustafsson. Der ja nicht im Fjord liegt.«

Sofis Antwort brachte Kjell für einen Augenblick aus der Spur. »Nein, ich habe die Steigung bei der Glätte heute Nacht kaum mit dem Auto geschafft.«

Sofi nickte einsichtig. Aber sie würde es ausrechnen. Das war klar.

»Nehmen wir an, es war so, wie du sagst. Ein Irrer, der tote

Frauen im Rollstuhl durch Södermalm transportiert und von niemandem dabei beobachtet wird. Das könnte die Methode sein, die Körper zur Auffindesituation zu befördern.«

Sofi nickte.

»Aber wie hat er sie am Einundzwanzigsten von dort weggebracht, und vor allem, beide zugleich?«

33

Die Schlange vor der Essensausgabe kam schnell voran. Doch an den Tischen war nichts mehr frei. Noch im Mantel lief Sofi mit dem Tablett vor der Brust zwischen den Reihen auf und ab, bis eine Gruppe am Fenster aufstand und der halbe Tisch frei wurde.

Ihr blieben zwanzig Minuten bis zur Besprechung. Während sie mit der Gabel in der rechten Hand zu essen begann, fischte sie mit der linken in der Tasche nach ihrem Telefon. Im Laufe des Tages hatte es zweimal geläutet. Der Sender in der Überwachungskamera hatte sich kurz vor Mittag gemeldet. Daraufhin hatte Sofi die Internetseite aufgerufen, auf der man das Kamerabild betrachten konnte. Aber es war der Postbote gewesen. Da sie ganz oben im Haus wohnte, kam selten jemand vorbei. Den zweiten Anruf vor einer Stunde hatte ihr Nachbar ausgelöst. Andersson arbeitete bei Folksam und kam immer um diese Zeit nach Hause. Als Schöpfer gezeichneter Liebeserklärungen konnte Sofi ihn sich nicht vorstellen. Im Sommer unterhielten sie sich manchmal, wenn sie sich zufällig beim Kissenausschütteln auf dem Balkon trafen. Ihm boten sich also viel zu gute Gelegenheiten, um auf einen so verwegenen Plan zu kommen. Außerdem konnte ein Mann, dem es gelang, mit fünfzig Jahren noch alle zwei Monate seine ansehnliche Geliebte auszuwechseln, kaum auf anonyme

Offenbarungen angewiesen sein. Zur Zeit trat jeden Sonntagmorgen eine gelockte Dame auf seinen Balkon und streckte sich mit einem Gähnen, das Sofi jedes Mal aus dem Schlaf riss.

»Hallo«, sagte eine Stimme.

In der Spiegelung des Fensters erschien Jannika Fager von der Bezirkspolizei.

Sofi drehte den Kopf. Das war ihre einzige Reaktion. Beim Betreten der Kantine hatte sie zwar Ausschau gehalten, dabei aber offenkundig Jannika Fagers ganze Abteilung übersehen. Die saß drei Tische weiter und blickte geschlossen herüber.

Jannika nahm Sofi gegenüber Platz. Sie hatte sich sogar ihre Kaffeetasse mitgebracht. »Ich habe schon einmal bei dir angerufen. Deine Durchwahl ist doch 423, oder?«

Sofi zog sich die Gabel aus dem Mund. »Wir waren draußen«, sagte sie. »Warum hast du es nicht wieder auf meinem Mobiltelefon versucht?«

So wie am Tag zuvor.

»Deine Kollegin sagte, du bist krank. Das klang wie ein verkappter Hinweis, und wir dachten, du bist im Einsatz.«

Sofis Augen waren so schwarz, dass ihr niemand etwas ansehen konnte, wenn sie es nicht wollte. Sie umging eine Antwort, indem sie weiteraß.

»Ihr bei der Reichsmord habt eine höhere Priorität, das weiß ich, aber wir sollten uns dennoch absprechen, damit wir uns nicht in die Quere kommen.«

Langsam begriff Sofi, von welcher Quere sie da sprach. Jannika hielt ihre Nacht bei Joakim für einen Polizeieinsatz. Das lief ja bestens, dachte Sofi. Sie durfte nur nicht mit dem Essen aufhören.

»Eine Venusfalle haben wir auch erwogen, aber dem Ankläger war das zu brisant. Er sieht in Karlström nicht nur einen Informanten.«

»Sondern?«

»Einen der Hauptakteure.«

Sofi folgte einer Eingebung. »Was werft ihr ihm vor? Geht es um Drogen?«

»Genau das haben wir bei euch angenommen.«

Sofi schüttelte den Kopf, was Jannika als Hinweis auf die Geheimhaltungsstufe der Reichskrim deutete.

Jannika wehrte die eingebildete Ermahnung mit den Händen ab. »Wir arbeiten für das Wirtschaftsdezernat.«

»Ragnar Annerbäck?«

»Der ist unser Auftraggeber.«

Oh je, sie hatte sich einem Mann hingegeben, hinter dem Ragnar her war. Auf die Banane hatte sie jetzt keinen Appetit mehr.

Das Telefon klingelte. Sofi nahm ab.

»Es war ganz schön schwierig, dich zu finden«, sagte die Stimme am anderen Ende.

»Und wie hast du es am Ende geschafft?«, antwortete sie und sah dabei Jannika direkt in die Augen. Über die Taktlosigkeit des Schicksals wunderte sie sich längst nicht mehr.

»Ich habe alle schwedischen Telefonnummern angerufen, bis du abgehoben hast.«

»Wo bist du gerade?«

»Ich sitze bei Maja an der Bar. Deine Telefonnummer war an einen beträchtlichen Mindestkonsum gekoppelt.«

»Ich melde mich.«

Jannika hatte brav gewartet.

»Ich komme zu spät zur Einsatzbesprechung«, sagte Sofi und stand auf. »Auf uns müsst ihr keine Rücksicht nehmen.«

»Aber …«, erwiderte Jannika und blieb zurück.

Sofi eilte zum Aufzug. Sie war die ganze Zeit von einer Überwachung ausgegangen, wie sie im Stureplan-Milieu üblich waren. Dass Ragnar dahintersteckte, war eine sehr beunruhigende Neuigkeit. Wenn er von dem Video erfuhr, würde er hinaus in den Flur laufen und bei Kjell klopfen.

Im Treppenhaus suchte sie sich erst ein Plätzchen und dann die Nummer von Majas Lokal. Als Maja abhob, verlangte sie nach Joakim.

»Warum hast du mich nicht auf meinem Telefon zurückgerufen?«, wollte er wissen.

»Was willst du?«, fragte sie, ein bisschen glücklich.

34

Kjell erschien als Letzter zur Besprechung, dafür aber mit einigem Elan. Barbro, Henning und Sofi sah man die Erschöpfung deutlich an. In der Ecke am Fenster hatte es sich Nils Kullgren als Beobachter der Gegengruppe bequem gemacht.

Kjell zog einen Zettel aus seiner Manteltasche und begann. »Suunaat konzentriert sich auf eine einzige Frage und hat dies herausgefunden: Opfer 1 und 2 wurden mit demselben Präparat betäubt, das nur in den Vereinigten Staaten als Medikament zugelassen ist. Bei Judit liegt die Dosis höher. Mit hoher Wahrscheinlichkeit nahm keine der beiden regelmäßig Schlafmittel.«

Barbro wollte etwas einwenden, doch Kjell ließ sie nicht zu Wort kommen.

»Judit hat Milchkaffee getrunken, in ihrer Wohnung fanden wir aber keine Milch. Ich habe jemand von der Fahndung beauftragt, im Sofo-Viertel die Cafés abzuklappern.«

»Herrgott«, brummte Henning. »Das kannst du gleich vergessen.«

»Versuchen müssen wir es. Suunaat ist auch zu Elins Wohnung gefahren. Sie hat das Medikament mit grünem Tee eingenommen. Auch bei Elin fand sich nichts. Also fand die Einnahme nicht zu Hause statt, wodurch sich die Möglichkeit eröffnet, dass ein anderer das Mittel in das Getränk gegeben hatte. Zwischen der Einnahme und dem Tod lag je ein Zeitraum von mindestens vier Stunden.«

»Was passiert denn dabei mit einem?«, erkundigte sich Sofi.

»Man schläft ein, vielleicht sogar im Stehen.«

»Und stirbt?«

»Nein. Ohne die Kälte hätte das Mittel nicht zum Tod geführt.«

»Dann erfüllte es wohl nur den Zweck, die Frauen bewusstlos zu machen, damit sie entführt werden und erfrieren können.«

Kjell nickte knapp. »Und schließlich das Wichtigste: Bei keiner der beiden Leichen hat der Verwesungsprozess begonnen. Die Kältestarre trat noch vor der Totenstarre an den Augenlidern ein und verhinderte alle Todeszeichen. Dies ist der Beweis, dass es sich nicht um Selbstmord handeln kann. Wäre Elin am Strand erfroren, wären die Totenstarre und alle anderen Todeszeichen um gute zehn Stunden vor der Kältestarre eingetreten. Zumindest hätten wir Spuren von Todeszeichen sehen müssen.«

»Ist sich Suunaat sicher?«, erkundigte sich Henning. »Sie kann beide Starren auseinanderhalten?«

»Das kann sie. Sie sind von unterschiedlichem Wesen.« Kjell warf einen letzten Blick auf den Zettel, bevor er ihn wieder in der Manteltasche verschwinden ließ. »Die ATP-Werte sind nach dem Eintritt des Todes nicht abgefallen. Sie sind also nicht gestorben und dann langsam gefroren, wie es bei einem Selbstmord zu erwarten gewesen wäre. Sie waren bereits sehr ausgekühlt, als sie starben. Doch die dazu nötige Kälte gab es draußen nicht. Die Kälte, die das verursachte, muss künstlich und so groß gewesen sein, dass sie die Körper einfror, bevor jeder postmortale Prozess einsetzen konnte.«

»Sehr spitzfindig! Dann war Judits Körper länger gefroren. Sie ist zur gleichen Zeit wie Elin gestorben, wurde allerdings erst zwei Tage später entdeckt.«

Kjell sah auf. »Guter Punkt, Henning. Suunaat hat darauf keine Antwort. Aber es muss wohl so sein. Hat einer von euch noch Zweifel an unserer Arbeitstheorie?«

Die Frauen schwiegen, was man als Nein verstehen musste.

Barbro räusperte sich. »Das Mittel ist bloß in den Vereinigten Staaten zugelassen?«

Kjell nickte. Auf Barbros Stirn entdeckte er Zweifel. »Hast du Einwände?«

»Ich überlege nur. Beide hatten eine Verbindung zu Amerika. Bei Judit ist sie stärker. Elin war für kurze Zeit Austauschschülerin.«

»Da Flunitrazepam in Schweden verboten ist, muss das Mittel aus dem Ausland stammen. Dieses spezielle Mittel kann man hier in Drogenkreisen beschaffen. Suunaat findet es naheliegend. Unter den Mitteln seiner Art ist es am stärksten.« Kjell wand sich endlich aus seinem Mantel und stand dann auf, um ihn an den Haken zu hängen. Als er zum Tisch zurückkehrte, blieb er hinter seinem Stuhl stehen und sah Henning an. »Henning, du hast von Anfang an geahnt, dass es kein Selbstmord war, oder?«

»Ja«, antwortete Henning mit einer für ihn ungewöhnlichen Klarheit. Sonst liebte er Andeutungen, das Einstreuen von Zweifel und offene Schlüsse.

»Das Lied, ja?«

»Das Lied.«

»Gab es bei Judit auch ein Lied?«

Henning schüttelte den Kopf. In ihrer Wohnung hatten sie

einen winzigen Player gefunden, und die Musikanlage im Keller war leer gewesen.

»Henning, ich will, dass du das Profil entwickelst.« Kjell zog einladend seinen Stuhl zurück und lief um den Tisch, um Hennings Platz einzunehmen.

»Elin Gustafsson«, begann Henning nach dem Wechsel. »Bis wir auf den Rollstuhl gekommen sind, sah die Sache wie ein astreiner Selbstmord aus. Nun stellen wir uns die Frage: Sollte es wie ein Selbstmord aussehen?« Henning drehte den Kopf. Zu Sofi.

Sie verneinte. »Der Täter ist sehr intelligent und hat keine technischen Spuren hinterlassen, wenn man von dem Schlafmittel absieht. Dafür aber Widersprüche, die keiner übersehen kann. Elins Rollstuhl zum Beispiel oder die komplizierte Sache mit der Körpertemperatur. Wollte der Täter den Mord vertuschen, hätte er diese Widersprüche vermieden.«

»Was schlägst du vor?«

»Fundstelle und Vorgehensweise sind arrangiert. Die ganze Vorgehensweise ist das Gegenteil einer Vertuschung.«

Henning lächelte. »Ich glaube, dass der Sinn des Mordes die Inszenierung eines Selbstmords war. Der Selbstmord ist das, was die Szene darstellt. Ihr Gehalt. Das klingt ganz schön abgehoben, was?«

Kjell lächelte milde. »Dann soll uns das Bild also keinen Selbstmord zeigen, sondern den Selbstmord nur zitieren.«

»Vergesst den Selbstmord«, mischte sich Sofi ein. »Diese Idee stammt aus unseren Köpfen, aus unserer Routine. Das Bild zeigt nicht den Tod der Frauen, sondern ihr Leben. Eine charakterisierende Szene aus ihrem Leben. Allerdings erstarrt.«

Kjell richtete sich auf. »Wir haben es also mit einem massiv gestörten Täter zu tun. Einem Psychopathen.«

»Auf jeden Fall.«

Barbro saß seit einigen Minuten über ihr aufgeschlagenes Notizheft gebeugt da und schwieg.

»Barbro, du hattest ein anderes Drehbuch für diese Besprechung, oder?«

Sie seufzte. »Ich bekomme Elin und Judit einfach nicht zusammen. Sie sind völlig unterschiedlich. Judit hat beinahe siebenhundert Kontakte in ihrem Telefon gespeichert.«

Kjell winkte ab. »Sie musste ganz von vorne in Stockholm beginnen. Bestimmt hat sich jede beiläufige Begegnung in ihrer Telefonliste niedergeschlagen.«

»Trotzdem. Elin hatte überhaupt keine Kontakte. Das sind also zwei Extreme. Und das ist erst der Anfang. Judit sieht gut aus und war als Musikerin auf dem Weg nach oben.«

»Das behauptet Malte als ihr Liebhaber und Förderer. Sicherlich übertreibt er.«

»Er hat untertrieben. Ich habe die Plattenfirma angerufen. Es gab vierhundert Besprechungen für das Album. Vom Stockholmer Lokalblatt bis zu internationalen Musikjournalen. Und alle handeln nur von einem Thema: dem Drumming von Judit Juholt.«

»Muss sie damit nicht einen Haufen Geld verdient haben?«, fragte Henning.

»Das habe ich auch gefragt. Es gibt allerdings keine Verbindung zwischen Kritik und Umsatz außer der, dass sich intensiv besprochene Platten oft viel schlechter verkaufen, als man vermutet. Bei dieser hier geht es noch. Sie liegen bei zehntausend, sagt die Pressefrau, aber sie produzieren wie die Buchbranche für den Saisonschlussverkauf. Man verkauft das erste Zehntel regulär und neun Zehntel beim Ausverkauf, für einen Bruchteil des Herstellungspreises. Das ist zwar ein Verlustgeschäft, aber dafür kann man behaupten, es gäbe einen neuen Stern am Musik- oder Krimihimmel. Den Verlust gleichen sie durch Lizenzen aus, für die sie wegen des scheinbar höheren Umsatzes mehr bekommen. Geld hätte sie erst im Januar bekommen, und zwar 240.000 Kronen. Aber für Judit selbst ist die Beachtung ein ungeheuerlicher Erfolg. Das ist das Entscheidende.«

Sofi meldete sich zu Wort. »Ich glaube nicht, dass diese Unterschiede und Gemeinsamkeiten etwas darüber aussagen, wie ähnlich sich Judit und Elin waren.«

»Von welchen Gemeinsamkeiten redest du denn?«, fragte Barbro.

»Beide sind Frauen unter dreißig, wohnen in Södermalm und standen vor einer Veränderung in ihrem Leben, die eine Entscheidung von ihnen verlangte. Und das ist der Punkt. Die Umorientierung, die für uns am Anfang als Selbstmordmotiv in Frage kam.«

Henning verschränkte die Arme vor der Brust. »Für mich nie! Außerdem sehe ich bei Judit keine Krise. Früher hat sie Bratsche gespielt, jetzt eben Schlagzeug. Na und? Sie hätte die Streberideologie aus ihrem jüdischen Elternhaus bestimmt bald überwunden.«

Sofi nickte. »Das wäre also ein weiterer Widerspruch zu einem Selbstmord. Sie brauchte bloß Beistand. Keine der beiden hatte einen Partner, dem sie sich anvertrauen konnte. Auch Judit nicht. Anscheinend hat sie sich von ihrem ehemaligen Freund so weit entfernt, dass er nicht mehr dafür in Frage kam. Und weißt du, Barbro, was der Beweis dafür ist?«

»Den möchte ich gerne hören.«

»Astrid Blom. Judit Juholt wollte mit einem Menschen, den sie kaum kannte, eine Woche lang Urlaub machen. Mit ihrer Kellerbekanntschaft.«

Kjell warf einen Blick über seine Schulter. Nils Kullgren saß gebannt in der Ecke und beobachtete die Runde. Als er auf Kjell aufmerksam wurde, sah er ihm bis zum nächsten Wimpernschlag in die Augen.

Sofi fuhr fort. »Doch Astrid fehlt das Kaliber, um Judit bei der entscheidenden Frage zur Seite zu stehen. Astrid und der Urlaub sind nur eine Unterbrechung ihrer Krise, aber nicht die Lösung.«

Alle warteten auf den Höhepunkt dieses Szenarios, doch Sofi glaubte, dass die Erkenntnis gar nicht mehr ausgesprochen werden musste.

»Sind wir jetzt beim Täter?«, fragte Henning.

»Na klar. Ein älterer Mann. Eine Vaterfigur. Mindestens vierzig.«

»Wie weit ist Snæfríður mit der Identifizierung?«, erkundigte sich Kjell.

»Es kann noch ein, zwei Stunden dauern. Sie will ganz sichergehen. Was machen wir, wenn das Telia-Phantom mit dem Phantom aus dem Musikkeller übereinstimmt?«

Kjell sah auf die Uhr. Sein Flugzeug hob in drei Stunden ab. »Dann gebt ihr das Bild sofort an die Zeitungen.«

»Okay«, sagte Barbro. Sie klang schrill, weil sie sich überfahren fühlte. »Bisher ist alles nur ein Konstrukt. Wo liegt das Motiv? Es geht ihm weder um Gewalt noch um Sex.«

Henning kniff die Augen zusammen. »Es geht ihm auch nicht um Elin Gustafsson und Judit Juholt. Gab es nicht mal einen Film, wo Mordopfer in mannshohe Schachfiguren eingegipst wurden? Die Hauptfigur, die das Rätsel löste, war Schachgroßmeister. Der musste dann durch den nächsten Zug verhindern, dass eine weitere Figur in diesem Spiel geschlagen wurde, was ein weiteres Mordopfer bedeutet hätte.«

Barbro seufzte. »Hast du jemals einen Film angesehen, ohne dabei im Sportteil der Zeitung zu blättern?«

»Henning möchte damit sagen, dass jemand ein Spiel treibt«, sagte Kjell.

»Was machen wir jetzt?«, fragte Sofi.

»Wir warten auf das dritte Opfer. Und wie ein Schachgroßmeister bereiten wir unseren nächsten Schritt vor, obwohl wir noch gar nicht am Zug sind. Schönes Beispiel übrigens, Henning.«

»Aha. Und wie bereiten wir uns vor?«

»Die Frage lautet, wer von euch als Nächster einen nächtlichen Anruf von Per erhält.« Kjell stand auf und ging zu seinem Mantel. »Henning. Ich tippe auf Henning. Er wohnt auch in Söder.«

»Mich interessiert eher, wer das nächste Opfer ist«, sagte Henning.

Kjell schlang sich den Schal um den Hals. »Das wirst du dann schon sehen. Das Opfer ist wahrscheinlich längst tot. Sofi, du prüfst alle Vermisstenmeldungen seit dem 21. Dezember.«

Sofi nickte.

»Ich melde mich.« Kjell bückte sich nach seiner Reisetasche und verschwand aus der Tür.

Er ließ eine längere Stille zurück.

»Henning«, sagte Sofi am Ende dieser Stille. »Was, wenn Linda das dritte Opfer ist?«

»Diese Frage kommt dir erst jetzt? Kjell ist sie schon heute Morgen eingefallen.«

»Aber keine Antwort darauf.«

»Ich bin die Antwort«, sagte Nils Kullgren aus seiner Ecke am Fenster. »Wir sind die Gegengruppe.«

Sofi fuhr als Einzige herum. »Ja, aber was macht ihr? Womit beschäftigt ihr euch überhaupt?«

Nils Kullgren antwortete nicht. Er stand auf, stellte seine Kaffeetasse auf der Anrichte ab und verließ das Zimmer.

35

Nils Kullgren passierte die Sicherheitsschleuse und kehrte zurück in den abgeschotteten Trakt, wo die Säpo ihre Büros hatte. Die drei aufeinanderfolgenden Türen nahm er mit derselben Routine, mit der er am Morgen erst seine Unterwäsche und dann den schwarzen Anzug anlegte und schließlich in seinen Mantel schlüpfte.

Die Lampen in den Korridoren erloschen nie, dennoch spürte er stets auf Anhieb, ob noch jemand hier war. Am Nachmittag hatte Theresa Julander mit zwei Analystinnen sämtliche Akten der Reichsmord herübergetragen und auf dem Tisch im Besprechungsraum gestapelt. Von Theresa war nichts zu sehen, nur der alte Tholander stand in Mantel und Mütze vor dem Tisch. Er musste gerade erst eingetroffen sein, denn seine Nase schimmerte noch rot von der Kälte draußen. Ausdruckslos betrachtete er die Akten und wickelte sich den Schal vom Hals, wobei er seine Hände kaum rührte und stattdessen den Kopf kreisen ließ.

Tholander war ihm am Morgen im Gang des menschenleeren Büros über den Weg gelaufen. Wen hätte er also sonst fragen sollen?

»Wo ist Theresa Julander?«, fragte Kullgren und nahm am Tisch Platz. »Hast du sie gesehen?«

»Nää.«

Tholander und Julander. Das war die Gegengruppe. Vor einiger Zeit hatte Kullgren im Volksbuch nachgesehen. Tholander besaß tatsächlich auch einen Vornamen, Jerker, und sogar ein Geburtsdatum. An anderen Tagen erinnerte er an einen frisch abgepuderten Schauspieler, der den Claudius gab. Selbst die Röte, die der Eiswind Tholanders Wangen gerade verpasst hatte, war grau.

»Bist du gerade erst gekommen?«, fragte Kullgren.

»Jaa.« Tholander nahm seine Nickelbrille ab und polierte sie. Ihm kam nicht in den Sinn, dass der Generaldirektor sich eine umfangreichere Antwort auf seine Frage wünschte. Und wenn doch, dann wäre er der Letzte gewesen, der Wünsche erfüllte.

Diese Undurchsichtigkeit, die einer Person anhaftete, war in der Sicherheitsabteilung, wie Tholander die Säpo immer noch nannte, die Währung für Aufstieg und Bestand. Tholander hatte in der Vorzeit, die wohl seinetwegen die graue Vorzeit hieß, Spione schneller enttarnt, als das Ausland neue schicken konnte. Sogar Kotschenko ging auf sein Konto. Ein Numen wie ein römischer Gott, der nichts ist als sein Ruf, hatte er sich jedoch in der Nacht vom 28. Februar 1986 erworben. Da hatte er das Polizeigebäude vier Minuten vor Mitternacht verlassen, in der kurzen Zeitspanne zwischen dem Attentat und dem Einsatz, und war drei Tage lang verschollen geblieben. So konnte sich jeder ausmalen, wie viel Tholander tatsächlich wusste, was ihn als Agenten der Säpo unkündbar machte. Der Legende nach hatte er ein wichtiges Alibi in Borlänge überprüft. Kullgren vermutete, dass dieses unbekannte Ass im Ärmel ein Bluff war, aber darauf ankommen lassen wollte er es nicht.

Im Bluffen war Kullgren selbst ein Meister. Er hätte berichten können, was er vor seiner Zeit als Direktor der Säpo getan hatte. Das hätte ihm Respekt eingebracht. Besser als Respekt waren allerdings Furcht und Ungewissheit. Die erreichte man, indem man nur die Andeutungen durchsickern ließ, sein Handwerk beim Mossad gelernt zu haben. Niemand verarschte Nils Kullgren. Dieses Motto musste Kullgren nicht verkünden. Die anderen kamen von ganz allein darauf.

Dennoch nötigte Tholanders Legende Kullgren Bewunderung ab. Noch vor Mitternacht und unmittelbar nach dem Attentat auf Palme zu ahnen, was in den kommenden Stunden und Tagen geschehen würde, verlangte ein enormes taktisches Geschick. Das hatte Kullgren bei seinem Antritt als Direktor nicht herausfordern wollen und Tholander deshalb als Einzigen aus der alten Garde im Dienst behalten. Inzwischen war er so lange dabei, dass es für zwei Pensionen gereicht hätte.

Wie bei der ersten Besprechung am Morgen reagierte Theresa unsicher auf ihn, als sie endlich hereingeeilt kam. Das lag nicht nur an seiner Art, mit anderen Menschen nicht zu interagieren, sondern auch an seinem Erscheinungsbild. Tholander stand irgendwo zwischen sechzig und siebzig und besaß alle Merkmale und die Strenge eines Schulrats aus dem neunzehnten Jahrhundert.

Noch im Gehen entschuldigte sich Theresa für ihre Verspätung. »Ich habe ein Dossier verfasst, zu den Akten da.«

Kullgren deutete auf die Akten und nickte nachgiebig. Theresa verstand die Einladung und begann. Sie stellte sich neben den größten Stapel und legte den Arm darum.

»Zum Glück sind die meisten Fälle Profile. Die habe ich alle aussortiert.«

Tholander hob den Kopf. »Kannst du das erklären?«

Theresa fuhr zu ihm herum. »Die Reichsmord ermittelt hier nicht selbst, sondern die lokale Kriminalpolizei irgendwo im Land. Nur wenn die nicht mehr weiterwissen, schicken sie uns die Akte.«

Kullgren unterbrach sie und erklärte Tholander, dass Theresa vor ihrer Zeit bei der Säpo sechs Monate lang bei Cederström gearbeitet hatte.

»Die Reichsmord prüft die Akte und gibt den Kollegen von der Ortspolizei einen Rat, wo sie bei ihrer Ermittlung die falsche Richtung eingeschlagen haben«, erklärte Theresa. »Dieses Gutachten nennen wir Profil. Die Verdächtigen erfahren nie davon. Es ist ein interner Vorgang, der nicht einmal in der Hauptuntersuchungsakte auftaucht.« Theresa suchte in den Mienen der beiden Männer nach möglichen Einwänden und fuhr dann fort. »Den nächsten Stapel habe ich ebenfalls aussortiert. Die Fälle wurden von den Unterermittlern bearbeitet. Das sind diese geschiedenen Typen, die wie Staubsaugervertreter im ganzen Land herumreisen, in Motels wohnen und bei schweren Verbrechen die Ermittlung führen. Sie unterstehen zwar alle Cederström, aber er ist nur formal ihr Vorgesetzter. Tatsächlich arbeiten sie ganz allein mit einem Maßnahmenkatalog und haben vor allem Kontakt mit dem Ankläger am Ort. Mit Cederström haben sie nur zu tun, wenn sie ihm die abgeschlossene Akte schicken. Und auf der Weihnachtsfeier.«

Erstaunlich, fand Kullgren. Er hatte sich immer schon gefragt, ob Cederström auch mal arbeitete.

Tholander hob interessiert den Kopf und sagte: »Jaha! Die möchtest du also aussortieren?«

»Ja, es sind nicht nur Tötungsdelikte, sondern auch andere Schwerverbrechen. Die Hälfte der Fälle sind Vergewaltigungen im Stadtpark von Västerås. Ich wollte schon einmal den Stadtrat dort anrufen und fragen, warum sie den Park nicht einfach dem Erdboden gleichmachen. Ich glaube nicht, dass diese Täter für uns in Frage kommen.«

Tholander stand abrupt auf. »Nähää. Nicht die Täter.«

Theresa glotzte Tholander an.

»Die Weihnachtsfeier«, sagte Tholander.

»Was ist mit der Weihnachtsfeier?«

»Die muss doch vor kurzem gewesen sein.«

»Ja, am Einundzwanzigsten.«

Um 18 Uhr, schoss es Kullgren durch den Kopf. Die beiden Frauen waren in demselben Augenblick verschwunden, als Cederström zu seiner alljährlichen Rede anstimmte, die stets eine mehr oder minder gelungene Kopie der Begräbnisrede von Perikles war. Auch in diesem Jahr hatte er nicht darauf verzichtet und seinen Vaterschaftsurlaub für einen Abend unterbrochen.

»Sind die Ermittler nicht allesamt Stockholmer?«, fragte Tholander. »Dann haben sie ihren Wohnsitz hier in der Stadt.«

»Klar! Sonst würden die wegen einer lausigen Feier nicht herkommen.«

»Wie viele sind es?«

»Dreißig. Etwa.«

»Und wie lange bleiben sie hier?«

»Die haben Weihnachtsferien. Zwei Wochen. Die sind ihnen garantiert, weil sie ja sonst immer im Motel …«

»Jaha, das ist also die einzige Zeit im Jahr, wo die Elite der schwedischen Kriminalermittler vollständig in Stockholm versammelt ist.«

Theresa kratzte sich am Kopf, was wegen ihrer dicken Locken gar nicht so einfach war.

Für Tholander war es wieder an der Zeit, seine Brille abzunehmen, um sie zu polieren. »Das ist interessant. Unser Auftrag besteht schließlich in der Frage, ob sich die Tötungsserie gegen die Reichsmord richtet, oder nicht?«

Kullgren schrak auf und warf einen Blick auf seine Notizen. Die Schrift von Henning Larsson war schwer zu entziffern. »Ja, offiziell lautet unser Auftrag: *Prüfen, ob uns jemand verarscht! Oder ob wir uns selbst verarschen!*«

Theresa hob den Daumen. Tholander nickte knapp. Er erkannte Humor durchaus, hatte jedoch nie Lust zu lachen.

»Soll ich den ganzen Stapel mit reinnehmen?«

»Nähä, das sollst du nicht. Du sollst nur nicht so voreilig sein.«

Dass Tholander sich setzte, konnte Theresa als Aufforderung verstehen, mit dem Vortrag fortzufahren.

»Also dann der dritte Stapel. Das sind die eigentlichen Fälle von Cederström. Die Tötungen, die von Anfang an die Reichskriminalpolizei gehen. Hier ist er Voruntersuchungsleiter. Es sind neunzehn Stück seit seinem Antritt. Was davor lag, haben wir weggelassen, weil sich die vier Kernmitglieder der Gruppe damals noch nicht kannten.«

»Neunzehn?«

»Nur drei kommen in Frage. Bei den anderen sind die Täter tot oder im Gefängnis. Vor allem im Gefängnis.«

»So, ganz langsam, Kleine!« Tholander begann jede seiner Aussagen mit einem kurzen Wort, das er gerne dehnte. »Dein Ansatz geht gänzlich von etwas aus, was man sich als Rache vorstellen muss. Deine Lösung liegt also in der Vergangenheit.«

»Äh, ja, ein Psychopath.«

Tholander sah sie skeptisch an.

»Na ja, ich sollte die Akten sichten. Was für einen Ansatz soll ich sonst haben?«

»Also, das kannst du vergessen. Die Psychopathen sind alle mit ihren Internetblogs beschäftigt. Außerdem sind sie zwar gefährlich, aber nie raffiniert.«

»Du meinst, sie sind zu sehr von sich selbst eingenommen, um andere so täuschen zu können?«

Tholander hob die Brauen. Das war ohne jeden Zweifel ein neunzigprozentiges Ja.

Kullgren reckte sein Kinn. »Jerker, darf ich dich mal fragen, was du von der Sache hältst?«

»Ich persönlich halte die Sache für eine perfekte Aktion, deren Ziel ich nicht verstehe. Um zwei Frauen zu töten und wie Schaufensterpuppen zu drapieren, muss man ein Psychopath sein. Das steht unabhängig vom Ziel fest.«

Theresa neigte ihren Oberkörper vor, um zum Gegenangriff überzugehen. »Das klang aber gerade noch anders.«

»Es gibt einen Unterschied zwischen einem Psychopathen aus der Vergangenheit und einem Psychopathen, der in die Zukunft plant. Das kapierst du wohl.«

36

Als Henning den Wagen anhielt und durch das Seitenfenster zum Eingang des Nordischen Museums spähte, öffnete dort eine Gestalt die schwere Tür und kam die Treppe hinab in direkter Bahn auf ihn zu. Er erkannte Hulda erst, als sie die Tür öffnete und sich neben ihn setze.

»Wo ist dein Regenmantel geblieben?«

Hulda blickte überrascht an sich herab. Sie trug eine schwarze Winterjacke. »Es schneit doch nicht mehr.«

Den Regenmantel hatten Henning und wohl auch alle anderen Menschen für ein festes Merkmal an Hulda gehalten, für eine Lebensanschauung. Er hatte so gut zu ihrem Verhalten gepasst. Anscheinend trug sie ihn nur, wenn Regen oder Schnee vom Himmel kam. Und genau dafür wurden Regenmäntel gemacht.

Henning wendete den Wagen und fuhr in die Innenstadt zurück. Über den Bewegungsdrang des Mädchens wunderte er sich längst nicht mehr. Am Nachmittag hatte Snæfríður ihm erklärt, dass Hulda ihre Kindheit im Freien verbracht hatte. Und wenn es draußen zu ungemütlich wurde, was in den Westfjorden Islands etwa elf Monate im Jahr der Fall war, dann hatte der Großvater ihr von der großen weiten Welt vorgelesen, wo es viel mehr gab als Grashalme, schwarze Felswände und das Meer.

Eine Weile fuhren sie schweigend, bis Henning eine rote Ampel zum Anlass nahm. »Ich möchte, dass du in den nächsten Tagen daheim bleibst.«

»Rumsitzen?«

Henning brummte.

»Sitzen und glotzen, so sagt ihr doch?«

»Es hat wieder eine Tote gegeben. Derselbe Täter.«

»Und da hast du Zeit, mich vom Museum abzuholen? Was machen wir heute?«

»Als wir uns gestern getroffen haben, kamst du da nicht von der Kirche?«

»Hier sind überall Kirchen.« Hulda wählte zwei in der näheren Umgebung der roten Ampel aus und deutete auf sie.

»Sofia, Renstiernas Gatan.«

Ihre Augen funkelten. »War da die Tote?«

»Und zwar genau zu der Zeit, als wir beide uns hundert Meter weiter amüsiert haben.«

Hulda hob den Daumen. Die Sache war nach ihrem Geschmack. Bevor sie die Straße hinaufgelaufen und Henning begegnet war, hatte sie eine gute Viertelstunde vor der Kirche gestanden, weil Orgelmusik aus dem Inneren drang. Kurz vor dem Ende des Gottesdienstes kam eine junge Frau mit Kinderwagen heraus, zehn Minuten später die Schar der anderen. Hulda beschrieb jeden der zweiunddreißig Personen ausführlich, am Ende den Pfarrer und den Organisten. Sie hatten die Kirche verriegelt.

»Genaues Beobachten ist nicht dein Problem«, fand Henning am Ende ihres Berichts. »Dreißig Kirchenbesucher mehr, und man könnte beinahe von einer Sehstärke sprechen.«

»Ich habe überhaupt kein Problem.«

»Gar keins?«

»Man muss sein Los hinnehmen, dann ist das Leben leicht.«

»Aber Hunger hast du doch wenigstens?«

»Ja.«

Andere Leute in die Ecke zu philosophieren, das war eine

Leidenschaft der Isländer. Das hatte Henning inzwischen begriffen.

Als er eine Stunde später ins Büro zurückkehrte, saßen seine drei Kolleginnen betreten am Besprechungstisch.

»Was sagt Hulda?«, fragte Snæfríður.

»Sie hat zwei Männer mit Hut aus der Kirche kommen sehen. Beide waren gebrechlich und hatten ihre Frauen dabei.«

»Hast du ihr die Zeichnung gezeigt?«

Henning nickte. Er nahm die drei Polizistenmenüs, die er aus dem Mäster Anders mitgebracht hatte, aus der Tüte und verteilte sie an die Frauen.

»Schade«, sagte Barbro. »Es wäre das Sahnehäubchen gewesen.«

»Worauf?«, erkundigte sich Henning.

»Er ist es«, antwortete Snæfríður und legte ihre Linke auf die Phantomzeichnung. Sie hatte die beiden Verkäuferinnen aus dem Telia-Laden einbestellt. »Der Mann, den Andrine und Ann-Marie mit Elin in der Espressobar gesehen haben, ist der Mann, den Astrid Blom in Judits Kellerabteil gesehen hat.«

»Die trugen beide einen Hut«, wandte Henning ein.

»Wir haben sehr umfangreiche und schwierige Tests gemacht. Es handelt sich um ein und dieselbe Person.«

»Tatsächlich? Dann ist er die Verbindung. Und jetzt?«

Barbro nickte. »Wir sind alle müde und gehen ins Bett, sobald wir das hier aufgegessen haben.«

Barbro hatte bei den Polizeistationen in Södermalm herumgefragt. Dort wusste man nichts von einem Mann mit Hut, doch das bedeutete nicht mehr, als dass er nicht mit der Polizei in Kontakt gekommen war.

Sofi hatte alle Vermisstenmeldungen überprüft, die in den letzten zwei Wochen in Stockholm eingegangen waren. Ohne jeden Erfolg. Nur ein einziger Mann war vermisst worden. Er hatte die Nacht nach einem Streit mit seiner Frau im Hotel verbracht. »Eine verschwundene Frau hätte uns einen enormen Vorsprung gegeben«, sagte sie. »Falls es überhaupt ein drittes Opfer geben wird. Das erfahren wir morgen Nacht. Wenn er wieder zwei Tage wartet.«

Sie legte ihre Gabel ab. Die Gegend um Hennings Wohnung hatte sie bereits ausbaldowert. Er wohnte seit einem Jahr am Mosebacke Torg mit Blick auf das Theater. Vom Fjord sah er aus dem dritten Stock leider nur ein winziges Dreieck.

»Drei Stellen eignen sich«, erklärte Sofi. »Zunächst die Felsterrasse des Lokals. Die ist zwar im Winter verschlossen, aber man blickt von dort über die ganze Stadt. Das könnte unserem Psychopathen als Bühne für seine Szene gefallen. Die zweite Möglichkeit ist die alte Holztelefonzelle auf dem Platz. Und zuletzt die Sitzbänke auf dem Platz selbst. Mehr Möglichkeiten gibt es eigentlich nicht. Diese drei müssen wir morgen Abend überwachen.«

Henning war nicht gerade begeistert, dass er die Nummer drei sein sollte, aber sonst kam nur Barbro in Frage. Snæfríður arbeitete erst seit kurzer Zeit in der Gruppe, und Theresa Julander war schon vor Monaten zur Säpo gewechselt. Die Wahl zwischen ihm und Barbro war aus einem einzigen Grund auf ihn gefallen. Er wohnte wie Kjell und Sofi in Södermalm, Barbro jedoch am Strandvägen auf der anderen Seite des Fjords.

»Bei Barbro müssen wir aber auch Leute postieren«, sagte Henning. »Nichts gibt uns Gewissheit, dass er sich wie in einem klassischen Theaterstück an den geschlossenen Raum hält. In diesem Falle Södermalm.«

»Der Raum ist ihm auf jeden Fall wichtig«, antwortete Sofi. »Immerhin errichtet er seine Szenen in der Nähe unserer Wohnungen.«

»Vielleicht sind wir morgen Abend schon weiter.« Henning zog das Phantombild zu sich. »Ist das die endgültige Version? Wenn ja, dann raus damit.«

»Ich erledige das.« Sofi stand auf und trug ihr Aluminiumschälchen und die Gabel zur Spüle.

37

Sofi sandte das Bild an alle Zeitungsredaktionen und verfasste einen kurzen Aufruf dazu. Dort würde das Bild in zwei Stunden in den Internetausgaben veröffentlicht werden. Für die gedruckten Ausgaben war es leider schon zu spät. Da der Mann immer nur in Södermalm gesehen worden war, entwarf Sofi ein Flugblatt, das sie auf dem Spezialdrucker in der Presseabteilung vervielfältigte. Die Leute von der Schutzpolizei würden es im Morgengrauen den Zeitungsverteilern in die Hand drücken und sich selbst an den großen U-Bahn-Stationen aufstellen. Bis zum Mittag würde jeder zweite Södermalmer den Mann mit dem Hut kennen.

Sofi hastete in den sechsten Stock zurück. Sie durfte auf keinen Fall Ragnar Annerbäck verpassen. Seine Abteilung nahm den gesamten Nordtrakt der sechsten Etage ein. Ragnar war ein Mensch, der immer einen Pullover über seinem Hemd trug und regelmäßig Resümees zog. Deshalb ließ er seine Abteilung in den letzten Tagen des Jahres alle Arten von Abschlussberichten verfassen. Den Gesichtern seiner Mitarbeiter war anzusehen, dass sie selbst nicht wussten, wozu das gut sein sollte. Sofi schlich über den ausgestorbenen Flur. Am Ende des Ganges sank sie auf die Knie und spähte unter der Tür hindurch. Da war noch Licht. Sie wusste nicht, wie Ragnar reagieren würde, aber wenn sie seine Hilfe wollte, dann musste sie offen sein. Das begriff sie, wenn auch eher theoretisch.

Sie hatte Glück. Ragnar wollte gerade seine filigrane Hornbrille abnehmen. Das war stets die letzte Handlung seines Arbeitstages. Seinen Kirschbaumschreibtisch hatte er bereits aufgeräumt. Sofi trat ganz beiläufig ein und setzte sich auf den Besucherstuhl. Es kam vor, dass sich die Leute aus der sechsten Etage abends auf ein kurzes Gespräch besuchten, wenn sie noch irgendwo Licht sahen.

»Ich habe gehört, dass du im Banana ermittelst.«

Ragnar hörte augenblicklich auf, seine Dokumente in die Mappe einzusortieren.

»Nicht gerade gehört, mach dir keine Sorgen.«

»Also bist du darauf gestoßen?«

»In gewisser Weise.«

Sofi machte Knopfaugen. Das stimmte die Menschen milde.

Ragnar nahm seine Hornbrille nun tatsächlich ab, hielt sie in beiden Händen mit Daumen und Zeigefinger und betrachtete die Gläser von allen Seiten, als prüfte er, ob er sie putzen müsse. »Sofi … Johansson.« Bei ihrem Vornamen klappte er den linken Bügel ein, bei ihrem Nachnamen den rechten. »Es beunruhigt mich, dass *du* darauf zu sprechen kommst. Von allen Ermittlern der schwedischen Polizei möchte ich am wenigsten dich dabeihaben.«

Sofi regte sich nicht.

»Wie du vielleicht weißt, leite ich die Ethikkommission. Du bist in diesem Jahr neunmal in einer ernsten Situation und zweimal in einer sehr ernsten Situation gelandet. Zweimal hätte also jemand ums Leben kommen können, dabei liegt euer Anteil an Erstermittlungen bei nur zwölf Prozent. Mit deinem Quotienten aus dem Vorjahr könnte man dich sogar für eine Drogenermittlerin aus Bogotá halten. Und jedes Mal hätte man die Gefahr minimieren können, wenn zuvor minimal geplant worden wäre.«

Ragnar verstummte. Es dauerte eine ganze Weile, bis Sofi etwas sagte.

»Ich bin Todesermittlerin. Deine Zahlen hast du alle aus abgeschlossenen Ermittlungsakten. Vor und bei einem Einsatz sieht die Beurteilung einer Aktion immer ganz anders aus. Wir haben eine ganz andere Ermittlungsdynamik als ihr. Meine Gruppe macht die gefährlichen Fälle, und niemand aus meiner Gruppe ist so viel unterwegs wie ich. Mein Gefahrenquotient steht völlig im Einklang mit meinen Aufgaben.«

Sofi verschränkte die Arme vor der Brust.

»Ich gebe dir voll und ganz recht. Mordermittlungen sind das Richtige für dich. Da muss man Spannung in die Sache bringen und sie zur Entscheidung treiben, aber hier bei uns in der Wirtschaftsabteilung kauern wir lange in der Deckung und beobachten nur. In diesem Fall vier lange Jahre lang. Ich will dich da nicht dabeihaben.«

»Und ich will nicht mitmachen. Wir haben also dasselbe Ziel. Deshalb bin ich hier.«

»Worum geht es?«

»Deine operative Einheit von der Bezirkspolizei hat mich gefilmt, als ich mit Joakim Karlström zusammen war.« Ragnar hielt das augenfällig für die Einleitung, so erwartungsvoll, wie er auf die Fortsetzung wartete. »Also, in seinem Schlafzimmer … in seinem Schlafzimmer zusammen war.«

Mit einer kaum wahrzunehmenden Straffung seines Gesichts schlug die Erwartung in Entsetzen um. »Woher weißt du davon?«

»Von dem Film? Am Morgen haben sie mich angerufen und mich gebeten, sein Telefon zu durchsuchen und ein Redirect-Programm darauf zu installieren.«

Er schlug mit der Faust auf sein Kirschbaumfurnier. Sicherlich hatte er dergleichen noch nie getan. »Das ist illegal!«

»Ist es nicht. Leidenschaft ist nicht illegal.«

Ragnar seufzte. »Ich meine das Telefon. Das habe ich nicht genehmigt.«

»Sie haben die Gunst der Stunde genutzt.«

»Wie lang ist der Film?«

»Etwa zehn Stunden.«

»Mit dir in der Hauptrolle?«

So war es leider. In der Rolle als ausgehungerte Vampiretta. Sie musste Ragnar erzählen, wie alles begonnen hatte, und auch, was später daraus geworden war.

»Der hat sich also an dich herangemacht, ja? Nicht du dich an ihn?«

»Glaubst du mir nicht?«

»Wusste er, wer du bist?«

»Darüber wurde gesprochen, ja.«

»Wetten, dass Joakim Karlström in seinem Prozess darauf zu sprechen kommt?«

»Was willst du damit sagen?«

»Überleg mal.«

»Er hat mir bereits im Aufzug schöne Augen gemacht. Da wusste er es noch nicht.«

»Wenn es einer versteht, das Angenehme mit dem Nützlichen zu verbinden, dann Joakim Karlström. Wir hatten auch schon ersonnen, eine weibliche Ermittlerin unter ihn zu legen, die Idee aber wieder verworfen, weil es rechtlich prekär ist.«

»Mir musst du nichts vorwerfen. Ich habe ihn ahnungslos kennengelernt und will nur, dass dieses Video verschwindet.«

»Wo liegt für dich das Problem?«

»Die Sache war ein Versehen und wirft ein falsches Licht auf mich.«

Ein Lächeln breitete sich auf seinem Gesicht aus. Erst sah es wie Hohn aus, aber dafür war in seinem Wesen kein Platz. »Ich verstehe«, sagte er knapp.

Sofi erklärte, dass es ein besonderer Abend gewesen sei. Sie hatte sich in einer ganz bestimmten Lage ihrer Freundin Maja angeschlossen. Mit ihr war alles so leicht. Und sich in dieser Lage Maja anzuschließen, war, als rannte man zu einem Feuerlöscher, wenn man bloß eine Weihnachtskerze ausblasen wollte. »Das Video kommt mit Sicherheit in Umlauf. Zumindest aber Gerüchte darüber.«

»Wie sollte das passieren?«

»Alle, mit denen ich bei der Polizei begonnen habe, sind jetzt bei der Bezirkspolizei.«

»Deine ganze Anfängerklasse?«

Sofi nickte.

»Die freuen sich, die Einzige aus ihrem Kreis, die es bis zur Reichskrim geschafft hat, nackt auf einem Video zu sehen?«

»Ich war immer vorsichtig und habe nie etwas offenbart, was man gegen mich verwenden könnte.«

»Ich glaube eher, es verhält sich umgekehrt. Weil du so bist, wie du bist, halten dich die Leute für überheblich oder unnahbar.«

Ragnar wusste ganz schön viel. Vor allem über sie.

»Die Dummen vielleicht.«

»Die sind immer die Mehrheit, Sofi. Wenn man nichts über dich weiß, denkt man sich etwas aus. Was Karlström betrifft, da sind wir bislang nicht über die Frage hinausgekommen, woher er das ganze Geld hat.«

Für Sofi und den Rest der Welt warf das überhaupt keine Fragen auf. »Er hat vor fünfzehn Jahren klein angefangen und war eben sehr gewitzt. Das hat er mir selbst erzählt.«

»Als er aus New York zurückkam, besaß er keine Öre. Sein erstes Lokal gehörte ihm gar nicht, wusstest du das?«

»Nein.«

»Alle Lokale gehören einer Kapitalgesellschaft hier in Stockholm, an der er nur 30 Prozent hält. Den Rest wiederum hält eine Kapitalgesellschaft in Luxemburg.«

»Solange er Steuern zahlt, ist doch alles in Ordnung.«

»Steuern zu zahlen ist überhaupt der einzige Zweck dieses Lokals und aller seiner Vorgänger! Um es kurz zu machen: An einem Wochenende nimmt er drei Millionen ein, an den anderen Tagen weniger. Wir sind uns sicher, dass die Hälfte des Umsatzes fiktiv ist.«

»Geldwäsche? So etwas weist man doch im Handumdrehen nach.«

»Wenn das Lokal dauernd leer, aber der Umsatz hoch ist, dann ja. Hier jedoch wurde jede Flasche Champagner nicht nur bezahlt, sondern auch getrunken.«

»Verstehe ich nicht.«

»Stell dir eine kriminelle Organisation vor, die in Schweden sehr viel Geld mit Drogen umsetzt. Bargeld, natürlich. Es soll ins Ausland. Meist besteht es aber aus kleinen Scheinen. Dieses räumliche Volumen über die Grenze zu bringen oder in große Scheine zu wechseln, ist viel schwieriger, als man sich vorstellt.« Ragnar breitete die Arme aus, damit Sofi sich das räumliche Volumen vorstellen konnte. »Also sucht man sich einen jungen Mann, der gerade aus New York kommt, aber außer Geschmack, Geschick und einer Vision nichts besitzt. Man gründet eine Kapitalgesellschaft in Stockholm, die der Kapitalgesellschaft in Luxemburg gehört. Er wird Geschäftsführer und prozentual am Umsatz beteiligt. Von diesen Einnahmen erwirbt er über die Jahre ein Drittel der Stockholmer Firma, die die Lokale betreibt. Beide Gesellschaften und der Geldfluss zwischen ihnen sind völlig legal. Zurück zum Anfang: Mit dem legalen Grundkapital erwirbt Karlström ein altes Hotel, renoviert es mit hohen Kosten und macht es in einem halben Jahr zu Stockholms beliebtestem Nachtlokal. Hohe Einnahmen, hohe Ausgaben. Tadelloses Steuerverhalten. Zwei Jahre später macht er zu und beginnt mit einem neuen Lokal in noch größeren Dimensionen. Noch höhere Einnahmen, und noch höhere Ausgaben. Sobald der durch die Anfangskosten verursachte Verlustvortrag aufgebraucht ist, macht er den Laden wieder zu. Das Banana nimmt das gesamte Haus am Stureplan ein. Kannst du dir vorstellen, was das kostet? Zwar war jedes Lokal immer ein großer Erfolg, aber auf die echten Gäste kommt es gar nicht an.«

Sofi ahnte etwas. »Ich habe mich gewundert, warum er nur so wenige Gäste hereinlässt. Damit fördere man das Image des Ladens, hat er mir erklärt.«

»Ja, es mehrt seinen Ruhm. Aber zudem muss er seinen Gewinn unter Kontrolle halten, denn jeden Abend schmiert sich eine Horde von Jugoslawen Gel in die Haare und spaziert in seinen Club, um dort die Tageseinnahmen aus dem Drogenhandel zu vertrinken. Und ein Jahr später haben sie das Geld versteuert auf einem Konto in Luxemburg. Nach meiner Kalkulation waschen sie Schwarzgeld mit einem Wirkungsgrad von 80 Prozent. Das ist sehr viel.«

»Karlströms Aufstieg war also von vornherein geplant?«

»Niemand gibt einem Anfänger dreißig Millionen als Startkapital, wenn sein Erfolg als Gastronom nicht ohne Bedeutung wäre. Die wussten, dass der Umsatz stimmen würde. Sie waren ja selbst die Gäste.«

»Wer steckt dahinter?«

»Wir haben nur Pseudonyme. Und einen Verdacht, weil wir sicher sind, dass das Geld aus Drogenverkäufen stammt. Die Vereinigung der Stureplan-Wirte hat ja ein gemeinsames Antidrogenkonzept, das die Dealer herzlich wenig interessiert. Nur im Banana und seinen Vorgängern gibt es keine Drogen. Damit wollte Karlström wohl seine Rechtschaffenheit demonstrieren und sich Ermittlungen vom Hals halten. War aber ein Fehler.«

»Weil nur das Verbot des Oberkolumbianers das bewirken könnte, aber nicht das eines Wirts?«

»Ganz recht. Und der hätte es nicht verboten, wenn er im Banana nicht andere Ziele verfolgte. So raffiniert sie sind, sie machen immer läppische Fehler.« Und weil ihre Drogeneinnahmen hier aus Schweden stammten, musste auch die Geldwäsche hier durchgezogen werden. So lautete Ragnars Vermutung. »Sonst würde sich das bei unseren Steuersätzen nicht lohnen. Da unsere Regierung als einzige in Europa und Amerika keine gestohlenen Bankdaten kauft, wissen wir nicht, wie viele Strohmänner es gibt, aber Karlström ist sicher nicht der einzige Gastronom, der für sie arbeitet.«

»Und was machen wir jetzt in meinem Fall?«

»Ich habe die Leute von der Bezirkspolizei ausgewählt, weil sie eine geschlossene Abteilung bilden und die üblichen Verdächtigen kennen. Das Video wird auf keinen Fall nach außen gelangen.«

»Du willst es nicht verschwinden lassen?«

»Das kann ich nicht tun. Wenn es eine Falle war, kann das meinen Prozess gefährden.«

»Du hast bloß den Namen Janne und deine Kalkulation. Du stehst ganz am Anfang. Ich bin längst in Pension, wenn du deinen Prozess hast.«

»Versprich mir eines: Du handelst nicht, und du sagst nichts. Zu keinem Menschen. Diese Ermittlung ist nach Palme die größte in der Geschichte der schwedischen Polizei.«

38

Nach Theresa war Tholander an der Reihe. Er legte sich eine von seinen dänischen Lakritzpastillen unter die Zunge, bevor er begann. Kullgren überlegte, wie viele davon Tholander in seinem Leben wohl gelutscht hatte. Der alte Jakobsson aus der Registratur schwor, dass Tholander jeden Augenblick in den vergangenen drei Jahrzehnten mit Lakritzgeschmack erlebt hatte.

Am Morgen hatte Kullgren ihm die Personalakten der vier

Mitglieder der Reichsmord in die Hand gedrückt. Nun lag nur noch eine Akte vor ihm, gemäß dem Workflow jedes Geheimdienstes: So schnell wie möglich allen Ballast abwerfen und die schwache Stelle auf dem Eis ertasten.

Auch Theresa hatte es bemerkt. Sie starrte neugierig auf die Akte.

»Das ist ein bisschen merkwürdig mit Johansson«, brummte Tholander und öffnete den Deckel.

Kullgren ballte für einen Augenblick die Fäuste, obwohl er es längst geahnt hatte. Er war Sofi sehr zugeneigt. Sie besaß alles, was das Interesse eines Generaldirektors der Sicherheitspolizei entfachte. Er mochte ihr kompromisslos schwarzes Haar und den Nebel um ihre Existenz. Sofi Johansson war wie ein Waldrand am frühen Morgen.

»Ihre Vergangenheit ist ziemlich nebulös«, begann Tholander. »Der Vater ist unbekannt. Ihre Mutter stammt von hier und hat mehrere Jahre lang als Stenografin im Reichstag gearbeitet. Kurz bevor Johansson in die Schule kommt, wird die Mutter wegen einer Psychose für arbeitsunfähig erklärt. Sie zieht mit der Tochter nach Karlstad, obwohl sie keinerlei Verbindung zum Westen hat. Ich vermute, es geht um das Sorgerecht für die Tochter. Sie ist den Behörden davongelaufen. Drei Jahre später weist man sie in eine Anstalt ein, wo sie nach zwei Jahren an einem Hirnschlag stirbt. Johansson wächst bei Pflegeeltern auf dem Land auf.«

»Was für eine Psychose war das denn?«, wollte Kullgren wissen.

Tholander blätterte vor und zurück. »Eine richtige, neuronal. Genau wussten die Psychiater es offenbar selbst nicht. Bei denen ist es wie beim Hautarzt. Man kommt mit einem beliebigen Problem und geht mit einem Cortisonrezept. Jedenfalls litt sie nicht an einfacher Depression oder Buddhismus.« Tholander schwieg eine Weile. »Ob es sich vererbt, weiß ich nicht, aber immerhin hat Johansson die prägenden Jahre ihres Lebens allein mit ihrer völlig gestörten Mutter in einer Dreizimmerwohnung in Karlstad verbracht.«

Ein Quietschen durchbrach die Stille. Theresa hatte sich auf dem alten Stuhl zu Tholander herumgedreht. »Was hast *du* denn in den entscheidenden Jahren deines Lebens gemacht?«

Da Tholanders Dasein aus einer einzigen klaren Loipe bestand, war sie so tief, dass selbst Theresa seiner Bahn keine neue Richtung geben konnte. Tholander musste nicht mal sein Taschentuch aus der Tasche ziehen. Mit dem Polieren seiner beschlagenen Brille überbrücke er neun Monate im Jahr jede Verlegenheit, und im Sommer war er nie da.

Theresas Verteidigung überraschte Kullgren. Sonst machte sie kein Geheimnis daraus, dass sie und Sofi einander nicht ausstehen konnten.

»Sie ist rasch aufgestiegen. Über Freunde, Bekannte und ihre Freizeit habe ich kaum etwas herausgefunden.«

»Sie ist mit unseren Kryptografen befreundet«, ergänzte Kullgren. »Die beiden Freaks aus 113.«

»Jaha«, erwiderte Tholander langgezogen. »Mit ihnen ist sie im Piratenkomitee. Deshalb hat sie Administratorenrechte für Ebene 2. Sie hat Zugang zu allem außer dem Datenzentrum in Kungsberga.«

Kullgren gab zu bedenken, dass die Reichspolizeileitung die Piraten sehr sorgfältig aussuchte. Ihre Aufgabe war ja, die Leute von der Datensicherheit immer wieder anzugreifen und Schwächen aufzudecken. Deshalb waren die Piraten auch keine Datentechniker, sondern Freaks. Zu Beginn hatten sie es manchmal übertrieben und das Polizeiemblem im Intranet durch eine Piratenflagge ersetzt.

»Für die Piratensache ist sie sechs Stunden in der Woche freigestellt«, sagte Tholander, um zu signalisieren, dass er in der Sache längst viel weiter war. »Ihr Pseudonym lautet: Spider from Mars. Sie ahnt anscheinend nicht, wie geläufig uns dieser Name ist.«

»Uns?«

»Säpo.«

Kullgren richtete sich auf. Sonst gelang es ihm immer, den Ausgang eines Gesprächs lange vor dem Ende zu kennen.

»Vor zwölf Jahren schwappte die erste Betrugswelle nach Schweden, die sich gegen Bankkunden richtete, die ihre Transaktionen über den Computer erledigten. Diese E-Mail-Betrügereien waren damals noch gänzlich unbekannt und haben großen Schaden bei uns angerichtet. Auf ihrem Höhepunkt brach diese Welle im September 1999 plötzlich ab. Einige Wochen später erhielten wir dieses Fax aus Amerika.«

»Wir?«

»Säpo. Das Internet zählte damals komplett zu unseren Aufgaben. Das FBI dankt uns in diesem Schreiben für die Beendigung der weltweiten Betrugswelle und wollte wissen, wie wir das geschafft haben.«

»Und wie haben wir das geschafft?«

»Wir haben es nicht geschafft.«

»Wie kamen sie dann auf uns?«

»Es ging von Schweden aus, aber nicht von diesem Gebäude.«

»Was haben wir geantwortet?«, wollte Kullgren wissen. Damals war er noch gar nicht bei der Polizei gewesen.

»Was wir immer antworten.«

Die Säpo antwortete nie.

»Dann ging die Aktion offiziell auf unser Konto?«

Tholander imitierte ein Lächeln. »Gegen unerwünschte E-Mails kann man bekanntlich nicht viel tun. Schickt man dem Absender ein Virus, wie es das FBI versucht hat, macht der Absender einfach ein Backup und hat seine Daten wieder. Ende August 1999 begann ein schwedischer Mitbürger mit dem Namen *Spider from Mars*, sich wie das FBI in die Server der Absender einzuschleichen. Er löschte allerdings keine Daten, sondern verschaffte sich Zugang zur elementarsten Betriebsebene des Computers, wo die Grundfunktionen gesteuert werden: das *Basic Input Output System*, kurz BIOS. Dort gibt es eine Einstellung, die dem Propeller, der den Prozessor kühlt, vorschreibt, wie oft er sich in einer Minute drehen soll. Spider from Mars ersetzte den Wert ›4200‹ durch den symbolischen Betrag ›1‹. Die Server hatten alle an ebenso sonnigen wie rechtsfreien Plätzen gestanden, die meisten davon in Haiti. »Nach einer Weile piepst der Computer. Niemand versteht jedoch diese Warnung. Das FBI schätzt, dass etwa vierhundert Computer Opfer von Johanssons Materialschlacht wurden. Sie hat das Übel an der Wurzel ausgerissen.«

Kullgren verschränkte die Arme vor der Brust. »Jerker, ich glaube, wir können ewig so weitermachen. Irgendetwas Verdächtiges aus diesem Jahrhundert hast du nicht gefunden, oder?«

»Jaha, das habe ich. Sie hat beim Technischen Dienst eine Überwachungskamera mit Datenübertragung ausgeliehen. Als Verwendungszweck gab sie die Überwachung der Wohnung von Elin Gustafsson in der Långholmsgatan 7 an.«

»Du bist hingefahren, oder?«

»Ich konnte keine Kamera finden, also habe ich mir Zugang zum Kamerabild verschafft.«

»Und was zeigt das Bild?«

»Einen Hausflur. Vielleicht ihrer. Sie will sich schützen.«

»Das ist kein Wunder, wenn man bedenkt, was heute passiert ist. Was ist daran verdächtig?«

»Verdächtig daran ist, dass sie von Judit Juholt erst heute morgen erfahren hat. Die Kamera hat sie aber schon gestern ausgeliehen.«

39

Der Taxifahrer hatte seinen rechten Arm wohl den ganzen Tag lang auf der Lehne des Beifahrersitzes liegen. Er musste ihn nur ein wenig anheben und konnte für die Touristen auf der Rückbank auf ein vorbeiziehendes Gebäude deuten. Und beim Bezahlen war die Angewohnheit auch günstig.

»Die Tram fährt erst wieder seit heute Nachmittag«, sagte er.

»Tram?« Kjell kannte den Ausdruck nicht.

»Der Sturm hat die Leitungen zerfetzt.«

Kjell beugte sich vor und sah hinaus. Regentropfen auf der Scheibe brachen die Sicht. Was Stockholm mit Schnee bedeckt hatte, war als trockener Sturm über Mitteleuropa gezogen und hatte überall Verwüstungen angerichtet. Für die alten Bäume am Stadtring war es das Ende gewesen. Sie lagen zersägt und angehäuft am Straßenrand und warteten auf den Abtransport. Es war überhaupt nicht das Wien, das er im Frühling gesehen hatte. Damals hatte Linda ihre Wohnung bezogen.

Kjell beugte sich weiter vor. »Verletzt wurde niemand, sagten Sie?«

»Hier in Wien nicht. Wien ist stabil.«

Kjell sank in die Lehne. Linda fuhr mit großer Leidenschaft Straßenbahn, das wusste er.

Einige Minuten später stand Kjell vor dem weißen Haus in der Lehárgasse und legte den Kopf in den Nacken. Kein einziges Fenster leuchtete. Nur ausländische Studenten wohnten in dem Gebäude. Linda hatte als einzige Studentin die Weihnachtstage über hierbleiben wollen. Da sie im Februar ohnehin nach Stockholm zurückkehrte, hätte sich die Reise nicht gelohnt. Sie feilte gerade an einer wichtigen Arbeit. Ihre Klasse an der Kunstakademie trug den geheimnisvollen Namen »Erweiterter Raum«.

Kjell fischte das Kuvert aus der Tasche seines Mantels. Darin wartete der Ersatzschlüssel auf den Tag, an dem Linda anrief und um eine Eilsendung bat. Der Tag war nie gekommen. Linda hatte sich in der Fremde verändert. Sie war umsichtiger geworden und mit ihren Gedanken anwesender.

Leider nicht mit ihrem Körper, dachte Kjell und nahm Treppe um Treppe. Die Tür war verschlossen. Im Flur lehnten mannshohe Leinwände an der Wand. Kjell machte Licht und prüfte, ob die Bilder von Linda stammten oder von ihrer Mitbewohnerin. Wenn er sich nicht irrte, stammte die aus Bratislava oder Prag. Es roch nach Farbe. Zu Hause in Stockholm hatte sich der gewohnte Geruch aus der tochterlosen Wohnung verflüchtigt. Lindas Zimmer lag rechts. Auch dort machte er Licht. Das Bett war ungemacht. Kjell betrachtete die Decke und hegte keinen Zweifel, dass nur Linda selbst das Bett so hinterlassen haben konnte. Er schritt durch den länglichen Raum und suchte vergeblich auf Tisch und Ablagen nach einem Zettel oder einem anderen Indiz, das Aufschluss über ihren Verbleib gab. Zuletzt öffnete er noch den Schrank. Linda war zu lange fort von ihm, als dass er hätte beurteilen können, ob ihre Kleidung vollständig war.

Das Zimmer der Mitbewohnerin war viel karger eingerichtet. Offenbar zeichnete sie vor allem mit Kohle. Leinwände gab es nicht, dafür waren viele Skizzen über dem Tisch an die Wand geheftet.

Er hielt gerade in der Küche ein Glas unter den Wasserhahn, als sein Telefon klingelte.

Es war Nils Kullgren. »Bist du schon da?«, fragte er.

Kjell sank auf den Küchenstuhl und beschrieb die Lage.

»Du hättest nicht allein fahren dürfen.«

»Ja.«

»Es war deine Idee.«

»Ja.«

»Lass mich ein paar Anrufe tätigen und bleib, wo du bist.«

Kjell trank ein weiteres Glas Wasser. Er hatte etwas Deutlicheres erwartet. Dass Linda eine Spur hinterließ – wie ein abgehängtes Bild dunkle Ränder an der Wand. Am Zustand der Wohnung ließ sich unmöglich sagen, wo sie geblieben war.

Seine Pläne reichten nur bis hierher. Wo er schlafen und wie es weitergehen sollte, hatte er sich nicht überlegt.

Er ging zum Telefon und vergewisserte sich, dass es funktionierte. Warum hatte neulich ein Mann abgehoben? Kjell prüfte das Bad, aber der Deckel der Toilette war geschlossen. Auch das Waschbecken glänzte.

Wieder klingelte es.

»Bist du noch in der Wohnung?«, fragte Kullgren.

»Ja.«

»Warte dort. Jemand kommt.«

»Österreicher?«

»Antiterror. Sie prüfen die Wohnung.«

»Danke.«

Kullgren wagte nicht, einfach aufzulegen. Es erstaunte Kjell, dass ausgerechnet er der erste Anrufer seit seiner Ankunft war. Er war trotzdem ein Lackaffe.

Kullgren räusperte sich. »Eine Sache noch. Hast du etwas Sonderbares an Sofi bemerkt?«

Kjell rieb sich über die Stirn. »Man bemerkt jeden Tag Sonderbares an ihr.«

»Ich meine es ernst.«

Kjell überlegte, bevor er antwortete. »Ich hatte das ganze Jahr Elternteilzeit. Wir waren nicht sehr oft zusammen.«

»Wie verhielt sie sich in den letzten Tagen?«

»Nervös. Sie war nervös und abwesend.«

»Melde dich«, sagte Kullgren und legte auf.

Kjell wartete auf die Türklingel und begann, diesen nebligen Fall zu hassen.

40

In einiger Entfernung kratzte eine Schneeschaufel über die Eisplatten, aber sonst war es still. Tholander starrte auf das Haus. Was er tat und was er dachte, hatte stets ein Ziel. Das unterschied ihn von den meisten Menschen und war zugleich sein Geheimnis: Den Kern zu erkennen und sich nicht von Unwichtigem in die Irre führen zu lassen. Dass er bei seinen Aktionen so stillsitzen konnte, hatte einen weiteren Vorteil. Eine halbe Stunde in seinem Wagen oder auf einer Parkbank genügte, um zu wissen, ob es eine gute Wohngegend war oder nicht. Kaum ein Mensch tat das, die Erkenntnis kam erst, wenn ein Drittel des Wohnkredits bereits abbezahlt war.

Das Telefon klingelte. Tholander nahm es vom Beifahrersitz, ohne den Blick vom Haus zu lösen.

»Wieso hat das so lange gedauert?«, fragte er.

»Es war kompliziert«, begann die Stimme am anderen Ende der Leitung. »Sofiaglück gehört nicht zur HSB-Genossenschaft.«

»Sofiaglück?«

»Der Name der Hausgenossenschaft.«

»Verdammt, worauf die Leute kommen. Wie lautet der Code?«

»1377.«

Tholander drückte den roten Knopf und steckte das Telefon in seine Manteltasche. Die Standheizung ließ er eingeschaltet, denn es würde ein kurzer Besuch werden. Unterwegs breitete er mehrmals die Arme aus, um auf dem rutschigen Grund nicht das Gleichgewicht zu verlieren.

Er gab den Code ein und betrat das Treppenhaus. Im ersten Stock hielt er inne und entfaltete den Ausdruck. Zweifel tauchten in ihm auf. Er durchquerte den Flur bis zum Absatz der Treppe, die hinauf in die zweite Etage führte. Hier wandte er sich um und verglich erneut, aber es nutzte nichts. Vorsichtig erklomm er die nächste Treppe. Tatsächlich, im zweiten Stock gab es wie auf dem Bild drei Türen, und die Wände waren hellblau. Er stellte den Kragen seines Mantels auf, um sein Gesicht zu verbergen, und huschte durch den Gang bis zur dritten Tür, die im toten Winkel der Kamera lag. Wieder hob er das Bild und verglich. Es stimmte mit der Wirklichkeit überein.

Sofi Johansson überwachte ihre eigene Wohnung.

Die zweite der drei Türen musste ihre sein. Namensschilder gab es nicht. Er suchte die Decke ab und entdeckte die Kamera an der Deckenleuchte. Wenn jemand wirklich in das helle Licht blickte, würde er das winzige Gehäuse für ein Relais halten.

Er schob seinen Ärmel hoch. Ein Uhr sechs. Nichts regte sich im Haus. Er verharrte einige Minuten im toten Winkel der Kamera, dann trat er den Rückweg an. Als er sich im Wagen die Mütze vom Kopf zog, klingelte wieder das Telefon.

Diesmal war es Bertil. »Johansson ist vor zwei Minuten rausgekommen und in ein Taxi gesprungen.«

»Bist du noch vor dem Berns?«, fragte Tholander. Seit hundertfünfzig Jahren war das Lokal Berns der Treffpunkt für die üblichen Verdächtigen. Da war Johansson keine Ausnahme.

»Ich bin reingegangen. Sie war nicht im Lokal, sondern im Hotel.«

»Hotel? Was für ein Hotel?«

»Das Berns hat auch Zimmer, weißt du das nicht?«

Tholander brummte.

»Höchste Kategorie. Der Rezeptionistin nach war sie mit einem Mann dort. Der muss noch im Zimmer sein.«

»Auf welchen Namen läuft das Zimmer?«

»Ein erfundener Name: Theresa Julander.«

Tholander lächelte zum ersten Mal seit Heiligabend. Offenkundig bildete sich Julander die Abneigung von Johansson doch nicht ein. »Wann genau ist sie rausgekommen?«

»Ein Uhr sieben.«

Tholander legte auf. Also war der Sender an der Kamera aktiv. Er hatte sie bei seinem Ausflug ausgelöst. Tholander kurbelte die Rückenlehne nach hinten und wartete auf Johanssons Taxi.

Freitag
28. Dezember

41

Henning Larsson schwang die Tür auf und grinste ins Zimmer. Barbro murmelte eine Begrüßung, ohne dabei aufzublicken. Sie begann jeden Tag mit einem einstündigen Missmut, gegen den Henning ankämpfte, so gut es ging.

»Warum kommst du so spät?«, fragte sie.

»Ich musste auf meine Putzfrau warten.« Er gab sein Grinsen auf und nahm am Schreibtisch Platz, um sich seiner ersten Tasse Kaffee zu widmen. Sie saßen einander gegenüber und konnten sich so durch die Blätter des Gummibaums hindurch Blicke zuwerfen.

»Hat sie keinen Schlüssel?«

»Den hat sie.«

»Bist du etwa noch verliebt in sie?«

»Seit zwei Jahren. Auf gleich bleibender Flamme.«

»Das merkt sie.«

»Glaubst du?«

Barbro beugte sich über die Tischplatte und warf ihm einen gehefteten Stapel Papier zu. Die Datentechnik hatte die Kontaktliste aus Judits Telefon ausgedruckt und es dabei auf dreißig Seiten gebracht.

»Ich muss herausfinden, wie gut sie all diese Menschen kannte«, sagte Barbro.

Henning warf die Liste zurück, damit die Sache nicht an ihm hängenblieb. »Ich habe gestern noch den Tontechniker angerufen.«

»Sven?«

»Sein Verstand schien mir klarer zu sein als der von Malte Fluvbjerg. Judit wird Malte kaum von anderen Männern erzählt haben.«

»Und was sagt er über ihr Liebesleben?«

»Er hat nur Gutes darüber gehört.«

»Etwa eine Schlampe?« Barbro seufzte und sank in die Lehne ihres Stuhls. »Die sind immer am kompliziertesten.«

»Nach den Statuten der Männerwelt war sie keine Schlampe. Das hat der Kerl ausdrücklich betont.«

Barbro fuchtelte mit dem Papierstapel herum. »Aus Ermittlersicht durchaus.«

»Wie willst du die Sache angehen?«

»Mit den üblichen Methoden. Und was hast du vor?«

»Erst mal trinke ich meine Anschlusstasse. Dabei fällt mir schon etwas ein.« Henning leerte sein Postfach. Der Pressedienst hatte ihm einige Zeitungsausgaben besorgt. Die Polizei archivierte die vier großen Blätter aus Stockholm. Vom Rest archivierte sie nur einige sicherheitsrelevante Artikel. Musikkritiken gehörten natürlich nicht dazu. Henning nippte an seinem Kaffee und schlug das Abendblatt auf. Fünf Pluspunkte bekam ›Under the Blue Seas‹ für seinen kraftvollen Rhythmus, der durch das ganze Album drang. Der Express gab Judit einen Tag später aus demselben Grund fünf Bienchen. Dagens Nyheter konnte sich nicht erinnern, jemals ein solches Drumming gehört zu haben, und unterschlug zum Wohle der Nationalgefühle seiner Leser, dass Judit als Stockholmerin ebenso Anfängerin war wie am Schlagzeug. Svenska Dagbladet hatte natürlich schon einmal etwas Derartiges gehört, das war man sich selbst und seinen Lesern schuldig, aber es war so lange her, dass nur ein Feuilletonist von Svenska Dagbladet sich daran erinnern konnte.

»Die Zeitungen haben den gleichen Eindruck wie wir«,

sagte Henning und legte die Ausgaben zurück in den Posteingang.

»Dann war sie wirklich ein besonderes Talent.«

Henning nippte wieder an seinem Kaffee und schaltete den Computer ein. »Ich habe die ganze Nacht überlegt, ob die beiden Frauen eine Bedeutung für den Täter haben.«

»Wie meinst du das? Immerhin sind die beiden tot.«

»Mir kommt ständig das Bild mit dem Schachspiel in den Sinn. Die Bedeutung der Frauen liegt ganz in ihrer taktischen Rolle.«

»Der Gedanke bringt uns nicht weiter, Henning.«

»Vielleicht doch«, murmelte er.

Bei Henning wusste man nie, ob er sich als Nächstes einfältig benahm oder den Schlauen herauskehrte. Anscheinend war wieder eine seiner Ahnungen im Anmarsch. Bei Barbro kochten Erkenntnisse immer so unvorhersehbar über wie ein Topf Milch. Obwohl jeder wusste, dass Milch irgendwann überkochte, war man doch immer wieder davon überrascht.

»Ein Schachspiel macht nur Spaß, wenn man die Regeln kennt«, sagte Henning. »Ich will darauf hinaus, dass die beiden Frauen für *uns* keine Bedeutung haben. Wir kennen die Bedeutung nicht.«

»Sie sind Bauernopfer.«

»Linda dagegen hätte für uns durchaus eine persönliche Bedeutung. Sie passt nicht hinein.«

»Vielleicht solltest du Kjell anrufen und ihm das sagen. Er hat die ganze Nacht mit der Wiener Polizei …«

Henning sprang auf. Barbro hielt inne und fragte, was los sei. Er drehte den Kopf langsam zu seinem Regal, ging darauf zu und begann zu wühlen. Er fluchte, bis er schließlich fand, wonach er gesucht hatte. Einen Zeitungsartikel. Er strich ihn auf der Tischplatte glatt, schritt zum Posteingang und holte die Ausgabe von Svenska Dagbladet zurück, die er vorhin erst durchgeblättert hatte. Eine Weile verglich er beide Stücke, dann hob er den Kopf. »Am besten kommst du mal rüber.«

Barbro umrundete die Tische.

»Svenska Dagbladet. Autor: Hjalmer Fehman. Am 27. Oktober schreibt er über Elin Gustafsson, am 29. Oktober über Judit Juholt.«

Barbro beugte sich über die beiden Texte. »Ein Abstand von zwei Tagen.«

»Der gleiche Abstand wie zwischen dem 24. und dem 26. Dezember.«

»Und derselbe Autor«, murmelte Barbro. Sie starrten eine Weile auf das, worauf sie gestoßen waren. Wieso schrieb ein Musikkritiker auch über die Hochschulaufnahmeprüfung? »Wäre er nicht sehr dumm, wenn er Frauen umbringt, die er nachweislich kennt?«

»Ich bin immer gut damit gefahren, den Menschen zunächst Dummheit und Dreistigkeit zu unterstellen«, antwortete Henning ohne Verzögerung.

»Hm.«

Er zog seine Jacke von der Lehne. »Er kennt beide Frauen.«

»Wohin willst du?«, fragte Barbro.

»Zur Zeitung. Ich interessiere mich für die Ausgabe vom 31. Oktober.«

»Aha.«

»Ich will wissen, über wen Hjalmer Fehman am 31. Oktober geschrieben hat. Wenn das hier die Regeln für das Spiel sind, dann kann ich dir sagen, wessen Leiche wir heute Abend finden.«

42

Sofis Lage verschlechterte sich. Plötzlich kam die Lockige aus dem Schlafzimmer geschossen und stellte sich neben ihren Freund. Sie trug nur eine Bettdecke. Sofi war die ganze Zeit davon ausgegangen, dass Andersson allein war.

»Entschuldige, liebe Sofi, wenn ich mich einmische. Aber mit dir stimmt irgendetwas nicht. Du klingelst hier am Morgen und wirfst Ebbe abenteuerliche Beschuldigungen an den Kopf.«

Sofi wunderte sich, wie der feingliedrige Andersson an eine Frau mit so dicken Unterschenkeln geraten war, aber wie sie ihn kannte, würde er das bei seiner nächsten Geliebten wieder kompensieren.

Andersson selbst war nicht in Wut geraten, sondern betrachtete Sofi besorgt. »Wir waren gar nicht zu Hause zur … Tatzeit. Das wäre wohl der richtige Ausdruck, oder?« Andersson lächelte milde. »Wir kamen erst um drei.«

»Das Video ist nun einmal eindeutig«, wiederholte Sofi mit funkelnden Augen. Sie war immer noch in voller Fahrt. »Da kam ein Mann in Ebbes Größe, hat durch meinen Briefschlitz geschaut und ist weiter zu eurer Tür.«

»Dann wird er wohl durch meinen auch geschaut haben. Sieht man meinen Schlitz mit deiner Kamera?«

»Nein.«

»Da hast du es. Außerdem ist er später wieder aus dem Haus gegangen. Ich dagegen bin noch hier.«

»Aber erst sieben Minuten später. Er hat wohl kaum sieben Minuten lang durch deinen Schlitz gestarrt.«

Andersson antwortete mit einem besorgten Blick.

»Also gut«, sagte Sofi. »Entschuldigung. Ich habe mich verrannt.«

»Du solltest dich wirklich mal untersuchen lassen«, bekam sie von der Lockigen mit auf den Weg.

Draußen biss die Kälte auf der Haut. Sie lief zu ihrem Fiat und hoffte, dass er ansprang. Das Telefon klingelte. Sofi meldete sich mit zitternder Stimme.

Es war Henning. »Bist du schon auf dem Weg?«

»Ich muss die Scheibe freikratzen.«

»Kannst du zur Redaktion von Svenska Dagbladet kommen?«

»Wo ist die?«

»Mäster Samuelsgatan 56.«

Auf den Fiat war Verlass. Sie rangierte aus der Parklücke, schaltete das Radio ein und wechselte auf CD. Der Einzige, der ihre Stimmung jetzt heben konnte, war Jean Ferrat. Es blieb still. Erst hatte Sofi die Kälte in Verdacht. Oben an der Skånegatan hielt sie jedoch und drückte auf den Knopf, mit dem man die CD auswerfen konnte. Nichts regte sich. Sie spähte in den engen Schlitz, erkannte aber nichts. Im Handschuhfach suchte sie nach einer anderen CD. Der Schlitz schluckte sie ohne Reibereien. Also musste er zuvor leer gewesen sein. Sofi verschwendete keinen Gedanken daran, wie das möglich sein konnte, und hievte alle CDs aus dem Handschuhfach auf den Beifahrersitz. Viele waren es nicht. Sie erinnerte sich nicht daran, seit September eine andere CD im Auto gehört zu haben als die von Jean Ferrat. Nachdem sie alle Hüllen geöffnet hatte, stand fest, dass nichts am falschen Platz gelandet war.

Ein Auto zog hupend an ihr vorbei. Sofi warf einen Blick in den Rückspiegel, aber der Fiat hatte die nähere Umgebung völlig eingenebelt. Sie legte den Rückwärtsgang ein und wendete.

43

»Es muss jeden Augenblick so weit sein!«, hörte er die fröhliche Stimme der Volontärin. Sie hieß Bibi und stammte aus Madagaskar, wie sie ihm zuvor erzählt hatte, und sie war hierhergekommen, weil Frauen in ihrer Heimat viele interessante Dinge verboten waren, unter anderem Bibis Lieblingsbeschäftigung, das Fahrradfahren. Ihre winzigen Locken hatte sie zu einer luftigen Kugel frisiert. Sie trat zu Henning ans Fenster und hielt ihm seinen Kaffee hin.

»Zum Fahrradfahren hast du dir das völlig falsche Land ausgesucht«, kommentierte Henning den schwarzgrauen Anblick jenseits der Scheibe.

»Hast du jemals eine solche Kälte erlebt? Also, ich nicht!«

Sie sprach mit französischem Akzent, wodurch sich das Wetter draußen besser ertragen ließ.

»Das letzte Jahr meiner Ehe habe ich als noch ungemütlicher in Erinnerung.«

Bibi starrte ihn verständnislos an, bevor sie grinste.

»Das kann ich bestätigen«, sagte eine Stimme hinter ihnen.

Henning fuhr herum.

»Lena Axelsson. Ich bin die verantwortliche Herausgeberin.«

Beim Händeschütteln beteuerte Henning, dass ihm der Abteilungsleiter gereicht hätte.

»Es geht um Hjalmer, oder? Er ist mein Zögling. Da bin ich selbst gekommen.«

Das hätte zu plausibel geklungen, um wahr zu sein, doch bei Lena Axelsson fehlte der Gesichtsausdruck, mit denen Leute von ihrem Rang immer ihre plausiblen Erklärungen gegenüber der Polizei abgaben. Nicht das lächelnde Dementi, das die Sache sonst abhakte. Ebenso besorgt wie offen nahm Lena Axelsson am Konferenztisch Platz.

Bibi kündigte an, die Zeitungsausgaben zu holen, um die Henning gebeten hatte, und verschwand aus dem Zimmer.

»Du bist von der Reichsmordkommission?«

Henning setzte sich nickend. Er hatte sein Erstaunen noch nicht überwunden. Für Kjell war Svenska Dagbladet die einzige Zeitung im Land, bei der man wusste, dass jenseits der Ostsee andere Länder lagen. Henning allerdings hatte sich das Tagblatt immer als in die Jahre gekommenen Kerl mit faltigem Gesicht und kariertem Jackett vorgestellt.

Lena Axelsson lächelte lieblich. Sie war eine Winzigkeit jünger als Henning, aber es konnte sich nur um Monate handeln oder gar Tage. Ihm jedenfalls kam es wie Minuten vor.

»Hat es etwas mit der Suchmeldung der Polizei zu tun?« Sie deutete auf den Stapel Zeitungen in der Mitte des Tisches. Das Phantombild hatte es in die rechte Kolumne der Tagesausgabe geschafft, bei den Revolverblättern nahm es sogar das Titelblatt ein.

Henning öffnete seine Mappe, in der er seine ausgeschnittenen Zeitungsartikel aufbewahrte. »Kannst du mir zunächst etwas über Hjalmer erzählen?«

»Er hat im Sommer bei uns begonnen und ist noch ganz frisch.«

»Wie alt ist er?«

»Vierundzwanzig.«

»Trägt er Hüte?«

»Nein. Nie. Erst im September habe ich ihn fest angestellt.« Sie nahm den Artikel über Elin und überflog ihn.

»Solche Geschichten müssen bestimmt die Anfänger machen.«

Lena nickte. »Dieser Text ist ein gutes Beispiel dafür, warum ich große Stücke auf ihn setzte. Den Artikel über die Hochschulprüfung bringen wir ja zweimal im Jahr. Der Inhalt ist immer derselbe. Es ist sonst üblich, zwei, drei Prüflinge zu interviewen, nochmal auf den gespitzten Bleistift hinzuweisen und die Beste von der letzten Prüfung eine Empfehlung geben zu lassen.«

»Die Beste?«

»Das sind jedes Mal kleine Streberinnen, die die Prüfung gar nicht ablegen müssten, weil ihre Schulnoten schon sehr gut waren. Sie geben Ratschläge wie ›Am Vorabend nichts trinken und früh zu Bett gehen‹, obwohl sie selbst in ihrem ganzen Leben noch nie spät ins Bett gekommen sind.«

»Wollen die vielleicht bei deiner Zeitung arbeiten?«, fragte Henning auf einen Verdacht hin.

Lena Axelsson seufzte.

»Wie könnte Hjalmer auf Elin gestoßen sein?«

»Er kannte die Beschwerden der technischen Hochschulen darüber, dass ihren Anwärtern der Zugang nur deshalb erschwert würde, weil sie im Sprachteil der Prüfung schlecht abschnitten. Also ist Hjalmer zur Schule gefahren und hat so lange herumgefragt, bis er auf jemand stieß, der von diesem Schicksal betroffen ist. Offenkundig hat er den Hauptgewinn gezogen. Siebenmal ist das arme Mädchen durchgefallen.«

»Achtmal.«

»Jesus! Hjalmer hat einen guten Instinkt für großartige Schlappen. Wenn er den Artikel dann schreibt, dreht er die Sache einfach um, damit es so aussieht, als wäre er bei seinen Recherchen auf eine große Sache gestoßen. So entsteht jede journalistische Arbeit.«

Es klopfte an der Tür. Ein Angestellter steckte den Kopf ins Zimmer. Er lächelte erleichtert und führte Sofi herein. Sie entschuldigte sich, sank auf den freien Stuhl und schwieg.

»Außerdem habe ich diesen Artikel hier«, fuhr Henning fort.

Lena Axelsson überflog die Besprechung von Judits Debütalbum. »Für diesen Artikel gilt dasselbe. Bücher, CDs und allerlei Plunder werden hergeschickt und landen auf einem Tisch, an dem sich die Redakteure bedienen können.«

»Nun meine Frage. Auch wenn Hjalmer die Frauen zuvor nicht gekannt hatte: Kann es sein, dass er danach mit ihnen in Kontakt blieb?«

Bisher hatte Sofi sich still verhalten. Nun kam sie auf den Einfall, sich die beiden Artikel selbst anzusehen. Ihre Augen weiteten sich. Sie verstand auf Anhieb.

Lena Axelsson antwortete mit einer Gegenfrage. »Ist es unter Polizisten üblich, mit Zeugen Freundschaften zu schließen?«

»Nein«, sagte Henning, und auch Sofi schüttelte mechanisch den Kopf.

»Siehst du! Als Reporter und als Interviewpartner steckt man in einer Rolle. Das verhindert jede menschliche Annäherung.«

Bibi kehrte zurück.

»Wo hast du gesteckt?«, fragte Lena Axelsson amüsiert.

Bibi zeigte den Stapel alter Ausgaben und erklärte, dass sie sich unten im Keller nicht so gut auskannte. Und sich außerdem im Dunklen fürchte.

»Du kannst die Ausgaben im Computer suchen und ausdrucken«, erklärte die Chefredakteurin.

»Oh!«, erwiderte Bibi und legte den Stapel auf den Tisch. »Der Kommissar sprach von den Originalzeitungen. Da habe ich gleich an Papier gedacht. Und an den Keller.«

Der Kommissar hob den Daumen. Bibi lächelte vor Erleichterung ihr Südseelächeln. Er und Bibi lagen auf einer Wellenlänge. »Wo ist Hjalmer jetzt?«

»Er berichtet mit Jönsson von der Bankenkrise in Kopenhagen. Inzwischen ist er fest angestellt in unserem neuen Großressort ›Bankenkrisen‹.«

»Könnte Bibi mit meiner Kollegin einen Abstecher zu seinem Schreibtisch machen? Ich wüsste gern, ob Hjalmer sich auch mit Judit getroffen hat. Vielleicht gibt es irgendwelche Notizen darüber.«

Lena nickte. Sofi erhob sich. Als sie hinter Henning vorbeiging, zwickte sie ihn heimlich in die Schulter.

Die Tür fiel zu. Henning und Lena waren allein.

»Ich rufe sofort Jönsson an, damit er Hjalmer zurückschickt. Soll ich ihm verraten, worum es geht?«

Henning war aufgestanden und zog den Stapel mit den Zeitungen über die Tischplatte zu sich heran. »Bitte sag ihm noch nichts.«

»Wird er etwa verdächtigt? Worum geht es überhaupt?«

»Die beiden Frauen sind in den letzten Tagen ermordet worden.«

»Die beiden Frauen aus den Artikeln sind tot?«

»Genau diese beiden.«

»Aber euer Verdächtiger ist der Kerl mit dem Hut.« Sie tippte auf das abgedruckte Phantombild.

»Bisher haben wir keinen anderen, der mit beiden Frauen in Verbindung stand. Ein Interview ist eine stärkere Verbindung als ein Hut.«

»Ich kann dir versichern, dass Hjalmer an toten Frauen ebensowenig findet wie an lebendigen.«

»Es handelt sich nicht um einen Lustmord. Ein Psychopath steht hinter der Tat, aber wir haben keine Ahnung, welche Sicherung bei ihm durchgebrannt ist.«

»Ein Killer in Stockholm?«

»Genau das.«

»Kann ich das exklusiv haben?«

Henning setzte seine Lesebrille auf und blickte streng. »Du hast verstanden, dass Svenska Dagbladet eine Rolle in dem Fall spielen könnte?«

»Kann das nicht auch ein glatter Zufall sein?« Als Chefredakteurin konnte Lena Axelsson natürlich auch entwaffnend lächeln.

»Uns geht es um die letzten Kontakte der beiden Frauen«, log Henning und blätterte in der Ausgabe vom 31. Oktober, die nach Keller roch. Er tat es unauffällig, damit Lena nicht begriff, dass er aus ihrer Zeitung das nächste Opfer voraussagen konnte. Auf Seite 17 entdeckte er den Artikel und schloss rasch die Zeitung. Er konnte sein Entsetzen kaum verbergen. »Darf ich den Stapel hier mitnehmen? Wir möchten uns ein Bild über Hjalmer machen.«

»Nur zu. Wir freuen uns immer über neue Leser.«

»Wann kommt er zurück?« Henning mischte die Ausgabe vom 31. Oktober in den Stapel und klemmte ihn sich unter den Arm. Nun hoffte er, dass Lena dümmer war, als er befürchtete.

»Am Silvestertag. Morgens, vermute ich.«

Henning verabschiedete sich. Draußen hielt er in den Weiten der Redaktion nach Sofi Ausschau.

»Ich muss dir etwas erzählen«, stammelte sie im Aufzug.

»Hat es mit dem Fall zu tun?«

»Ich hoffe nicht.«

»Später.«

»Du hast dich mit ihr verabredet, oder?«

»Was meinst du?«

»Die Frau. Sie hat dir schöne Augen gemacht.«

Henning schüttelte verwirrt den Kopf.

»Du musst sie morgen wegen einer Unklarheit anrufen. Dann weiß sie, dass du sie haben willst.«

Henning seufzte und schlug mit der zusammengerollten

Zeitung vom 31. Oktober gegen die Aufzugwand. Es gab keine Unklarheiten mehr.

44

Ida Florén nahm mit Sorge wahr, wie Kjell von Gespräch zu Gespräch wortkarger wurde. Lilly kletterte auf ihrem Schoß herum, um an den Hörer heranzukommen, aus dem Papas Stimme drang.

»Gleich«, flüsterte sie.

»Die Polizei hier hat inzwischen ihre Mitbewohnerin bei ihren Eltern in Bratislava gefunden. Sie ist schon am Neunzehnten heimgefahren.«

»War Linda zu diesem Zeitpunkt noch da?«

»Ja, und sie hatte keine Pläne für Weihnachten. Immerhin wissen wir jetzt, wer der Kerl ist, der neulich das Telefon abgehoben hat: der Cousin ihrer Mitbewohnerin. Er hat das freie Bett genutzt und für ein paar Tage dort gewohnt. Linda ist er aber gar nicht begegnet. Sie muss also spätestens seit dem Fünfundzwanzigsten verschwunden sein.«

Was auch immer die Polizei in Wien herausfand, bestätigte nur die Fragen, die Kjell sich durch seine vergeblichen Anrufe in den letzten Tagen längst gestellt hatte, beantwortete sie jedoch nicht. Sein Unwissen hatte sich nicht verringert. Das war das Niederschmetternde.

Nachdem Ida aufgelegt hatte, begann Lilly zu quengeln. Sie wollte hinaus in den Schnee. »Schau mal durchs Fenster, Lilly, es wird schon …« Ida stockte und starrte zur Tür. Jemand schob von außen einen Schlüssel ins Schloss.

Die Tür ging auf. Dort stand Linda. Sie erblickte Lilly und streckte die Arme aus. »Klein-Lilly!«

Nach einigen Augenblicken erkannte Lilly ihre Schwester

wieder und kreischte. Ida saß starr da und sah zu, wie Linda einen Koffer in die Wohnung schleifte und die Tür schloss. Dann wurde sie umarmt.

Linda nahm Lilly in den Arm. »Wo ist Papa?«

Als Ida sich wieder rühren konnte, hätte sie Linda am liebsten eine Ohrfeige geben. »Wo warst du?!«

Linda sank auf den Stuhl und stöhnte. »Ich bin mit dem Zug gekommen. Und der ist stecken geblieben.«

»Dein Vater ist in Wien.«

»In Wien?«

Ida erstattete in einer Folge aus Hauptsätzen Bericht. »Du musst ihn sofort anrufen.«

»Er wird wütend sein.«

»Dazu hat er allen Grund.«

»Aber ich konnte nichts dafür! Zuerst wollte ich ein Flugzeug nehmen, aber die Preise waren so hoch.«

»Zu Weihnachten ist Fliegen immer teuer. Weil alle fliegen wollen!« Normale Menschen wussten das.

Deshalb hatte Linda am Bahnhof nachgefragt, ob man mit dem Zug nach Stockholm fahren konnte. Das sei überhaupt kein Problem, hatte man ihr erklärt, man könne überall mit dem Zug hinfahren. Die entscheidende Frage war Linda leider nicht eingefallen. »Gleich nach der Abfahrt zog der Sturm auf. Der Zug stand die ganze Nacht vor der deutschen Grenze, bevor Busse kamen und uns nach München brachten.« Dort fuhr Linda zum Flughafen, wo es überhaupt keine Flüge mehr gab. Weil vorerst kein Weg zurück nach Österreich führte, stieg Linda wieder in den Zug. Städte, an denen sie vorbeigekommen war: Nürnberg, Kassel, Hamburg, Odense, Kopenhagen, Malmö. Von dort wegen des Schnees an der Ostküste entlang nach Göteborg und dann nach Stockholm.

»Und in ganz Mitteleuropa gab es kein Telefon?«

Ida stelle sich die Sache viel zu einfach vor, behauptete Linda. Vor allem hatte ihr Besuch ja eine Überraschung werden sollen. Später dann, als die Batterie ihres Telefons leer war, hatte sie beim Umsteigen nie genug Zeit gehabt, um eine Telefonkarte zu kaufen und zu telefonieren.

»Es wäre dennoch besser gewesen, du hättest vor deiner Abfahrt Bescheid gesagt. Dein Vater hätte sich genauso gefreut. Dir muss doch klar gewesen sein, dass er dich am Weihnachtsabend anruft.«

»Ich werde bald zwanzig und lebe tausend Kilometer von hier entfernt. Natürlich kann ich nicht dauernd anrufen und mitteilen, was ich vorhabe.«

»Zweitausend Kilometer. Du lebst zweitausend Kilometer von hier entfernt.«

»Das verdoppelt die Sache.« Linda riss den Hörer vom Telefon und führte ein zweiminütiges Telefonat mit ihrem Vater.

»Ist er aus der Haut gefahren?«, fragte Ida nach dem Auflegen.

»Überhaupt nicht«, antwortete Linda. »Er war erleichtert. Jetzt kommt er wieder nach Hause.«

45

Kullgren hatte seine Hände wie bei einer Neujahrsansprache auf seinem Schreibtisch liegen und betrachtete den Bildschirm. Nach einer Weile hob er den Kopf und musterte das Gesicht von Tholander, der auf dem Besucherstuhl saß. »Das kann jede hagere Schwarzhaarige sein, wenn du mich fragst.«

Tholander hatte Verständnis für geheuchelte Zweifel und forderte seinen Chef mit einem Wink auf, zum nächsten Ausschnitt zu wechseln. Da war es Tag geworden, und die Sonne schien frontal auf die Fensterfront. Sofi Johansson stand nackt vor einem riesigen Fenster.

»Wie hast du das aufgetrieben?«

»Berns Hotel. Nachdem Johansson gegangen war, hat sich Bertil vor das Hotelzimmer gesetzt und gewartet, bis jemand herauskommt. Er heißt Joakim Karlström. Bertil ist ihm bis zu seiner Wohnung gefolgt.«

»Etwa *der* Joakim Karlström?«

»Wir wussten von der Überwachung der Bezirkspolizei für die Wirtschaftsfahndung. Die haben uns das Video gegeben.«

»Dann arbeitet sie für Annerbäck.«

»Nähä, das war keine Arbeit. Das Gegenteil, wenn du mich fragst.«

Tholander konnte natürlich am Gesicht seines Chefs ablesen, dass der ihn das gar nicht fragte. Kullgren musste erst etwas in seinem Inneren aufräumen, bevor er die nächste Frage stellte.

»Wie lange geht das schon?«

»Vor dem Fünfundzwanzigsten taucht sie nicht in der Überwachung auf.« Eine kurze Stille trat ein. »Verstehst du?«

»Jaja. Die Annerbäck-Ermittlung kenne ich. Haben wir selbst etwas über Karlström?«

»Das haben wir. Letztes Jahr hat er Lumir im Nordic Light Hotel zum Brunch getroffen. Lumir war damals gerade dabei, den Stockholmer Teil der Gunnar-Struktur zu übernehmen.«

Kullgren stellte seinen Generaldirektorensessel auf Stufe zwei und sah zur Decke seines Büros. Das war ein kindischer Reflex, mit dem er versuchte, sich Tholanders Blick zu entziehen.

Er hatte die Sache völlig falsch eingeschätzt. Theresa hatte die richtigen Akten herausgesucht, und Tholander hatte wie eh und je den richtigen Riecher gehabt. Es ging um organisierte Kriminalität. Die Gunnar-Struktur war jahrelang Skandinaviens umsatzstärkste und mächtigste Organisation gewesen, deren kriminellem Treiben die Polizei hilflos hatte zusehen müssen. Gunnar war ein perfides System ohne Informationsrückfluss und mit völliger Anonymität gewesen. Einen Dealer, einen Zuhälter oder selbst Personal aus dem mittleren Management zu verhaften, hatte keine Erkenntnis darüber gebracht, wer an der Spitze dieses Systems stand, bis vor zweieinhalb Jahren ausgerechnet Cederström und seine Reichskrim auf den Kopf dieses Netzes stießen. *Gunnar himself.* Wie immer war Cederström der Erfolg durch reinen Zufall und unverdient zugefallen. Er hatte nach der verschwundenen Tochter des Justizkanzlers gesucht, war also einer seiner erbärmlichen Mordgeschichten nachgegangen, und hatte am Ende die größte kriminelle Organisation nördlich der Ostsee ausgeknipst. *By the way.* Zur Abwechslung hatte die schwedische Polizei einmal nicht kopflos ihre Chance verstreichen lassen und dreihundert Berufskriminelle aus dem Verkehr gezogen. Das Machtvakuum hatte sich schnell wieder gefüllt, doch die Banden, die jetzt auf kleiner Flamme vor sich hin wirkten, konnten sich nicht mit der großartigen Logistik des Gunnar-Imperiums messen. Sie wurden von Gunnars ehemaligen Schergen angeführt, die der Polizei durchs Netz gegangen waren.

Niemand hatte mehr Grund, sich an Cederström und seinen Kollegen zu rächen, als Gunnar. Allerdings war Gunnar tot, und wenn alles mit rechten Dingen zuging, waren seine Epigonen Cederström dafür außerordentlich dankbar.

Kullgren schnalzte mit der Zunge. Es musste um etwas andres gehen als Rache. »Könnte Sofi Johansson erpresst werden? Sie war doch damals intensiv an der Ermittlung beteiligt.«

»Das ändert nichts.«

»Woran?«

»Wir müssen den Reichsankläger informieren. Es geht um Landesverrat.«

Kullgrens Stuhl quietschte beim Vorwippen. Er wollte sogleich antworten, zögerte dann aber. Nur Säpo-Agenten begingen Landesverrat. Alle anderen Polizisten landeten vor dem Arbeitsgericht, wenn sie für die andere Seite arbeiteten.

Wie gut kannte er Sofi Johansson? Er kannte sie überhaupt nicht. Nichts zwischen ihnen war bisher über Beiläufigkeiten hinausgegangen.

Tholander schniefte in sein Taschentuch.

»Was schlägst du vor?«, fragte Kullgren.

»Sie hat vorhin am Empfang angerufen und sich erkundigt, wann sie zum Verhör erscheinen soll. Larsson und Setterlind waren heute Morgen dran. Ihr wurde gesagt, es sei kein Verhör nötig.«

»Zersetzung?«

»Zersetzung ist immer am besten. Sie soll erst irritiert werden, bevor wir sie verhören.«

Das Telefon läutete.

Kullgren nickte, nahm dabei den Hörer ab und legte kurz danach wieder auf. Er musste Henning Larsson dringend die Hierarchie in diesem Haus erklären. Ständig rief jemand von der Reichsmord an und erteilte Kullgren die Anweisung, wie ein Praktikant irgendwo zu erscheinen. Er zog seine Jacke von der Stuhllehne. »Und was willst du Johansson fragen?«

»Sie bekommt dieselben Standardfragen wie ihre Kollegen. Da hat sie ausgiebig Gelegenheit zu lügen.«

46

Als Kullgren den sechsten Stock erreichte, war die Tür der Reichsmord verschlossen. Er nahm auf der Bank Platz und schloss die Augen, bis er die Aufzugstür quietschen hörte. Johansson und Larsson traten in den Gang.

Johansson kam direkt auf ihn zu. »Hallo, Nils Kullgren«, sagte sie beim Vorbeigehen, ohne ihn eines Blickes zu würden. Ihr Verhalten ihm gegenüber war unverändert.

Larsson stand noch vor dem Aufzug und winkte Kullgren zu sich. Er raffte sich auf. »Ich habe ein mögliches Ziel«, brummte Larsson. »Am 27. Oktober Elin Gustafsson, am 29. Oktober Judit Juholt. Am 31. Oktober das hier.«

Der stabile Kerl schlug eine Zeitung vor seiner Brust auf. Die Doppelseite war Lis Viklund gewidmet, der neuen Chefin der Reichskrim. Kullgren traute ihr nichts zu.

Larssons Schachspiel.

»Scheiße«, sagte Kullgren. »Das ist meine Zuständigkeit.«

»Deswegen solltest du lieber mitkommen. Ich will zu ihrem Büro.«

»Ist sie etwa verschwunden?«

»Cederström hat Johansson erzählt, dass Viklund Urlaub macht.«

Sie eilten den Gang entlang zu den Räumen der Reichskriminalleitung. Larsson pochte an die Tür und öffnete.

»Man kommt hier nicht einfach so herein«, informierte ihn die Sekretärin.

Das war eine erstaunliche Bemerkung, wenn man sich an den letzten Satz von Viklunds Antrittsrede erinnerte. Ihr Büro stehe den Angestellten immer offen. Aber Marta stammte auch noch aus den Tagen von Sten Haglund, dem Vorgänger von Lis.

»Wo ist Lis Viklund?«, fragte Larsson.

»Da habt ihr Pech. Sie ist im Urlaub. Den hat sie sich verdient.«

»Wie können wir sie erreichen?«

»Deshalb macht sie Urlaub. Damit ihr sie nicht erreichen könnt.«

»Wie ist die Notfallnummer?«

»Es gibt keine.«

»Das kann nicht sein«, erwiderte Henning Larsson. »Der Reichskrimchef muss immer erreichbar sein.«

»Wohin wollte sie?«, fragte Kullgren.

»Sie wollte in das Ferienhaus einer Bekannten. Das liegt irgendwo die Küste rauf.«

»Roslagen?«

»Weiter.«

Hinter ihnen stieß jemand die Tür auf. Es war Sofi Johansson.

»Linda Cederström ist aufgetaucht. Sie ist hier in Stockholm. Cederström macht sich sofort auf den Weg.«

»Also ist ihr nichts passiert?«, fragte Henning Larsson.

»Nein. Die Spur ist tot.«

Larsson und Kullgren drehten sich spiegelsymmetrisch zu Marta.

»Marta«, schlug Henning einen ruhigeren Ton an. »Seit wann ist Lis weg?«

»Sie hat am 25. Dezember um 11 Uhr 20 das Büro verlassen.«

Kullgren trat einen Schritt vor. »Ich will in ihr Büro. Und den Wohnungsschlüssel brauchen wir auch.«

»Ihr spinnt wohl«, sagte Marta und warf sich auf ihr Telefon. Jetzt ruft sie Polizeichef Liljemark an, dachten Larsson und Kullgren im Chor.

»Darf ich das Polizeigesetz zitieren?«, sagte Kullgren. »Bei Notstand liegt die operative Leitung der Polizei beim Direktor der Sicherheitspolizei. Das wäre ich. Ob Viklund hier ist oder nicht, spielt dabei überhaupt keine Rolle.«

Marta bestand darauf, beim Reichspolizeichef nachzufragen, ob gerade Notstand herrsche. Das erwies sich als schlechte Idee. Der Reichspolizeichef saß offenbar gerade in einem Skilift in den italienischen Alpen, seine Stimme war jedoch im ganzen Raum gut zu hören. Marta legte betreten auf. Dennoch wollte sie nicht hinnehmen, dass der Chef der Sicherheitspolizei in den Unterlagen der Reichskriminalchefin stöberte. Da herrschte Kalter Krieg.

47

Um 16 Uhr 30, als völlige Dunkelheit über Kungsholmen eingebrochen war, fuhr ein blauer Kleinwagen die Kronobergsgatan entlang und fand vor dem Haus mit der Nummer 7c eine Parklücke, die erst kurz zuvor frei geworden war.

Die Fahrerin war Theresa Julander. Sie hatte den Wagen von einer Freundin geliehen und sich als schwangere Brünette verkleidet. Sie nahm den Blumenstrauß vom Beifahrersitz und auch ihre Tasche. Dann verließ sie den Wagen und betrat das Haus. Sie wusste, dass sie dabei beobachtet wurde, zumindest von ihren eigenen Leuten. In der vierten Etage setzte sie das Nachtsichtgerät auf und öffnete die Wohnungstür mit dem Schlüssel.

»Ich bin drin«, flüsterte sie und stellte ihr Gepäck im Flur ab. Mit gezogener Waffe schlich sie durch die Räume. »Alles klar. Es ist sehr aufgeräumt. Ich fange jetzt an.«

Es duftete nach Rosen. Auf dem Esstisch entdeckte Theresa eine Schale mit getrockneten Blüten. Der Duft konnte nicht wirklich von ihnen stammen. Wahrscheinlich besprühte Lis sie mit einem Spray.

Zuerst öffnete sie im Schlafzimmer alle Schränke. Ihre nächste Aufgabe bestand in der Frage, wo Lis Viklund ihre Post aufbewahrte. Im Wohnzimmer gab es einen antiken Sekretär mit Sortierfächern.

»Da ist nichts«, meldete Theresa einige Minuten später. »Nur Rechnungen.«

»Probier es in der Küche«, antwortete Hennings Stimme in ihrem Ohr.

Auch dort hatte Theresa keinen Erfolg. Bestimmt führte Lis Viklund alle Adressen und Notizen in ihrem Kalender mit sich. Wenn sie sich irgendwo den Besitzer und die Lage des Ferienhauses notiert hatte, dann lag es nur nahe, dass sie diese Notiz mitgenommen hatte.

Theresa kehrte ins Wohnzimmer zurück. Tatsächlich besaß Lis eine sehr teure, flache Musikanlage, die wie ein Gemälde an der Wand hing. Theresa tastete vorne und an den Seiten, strich über die Metalloberfläche und schnippte schließlich mit den Fingern.

»Das Ding rührt sich nicht. Jesus, da hinten liegt eine Fernbedienung.«

Am anderen Ende wurde nur geseufzt.

Theresa drückte auf den roten Knopf. An der Anlage leuchtete eine Diode auf, zuerst gelb, dann grün. Sie drückte auf Play. Überall in der Wohnung erklang Weihnachtsmusik. Theresa brauchte drei Minuten, um sie zum Schweigen zu bringen.

»Henning?«, fragte sie.

»Wir haben es gehört, verdammt! Lass bloß das Ding aus!«

»Okay, ich baue die Sachen auf und fange dann mit den Spuren an.«

48

Als Kjell Cederström um halb zehn aus dem Fahrstuhl stieg, erwartete ihn dort Henning Larsson mit einem Klaps auf die Schulter. Die Männer umarmten sich schweigend.

»Wo hast du deine Tasche?«, erkundigte sich Henning.

»Ich habe einen Abstecher nach Hause gemacht, um Linda zu sehen.«

»Sie ist sich also selbst treu geblieben«, fand Henning auf dem Weg zum Büro.

Kjell nickte vergnügt, obwohl er ihm nicht beipflichtete. Eigentlich war nur er sich treu geblieben. Bei ihrem Anblick vorhin hatte sie so ungewohnt erwachsen gewirkt, dass er die Sorgen, die er sich in den letzten Tagen gemacht hatte, jetzt albern fand.

Man geht ständig in die Irre, dachte er. Das ist es, was das Leben wirklich bestimmt. Er war auf sein eigenes Motto hereingefallen. Aber das war bei Mottos meistens so.

Zu seinem Erstaunen war das Büro menschenleer. »Wo sind die Frauen?«

»Sofi liegt in ihrem Bett. Das habe ich auch vor.«

»Du willst dich zu Sofi ins Bett legen?«

»Nein, in mein eigenes in Mosebacke. Wenn mir auch die angenehmste Aufgabe zukommt, so ist sie doch die wichtigste.«

Wenn die Bedingungen ideal waren, erwachte in Henning ein Dichter, fand Kjell und wartete auf eine Erklärung.

»Theresa ist seit dem Nachmittag in Viklunds Wohnung und bleibt dort, bis etwas passiert.«

»Spuren?«

»Nicht eine.«

Endlich war die Ermittlung in die zweite Phase eingetreten. Von nun an wurde gehandelt. »Ihr seid euch ganz sicher, dass sie es ist?«

»Bis zur Stunde wird im Großraum Stockholm keine andere Person vermisst. Wir sind uns allerdings nicht sicher, ob es wirklich hier vor Lis' Wohnung passiert. Einerseits sind alle Opfer in der Nähe ihres Zuhauses wiederaufgetaucht. Deshalb ist Theresa bei Lis. Das Einsatzkommando versteckt sich nebenan in der Brandwache. Wir haben einen Löschwagen ausrücken und wieder zurückkehren lassen, um die Männer dort einzuschleusen. Darüber hinaus überwachen wir draußen den ganzen Park. Das wird hektisch, weil dort selbst um Mitternacht noch Hundebesitzer herumhuschen. Mitternacht ist wohl der Moment, wo etwas passieren wird.«

Die zweite Möglichkeit war Hennings Wohnung in Mosebacke in Södermalm. Denn die Theorie, dass die Opfer vor der Haustür eines Mitglieds der Reichsmord auftauchten, war noch nicht widerlegt. Um alles normal erscheinen zu lassen, würde Henning in sehr naher Zukunft in sein Bett steigen, während Kullgren mit seinen Leuten den Mosebacke Torg observierte.

Kjell nickte. »Dieser Platz wäre ebenso idyllisch wie das Strandbad und die Kirche.«

»Inzwischen habe ich herausgefunden, dass Lis Viklund nicht nur jedem hier im Haus erzählt hat, sie wolle einige Tage lang nicht erreichbar sein. Letzte Woche hat sie denselben Unsinn auch einer Radiomoderatorin aufgedrängt, als die sie bei einem Interview fragte, was eine Polizeichefin denn so an Weihnachten unternehme.«

Kjell schenkte sich an der Anrichte eine Tasse Kaffee ein.

»Deshalb glaube ich, dass der Mörder ihre Leiche an der antiken Telefonzelle abstellt. Wenn er Humor hat.«

»Das grüne Holzding vor deiner Tür?«

»Genau.«

»Jetzt unterstellst du dem Mörder, wie du zu denken.«

Henning Larsson grinste.

»Wo hat sich Kullgren verschanzt?«

»Im Südtheater. Von dort kann man auch die Terrasse und die ganze Gegend überblicken.«

»Und was soll ich tun?«

»Du kannst Barbro und Snæfríður Gesellschaft leisten. Sie sind in Viklunds Büro.«

»Was machen sie dort?«

»Sie beobachten die Wohnung mit einem Teleobjektiv und essen Samstagssüßigkeiten. Lis Viklund kann nämlich von ihrem Schreibtisch aus in ihr Küchenfenster blicken. Sie wohnt drüben auf der anderen Seite des Parks.«

49

Henning Larsson stieg lustvoll in sein Bett. Es war ein Erbstück seines Urgroßonkels. Mit seinem Olympiasieg im Tabakweitspucken hatte er es weiter gebracht als jeder andere in Hennings Familie, deshalb behielt Henning das Bett trotz seines tiefen Bettkastens als Glücksbringer. Am Fußende hatte der Urgroßonkel seinen Wahlspruch so ins Holz geritzt, dass es das Erste war, was er erblickte, wenn er am Morgen die Augen öffnete: *citius, altius, fortius.* Doch von Zeit zu Zeit grübelte Henning, ob er seinem Leben mit einem neuen Bett nicht ein anderes Format verleihen könnte. Heute allerdings nicht. Er schlug die frische Ausgabe von Svenska Dagbladet auf, die er sich auf dem Heimweg besorgt hatte, und überflog die Seiten nach Artikeln, die Lena Axelsson geschrieben hatte. Außer im Leitartikel fand er sie nur im Impressum. Henning suchte nach dem Sportteil und widmete sich den Bandy-Ergebnissen, bevor er die Zeitung sinken ließ und zum Telefon auf dem Nachttisch sah.

Am anderen Ende wurde sofort abgehoben.

»Schläfst du nicht?«, fragte Henning.

»Ein bisschen«, antwortete Sofi.

»Findest du wirklich, ich sollte Lena Axelsson anrufen?«

»Klar.«

»Gut.«

»Ist bei dir schon etwas passiert?«

»Nein.«

Henning wollte das Gespräch beenden, als Sofi noch einmal ansetzte.

»Du hast doch eine Werkbank im Keller.«

»Ja, aber man kann sie nicht benutzen. Der Keller ist zu klein.«

»Im Skrapan stehen Kellerräume leer. Da könnten wir uns die Miete teilen.«

Nachdem Henning sich ausgiebig gewundert hatte, willigte er ein. Niemand konnte so in sich gekehrt vor sich hin arbeiten wie Sofi.

»Dann ausgemacht!«, sagte sie und legte auf.

Henning legte das Telefon beiseite und löschte das Licht. Das war ja sonderbar. Er konnte sich nicht daran erinnern, dass Sofi jemals eine Minute ihrer Freizeit mit ihren Kollegen verbracht hätte, geschweige denn mit einem Vorschlag auf die anderen zugegangen wäre. Je enger die Zusammenarbeit wurde, desto mehr zog sie sich wie zum Ausgleich zurück. Der Umgang mit ihr war wie ein unklarer Pfad im Wald.

50

Kjell erwachte in völliger Dunkelheit und konnte sich erst mit einiger Mühe daran erinnern, dass er sich auf der Ruheliege im Aktenzimmer befand. Er schlüpfte in seine Schuhe und sah auf die Uhr. Schon drei.

Als die beiden Damen vor einigen Stunden begonnen hatten, sich die Langeweile mit einem Pokerspiel zu vertreiben, hatte er sich hingelegt.

Er trank ein Glas Leitungswasser und machte sich dann durch den gesamten sechsten Stock auf zum Büro von Lis Viklund. Im Vorzimmer stieß er in der Dunkelheit die Stehlampe um und stolperte.

»Warum macht ihr kein Licht, verdammt?«

Barbro und Snæfríður standen vor dem Teleobjektiv.

»Jeder weiß, dass die drei letzten Fenster im Sechsten das Büro des Reichskriminalchefs sind«, sagte Barbro.

Doch leider sah man Viklunds Hauseingang nur von hier. Bei allen anderen Fenstern in diesem Gebäude versperrte der Park den Blick. Denn obwohl er gerade einmal die Fläche eines Häuserblocks umfasste, erhob er sich in der Mitte zu einem veritablen Hügel voll von Bäumen.

Barbro löste ihr rechtes Auge vom Okular. »Wir haben ein Problem«, sagte sie. »Theresa antwortet nicht mehr.«

Kjell trat näher. »Habt ihr jemand ins Haus gehen sehen?«

»Vermutlich ist sie eingeschlafen«, erklärte Snæfríður. »Wir überlegen, ob wir jemand von der Brandwache hinüberschicken sollen, aber es sind neun Meter quer über die Straße. Und der Hauseingang ist gut beleuchtet.«

Kjell hatte immer noch nicht alle Zipfel seines Hemdes in die Hose gestopft. Er wollte selbst durch das Objektiv schauen. Sein Blick schwenkte über den Park. »Darf ich eine Frage stellen? Der Park ist rechteckig und nimmt die Fläche eines Häuserblocks ein.« Die beiden Frauen sahen ihn erwartungsvoll an. »An der gesamten Ostseite entlang verläuft das Polizeigebäude. Lis wohnt gegenüber an der Westseite. West, Süd und Nord sind Wohnhäuser.«

Barbro seufzte. »Worauf willst du hinaus?«

»Ihr geht davon aus, dass der Mörder die Stelle, an der er die nächste Leiche ablegen will, genau beobachtet.«

»Die Gefahr besteht.«

»Aber von welcher Stelle aus?«

»Wir wissen es nicht.«

»Sieh aus dem Fenster«, sagte Kjell. »Siehst du da draußen irgendeine Stelle, von der aus man den Park und das Haus beobachten kann, ohne entdeckt zu werden?«

Snæfríður sah verdutzt auf den viereckigen Park und die drei Häuserzeilen darum herum. Die vierte Seite nahm das Polizeigebäude ein. Der Park selbst kam bei dieser Kälte nicht in Frage, und auch die geparkten Autos waren alle leer. Eine Kollegin war vor zwei Stunden mit einem geliehenen Köter ums Karree gelaufen und hatte jedes einzelne kontrolliert. »Wir hatten etwas mit mehr Raffinesse im Blick«, sagte Snæfríður. »Patrouillierende Autos oder Kameras. Jedenfalls glauben wir, dass die Leiche erst im richtigen Moment zur Stelle gebracht wird.«

»Das Strandbad hätte ebenso unwahrscheinlich und schwierig gewirkt«, erwiderte Barbro auf Kjells skeptischen Blick. »Und auch den Eingang der Sofiakirche kann man nur beobachten, wenn man sich im Park in einem Gebüsch versteckt. In dieser Nacht war es ebenso kalt.«

Snæfríður nickte. »Du machst einen Denkfehler, Kjell. Du gehst davon aus, dass der Mörder von uns weiß. Dazu hat er aber keinen Grund. Er wird wie bei den beiden Malen zuvor irgendwann hier aufkreuzen, die Leiche ablegen und verschwinden.«

Kjell nickte. Eigentlich war es etwas anderes, was ihn an diesem Ort störte. Er passte nicht ins Gesamtbild.

»Hast du die Lageeinschätzung der Gegengruppe gelesen?«, fragte Barbro.

»Über die Gunnar-Bande? Von der ist doch ohnehin nicht mehr viel übrig. Was sollte die von uns wollen?«

»Von uns nichts, aber von der Reichskrim. Viklund hat die Ziele der Reichskrim neu gesteckt. Von nun an kämpfen wir als Bundespolizei gegen das organisierte Verbrechen. Wenn jemand ein Motiv hat, Viklund zu beseitigen, dann die.«

Auf einmal wusste Kjell, was hier nicht stimmte. »Mich stört eher der Charakter des Ortes. Hier gibt es überall Fenster. Am Strandbad war im Hintergrund nur Wald und im Vordergrund der Fjord. Bei Judit Juholt die Sofiakirche. Sie liegt mitten im Park. Das waren ganz leichte Stellen. Die hier ist schwer.«

»Der Hinweis kam von der Sekretärin«, erwiderte Barbro. Sie klang ein wenig gekränkt. »Lis Viklund sitzt morgens, mittags und abends eine Stunde lang in diesem Park. Er ist die einzige Konstante in ihrer Freizeit. Eine andere Stelle haben wir in ihrem Leben nicht. Außerdem sind im Kronobergspark schon ungeheuer viele Verbrechen passiert, wenn man seine Größe und seine Lage gleich neben dem Polizei–«

»Schsch!« unterbrach Snæfríður und legte den Finger auf ihren Kopfhörer. »Theresa ist wieder da. Sie hat sich auf den Boden gelegt. Die Wärme aus der Fußbodenheizung gab ihr den Rest.«

51

Als Bert mit den frisch aufgefüllten Wärmflaschen aus der Küche im Parterre zurückkehrte, kam ein wenig Tumult beim Observationsteam der Säpo auf. Jeder wollte seine alte Flasche wiederhaben und auf keinen Fall eine bekommen, auf der zuvor ein anderer gesessen hatte. Nils Kullgren setzte sein Fernglas ab. Er wusste, dass die anderen keine Ruhe geben würden, bis jeder seine alte Wärmflasche zurückbekommen hatte. Also würde auch er seine alte Flasche erhalten, er brauchte bloß zu warten.

»Ich würde alles tun, um eine zu rauchen«, sagte ein Agent, als endlich wieder Ruhe eingekehrt war.

»Dann mach doch!«, riet ein Scharfschütze.

»Das kostet zweihundert Kronen Strafe.«

Wann immer Kullgren es nicht mehr aushielt, versetzte er sich in seine zwei Jahre beim Mossad zurück. Er versuchte sich vorzustellen, wie sich zwei Agenten vom Mossad in die Hose machten, weil sie beim Rauchen in einem öffentlichen Gebäude erwischt werden könnten. Es ging nicht.

»Willst du etwas von meinem *Nummer eins*?«, fragte der Scharfschütze.

»Portionierter?«

»Lose natürlich. Woher sollen die in der Fabrik wissen, wie viel Tabak unter meine Oberlippe passt?«

»Hmm. Dann will ich ihn nicht. Ich will nicht den Mund voll Tabak haben.«

Kullgren zischte. »Konzentriert euch gefälligst. Frag auf der Rückseite nach, wie es dort aussieht.«

»Da ist alles still.«

Auch draußen auf dem Platz war inzwischen Stille eingekehrt. Kullgren rief Tholander an. Der saß seit sieben Stunden in seiner Karre vor Johanssons Haus. Kullgren fragte, wie lange das Heizaggregat noch mitmachte.

»Bis um drei«, gab Tholander Auskunft.

Kullgren sah auf die Uhr. Halb vier bereits. Der Wagen musste längst ausgekühlt sein. Tholander gehörte zu den Agenten, die stundenlang auf etwas starren konnten, ohne sich zu rühren oder mit den Gedanken abzuschweifen.

»Weißt du, was der Lehrer in der dritten Klasse in Johanssons Beurteilung geschrieben hat?«, fragte Tholander.

Kullgren seufzte auffordernd.

»Sofi lässt sich nicht motivieren, am Gesellschaftsleben teilzunehmen. Außerdem hat sie ein Problem mit der Wahrheit.«

Der Agent mit dem Nachtsichtgerät pfiff. Das war das Signal für ein herannahendes Fahrzeug. Aus der Svartensgatan traten die Kegel zweier Scheinwerfer. Kullgren legte auf.

»Scheiße.«

Es war nicht der erste Streifenwagen in dieser Nacht. Alle zwei Stunden kam einer. Das störte zwar die einladende Ruhe für den Täter, aber Kullgren hatte es für zu riskant befunden, der Schutzpolizei Bescheid zu geben. Wer auch immer dahintersteckte, bei der Polizei kannte er sich gut aus. Er wäre gewarnt, wenn die ganze Nacht lang keine einzige Patrouille vorbeikäme.

Langsam drehte der Wagen eine Runde um den Platz.

»Was hat der vor?«, rief der Agent. »Er hält!«

Der Wagen stand direkt vor Larssons Haus. Jeder vom Observationsteam harrte an seinem Fenster des Südtheaters.

»Der Motor ist aus!«

»Sicher?«

»Da kommt kein Qualm mehr aus dem Auspuff. Die haben den Motor ausgemacht.«

Kullgren richtete sich auf. »Sofort herausfinden, zu welcher Wache der gehört!«

»Maria-Wache«, konnte der Funker aus dem Stegreif sagen. »Die Katarina-Wache hat nachts zu.«

»Ruf an und frag, ob es einen Einsatzbefehl gibt!«

Der Funker rief an. Nach einiger Zeit schüttelte er den Kopf.

»Die sollen sie zurückpfeifen, zum Teufel!«

»Zu spät!«, rief der Agent mit der Nachtsicht und deutete aus dem Fenster. Die Beifahrertür war aufgegangen. »Die fette Sau steigt aus und läuft zum Eingang.«

»Da stimmt was nicht«, kommentierte der Scharfschütze das Anspringen der Treppenhausbeleuchtung.

»Die Alarmzentrale hat nichts reinbekommen!«, rief der Funker aus dem Hintergrund.

»Da verarscht uns jemand. Soll ich Larsson anrufen?«

»Noch nicht«, sagte Kullgren und drehte sich zum Funker um. »Wann hatten die zuletzt Kontakt zur Zentrale?«

»Vor einer Viertelstunde. Sie sind jetzt auf Patrouille. Auch die Beschreibung passt. Der Kerl ist wirklich so dick.«

»Hast du den Fahrer im Visier?«, fragte Kullgren den Scharfschützen.

»Ja.«

»Können wir den Wagen verschlüsselt anfunken?«

»Auf keinen Fall. Ich frage nach der Telefonnummer.«

Eine Weile verging, bis die Treppenhausbeleuchtung wieder ansprang. Der Polizist trat ins Freie. Hinter ihm erschien Henning Larsson. Der hob unauffällig den Daumen herauf zu den Fenstern des Theaters. In der anderen Hand hielt er sein Telefon.

Bei Kullgren klingelte es.

»Was hast du vor?«

»Ganz ruhig«, antwortete Larsson. »Ich gehe nur etwas nachprüfen. Lasst euch von mir nicht aus dem Konzept bringen.«

Die Tiefe

Samstag
29. Dezember

52

Polizeiinspektor Carlgren steuerte den Wagen mit dem kindischen Ehrgeiz, den allerkürzesten Weg zu kennen. Er fuhr um zahlreiche Ecken, bis es endlich auf der Hornsgatan geradeaus ging und Henning nicht mehr auf der glattgesessenen Polizeiwagenrückbank herumrutschte.

Der Beifahrer war Polizeiassistent Wannefors. Er drehte sich zu Henning um. »Entschuldige, aber als du neulich mit deinem Kollegen auf der Rückbank gesessen bist, hast du gesagt, wir sollen ein Auge offen halten.«

Henning winkte ab. »Schon gut. Wir werden ja sehen.« Er hätte nicht viel darauf gegeben, wenn das Timing nicht so gut gepasst hätte.

Sie bogen in den Ringvägen ein. Vor dem Tor des Sportplatzes am Zinkensdamm hielt der Wagen auf dem Gehweg.

Henning musste warten, bis der Beifahrer ihm von außen die Tür öffnete. »Hast du einen Schlüssel für das Tor?«

Carlgren nickte. Der Sportplatz war von einer Mauer eingefasst, stand den Anwohnern aber offen. Nur in der Nacht wurde das Gitter geschlossen. Es gab an beiden Längen überdachte Tribünen mit drei Sitzreihen. Im Sommer spielten die Jugendlichen hier Baseball, im Winter lag eine Eisschicht auf dem Rasen.

In der Hoffnung, seine dunkle Eingebung würde Henning Larsson an Ort und Stelle eher überzeugen, wiederholte Carlgren alles noch einmal und deutete auf die Gegentribüne.

Der Platzwart Ludvik Nykvist hatte das Tor gegen 22 Uhr abschließen wollen. Davor lief er stets die Tribüne ab und fegte dabei den Schnee von den Sitzen. Die Kälte hatte jedoch längst alle vertrieben, deshalb war das Flutlicht zu dieser Zeit bereits ausgeschaltet gewesen.

»Das Mädchen hat dort gesessen.«

»Gesessen?«

»Ihr Oberkörper war zur Seite gekippt. Sonst hätte er sie früher bemerkt. Er hielt sie für bewusstlos. Also hat er sie hierher zum Tor gebracht und in den Sanitätsraum gelegt, damit sie nicht weiter auskühlt. Der ist gleich da um die Ecke. Die Ambulanz hat das Mädchen in Wärmefolie gehüllt und zur Maria-Klink gebracht.«

»Dorthin?«, fragte Henning.

Den Männern klapperten beim Reden die Zähne. Nichts drang einem mehr in die Poren als das kalte Morgengrauen. Obwohl der Himmel noch einige Stunden lang schwarz bleiben würde.

»Alle Jugendlichen mit einer Alkoholvergiftung kommen dorthin. Außerdem ist es nicht weit.«

Der Notarzt hatte nach der Abfahrt bemerkt, dass er den Puls nicht nur wegen der Kälte nicht spüren konnte. Es gab keinen Puls. Deshalb leitete er die Wiederbelebung ein. Jedoch vergeblich. Auch in der Notaufnahme waren alle Versuche gescheitert. Um 22 Uhr 12 hatte der Arzt sie für tot erklärt.

Henning rieb sich die Handflächen und schlug vor, wieder in den Wagen zu steigen, um dort weiterzureden. Hier draußen stieß man beim Sprechen solche Dunstwolken aus, dass man sein Gegenüber nicht mehr sah.

Carlgren schaltete den Motor ein.

»Ihr beiden hattet also zu dieser Zeit noch nichts mit der Sache zu tun«, fragte Henning. »Verstehe ich das richtig?«

»Das hatten wir«, antwortete Carlgren. »Als der Notruf eintraf, wurden wir herbeordert. Aber als wir ankamen, war die Ambulanz schon wieder weg. Damit schien der Fall für uns erledigt.«

Der jüngere Wannfors fuhr mit einem Ruck herum und sah Henning an. »Die Ärzte waren natürlich bestürzt, weil ihnen das Mädchen abgekratzt ist.«

»Wie alt ist sie?«

»Vierzehn. Der Platzwart hat den Sanitätern erzählt, das Mädchen habe noch nicht dort gesessen, als er zehn Minuten zuvor das Flutlicht gelöscht hat. Alle gingen von einer Alkoholvergiftung aus.«

Nachdem sie den Tod festgestellt hatten, maßen die Ärzte die Kerntemperatur des Mädchens. Daraufhin alarmierten sie die Polizei.

»Okay«, sagte Henning und nahm sein Telefon. »Ist das Mädchen noch dort?«

Carlgren nickte. »Tote gehören in Maria nicht zum Alltag. Am Morgen wachen normalerweise alle wieder auf.«

»Wie heißt sie?«

»Filipa Lindenbaum.«

Henning drückte die Eins und wartete darauf, dass im Büro jemand abhob. Kjell meldete sich. »Hör zu, wir haben uns selbst verarscht. Kannst du Suunaat auftreiben? Sie soll eine Leiche aus der Maria-Notaufnahme abholen.«

Kjell gab sich nicht mit einem Befehl zufrieden. Nachdem Henning berichtet hatte, riet er Kjell, die Überwachungen zu beenden.

»Ich bin mir nicht sicher«, überlegte Kjell. »Vielleicht haben wir uns doch nicht selbst auf den Arm genommen.«

»Noch wissen wir gar nichts«, sagte Henning und legte auf. Seine großartige Theorie vom Vortag war einfach weg, als hätte er sie auf einem Zettel in seiner Hose von gestern vergessen. »Wurde ein Angehöriger verständigt?«

»Die Klinik hat es noch während der Wiederbelebungsversuche versucht«, sagte Carlgren. »Aber niemand hob ab. Wir haben vorhin geklingelt. Es ist gleich dort drüben.«

Henning kratzte etwas von dem Eis ab, das sich innen auf die Scheibe gelegt hatte. Die Eltern wohnten in der kleinen Seitenstraße, die an der Westkurve des Sportplatzes entlanglief, und konnten vom Fenster aus den ganzen Platz betrachten.

»Wann habt ihr es probiert?«

»Bevor wir zu dir kamen.«

»Und der Platzwart? Kann ich mit dem sprechen?«

Die beiden Polizisten nickten einträchtig, als hätten sie die Antwort einstudiert und ewig auf die Frage gewartet. Sie stiegen aus.

Ludvik Nykvist wohnte noch näher, gleich auf der anderen Seite der Straße. Der Ringvägen, eine der wenigen schneefreien Straßen des Viertels, lag grau, breit und verlassen da wie eine Salzwüste. Ausgerechnet als Henning hinüberwollte, bog das einzige Auto dieser Nacht in die Straße ein und zwang Henning, in der Mitte der Bahn zu warten.

Ludvik Nykvist hatte sich nicht hingelegt. Er öffnete sofort und führte die drei in die Küche, die wohl so alt war wie er. Er weiß, dass das Mädchen tot ist, dachte Henning. Der Alte musste seit Stunden dagesessen haben.

Henning legte ihm die Hand auf die Schulter. »Dir geht es nicht gut, oder?«

Nykvist schniefte trotzig und schob den Männern die Metallkanne hin. Sie enthielt bitteren, schwarzen Kaffee, der noch ganz frisch duftete. Auf dem Fensterbrett stand eine halb geleerte Flasche Reimersholmer. Den hatte der hagere Körper des Alten jedoch gut verkraftet.

»Du hast das Mädchen gekannt, ja?«, fragte Henning, nachdem die drei Polizisten andächtig ihre Tassen leergetrunken hatten.

Nykvist nickte und setzte für jeden noch einmal die Kanne an. »Lange. Die war schon als Kleine da.«

Wie lange, das konnte er nicht sagen. Irgendwann tauchten die Kinder zum ersten Mal auf. Erst nach einigen Besuchen auf dem Platz begann Nykvist, sich ihre Gesichter zu merken. Über die Eltern wusste er nichts.

»Viele aus dem Viertel verbringen ihre ganze Freizeit dort.«

Sie trieben nicht immer Sport, meist lungerten sie nur herum, wie Jugendliche es eben tun müssen. Nykvist war ein großzügiger Platzwart. Er ließ sie sogar trinken, denn wenn sie es bei ihm nicht durften, gingen sie hinüber in den Tantolunden.

»Im Sommer sind sie oft im Skinnarvikspark. Vorne bei den Klippen.«

»Kenne ich«, sagte Henning und deutete mit dem Daumen über die Schulter. »Ich bin in der Brännkyrkagatan aufgewachsen und immer in der alten Fabrik herumgekrochen, bis ich zwölf war.«

Der Alte winkte ab. Über die Kindheit in der Brännkyrka brauchte man ihm nichts zu erzählen. Nun stiegen ihm Tränen in die Augen, und er wandte sich zur schwarzen Fensterscheibe ab.

»Ich kann dir sagen, dass es keine Rolle spielt, was du gemacht hast und wie du es gemacht hast.«

Nykvist ballte die Fäuste.

»Ich habe nur eine Frage an dich«, sagte Henning zum Rücken des Alten. »Wann hast du das Mädchen davor zuletzt gesehen?«

»Das ist schon her. Sie war vor etwa einer Woche plötzlich weg.«

»Und davor? War sie jeden Tag da?«

Nykvist nickte. »Auf dem Eis.«

»Lief sie gut?«

Der Alte drehte sich wieder zu Henning. »Keiner läuft gut. Die Mädchen stehen in Gruppen auf dem Eis herum und sprechen über Jungen. Zwischendurch drehen sie eine Runde und halten sich dabei an den Händen.«

»Wann machst du auf?«

»Um neun.«

»Leg dich hin. Wir setzen uns später auf die Ränge.«

Henning stand auf und dankte für den Kaffee. Carlgren und Wannfors erhoben sich träge. Stühle scharrten über die Kacheln.

»Was machen wir jetzt?«, fragte Carlgren draußen im Freien.

Henning deutete schräg über den Sportplatz hinweg. »Wir nehmen uns die Wohnung vor.«

»Ohne Bescheid?«

»Das Mädchen ist vierzehn Jahre alt. Wo sind seine Eltern?«

»Jedenfalls nicht in der Wohnung. Da öffnet ja niemand.«

Das war es, was Henning Larsson beunruhigte.

53

Als Sofi Johansson ins Büro geeilt kam, wurde sie von Kjell Cederström erwartet. Er hatte es sich auf ihrem Stuhl bequem gemacht und die Arme vor der Brust verschränkt.

»Es gibt eine Suchmeldung für das Mädchen, Sofi!«

»Das kann nicht sein! Ich habe gestern Abend alle Suchmeldungen überprüft.«

Kjell hatte seine Anklage gut vorbereitet und musste sich nur dem Computer zuwenden. »22. Dezember. Filipa Lindenbaum. Geboren am 12.11.1995.«

Sofi stützte sich auf den Schreibtisch und studierte den Eintrag. »Das ist doch überhaupt nicht unser Bezirk. Åre! Weißt du, wo das liegt?«

»Allerdings.«

»Am anderen Ende Schwedens.«

»Sie ist Stockholmerin.«

»Unzählige Stockholmer wohnen weit weg von hier.« Sofi steckte noch in ihrem Mantel. Sie zog sich die Mütze vom Kopf. Ohne Mütze kam man draußen nicht mehr weit. »Hast du dort angerufen?« Sie musste jetzt rasch die Regie übernehmen, dann verpuffte Kjells hektische Tatkraft meist sofort. Die Leute wie ein Fallensteller in ihrem Revier zu überraschen, gehörte zu seinen üblen Tricks.

Kjell machte ihren Platz frei, umrundete beide Schreibtische und setzte sich in seinen eigenen Sessel. »Ich musste zehn Minuten lang reden, bis sie dort auf der Polizeistation einsahen, dass wir ihre Vermisste gefunden haben. Sie ist vom Skilauf nicht ins Hotel zurückgekehrt.«

»Am 22. Dezember«, las Sofi auf dem Bildschirm. »Um neunzehn Uhr haben die Eltern die Bergwacht in Åre alarmiert. Ist das nicht ganz schön spät für einen Skiort? Um diese Jahreszeit wird es dort am frühen Nachmittag dunkel.«

»Sie waren in der Sauna.«

»Hier ist es aber nicht der einundzwanzigste Dezember, sondern der zweiundzwanzigste Dezember. Ist dir das aufgefallen?«

Kjell nickte.

»Ist denn dort niemand auf die Idee gekommen, dass sie nicht neben der Piste liegt, sondern nach Stockholm abgehauen sein könnte?«

»Dazu gab es keinen Anlass. Die Eltern haben sogar von einem guten Motiv gesprochen, weswegen sie nicht hier in der Stadt sein wollte.«

»Und welches?«

»Wenn ich das wüsste, hätte ich mich nicht so umständlich ausgedrückt.«

»Du bist mit den Nerven fertig, oder?«

»Drei Frauen, Sofi, jedes Mal jünger. Dahinter steckt nicht die Gunnar-Bande, wie die Gegengruppe vermutet. Die machen so etwas nicht. Die bringen nicht drei Unbeteiligte um. Die hätten Dealer oder etwas dergleichen genommen, wenn sie uns verarschen wollen. Um Hennings Worte zu verwenden.«

»Nur Henning sollte seine eigenen Worte verwenden.«

»Wir haben es mit einem Wahnsinnigen zu tun, der Frauen umbringt. Das ist die Lösung.« Die einzige Lösung, die nach drei Frauenleichen noch möglich war.

»Wir bekommen ihn nur tot, das ist euch beiden doch klar, oder?« Es war Barbro, die das sagte. Sie stand plötzlich in der Tür und musste seit einigen Minuten gelauscht haben. »Der Kerl mordet aus Mordlust. Das ist am übelsten.«

»Kommt aber nur sehr selten vor«, gab Kjell zu bedenken.

»Der hier wird nicht zusammenbrechen. Die Polizei macht ihn nicht nervös. Er hat sich längst überlegt, wie weit er gehen wird.«

54

Um halb zehn lieferte Sofi die Kamera wieder bei der Abteilung für technische Ausstattung ab. Es kam ihr wie ein Befreiungsakt vor. Ein Tag hatte ihr gereicht, um wieder in ihren alten Lauf zurückzufinden. Die Tage davor kamen ihr nun vor, als hätte sie beim Fahren auf dem Schnee zu hart auf die Bremse getreten und wäre dabei ins Schlingern geraten. Da half nur, die Bremse wieder loszulassen. Komplizierte Ermittlungen stabilisierten ihre Seele.

Am Abend zuvor hatte kein dritter Brief in ihrem Flur gelegen. Das hätte er tun müssen, wenn er im Zusammenhang mit den anderen Ereignissen gestanden hätte. Auch dass Joakim sich nicht meldete, fühlte sich im Zusammenhang mit allem leicht an.

Mit diesem Gefühl der Leichtigkeit erreichte sie die Rechtsmedizin in Solna und fand Suunaat über ein Mikroskop gebeugt. Ohne aufzublicken, deutete sie auf die Fotos, die sie über den ganzen Tisch verteilt hatte.

»Sieh dir das an«, sagte Suunaat.

»Was ist das?«

»Zellwände. Das sind die beiden Frauen, und das da sind Vergleichsproben. Die Frauen sind erfroren. Das Schlafmittel hat noch gewirkt. Sie waren ohne Bewusstsein.«

Zum ersten Mal entdeckte Sofi an Suunaat etwas, was bei normalen Menschen sportlicher Ehrgeiz hieß. Bisher hatte sie Suunaat immer dafür bewundert, wie gleichgültig sie die Erwartungen anderer an sich abperlen ließ. Sie tat nie mehr, als zum Überleben nötig war.

»Und bei dem Mädchen?«

»Dasselbe. Nur um einen Tag versetzt.«

»Dann ist sie mit Sicherheit Nummer drei?«

»Willst du sie sehen?«

»Lass uns auf Barbro warten. Sie muss jeden Moment kommen.«

Barbro traf eine Viertelstunde später mit einem unbekannten Mann an ihrer Seite ein. »Das Mutmaßen hat ein Ende«, sagte sie zur Begrüßung. »Ich habe McKenzie mitgebracht. Er erstellt seit vierzig Jahren als forensischer Psychiater Gutachten zu Sexualverbrechen.«

Dass er nach dieser Vergangenheit noch eine Fliege trug, fand Sofi wunderlich. Sie saß schief und war rot, deshalb zog sie alle Blicke auf sich. Sofi wäre am liebsten zu ihm hingegangen, um sie geradezurichten.

Im Obduktionssaal hatten Suunaats Helfer inzwischen die Leichen der drei Frauen aufgebahrt. McKenzie lief sogleich zwischen den Tischen umher, als hätte Barbro einen Spürhund von der Leine gelassen.

»Ist das Mädchen Jungfrau?«, fragte er.

Suunaat strafte das Eindringen in ihr Revier mit vollendeter Gleichgültigkeit. »Keine von ihnen.«

Sofi konzentrierte sich auf das Gesicht des jungen Mädchens und vermied es, den kindlichen Körper so genau zu mustern, wie McKenzie es minutenlang tat. Das bewegte Suunaat zu einer Ergänzung ihrer kargen Antwort, damit man keine Zeit verlor: Keine der Frauen hatte in den Tagen vor ihrem Tod Geschlechtsverkehr gehabt.

McKenzie nickte nur und lief weiter seine dreischlaufige Bahn um die Tische. Um die Wartezeit zu überstehen, ersann Sofi eine Theorie, wie der augenscheinlich aus Großbritannien stammende Mann in Stockholm Gerichtspsychiater geworden war. Inzwischen war sie sicher, dass die Fliege mit Absicht schief saß. Damit wollte er Menschen wie sie zermürben.

Dann hob er endlich den Blick. »Meine Damen, wie es aussieht, habt ihr es mit einem Serienmörder zu tun.«

Suunaat schneuzte in ihr Taschentuch.

»Das haben wir uns gedacht«, sagte Barbro.

»Ihr geht also davon aus, dass sich die Serie auf die Polizei selbst bezieht und eine kriminelle Vereinigung mit einem handfesten Ziel dahintersteht?«

Sofi trat einen Schritt vor. »Eigentlich ist das die Arbeitstheorie der Gegengruppe«, warf sie ein und trat wieder zurück.

»Ich halte das für ganz und gar ausgeschlossen. Wir haben es hier mit einem gestörten Menschen zu tun, dem der persönliche Gewinn nichts bedeutet. Natürlich beziehen sich die Taten auf die Polizei, sie entdeckt sie ja schließlich. Stellvertretend für alle.«

Sofi hielt ihren Notizblock hoch. »Außerdem wurde das dritte Opfer nicht hier in der Stadt ermordet. Es verschwand in Jämtland.«

»Das lässt nur einen Schluss zu. Bei so vielen Frauen in der Stadt kann es kein Zufall sein, dass er diese ausgewählt hat. Sie selbst sind das Thema. Zwischen ihnen muss es eine Verbindung geben.«

»Es gibt nur eine«, sagte Barbro. »Der Verdächtige.« Sie nahm die Phantomzeichnung aus der Mappe. Während McKenzie einen Blick auf das Phantom mit dem Schlapphut warf, fuhr Barbro fort. »Unsere Theorie lautet, dass die beiden ersten Opfer diesen Mann vor nicht allzu langer Zeit kennenlernten, als sie sich in einer Phase der Neuorientierung befanden.«

»Das ist eine sehr gute Theorie, wenn man bedenkt, dass dieser Mann ihr Vater sein könnte. Stand den Frauen ihr leiblicher Vater zur Verfügung?«

»Zur Verfügung?«, fragte Sofi.

»Gab es einen leiblichen Vater in ihrem Leben?«

»Bei Nummer drei wissen wir noch nichts. Bei den anderen ist es unterschiedlich. Wir verstehen weder die Verbindung zu diesem Mann noch sein Motiv.«

»Welche Kleidung haben die Frauen getragen?«

Barbro zog Fotos von den beiden ersten Tatorten aus ihrer Mappe. »Die Kleidung war normal. Wahrscheinlich haben sie sie auch bei ihrem Verschwinden getragen.«

»Und das Mädchen?«

Suunaat ging auf ihren quietschenden Sohlen zu den Becken am Fenster und kehrte mit einem Plastikbehälter zurück. Sie legte ein Stück nach dem anderen auf den Tisch: eine Jeans, einen Pullover und einen schwarzen Anorak. Alles war bei den Versuchen, das Mädchen wiederzubeleben, zerschnitten worden. Dazu die abgenutzten Basketballschuhe, wie sie bei Vierzehnjährigen zum guten Ton gehörten.

»Von diesem Tatort gibt es keine Bilder. Aber anscheinend hat sie normal ausgesehen.« Sofi öffnete ihre Mappe und blätterte darin, bis sie die Vermisstenanzeige fand. »Hier steht, sie sei beim Skifahren verschwunden.«

»Dann kann das nicht die Originalkleidung sein«, fand Barbro. »Vielleicht hat sie sich im Hotelzimmer umgezogen.«

»Eben nicht. Die Ortspolizei in Jämtland hat mit den Eltern das ganze Gepäck durchgesehen, um auszuschließen, dass sie abgehauen ist.«

»Ich bringe die Kleidung sofort zur Tatorttechnik«, sagte Barbro. »Weißt du, was es bedeutet, wenn das hier ihre eigene Kleidung ist?«

Sofi nickte akribisch. »Der Täter war in der Wohnung.«

Barbro legte die Stirn in Falten. »Es bedeutet, dass Filipa Lindenbaum nach Stockholm zurückkam, ohne ihren Eltern etwas davon zu verraten.«

»Aha.«

»Darf ich mich einmischen?«, sagte McKenzie. »Wenn sie tatsächlich aus eigenem Antrieb hierhergefahren ist, sich zu Hause umgezogen hat, könnten sich die Schneesachen noch in der Wohnung befinden. Dann wurde Filipa Lindenbaum wie die anderen Frauen hier in Stockholm entführt.«

Sofi betrachtete den Mann eine Weile. »Dann liegt das Rätsel in der Frage, warum sie herkam.«

McKenzie lächelte, was ein wenig satanisch wirkte. »Die Frauen wurden also nicht aus dem Nichts überrascht. Sie kannten die Bedrohung. Das ist eine sehr wichtige Erkenntnis. Sie ändert alles.«

55

Als Sofi ins Büro zurückkehrte, hatte Kjell die Beine auf seinen Schreibtisch gelegt und den Kopf in den Nacken. Er starrte an die Decke und rührte sich nicht, während sie auf ihrem Stuhl Platz nahm. Krisen stand er gerne bequem durch.

»Hast du Snæfríður etwa allein nach Åre fliegen lassen?«

Kjell hob den Daumen und betrachtete weiter die Decke.

»Die unangenehmen Sachen landen ständig bei ihr.«

»Die Psychologin kam doch mit. Und ich wollte nicht eine Stunde lang neben ihr im Hubschrauber sitzen.«

Snæfríður hatte sich sogar schon gemeldet: Ein typisches Stockholmer Einheitspaar seien Filipas Eltern. Mehr hatte sie noch nicht herausgefunden. Zuerst musste die Psychologin ihre Arbeit machen.

»Wie steht es nun um unsere Arbeitstheorie?«, fragte er nach einer Weile.

»Was die angeht, so glaube ich, dass für uns die Zeit des Gürtelengerschnallens gekommen ist.«

»Das stammt bestimmt von Henning.«

»So hat er es formuliert.« Sofi ging mit einem Leinentuch zur Tafel und wischte alles ab. »Alle drei Fundorte liegen in Södermalm. Verbindet man sie, ergibt das eine ziemlich gerade Linie.«

Kjell löste sich endlich aus seiner Starre und verfolgte Sofis Zeigefinger auf dem Stadtplan. Er fuhr von West nach Ost.

»Im Westen Elin, im Osten Judit, und Filipa Lindenbaum genau in der Mitte. Bei drei Punkten ist eine Linie bemerkenswert.«

»Ich habe mal einen Krimi gelesen, da war es ein Pentagramm, das auf dem Kopf stand. Ganz schön diabolisch, was?«

Sofi seufzte.

»War aber auch kein besonders guter Krimi«, murmelte Kjell.

»Es bedeutet nicht mehr, als dass sich unser Mann mitten in Söder befindet, denn inzwischen wollen ihn über dreihundert Menschen schon einmal in dieser Gegend gesehen haben. Viele in Lokalen.«

»Er treibt sich viel herum. Oder würden uns beide so viele Leute von der Straße wiedererkennen?«

»Beim Herumtreiben stößt er auf seine Opfer. Bestimmt lernt er von einem größeren Kreis bloß diejenigen näher kennen, deren Leben sich in einer Krise befindet. Denn sonst kennt ihn ja niemand persönlich.«

»Und die bringt er dann um?«

»Ja.«

»Warum?«

»Der Psychiater weiß es nicht. Er meldet sich, sobald er die Akte durch hat.«

Kjell stand auf und stellte sich ans Fenster. »Ich habe eine Theorie. Wenn er die Frauen kennenlernt, stecken sie mitten in einer Krise. Er ist ein guter Ratgeber und Tröster.«

»Ein väterlicher Typ. Zwischen vierzig und fünfzig.«

»Die Frauen treiben im Nebel. Er ist der Leuchtturm. Die Frauen sehen nur ihn. Sobald sich der Nebel lichtet, werden die anderen Dinge des Lebens wieder sichtbar. Sein Einfluss auf die Frauen schwindet.«

»Und dann bringt er sie um?«

Kjell nickte. »Das ist seine Tragik. Seine Beziehungen zu Frauen sind absolut, verzehrend, und deshalb von kurzer Dauer. Wahrscheinlich geht ihm das schon länger so, aber mit dem Töten hat er erst vor kurzem begonnen.«

»Er ist seelisch uneigenständig? Tatsächlich ist *er* labil und nicht die Frauen?«

»Mit dem Töten verändert sich seine Haltung nicht. Lange vorher übernimmt er ja das Steuer im Leben der Frauen.«

»Mit ihrem Tod macht er sich also unkündbar.«

»Es ist nur eine Ahnung. Ich bin vorhin noch einmal alle Auffindesituationen durchgegangen. Und bei Elin habe ich dieses starke Bild im Kopf: Sie sitzt in einem Sonnenstuhl im Schneenebel.«

Sofi presste die Kappe auf den Filzstift. »Eines hast du übersehen: Alle drei Frauen starben gleichzeitig.«

»Wer weiß schon, wie viele Töpfe auf seinem Herd stehen.«

»Töpfe auf einem Herd?«

»Als ich meine erste Frau kennenlernte, hatte sie nur eine winzige Küche mit kleinen Töpfen. Wenn sie Kartoffeln kochte, stand auf jeder Herdplatte ein Topf, und in jedem kochte eine einzige Kartoffel.«

Sofi lachte.

»Hast du eine andere Theorie?«

»Mir sind Zweifel gekommen, ob die Lebenskrise, auf die wir uns bei den Frauen so sehr stürzen, wirklich eine Rolle spielt. Solche Knicke findet man doch bei jedem.«

Kjell dachte lange darüber nach. »Die Krise bedeutet etwas, da kannst du sicher sein. Denk nur an die Auffindesituationen.«

»Ebendas hat die Zweifel bei mir ausgelöst. Bei Filipa Lindenbaum sieht nichts nach einer Krise aus. Die Auffindesituationen imitieren ja die Situation, aus der das Opfer zuvor verschwunden ist. Da Elin eine Krise hatte, saß sie eben oft am Strand. Dem Täter blieb also gar nichts anderes übrig, als sie aus dieser Situation zu reißen. Er hätte sie schlecht gleich im Telia-Laden mitnehmen können, zusammen mit dem Kabel, das er gekauft hat.«

56

Am späten Vormittag bevölkerten drei Dutzend Väter mit ihren Kindern die Eisfläche auf dem Zinkensdamm-Sportplatz. Einige Jugendliche waren darunter. Das Eis schien ideal zu sein. Seit Tagen war es so kalt, dass sich selbst die Schneeberge in Eisberge verwandelt hatten.

Barbro entdeckte Henning auf der Gegentribüne. Er hielt einen Glühwein in der Hand. Als er sie bemerkte, stellte er ihn rasch ab, damit es so aussah, als stünde der Becher ganz zufällig da.

»Wie viele hattest du?«, lautete ihre Begrüßung.

»Erst mein dritter.«

Barbro nahm den Becher und trank.

»Warst du oben in der Wohnung?«

»Per hat nichts gefunden, was der Skikleidung ähnelt.«

Also blieb ungewiss, ob sie in Jämtland oder hier entführt wurde. Barbro gab Henning den Glühwein zurück und steckte ihre Hände in die Jackentaschen.

»Jeden Augenblick muss jemand aus Filipas Gang eintrudeln«, sagte Henning. »Der Platzwart sagt, dass sie meist gegen zwölf kommen.«

Und genau das geschah. Wenige Minuten später deutete der Platzwart am Eingang auf eine Gruppe Jugendlicher, die auf der Gegentribüne Platz nahm, um die Schlittschuhe zu schnüren.

»Die Mollige da«, flüsterte Nykvist, als sie zu ihm hinübergeeilt waren.

Henning zögerte nicht und schritt auf das Mädchen zu. Es balancierte gerade auf den Kufen zum Eis.

»Die Polizei«, sagte Henning. Ihr Ausweis brachte das Mädchen noch mehr ins Schwanken. »Wie heißt du?«

»Nellie.«

»Hast du einen Nachnamen, Nellie?«

»Åslund.«

»Wie alt bist du?«

»Vierzehn.«

»Verdammt. Warum kannst du nicht fünfzehn sein?«

»Genau dasselbe sage ich auch immer!«

»Wo wohnst du?«

»Warum willst du das wissen?«

»Sag es einfach.«

Das Mädchen streckte den Arm aus und deutete schräg über den Ringvägen.

»Wollmar Yxkullsgatan?«

Das Mädchen nickte. Henning ließ sich von ihr die genaue Adresse geben. Barbro, die abseits stand, setzte sich sofort in Bewegung.

Als sie vor dem Haus ankam, stellte sie zu ihrem Erstaunen fest, dass Nellie Åslund von ihrem Fenster aus auf die Maria-Notaufnahme blicken konnte. Nun war auch klar, warum die Sanitäter nicht gezögert hatten und sofort hierhergefahren waren. Die Klinik lag zweihundert Schritte vom Sportplatz entfernt.

Der Vater öffnete. Er war ein richtiger Svensson mit knochigem, rasiertem Schädel. Barbro zückte ihren Ausweis und redete Klartext. Der Mann nickte spartanisch, zog eine Jacke vom Haken und ging voran.

»Warte«, sagte sie draußen auf dem Gehweg. »Lass uns langsam gehen.«

Nellies Vater, der Björn hieß, verlangsamte seinen Schritt.

»Kennst du Filipa?«

»Sie ist seit der Kindertagesstätte Nellies beste Freundin. Die hielten zusammen.«

Barbro fragte weiter. Filipa war vor zwei Wochen bei Nellie

gewesen, denn im vergangenen Vierteljahr hatten die beiden weniger Zeit miteinander verbracht. Die Eltern hatte er zuletzt am Silvesterabend 1996 gesehen. Es war zum Streit gekommen, weil sich Filipas Eltern für etwas Besseres hielten, und der fortgeschrittene Silvesterabend war bekanntlich ein guter Zeitpunkt, um solche Dinge zur Sprache zu bringen.

»Dabei arbeiten sie im Finanzamt.«

»Wir müssen Nellie so schnell wie möglich befragen«, sagte Barbro. »Aber das dürfen wir nur in deiner Gegenwart.«

»Natürlich könnt ihr sie befragen«, brummte Björn Åslund und ballte die Fäuste.

Er ist sensibel, dachte Barbro. Trotz seines Schädels.

Im Stadion hatte Henning inzwischen die Zeit genutzt, Nellie über den Tod ihrer besten Freundin zu informieren. Barbro konnte sie weinen sehen. Dann stürzte der Vater auf sie zu und verdeckte alles.

Henning kam mit heimlich erhobenem Daumen. »Du musst allein mit ihnen fahren. Anscheinend hatte Filipa einen wesentlich älteren Freund, mit dem es Ärger gab.«

»Um wie viele Jahre älter?«

»Auf keinen Fall unser Mann. Er hing gelegentlich mit den Jugendlichen seines Alters hier herum, gehörte allerdings nicht richtig dazu, weil er nicht aus dem Viertel stammte.«

Barbro fragte nach dem Namen, aber Henning hatte nur erfahren, dass sein Spitzname Sid lautete.

»Und du willst ihn dir schnappen?«

»Mit einer Handvoll Leuten von der Maria-Wache. Sie kennen sie alle.«

»Und welchen Ärger hatte Filipa mit ihm?«

»Nellie behauptet, er habe sie bedroht und ihr aufgelauert, nachdem sie sich von ihm getrennt hat. Er scheint nicht der Friedlichste zu sein. Deswegen wollte Filipa auch unbedingt nach Jämtland.«

57

Auf der Fahrt zum Ferienhaus der Lindenbaums betrachtete Snæfríður die Berge. Das Haus lag etwas abseits des Zentrums in Storlien. Das erste Verhör hatte sie abbrechen müssen, deshalb war Snæfríður mit den Polizisten zur Wache gefahren und hatte die Psychologin Stina Nääs ihre Arbeit machen lassen.

»Du magst die Berge, das sehe ich«, sagte Gudjon, der seine Beflissenheit als Polizist mit einem Dreitagebart zu überdecken versuchte. Er musste Mitte vierzig sein und war an Frauen jeder Art interessiert.

In der Tat war Gudjon bereits während der zweitägigen Suche in den Bergen der Verdacht gekommen, es nicht mit einer üblichen Bergsuche zu tun zu haben. In seinen vier Jahren als Polizeichef der Kommune hatte er nicht erlebt, dass alle Plätze, wo Skifahrer bevorzugt mit gebrochenem Bein lagen, leer waren. Deshalb hatte er früh dort suchen lassen, wo ein Lustmörder ein vierzehnjähriges Mädchen versteckt haben könnte. Eine Ortung war unmöglich. Die Eltern waren der Meinung, ein vierzehnjähriges Mädchen brauche kein Mobiltelefon zu besitzen. Was Nellie unter den vierzehnjährigen Mädchen der Nordhalbkugel der Erde einzigartig machte.

»Ich bezweifle, dass es mit den Eltern schnell geht«, sagte Snæfríður.

»Da liegst du goldrichtig. Ich habe bereits am Anfang die Möglichkeit angesprochen, das Mädchen könnte abgehauen sein, aber die beiden beharrten auf dem Skiunfall. Stockholmer eben.«

»Warum bist du deiner Ahnung nicht nachgegangen?«

»Wir fanden ihre Skisachen nirgendwo. Da lag es näher, dass sie die noch trug.«

Sie erreichten die Ferienhütte. Noch immer saßen alle in der Stube zusammen. Mit den Lindenbaums wohnten zwei weitere Paare dort. Obwohl sie aus Lund und Västerås stammten, schienen alle seit Jahren miteinander befreundet zu sein.

Die Psychologin Stina Nääs nickte unauffällig. »Viktor und Harriet wüssten gern, ob die Polizei eine Vermutung hat.«

»Ich benötige einige Antworten von euch. Ist das möglich?«

Zum Glück nickten Viktor und Harriet.

»Alles deutet darauf hin, dass Filipa einen Freund hatte. Wisst ihr davon?«

»Wir waren damit nicht einverstanden. Sie hatte zwar davor schon Freunde, aber Hampus hatte keinen guten Charakter.«

»Das sah man ihm gleich an«, fügte die Mutter hinzu.

»Ist Hampus sein richtiger Name?«

Der Vater nickte und trank aus dem Wasserglas, das sich die beiden teilten. Die Eltern waren ziemlich jung. Sie konnten höchsten zwanzig gewesen sein, als Filipa auf die Welt kam.

»Und weiter?«

»Wir schwiegen lieber, weil es in diesem Alter ohnehin nicht länger als drei Wochen dauert. Aber als es endete, waren wir froh.«

»Wann war das?«

»Vor drei Wochen.«

»Was störte euch an seinem Charakter?«

»Er war aggressiv«, sagte der Vater. »Unterentwickelt auf der Stufe, dass er nicht einmal grüßte.«

Die Mutter starrte Snæfríður an. »Willst du etwa sagen, er könnte etwas damit zu tun haben?«

»Es gibt Andeutungen von Filipas Freundin Nellie. Hat sich Filipa irgendwie geäußert?«

»Was sollte sie denn geäußert haben?«

»Nellie behauptet, er habe sie bedroht.«

Die Eltern sahen einander an und schüttelten den Kopf.

Die Mutter fuhr fort. »Wir wissen nicht, wie lange das ging. Herausgefunden haben wir es nur, weil Filipa sich in der Schule verschlechterte. Der Lehrer rief uns an.« Filipa war von jeher eine wechselhafte Schülerin gewesen, in einigen Fächern gut, in anderen schlecht. Sie besuchte die neunte Klasse, die letzte Klasse der Grundschule. In Mathematik drohte ihr ein Nichtbestanden. »Wir waren uns einig, dass sofort etwas geschehen musste«, erklärte die Mutter. »Weil das Zeugnis am Ende des Jahres darüber entscheidet, ob sie das Gymnasium besuchen darf.«

Die Befürchtungen bestätigten sich nicht. Nach dreiwöchiger Nachhilfe erholten sich ihre Noten. Als der Lehrer erneut anrief und Entwarnung gab, schoben die Eltern das Zwischentief ihrer Tochter auf Hampus, denn Filipa war beileibe kein dummes Kind. Ein wenig mehr Disziplin hatte sie wieder auf den rechten Weg gebracht.

Viktor Lindenbaum verstummte, als hinter ihm die Treppe knarzte. Die Beine einer Frau erschienen. Sie kam nur zögernd herab und hielt dabei ein Mädchen bei der Hand, das jünger als Filipa war und auch noch nicht in der Pubertät.

»Entschuldigt die Störung«, sagte die Frau, die wegen ihres dunklen Haars leicht als Mutter des Mädchens zu erkennen war. »Sisela muss euch etwas sagen.«

Sisela überwand sich zunächst nicht. »Fippan hat mir befohlen, nichts zu verraten.«

»Gut, setz dich hier hin«, bat Snæfríður. »Was durftest du nicht verraten?«

»An dem Morgen, da wart ihr alle weg. Fippan sagte zu mir: ›Ich muss weg. Du darfst nichts verraten.‹«

»Wohin weg? Hat sie das gesagt?«

Das Mädchen schüttelte den Kopf. »Sie muss dringend etwas erledigen – das hat sie gesagt.«

Alle Erwachsenen im Raum fragten sich, was eine Vierzehnjährige dringend zu erledigen hatte.

»Wieso hat sie dir überhaupt davon erzählt?«

»Sie musste. Ich habe gehört, wie sie telefonierte.« Sisela deutete auf das Telefon neben dem Kamin.

»Was sagte sie beim Telefonieren?«

»Sie erkundigte sich nach dem Zug.«

Snæfríður riss den Kopf zu Gudjon, der abseits an der Wand lehnte.

»Es gibt Direktzüge nach Stockholm«, sagte er.

Viktor Lindenbaum hämmerte sich mit der Faust gegen die Stirn. »Scheiße, verdammte!«

»Das ist immer so«, erklärte Snæfríður den Eltern. »Nichts ist selbstverständlich.« Sie warf Gudjon einen warnenden Blick zu. Die Eltern würden sich das nie verzeihen.

Filipa hatte dem Mädchen noch mehr anvertraut. Sie würde erst am nächsten Vormittag zurückkehren, vielleicht sogar später, wenn es schlecht lief. Deshalb hatte das Mädchen so lange gewartet. Erst jetzt rechnete es nicht mehr damit, dass Filipa noch kommen würde.

»Wann habt ihr sie zum ersten Mal vermisst?«, fragte Snæfríður die Eltern.

»Schon am frühen Abend.«

»Traut ihr Filipa zu, sie könnte vorausgesehen haben, dass ihr ihre Abwesenheit noch vor ihrer Rückkehr entdecken würdet?«

»Natürlich. Sie ist ein vierzehnjähriges Mädchen, das nicht länger als einige Stunden ohne die Aufsicht ihrer Eltern verbringen kann. Sie musste fest damit rechnen, dass wir am Abend nach ihr sehen. Daran besteht überhaupt kein Zweifel.«

58

Kjell vergaß zu klopfen, als er die Tür zum Besprechungsraum öffnete. Barbro, Nellie und ihr Vater saßen eng beieinander am Tisch und sahen auf. Kjell nahm sich einen Stuhl und drängte sich damit zwischen Barbro und das Mädchen.

»Ich muss euch unterbrechen. Es sind Fragen aufgetaucht, die nur du beantworten kannst. Filipas Eltern haben uns erzählt, wie schwer sich Filipa in der Schule getan hat.«

Nellie nickte.

»Du weißt also davon.«

»Wir sitzen nebeneinander. Aber nur in Mathematik und Natur.«

»Anscheinend hat sie sich darin wieder verbessert.«

»Das stimmt.«

»Sie hat Nachhilfe genommen.«

»Ja.«

»In einem Nachhilfeinstitut mit dem Namen ›Paukpferde‹ in der Hornsgatan.«

Nellie kicherte ein wenig, fand den Namen dann aber doch nicht so originell. »Kann sein. Nachhilfe hatte sie.«

»Die Eltern sind sich sicher, dass es dort war. Und hier haben wir ein kleines Problem. Die Paukpferde bestehen darauf, nie eine Filipa Lindenbaum als Schülerin gehabt zu haben.«

»Kann sein.«

»Warst du dort?«, flüsterte Barbro.

Kjell nickte. »Nellie, kannst du dir erklären, wie Filipa es schaffte, ihren Mathematiklehrer in solche Verzückung zu versetzen?«

»Sie war eben klug.«

»Nein, Nellie, Filipa hatte große Lücken im Rechnen. Der

Lehrer sah keine Möglichkeit, wie Filipa sich in kurzer Zeit verbessern könnte. Jemand muss ihr geholfen haben.«

»Das stimmt. Aber ich weiß nur, dass sie manchmal von der Nachhilfe kam. Erzählt hat sie darüber nichts.«

»Wir lassen dich eine Viertelstunde lang allein. Und du gehst jedes Gespräch mit ihr noch einmal durch. Ich möchte von dir wissen, ob du je den Namen Elin Gustafsson von ihr gehört hast.«

»Verdammt«, sagte Barbro im Flur. »Ein sehr guter Einfall!«

»Darauf wird es hinauslaufen. Elin Gustafsson ist die Nachhilfelehrerin. Mathe konnte sie. Da hatte sie stets gute Noten.«

»Fünfzig dagegen.«

Kjell nickte.

»Wettet ihr etwa?«, fragte der Vater.

»Ständig.«

Nellie riss von innen die Tür auf. »Nein. Keine Frau. Der Name des Lehrers ist Jon Ardelius.«

»Bist du sicher?«, fragte Kjell.

»Am Anfang hat sie mal gesagt, sie würde am Nachmittag keine Zeit haben. Um drei müsse sie zu Ardelius. Und vor kurzem hat sie einen Jon erwähnt.«

»Kann das jemand in eurem Alter sein?«

»Das hätte sie mir haarklein erzählt. Ardelius. Jon. Jon Ardelius.«

»Kluges Mädchen. Weißt du auch …«

Barbro legte ihre Hand auf Kjells Unterarm und brachte ihn so zum Schweigen. »Ihr beiden geht bitte zurück ins Zimmer. Und du kommst mit.«

Verwundert folgte Kjell ihr in den Raum, den sie sich mit Henning teilte. Vor dem Regal, in dem alle Spuren des laufenden Falls in Ordnern gesammelt wurden, breitete sie die Arme aus. In dieser Haltung drehte sie sich nach rechts. Auf der Kommode hinter seinem Stuhl versuchte Henning, mit all seinen Notizzetteln den Hadrianswall nachzubauen.

»Irgendwo hier taucht dieser Name auf.«

»Willst du sagen, du hast diesen Namen gerade nicht zum ersten Mal gehört?«

»Genau das! Ich habe den Namen in diesem Meer von Akten gesehen.«

Kjell versuchte, die Zahl der Seiten auf Tausend genau zu schätzen. »Wie sicher bist du?«

Barbro reagierte nicht. Also war sie sich sehr sicher.

»Barbro, das kann ein Déjà-vu sein. Wenn das ein Déjà-vu ist, dann vergesse ich mich.«

»Ich beginne jetzt. Ruf Snæfríður an. Sie soll die Eltern fragen. Vielleicht haben die den Namen auch schon einmal gehört.«

Kjell stürmte hinüber in sein Zimmer, obwohl er noch nicht den Geruch der Jagd witterte. Barbro konnte sich manchmal vertun.

»Sagtest du Ardelius?«, antwortete Snæfríður.

»Ja, ist der Name etwa bei euch gefallen?«

»Den habe ich neulich erst gehört. In Stockholm. Nur wann und wo?«

»Er steht irgendwo in unseren Akten, behauptet Barbro. Jetzt suchen wir.«

Inzwischen hatte Barbro alle sechsundzwanzig Ordner auf dem Boden arrangiert und begonnen, darin zu blättern.

»Die Spurenkataloge etwa auch?«

»Der Name könnte auf einem Foto vorkommen. Wenn er genannt worden wäre, wüsste ich es längst.«

»Snæfríður ist dem Namen ebenfalls begegnet.«

»Da hast du's!«

Kjell wollte sich gerade eine freie Ecke auf dem Boden suchen, als drüben das Telefon klingelte.

Es war wieder Snæfríður. »Fahr zum Wetteramt.«

»Hast du den Namen etwa dort gehört?«

»Ja. Ich glaube schon.«

Als er mit dem Wagen aus der Garage kam, war es draußen dunkel. Der Feierabendverkehr setzte ein. Er nahm den Essingeleden und bog hinter Gröndal ab. Die schmale Straße bis zur Winterbucht war so glatt, dass Kjell nur langsam vorankam.

Er dachte wieder an die Boje. Wenn das wahr wäre und Ardelius wirklich beim Wetteramt arbeitete, dann hatte die Sache doch mit der Boje zu tun.

Vor den Wellblechhütten am Ende der Straße brannte nur eine Laterne. Kjell klopfte an die Tür. Als ein junger Kerl nach einer Weile öffnete, zeigte Kjell seinen Ausweis.

»Meine Kollegin war vor einigen Tagen schon einmal hier«, sagte er.

»Ja, wir haben zusammen nach dem Rollstuhl gesucht.«

»Darf ich reinkommen?«

»Habt ihr den Rollstuhl gefunden?«, fragte er auf dem Weg hinein.

»Kann man nicht sagen.« Kjell blinzelte, weil selbst er eine solche Unordnung noch nicht gesehen hatte. Links standen vier Schreibtische, ohne Rücksicht auf das menschliche Bedürfnis nach Reviergrenzen arrangiert. Das war wohl die Buchhaltungsabteilung. An der rechten Wand reihten sich Messgeräte. Und über allem schwebte der Geruch von Maschinenöl. In der Mitte schien ein Raumschiff gelandet zu sein.

»Ist sie das?«

»Die Boje? Ja, das ist sie.«

Kjell ging wie hypnotisiert auf die riesige Kugel zu, als näherte er sich einem fremden Hund, über dessen Gutmütigkeit er sich nicht sicher war.

»Du bist doch der irre Typ in dem Kajak, nicht wahr?«

»Das Ding hätte mich um ein Haar fertiggemacht.«

Der Kerl schmatzte laut. Sich im halb gefrorenen Wasser aus einem gekenterten Kajak zu befreien, hätte anstrengend werden können. Das sah er jetzt ein.

»Du bist hoffentlich nicht gekommen, um dich an der Boje zu rächen. Ich habe sie gerade flottgemacht.«

»Ich bin wegen Jon Ardelius hier. Meine Kollegin behauptet, dass er bei euch arbeitet.«

»Wie kommt sie darauf?«

»Sie hat den Namen hier gehört.«

»Das da ist Ardelius.« Er deutete auf einen flimmernden Bildschirm.

»Der Computer?«

»Wir haben damit ausgerechnet, wo sich der Rollstuhl hätte befinden müssen. Wenn er dort gewesen wäre.«

»Ich möchte es mir gern anschauen.«

Kjells Interesse kam gut an. Offensichtlich interessierte sich die Welt sonst nur für Endergebnisse. Sie nahmen beide vor dem Bildschirm Platz. Der zweite Stuhl stand wahrscheinlich noch von Snæfríður's Besuch da.

Kurven schlängelten sich dahin, überlagerten einander oder blinkten.

»Er rechnet gerade. Das muss ich erst unterbrechen.«

In zwei Ecken des Raumes bliesen elektrische Heizungen Luft herein. Trotzdem bildeten sich auf den Fensterscheiben so viele Eisblumen, dass man nicht mehr hinaussehen konnte. Kjell sank ein wenig in sich zusammen. Wenn Ardelius nur irgendein System oder ein Mathematiker war, dann hatte Filipa ihn vielleicht erwähnt, ohne damit den Nachhilfelehrer zu meinen.

»Ist dies das Mimir-Programm, das den Untergang meines Hauses voraussagt?«

»Ja, es rechnet für uns Strömung und Wassermenge im Mälaren aus. Die Daten erheben wir mit den Bojen.«

»Odins Augen. Verstehe. Sehr originell, die Namen.«

»Fanden wir auch.«

»Was hat das nun mit Ardelius zu tun? Ist er der Schöpfer?«

»Schöpfer?«

»Ein altmodisches Wort für Programmierer.«

»Ardelius hat nur den Algorithmus entwickelt. Er arbeitet mit einem Programmierer zusammen, der daraus dann die Software entwickelt.«

Eine Landkarte erschien. Zwischen den Konturen strömten Linien dahin.

Kjell beugte sich vor und versuchte, sein Haus zu bestimmen. »Im Långholmen-Kanal gibt es ja überhaupt keine Strömung. Keine einzige rote Linie. Das hätte ich dir allerdings auch sagen können.«

»Die Messdaten sind ganz frisch. Der Kanal ist bis zum Grund gefroren.«

»Habe ich dich richtig verstanden? Ardelius arbeitet gar nicht beim Wetteramt?«

»Nein. Als das Projekt entwickelt wurde, hat unsere Zentrale in Linköping die Aufgabe ausgeschrieben. Die fragten auch Ardelius, weil er Schwede ist und sich als Mathematiker mit nichtlinearer Mathematik beschäftigt.« Und tatsächlich nahm Ardelius den Auftrag nicht nur an, sondern lieferte dem Wetteramt mehr, als man erwartet hatte. »Solch ungeheure Datenmengen lassen sich eigentlich nur mit Spezialrechnern auswerten. Wir wissen nicht, wie er es geschafft hat. Das Programm ist nicht einmal besonders groß, es passt auf eine CD.«

»Ihr wisst nicht, wie es funktioniert?«

»Ardelius hat es nicht verraten. Aber das Programm macht so ungeheuer exakte Vorhersagen, dass wir uns ganz schön wundern. Das ist etwa so schwierig, wie das Wetter vorauszusagen.«

»Jedoch mit Wasser.«

»Wasser verhält sich träger, und der Datenraum ist begrenzt, dennoch ist unseren Experten keine Formel bekannt, die das bewältigen könnte.«

Kjell überlegte, was Sofi gemacht hätte. »Seid ihr nie auf die Idee gekommen, in das Programm hineinzuschauen?«

»Das können wir nicht. Es ist binär.«

»Hast du seine Adresse?«

»Nur die seiner Firma. Die sitzt in der Nähe von Dublin in einer irischen Kopie des Silicon Valley.«

59

Sofi Johansson trommelte mit den Fingern auf der Ladentheke. Der Verkäufer kramte seit fünf Minuten im Hinterzimmer. Sie konnte ihn zwar nicht sehen, aber die ganze Zeit hören.

»Hallo?«, rief sie halbherzig, denn inzwischen wurde ihre Zeit knapp. Sie war in drei Minuten mit Linda Cederström verabredet. Außerdem hatte am Vormittag Anna Issaro all ihre Schülerinnen mit einem Telefonanruf an die Tanzstunde am Abend erinnert und die Folgen des Versäumnisses wie eine unheilbare Krankheit geschildert.

Sie hörte den Verkäufer heranschlurfen. Sein streng zu einem Zopf frisiertes Haar war vom Kramen ein wenig aus der Form geraten. Er kam mit leeren Händen. Dazu schüttelte er den Kopf.

»Es gibt eine CD mit Jean Ferrats größten Hits. Die kann ich bestellen. Dauert drei Wochen.«

»Für eine Platte aus Frankreich drei Wochen? Bis dahin ist das 21. Jahrhundert vorbei.«

»Warum nimmst du nicht eine von Elie Simoun? Die sind ganz frisch reingekommen.«

Sofi dachte gar nicht daran, diesen Vorschlag mit einer Antwort zu würdigen, und lud den Verkäufer durch Anstarren zu einem besseren Vorschlag ein.

»Schau mal bei den Kaufhäusern in der Innenstadt. Dort könntest du Glück haben.«

»Die haben mich hergeschickt.«

Der Verkäufer blätterte wieder in seinem Katalog. »Wie sicher bist du, dass Jean Ferrat Chansons singt?«

Sofi hob den Daumen.

»Aber die Musik ist ein wenig kitschig, oder? Mit Streichern.«

»Das ist ja der Witz.«

»Ich muss es bestellen.« Er nahm seine Brille ab und begann sie zu putzen. Das war wohl als abschließende Geste gemeint.

Sofi willigte ein. Drei Wochen, das war immer noch besser als niemals, auch wenn es sich genauso anfühlte.

Sie eilte die Odengatan hinauf. Bis zu Majas Bar waren es zweihundert Schritte. Am Samstagnachmittag herrschte dort Leere. Die Arbeit in der Küche hatte begonnen und verbreitete den Duft von libanesischem Essen im ganzen Lokal.

Linda saß an der Bar und war mit Maja ins Gespräch vertieft. Auf ihrem Schoß hatte sie ihre kleine Schwester Lilly. Die versuchte, an einem großen Glas zu nippen. Auch Ida war gekommen. Maja hatte ihr erzählt, dass Ida neuerdings immer hier war, wenn sie von der Universität kam.

»Ist Kjell im Büro?«, fragte Ida nach der Begrüßung.

»Wir haben Pause bis zum Abend.«

Linda hatte sich deutlich verändert. Sie kam Sofi nicht nur körperlich größer vor. Das Ausland hatte eine Erwachsene aus ihr gemacht, wahrscheinlich, weil zum ersten Mal in ihrem Leben die Umgebung selbst das Erlebnis war und nicht irgendein Plan, den Linda in ihrem Kopf ausheckte.

Sofi erwartete, dass Linda von fremden Ländern erzählte, doch die drei Frauen interessierten sich nur für eine Sache: Sofis Briefe.

»Hast du sie dabei?«, fragte Linda.

Sofi nickte. Die Briefe trug sie ständig bei sich, und sie waren auch gestern noch der Grund gewesen, warum sie Linda ein Treffen vorgeschlagen hatte. Nun kam ihr die Sache jedoch überhaupt nicht mehr drängend vor.

Linda faltete die beiden Zettel auf und betrachtete sie. »Du willst also von mir wissen, wer das gemalt haben könnte. Wie ein Grafologe, aber mit Bildern.«

»Genau das will sie von dir«, bestätigte Maja, bevor Sofi es konnte.

»Hm, das hat auf jeden Fall ein Mann gemalt. Und er ist älter.« Das Schweigen der anderen deutete Linda erst nach einer Weile als Wunsch nach einer Begründung. »Es ähnelt Zeichnungen aus den Fünfzigern. Habt ihr mal die Illustrationen in einem alten Schulbuch gesehen? Damals hatte man einen gewissen Stil mit einfachen Schwüngen. Heute macht das keiner mehr. Es wirkt altmodisch.«

Das war auch Sofi aufgefallen. Die Zeichnungen wirkten ein wenig altertümlich, zeigten aber ohne Zweifel Sofi Johansson in der Gegenwart. Sie mussten frisch sein.

Das fanden auch die anderen.

Linda zuckte mit den Schultern. »Sie stammen von einem, der vor langer Zeit gelernt hat zu zeichnen.« Mehr hatte sie nicht zu sagen.

»Was meinen denn die anderen dazu?«, wollte Ida wissen.

»Ich hab's ihnen gar nicht erzählt.«

Idas Augen weiteten sich. »Nach allem, was passiert ist, hast du nichts davon erzählt?«

»Nein, hab ich nicht.«

Maja verschränkte die Arme vor der Brust. Solche Dramen wünschte sie sich als Wirtin.

»Ich hab aufgepasst«, erklärte Sofi.

»Schläfst du etwa mit deinem Revolver unter dem Kopfkissen?«, fragte Maja.

»Pistole«, korrigierte Sofi.

Maja kam zurück zum Thema. »Und dieser Jemand ist ein Mann?«

»Da habe ich überhaupt keine Zweifel«, behauptete Linda und hielt sich die erste Zeichnung dicht vor die Augen. »Obwohl sie nicht anzüglich sind. Nicht sexuell, meine ich.«

Sofi seufzte.

»Du hast doch jemand«, sagte Maja. »Kannst du Jokke nicht mal deine Adresse geben? Er ruft dauernd an oder taucht hier auf.«

»Wie oft genau?«

Maja zählte Male und Zeiten auf. Als Sofi fragte, wieso sie sich sogar die Minuten gemerkt hatte, erwiderte Maja, damit gerechnet zu haben, von Sofi verhört zu werden. Sofi wiederum kannte Maja mittlerweile in- und auswendig. Es bestand kein Zweifel, dass sie in dieser Sache für zwei Seiten arbeitete.

Linda und Ida staunten jedoch, als Maja ihnen erzählte, auf welches Abenteuer sich Sofi eingelassen hatte. Eine Affäre hatten sie ihr anscheinend nicht zugetraut. Dabei gab es stets einen Menschen, den Sofi interessanter fand als alle anderen.

»Ich habe nicht vor, ihm meine Adresse zu verraten«, sagte Sofi, und es war mindestens zur Hälfte wahr.

»Aber er kreuzt dauernd bei mir auf.«

»Ich habe nicht vor, mich mit einer solchen Affäre ins Verderben zu stürzen.«

Linda, deren Schwerpunkt neben der Malerei auf verhängnisvollen Affären lag, schüttelte energisch den Kopf. »Wenn ein Verhältnis nicht ins Verderben führt, bringt es dich künstlerisch nicht weiter.«

60

Bei seiner Rückkehr ins Polizeigebäude fand Kjell seine Kollegin Barbro genauso vor, wie er sie eineinhalb Stunden zuvor verlassen hatte: auf dem Boden kniend in Unterlagen vertieft. Ihr Hintern ragte empor. Als sie aufschaute, war ihr Gesicht rot angelaufen.

»Hast du Snæfríðurs Berichte überflogen?«, fragte er.

»Nein. Sollte ich das tun?«

»Snæfríður hat den Namen beim Wetteramt im Zusammenhang mit einem Computerprogramm gehört. Wenn wir Pech haben, hast du den Namen auf einem ihrer Berichte gelesen.«

Solche Déjà-vus kamen bei einer Ermittlung ständig vor, weil der größte Teil der Arbeit darin bestand, die Akten immer wieder durchzulesen. Deshalb seufzte Barbro jetzt.

Kjell warf seine Jacke auf den Schreibtisch und kniete sich neben sie.

»Das müsste im Spurenordner zu Elin sein«, sagte sie. Um herauszufinden, welcher der aufgeschlagenen Ordner das war, mussten sie alle umdrehen.

Vom Flur drang Lärm ins Zimmer. Henning lief an der offenen Tür vorbei und geradewegs zum Besprechungsraum, dicht gefolgt von zwei Uniformierten und einer weiteren Person. Sie hörten undeutliche Worte und die Tür zuschlagen. Dann stand Henning vor ihnen.

»Du hast ihn!«, sagte Kjell. »Sehr gut!«

Hennings Gesicht war rot vor Kälte, und noch ein bisschen

röter aus einem anderen Grund. »Ich bin ganz schön wütend! Zwei Stunden lang habe ich mir die Beine in den Bauch gestanden, während der Kerl mit seinen Freunden im Kino saß.«

»Trotzdem sehr gut!«

»Was macht ihr da?«

Kjell berichtete von Barbros Visionen. Er wollte Henning nicht sagen, dass Jon Ardelius inzwischen wichtiger war als Hampus. Aber er musste es tun.

»Nein«, erwiderte Henning und griff in seine Jackentasche, um sein berüchtigtes Knäuel aus winzigen Notizzetteln hervorzuziehen. »Es gibt Neuigkeiten aus dem Skiparadies. Sie haben das Telefon in der Hütte überprüft, weil Filipa Lindenbaum ja kein eigenes Telefon haben durfte. Damit hat sie in den Tagen vor ihrem Verschwinden ein Dutzend Telefonate geführt, alle nach Stockholm.«

»Mit wem?«

Neuer Zettel: »Freundinnen. Wir haben noch nicht alle Nummern identifiziert, aber Nellie ist dabei. Und jetzt kommt es!« Neuer Zettel. »Am letzten Abend hat sie ihn angerufen.« Henning deutete mit dem Daumen über seine Schulter. »Er ist der letzte Mensch, der mit ihr Kontakt hatte.«

Barbro stand auf und klopfte sich den eingebildeten Staub von der Hose. Dann nahm sie ein Zitronendrops. Das Lutschen unterbrach sie nur für die Anmerkung, dass ungewiss war, ob Filipa aus eigenem Antrieb nach Stockholm gekommen oder hierher verschleppt worden war.

Hennings Antwort stand auf dem nächsten Zettel. »Sie haben ihre Skisachen in einem Schließfach am Bahnhof von Storlien entdeckt. Ihre Fingerabdrücke sind am Türgriff, also stimmt die Aussage des kleinen Mädchens, mit dem Snæfríður gesprochen hat: Filipa hatte vor, nach Åre zurückzukommen.«

Kjell schlug vor, dass Barbro das Verhör übernahm, solange

Hennings Gesicht noch nicht die normale Blässe wiedererlangt hatte. Bei Verhören war sie die zweite Wahl nach Snæfríður.

Henning stimmte zu. Er hatte ohnehin genug von dem Kerl. Der ganze Tag war eine verdammte Einheit. Alles lief gleichmäßig schlecht. »Wie war der Name, den Barbro wiedererkannt haben will?«, fragte er.

»Ardelius. Jon Ardelius.«

»Der steht auf der Kundenliste.«

»Welche Kundenliste?«

»Die vom Telia-Laden! Barbro hat versucht, über die Kundenliste herauszufinden, wie der Mann hieß, der erst bei Elin eingekauft und dann einen großen *Latte* mit ihr getrunken hat.«

»Bist du sicher?«

»Ich war doch dabei, als sie die Liste mit dem Hotelchef durchgegangen ist. Ich habe eine Kopie.« Henning lief zu seiner Ablage und zog ein Bündel Papiere hervor. »Die Liste ist alphabetisch sortiert, deshalb steht der Name an erster Stelle.«

Henning hatte tatsächlich recht. Jon Ardelius hatte für achtundsiebzig Kronen bei Elin Gustafsson eingekauft.

»Weißt du, was das bedeutet?«

Henning nickte. »Jon Ardelius taucht bei allen drei Opfern auf. Er ist dringend tatverdächtig. Hat Barbro nachgesehen, wo er wohnt?«

Daran hatte Barbro bei all den Ordnern nicht gedacht. Henning setzte sich vor seinen Computer und gab den Namen ein. Das Volksbuch enthielt ihn dreizehnmal. »Kein Einziger wohnt in der Nähe von Stockholm.«

»Wir haben die Kreditkartennummer.«

Dazu mussten sie die zentrale Notrufnummer der Banken anrufen. Und dort bestätigte sich, was Kjell bei der Wetterstation erfahren hatte.

»Warum wohnt er in Dublin? Weil es dort so viele Softwarefirmen gibt?«

Henning zuckte mit den Schultern. »Es gibt noch einen weiteren Grund. Die Steuer. Er ist ein Steuerflüchtling. Als ich bei der Polizei anfing, war Steuerflucht schlimmer als Mord. In Krimis entpuppte sich der Mörder am Ende immer auch als Steuerhinterzieher. Damit die Dummen kapierten, wozu der Mörder imstande war. Heute ist der Bösewicht zugleich ein Kinderschänder.«

»Wie viel kann er in Irland sparen?«

»Hundert Prozent.«

»Du meinst, der zahlt gar keine Steuern?«

»Hast du dich mal gefragt, warum so viele Künstler, Wissenschaftler und Millionäre in Irland leben?«

»Solche Fragen stelle ich mir nie.«

»Irland lockt sie mit Steuerbefreiung. So bekommen sie die erfolgreichsten Leute aus der ganzen Welt.«

Sie teilten die nächsten Schritte auf. Als Kjell in seinem Büro den Computer einschaltete, fiel ihm Shen Guoyao ein. Er arbeitete beim Kommandostab von Interpol und war dort mit der Identifizierung von Katastrophenopfern beschäftigt. Shen Guoyao hatte auf jede Kreditkartennummer eine Antwort.

Während es in der Leitung tutete, erschien auf dem Bildschirm seines Computers ein rotes Fenster.

»Ist bei dir auch alles rot?«, rief Henning vom anderen Zimmer aus herüber.

»Ja!«, rief Kjell zurück und versuchte, mit der freien Hand herauszufinden, ob man das Fenster öffnen oder wegklicken konnte.

Henning rief wieder. Kjell legte auf und rannte hinüber.

»T4 ist identifiziert. Ein Treffer in der zentralen Datenbank.«

»Was ist T4?«

»Die Fingerabdrücke in Elins Wohnung. Erinnerst du dich, dass Per dort lauter Abdrücke von einer zweiten Person gefunden hat?«

»Wieso kommt der Treffer erst jetzt? Wir hätten die Meldung vor vier Tagen bekommen müssen.«

»Dafür gibt es nur eine Erklärung: Der Gegentreffer ist frisch. Sobald der Abdruck am Tatort gescannt wird, ist er in der Datenbank.« Henning wandte sich dem Bildschirm zu und schwieg.

Kjell stellte sich hinter ihn. »Wie kann das sein?«, fragte er.

Auf dem Bildschirm stand der Name Hulda Júpítersdóttir.

Henning streichelte abwesend sein Kinn und ging dann zu Kaubewegungen über. »Die Gegenprobe wurde vor vier Minuten in der Norrmalm-Wache eingescannt.«

Sie suchten beide nach einer Erklärung dafür, was die Norrmalm-Leute von Hulda wollten.

»Vielleicht haben sie sie beim Herumstreunen erwischt«, sagte Henning.

»Aber wie kommen Huldas Fingerabdrücke in die Wohnung von Elin Gustafsson?«

Henning stand auf und stellte sich dicht vor den Wandkalender. »Snæfríður und ich waren am Dienstagmorgen in der Wohnung. Per hat sie erst am Mittwoch betreten. Dienstagnacht. Da muss sie in die Wohnung gegangen sein.«

»Wie ist sie hineingekommen?«

»Mit dem Schlüssel. Der Kriminaldienst hat ihn noch Montagnacht von Per bekommen. Dort hat Snæfríður ihn am Dienstagmorgen für unseren Abstecher in die Långholmsgatan abgeholt. Ist gut möglich, dass Snæfríður den Schlüssel in der Nacht auf Mittwoch mit zu sich genommen hat.«

Kjell nahm den Spurenbericht T4 zur Hand und las ihn laut vor. Die Abdrücke waren überall und chemisch gleich beschaffen. Die Person musste also innerhalb eines kurzen Zeitraums in der ganzen Wohnung herumgegangen sein und hatte allerlei Gegenstände in die Hand genommen. Bücher, Schranktüren, Suppenlöffel.

Kjell rief Per an. Offenbar saß er gerade zu Hause in seinem Sessel, denn im Hintergrund hörte Kjell die Fernsehnachrichten. Snæfríður hatte den Schlüssel am Mittwochvormittag aus ihrer Tasche genommen und ihn Per in die Hand gedrückt.

»Das passt zu Hulda. Herumlaufen und alles anschauen.«

»Die kann was erleben.«

Zwei Minuten später verließen die beiden das Gebäude durch den Hauptausgang. Das war die zweitbeste Zeit, die ein Mitarbeiter aus dem sechsten Stock je erreicht hatte. Weit hatten sie es nicht. Die Station von Norrmalm lag nämlich aus Verwaltungsgründen gar nicht in Norrmalm, sondern in Kungsholmen, genauer gesagt, direkt hinter der nächsten Ecke in der Kungsholmsgatan.

»Die andere Seite muss den Treffer auch bemerkt haben«, überlegte Henning genau auf Höhe der Ecke und stieß dabei Dampfwolken in die Abendluft.

»Vielleicht nicht«, überlegte Kjell. »Die können unsere Akten nicht einsehen. Ich weiß nicht, ob sie eine Meldung bekommen.«

Obwohl der Samstagabend ganz jung war, tummelten sich mehr Menschen vor der Theke der Wache als vor der des Kvarnen. Kjell bekam die rezeptionsführende Polizistin zu fassen und erklärte sein Anliegen. Sie musste auf ihrer Liste nachsehen und blickte sich dann unsicher um. Die Räume hinter der Theke hatten alle Glastüren.

»Die sind im Verhör.«

»Das Verhör wird abgebrochen. Das hier hat Reichskrimstatus.«

Die Polizistin öffnete die dritte der acht Türen und sprach mit den Leuten darin. Ein Mann in Zivil kam heraus.

»Nach unserer Information habt ihr ein junges Mädchen mit dem Namen Hulda Júpitersdóttir aufgegriffen«, sagte Kjell.

»Aufgegriffen ist gut! Wir haben sie im Nationalmuseum verhaftet. Sie ist dort eingebrochen.«

Kjell und Henning sahen sich an, hatten sich aber nichts zu sagen. Henning trat eine Winzigkeit vor, um anzudeuten, dass er die Führung dieses Gesprächs übernahm.

»Und jetzt verhört ihr sie?«

Der Mann nickte. »Wir sind noch dabei.«

»Sie ist noch nicht fünfzehn. Das weißt du?«

»Für sie gilt das Ausländerrecht. Wir sind erst dabei, ihre Identität zu klären.«

»Was ist eigentlich passiert?«, unterbrach Kjell.

Das Museum hatte vor vier Stunden geschlossen. Vor einer Stunde hatte der Nachtwächter das Mädchen im ersten Stock erwischt. Henning schnappte erstaunt nach Luft, weil Hulda ihren Meister ausgerechnet in einem Greis gefunden hatte. Der Nachtwächter war bald siebzig.

Zwar sah es nicht so aus, als wollte Hulda das Nationalmuseum bestehlen, zumal es dort ohnehin nichts von großem Wert gab, aber anscheinend betrachtete der Polizist Huldas Festnahme als erfolgreichen Schlag gegen eine Serientäterin. Er holte eine Frau aus seinem Büro.

»Das ist Birgitta Gullnäs von der Museumsverwaltung. Sie erhebt Vorwürfe gegen das Mädchen, weil es sich offenbar auch Zutritt zur Wohnung des Stukkateurs verschafft hat.«

Diesmal hatte Henning etwas zu sagen. »Das war mir bekannt. Sie hat mir neulich erzählt, dass sie vorübergehend bei diesem Stukkateur wohnt. Aber der hatte nichts dagegen.«

Kjell erkannte, dass Henning einen Fehler machte.

»Das kann er auch schlecht«, erklärte Birgitta Gullnäs. »Er ist nämlich seit einem Jahrhundert tot.«

»Ach ja?«

»Ja! Die Stukkateurswohnung ist ein Museum. Sie ist im Originalzustand von 1880 erhalten. Jeden Freitagabend veranstaltet das Stadtmuseum dort eine Führung. Das Mädchen hat dort von Mittwoch bis Freitag gewohnt, den Ofen von 1880 mit Holzkohlen aus dem Supermarkt angefeuert, in der Emaillebadewanne von 1880 gebadet und im Bett von 1880 geschlafen.«

Birgitta Gullnäs war empört und neigte in diesen Momenten anscheinend zu Sarkasmus.

»Hulda hat es faustdick hinter den Ohren«, flüsterte Henning.

»Welcher Schaden ist entstanden?«, fragte Kjell die Frau.

»Schaden? Alles musste gereinigt und aufgeräumt werden! Wir reden seit einer Stunde auf sie ein, aber sie versteht ja kaum ein Wort Schwedisch!«

Henning grinste.

»Wir nehmen Hulda mit«, bestimmte Kjell.

»Dienstliche Anweisung«, ergänzte Henning und zeigte seinen Polizeiausweis.

Hulda trug ihren gelben Regenmantel, der ihr in ihrer Rolle als hilfloser Ausländerin zugutekam. Ohne Regung verließ sie mit Henning und Kjell die Wache.

Kjell schwieg, bis sie die Ecke erreichten. »Hast du etwas zugegeben?«

»Ich habe mich verirrt und den Ausgang nicht mehr gefunden«, sagte sie.

61

Sofi Johansson wunderte sich, warum auf der Treppe heute kein Licht brannte. Auf halber Höhe blieb sie stehen und vergewisserte sich, dass sie sich nicht in der Zeit irrte. Am Samstag kamen nur die alleinstehenden Frauen, die ihre Libido endgültig aufgegeben hatten. Die anderen standen um diese Zeit zu Hause vor dem Spiegel und schminkten sich für den Abend. Deshalb war alles ein wenig anders als an Wochentagen. Doch da hörte sie von oben Musik. Aber der Tanzsaal war dunkel.

»Hallo?«, rief sie.

Tanzlehrerin Anna Issaro reckte ihren Kopf aus dem Durchgang zu ihrem Büro. »Ach, Sofi!«

»Entschuldige die Verspätung.«

Anna kam auf sie zu. »Die Stunde muss heute leider ausfallen. Ich habe am Nachmittag erfahren, dass eine meiner Schülerinnen gestorben ist.«

»Wer?«, fragte Sofi. Sie hatte zwar keinen privaten Kontakt zu den anderen aus ihrer Gruppe, sah sie aber immerhin seit zwei Jahren jeden Montag, jeden Donnerstag und jeden Samstag.

»Ein junges Mädchen aus der Nachmittagsklasse.«

»Filipa Lindenbaum?«

»Woher weißt du das?«

Erst als neben ihr etwas auf dem Boden aufschlug, bemerkte Sofi, dass sie ihre Tasche fallen gelassen hatte. So unwahrscheinlich war es auch wieder nicht. Filipas Zuhause lag schließlich nicht weit von hier, nur ein Stück den Ringvägen hinunter.

»Ich bin Polizistin.«

»Du?« Anna Issaro musterte Sofi von oben bis unten.

Sofi nickte und verzichtete auf die Frage, welchen Beruf ihr Anna zugetraut hatte. Sie fragte lieber, wie Anna überhaupt von Filipa Lindenbaums Tod erfahren hatte.

Anna winkte Sofi hinter sich her in ihre Kammer, die die Größe einer Aufzugskabine hatte. Hier machte sie es sich zwischen den Lektionen bequem, umgeben von drei Regalen voll mit Ordnern und unter spanischem Neonlicht. »Eine Polizistin hat mich angerufen, mit einem komischen Namen. Möchtest du einen von diesem hier?«

Für Sofi war kein Platz in der Kammer. Sie musste sich gegen den Türrahmen lehnen. Die Flüssigkeit in der Flasche sah aus wie Sherry, und Anna Issaro sah aus, als hätte sie schon eine Menge davon getrunken. Anscheinend hatte Snæfríður jeden befragt, mit dem Filipa Umgang gehabt hatte.

»Alles wollte sie wissen.«

Sofi bat sie darum, es ihr noch einmal zu erzählen. Die verkehrte Hierarchie zwischen den beiden fühlte sich seltsam an.

Anna beklagte sich nicht über Filipa. Das konnte daran liegen, dass sie tot war, viel wahrscheinlicher war jedoch, dass Filipa beim Tanzen genug Ehrgeiz gezeigt hatte. Auch an Talent hatte es ihr anscheinend nicht gemangelt. Darüber äußerte sich Anna zwar nie direkt, aber sie erzählte von einem Streit, der sich vor nicht langer Zeit ereignet hatte.

»Ich fragte: ›¿Was bringst du diesen ordinären Typen hierher? ¡Er stört meine Sinne!‹« Anna schlug mit der flachen Hand auf die Tischplatte. In anderen Momenten konnte sie mit den Fingerknochen verworrene Rhythmen auf jeder harten Oberfläche klopfen, die gerade in der Nähe war.

»War das ihr Freund? Hampus?«

»¿Hat mich sein Name interessiert? ¡Nein!«

Als Tanzlehrerin hatte sie selbstverständlich ein Vetorecht bei der Auswahl der Partner ihrer Schülerinnen. Einige Fragen später erfuhr Sofi, dass Hampus zweimal während der Tanzstunde hier aufgekreuzt war und Filipa damit jede Konzentration geraubt hatte. Verglich man die Zeitangaben mit der Aussage von Nellie, dann hatte sich Filipa beim zweiten Besuch bereits von ihm getrennt.

Bei seinem ersten Besuch war es zu einer Begegnung mit

Filipas Vater gekommen. Der hatte sie nämlich hin und wieder von der Tanzstunde abgeholt und im Treppenhaus gewartet.

»Da ist er gleich abgerauscht.« Anna lachte.

»Die Eltern mochten ihn nicht. Das wusste er wohl.«

Anna seufzte und stöpselte den Korken in die Flasche. Das war für Sofi das Zeichen zum Aufbruch.

Draußen im Freien zögerte sie. Eigentlich hatte sie bis Mitternacht frei, aber an Ruhe war nicht mehr zu denken. Sie musste zur Arbeit zurück, um das Gefühl abzuschütteln, die ganze Welt zu verpassen.

62

Barbro hatte sich für die sanfte Tour entschieden, gleich nachdem sie den Raum betreten und Hampus erblickt hatte. An Filipas Seite hätte man ihm den Altersunterschied von vier Jahren nicht angesehen. Barbro hatte einen Rowdy erwartet und wurde davon überrascht, wie brav er aussah. Solange man ihm nicht in die Augen blickte.

Mit am Tisch saßen die beiden Polizisten von der Maria-Wache. Die Wirkung ihrer Uniformen auf den Jungen kam Barbro gerade recht.

»Du möchtest uns also weismachen, dass du Filipa aus ganzem Herzen geliebt hast«, fasste sie das bisher Gesagte zusammen und bekam von Hampus ein Schulterzucken. »Wenn ich eure Liebe einmal dekonstruieren darf: Sie ist vierzehn, deshalb ist ihre Liebe zu dir am Anfang so hundertprozentig wie die deine. Aber mit vierzehn ändert sich das bald.«

»Woher willst du das wissen?«

»Ich war auch mal ein vierzehnjähriges Mädchen. Was meint ihr, Jungs?«

Die beiden Uniformierten rutschten zustimmend mit ihrem Hintern auf dem Stuhl herum. Sie wagten nicht, sich in das Verhör einzumischen.

»Sie hat sich umorientiert, und von da an wurdest du unbequem.«

»Was meinst du damit?«

»Sie hat sich auf ihre Interessen besonnen und neue entdeckt. Darunter andere Jungen.«

»Jungen kann man das nicht gerade nennen«, erwiderte Hampus nach einer Weile des Schweigens.

Barbro hatte nicht gehofft, das Ziel des Verhörs so schnell zu erreichen. »Sprich ruhig weiter.«

»Bekomme ich keinen Anwalt?«

»Sobald ich dich verdächtige, rufe ich den Ankläger an. Dann brauchst du einen Anwalt. Jetzt wirst du als Zeuge befragt. Das hatte ich ja vorhin schon erklärt.« Barbro verstummte für einen Augenblick. »Wir wissen, dass Filipa Kontakt zu einem Mann hatte, der älter war als du. Und wir glauben, du kennst ihn.«

»Nein.«

»Aber du hast ihn mal gesehen.«

»Nein.«

»Kennst du seinen Namen?«

»Nein.«

»Woher weißt du dann, dass er kein Junge mehr ist? Das hast du doch gerade angedeutet.«

»Ihre Freundinnen haben das angedeutet, nicht ich.«

»Etwa Nellie?«

Er schüttelte den Kopf. »Das ist schon länger her. Ich ging zum Zinkens, um sie da zu treffen. Normalerweise trifft man sie am Nachmittag auf dem Sportplatz, aber diesmal war sie nicht da. Als ich die anderen Mädchen dort nach ihr fragte, haben die gekichert und solche Andeutungen gemacht.«

»Waren das Freundinnen von ihr oder nur Mädchen, die dort herumhängen?«

»Herumhängen.«

»Der Mann ist also dort aufgekreuzt und hat sie mitgenommen?«

»So sah es aus.«

»Von da an warst du eifersüchtig.«

Hampus antwortete nicht.

»Ihre Freundinnen behaupten, sie habe sich nicht von dir getrennt, weil es einen anderen gab, sondern wegen deiner Eifersucht. Angeblich hast du ihr ständig an Orten aufgelauert, an denen ihr gar nicht verabredet wart.«

»Was soll man machen?«

Das wusste einer der beiden Uniformierten. »Auf jeden Fall nicht das!«

»Sondern das Gegenteil«, fügte sein Kollege hinzu. »Das klappt immer.«

»Wann hast du Filipa zum letzten Mal gesehen?«, wollte Barbro wissen.

»Ich weiß nicht genau. Ist schon länger her. Vor drei Wochen.«

»Hattet ihr seitdem Kontakt?«

»Einige Male. Wir haben telefoniert.«

»Wann war das letzte Telefonat?«

»Schon länger her. Zwei Wochen auf jeden Fall.«

Barbro schob ein Blatt zu ihm hinüber. »Siehst du das hier? Das ist die Telefonliste vom Ferienhaus der Lindenbaums. Und hier steht deine Telefonnummer. Einen Tag vor ihrem Verschwinden hat sie dich angerufen. Das Gespräch dauerte dreiundzwanzig Minuten.«

Hampus sah in die Grimassen der beiden Uniformierten und begriff, dass er nicht wusste, wie viel die Polizei wusste. »Sie wollte mich dazu bringen, ihre Freundinnen in Ruhe zu lassen.«

Die Freundinnen hatten bereits ausgesagt, Hampus habe sie angerufen oder ihnen aufgelauert.

»Dreiundzwanzig Minuten lang?«

»Sie versuchte es auf die versöhnliche Tour.«

»Weil sie sich vor dir fürchtete.«

»Sie hat sich hineingesteigert.«

»Am Tag darauf ist sie nach Stockholm gefahren. Du solltest unbedingt versuchen, dich genauer an den Mann zu erinnern, sonst giltst du als der Letzte, mit dem sie Kontakt hatte.«

Hampus grinste. »Ich habe ein Alibi.«

»Nicht für mehrere Tage. Das kannst du gleich vergessen.«

Hampus wollte etwas erwidern, als hinter Barbro die Tür aufging. Es war Sofi.

»Könntest du kurz kommen?«, flüsterte sie.

Barbro verließ das Zimmer und schloss die Tür. »Ich bin gerade auf dem Höhepunkt.«

»Filipa war Schülerin in meiner Ballettschule. Die Lehrerin hat mir vorhin erzählt, sie sei manchmal von ihrem Vater abgeholt worden. In Snæfríðurs Bericht steht jedoch das Gegenteil.«

»Dass der Vater sie nicht abgeholt hat?«

»Der Vater war nie in dieser Schule. Der Mann muss also ein anderer sein. Und einmal ist Hampus ihm dort über den Weg gelaufen.«

»Er bestreitet, etwas über ihn zu wissen.«

»Ich fahre zur Schule zurück. Vielleicht kann mir Anna den Mann beschreiben.«

»Wir haben ihn bereits.«

Sofi starrte Barbro an.

»Kjell und Henning sind auf der Suche nach ihm. Nur seine Adresse konnten wir bisher nicht herausfinden.«

»Wo sind die beiden?«

»Sie erledigen etwas auf der Norrmalm-Wache, haben sie gesagt. Schau mal auf Hennings Schreibtisch. Dort liegt alles.«

63

Sofi hätte nicht sagen können, wie viele von den kleinen Zetteln sie an Hennings Schreibtisch in die Hand genommen hatte, als ihr der Name auf dem Bildschirm ins Auge stach. Jon Ardelius. Sie erkannte ihn wieder, noch bevor sie ihn zu Ende gelesen hatte. Eine Weile saß sie verwunschen da und zupfte an ihrer Unterlippe. Das konnte nicht sein, dachte sie. Das Schicksal hat einen Knoten an der falschen Stelle gemacht.

Den Gang im sechsten Stock legte sie nachdenklich zurück, obwohl sie sich seit langer Zeit damit abgefunden hatte, dass sie die Folgen ihrer Entscheidungen immer erst wie die Endsumme aus dem Taschenrechner erfuhr. Über dem Rechenweg lag ein Schatten.

Ragnars Büro war verschlossen. Sie versuchte es nebenan und hatte bei der nächsten Tür Erfolg. Drei Männer blickten von einem Besprechungstisch auf.

»Ist Ragnar nicht da?«

»Der sitzt samstags im *Dramaten*«, sagte einer der Männer. »Er hat einen Stammplatz im vorderen Parkett.«

»Fräulein Julie, Fräulein Johansson!« fügte der Schlaksige am Tischende hinzu und schob seinen linken Ärmel hoch, um die Uhrzeit abzulesen. »Dürfte wohl der dritte Akt sein.«

Sofi nickte zum Dank und schloss die Tür, um sie gleich wieder aufzustoßen. »Ist Fräulein Julie nicht ein Einakter?«

Der Dicke nickte. »Aber ein sehr langer.«

Sofi kehrte in die Büros der Reichsmord zurück. Die Tür

zum Besprechungsraum stand offen. Anscheinend war das Verhör beendet. Sie fand Barbro an ihrem Schreibtisch.

»Seid ihr euch ganz sicher, dass es dieser Jon Ardelius ist?«

Barbro nickte versonnen. »Zu allen drei Opfern führt eine Verbindung. Wir müssen uns etwas einfallen lassen, wie wir am schnellsten an ihn herankommen.«

Sofi schlug den Flughafen vor. Wenn Ardelius in Irland wohnte, aber hier in der Stadt herumgeisterte, dann musste er unterwegs Spuren hinterlassen haben.

»Dadurch erfahren wir nicht, wo wir ihn jetzt finden. Nur darauf kommt es an.«

Das Telefon klingelte, und Barbro nahm ab.

Sofi nutzte die Zeit, um sich in ihre Jacke einzupacken und einige Gegenstände zusammenzusuchen, die sie vielleicht brauchen würde.

»Ich muss weg«, sagte Barbro nach dem Auflegen. »Der Psychiater hat etwas herausgefunden. Willst du auch hinaus?«

»Wo trefft ihr euch?«

»Östermalmsgatan. Er speist dort jeden Abend im selben Lokal.«

»Kannst du mich mitnehmen und am Stureplan aussteigen lassen?«

»Hat es etwas mit dem Namen hier zu tun?« Barbro hielt den Zettel von Hennings Schreibtisch hoch.

»Woher weißt du das?«

Barbro lächelte. »Ich kenne dich eben!«

Sofi öffnete Hennings Schrank und suchte im Oberfach nach einer seiner Wollmützen, die man bis über die Ohren krempeln konnte.

Der Verkehr staute sich vom Stureplan bis weit in die Kungsgatan zurück. Hinter den Königstürmen stieg Sofi aus dem Wagen und überquerte zwischen den vielen Fußgängern hindurch die Straße. Alle hatten Urlaub und wollten ausgehen.

Eigentlich hatte sie sich mit ihrer Winterjacke und Hennings Mütze tarnen wollen, indes stach sie damit unter den toupierten Blondinen in ihren kurzen Röcken hervor. Bereits an der Ampel schlotterten ihr die Knie, dabei trugen die meisten Frauen trotz der Kälte kurze Röcke.

Vor dem East hatte man die Anzahl der Wärmelampen verdoppelt und ein Zelt über die Terrasse gebreitet. Durch die Folie sah Sofi, wie das Zelt vor Menschen und Wärmelampen aus den Nähten zu platzen drohte.

Sie hielt sich links und steuerte am Laroy vorbei zur Sturegatan, die jenseits des Platzes begann. Die Ostseite wollte sie auf jeden Fall meiden, obwohl von dort kaum Gefahr drohte. Eine dreieckige Phalanx aus Menschen füllte den halben Platz und hoffte darauf, ins Banana eingelassen zu werden.

Gleich wurde es Mitternacht. Sie konnte davon ausgehen, dass Joakim jetzt dort war. Sie erreichte den Rand des Parks. Auch hier liefen überall Menschen. Naiv, wie sie war, hatte sie es für eine Legende gehalten, viele vom Stureplan kämen hierher, um Kokain zu nehmen oder sich zu lieben. Sie postierte sich vor dem Linné-Denkmal und bemühte sich, in ihrer Montur nicht das Augenmerk von Drogenfahndern auf sich zu ziehen. Vom Denkmal aus sah man die Wohnung. Das Haus lag gleich an der Straße, die am Park entlang verlief. Neulich hatte sie vom Fenster aus das Denkmal betrachtet, bevor ihr Telefon geklingelt hatte.

Auch vor dem Eingang des Hauses standen Menschen. Sie verfolgte die Gesichter und Bewegungen, bevor sie sich sicher war, dass die Leute ihr Auto suchten oder auf ein Taxi warteten.

Dann ging sie los. Nach fünfzig Schritten erreichte sie die Haustür. Der Türcode lautete 2179. Sie stemmte sich gegen die schwere Holztür und schlüpfte hinein. Das sanfte Licht über der Marmortreppe erlosch nie. Sie nahm die Treppe. Auch im dritten Stock zögerte sie nicht. Es brachte nichts, an der Tür zu lauschen. Das Holz war zu dick.

Sofi kniete sich vor das Zahlenschloss. Eine kleine Unsicherheit bestand darin, ob sie sich die sechs Stellen bei ihrem letzten Besuch richtig eingeprägt hatte. Ihr Interesse an dem teuren Sicherheitssystem war trotz ihrer Trunkenheit so groß gewesen, dass die Kurve ihrer Lust eine kleine Spitze nach unten erlitten hatte. Bevor sie dann wieder angestiegen war.

Das grüne Lämpchen erstrahlte. Sofi drückte die Tür auf und schloss sie gleich wieder hinter sich. Das Licht an der Decke der Diele beunruhigte sie nicht. Es sprang an, sobald man unten an der Haustür den Schlüsselcode eingab. Sie schlüpfte aus den Sportschuhen und nahm sie in die Hand.

Sie drückte den Rücken gegen die Wand und lauschte einige Sekunden lang, bis sie am anderen Ende der Wohnung ein Knarren vernahm. Sie hielt den Atem an. Es konnte auch von draußen stammen oder vom Dachstuhl. Als sich das Geräusch wiederholte, fluchte sie lautlos und bereitete ihre Exit-Strategie vor, die sie auf der Herfahrt im Auto entwickelt hatte. Das Knarren stammte ohne Zweifel aus dem hinteren Teil der Wohnung. Sie rutschte so weit mit dem Rücken an der Wand hinab, bis sie zusammengekauert auf dem Boden hockte. Sie wartete auf das dritte Geräusch, damit sie sich vorstellen konnte, was es verursachte.

Eine Frauenstimme … stöhnte. Sofi starrte die Fußbodenleiste an der gegenüberliegenden Wand an. Ihr Brustkorb hob und senkte sich nun immer heftiger. Ihre Exit-Strategie würde nicht funktionieren, nicht ohne eine zwischenmenschliche Szene, die sie nicht kalkulieren konnte. Sie fletschte die Zähne. Verdammter Arsch.

Wenn sie eines von Kjell Cederström gelernt hatte, dann die

Erkenntnis, dass es im Leben nur zwei Wahrscheinlichkeiten gab. Null und eins. Dazwischen lag das Scheitern.

Sie lief los, glitt auf Strümpfen über das Parkett. Als sie den Schreibtisch erreichte, drangen die Geräusche durch die breite Öffnung aus dem Schlafzimmer viel lauter herüber. Auf dem Sofa am Fenster lag wieder Frauenkleidung.

Sie vermied es, in diese Richtung zu sehen. Eine ihrer Stärken war, sich mit ihrem Ehrgeiz vor ihrem Innenleben und zugleich vor dem Außenleben zu wappnen. Beim Umrunden des Tisches konnte sie darauf keine Veränderung seit ihrem letzten Besuch entdecken. Anscheinend diente er nur als Dekor. Sie zog an der Schublade und warf einen Blick hinein, während sie hinter dem Tisch in Deckung ging. Die Platte lag auf zwei Unterschränken, von denen jeder so mächtig war, dass sie dahinter nicht zu entdecken war. Ohne in die Lade hineinsehen zu können, tastete sie sich zur linken Ecke und bekam das Telefon zu fassen.

Sie drückte auf den Tasten herum und stellte sich dabei vor, die Frau, die nebenan gerade auf einen theatralischen Höhepunkt zusteuerte, wäre Jannika Fager. Durch einschlägige Videos selbst auf den Geschmack gekommen.

Sie glaubte nicht, dass Joakim seine heiklen Anrufe über dieses Telefon erledigte. Dazu war die Kontaktliste viel zu lang, und nur Dummköpfe begnügten sich damit, die Karte auszuwechseln. Außerdem hatte sie beim letzten Mal bemerkt, dass das Telefon bereits in der Lade gelegen hatte, als sie am Abend zuvor gemeinsam in die Wohnung gekommen waren. Auf der anderen Seite hatte die Wohnung ein raffiniertes Sicherheitssystem. Ragnars Leute konnten sie nicht heimlich betreten, ohne wie Sofi den Türcode zu kennen. Sofi kam die Idee, Ragnar den Code als Gegenleistung für die Vernichtung des Videos anzubieten.

Sie atmete gleichzeitig mit der Frau auf. Jon Ardelius. Zumindest hatte sich ihr zweiter Besuch in dieser Wohnung gelohnt. Sie schrieb die Nummer lieber ab, vielleicht geschahen gleich noch Dinge, die ihr Kurzzeitgedächtnis belasteten. Da hörte sie Joakim aus dem Bett steigen. Er schaltete das Licht ein. Sofi kroch zwischen die Unterschränke. Was jetzt geschah, ging auf Kosten von Ragnars Ermittlung. Sie hatte die Nummer, die sie brauchte.

Zum Glück kam Joakim nicht zum Schreibtisch herüber, sondern verschwand im Badezimmer. Jedenfalls glaubte Sofi, das aus den Geräuschen herauszuhören. Die Dusche sprang an und bot eine ideale Gelegenheit. Aber was war mit der Frau? Hatte sie ihn begleitet? Lag sie stumm im Bett?

64

Henning wartete an der Tür, bis Kjell den Hörer auflegte. »Carlgren und Wannfors warten mit dem Jungen im Flur. Der Erkennungsdienst ist fertig mit ihm.«

»Die Anklägerin hat nein gesagt.«

»Mit welcher Begründung?«

»Wenn wir daran glauben, dass ein einziger Täter alle drei Morde verübt hat, will sie Hampus nicht festnehmen, wenn er nur für Filipa tatverdächtig ist. Die beiden anderen Morde kann er nicht begangen haben.«

»Darum geht es nicht«, fand Henning.

»Als Zeugen müssen wir ihn nach dem Verhör gehen lassen. Carlgren und Wannfors sollen ihn nach Hause bringen. Wir können ihm bestenfalls auferlegen, sich zur Verfügung zu halten.«

Henning seufzte. »Dann sollen sie Hulda auch gleich heimbringen.«

Kjell nickte und versuchte es wieder bei Interpol. Wie bei

den beiden Malen zuvor landete er in der Warteschleife und sollte dort mit Weihnachtsmusik bei Laune gehalten werden. Nach der dritten Reprise gab er auf. Das Telefon begann sofort zu klingeln.

Der Anrufer war Nils Kullgren. »Hast du Sofi den Auftrag gegeben, bei Joakim Karlström aufzukreuzen?«

Die Leitung knisterte, und seine Stimme klang dünn. Vielleicht saß er im Auto. Kjell schaltete für Henning den Lautsprecher ein.

»Joakim Karlström? Wer ist das?«

»Das weißt du nicht? Ragnar Annerbäcks Topziel. Und offenbar auch das von Sofi Johansson.«

Henning zuckte mit den Achseln. Er beugte sich vor und rief zur Hörmuschel. »Mit uns hat das nichts zu tun. Warum fragst du nicht Ragnar?«

»Ist das etwa Larsson?« Kullgren stöhnte und hob seine Stimme. »Hör mal zu, Larsson, Sofis Verbindung zu Karlström ist privater Natur. Ragnar hat ihr den Umgang mit ihm ausdrücklich verboten.«

Das waren ja Neuigkeiten, dachte Kjell, dessen Aufgabe in diesem Augenblick nur darin bestand, den Hörer in einem für die beiden entfernten Gesprächspartner günstigen Winkel in die Luft zu strecken. »Und jetzt gerade ist sie mit diesem Karlström zusammen, verstehe ich das richtig?«

»So ist es.« Im Hintergrund ertönte eine Hupe.

»Wieso wendet sich Ragnar an dich? Warum ruft er mich nicht selbst an?«

»Der weiß es noch gar nicht.«

»Woher weißt du es dann?«

»Sei nicht so naiv. Wir sind die Gegengruppe.«

»Hast du etwa jemand auf Sofi angesetzt?«

»Sie ist durch zahlreiche Ungereimtheiten in unseren Fokus geraten.«

»Bist du ihr etwa selbst auf den Fersen?«

»Nein, ich komme gerade mit Theresa aus Linköping. Inzwischen bin selbst ich mir nicht mehr sicher, welches Spiel Sofi spielt.«

»Sofi?«, flüsterte Henning und kratzte sich am Kopf.

»Das führt zu nichts, Nils. Ich rufe Sofi an und frage sie.« Er legte auf und wählte ihre Nummer. Aber das war gar nicht nötig. Sie hörten die Glastür im Flur aufgehen.

Sofi schritt entschlossen zu ihrem Schreibtisch. Als sie die Blicke der beiden Männer bemerkte, saß sie schon. »Was ist?«

»Warst du gerade bei einem gewissen Jonathan Karlström?«

»Joakim«, berichtigte Henning.

»Jannika Fager? Hat die euch angerufen?«

»Nein. Nils Kullgren.«

»Verstehe ich nicht.«

»Was hat es mit diesem Jonathan auf sich?«

»Joakim«, berichtigte Henning erneut.

»Ich war da, das stimmt.«

»Und wer ist das?«

»Joakim ist nicht wichtig. Jon Ardelius ist wichtig. Oder?«

Die beiden Männer nickten wie Chorknaben.

»Ich habe seine Telefonnummer. Hier ist sie.«

Kjell nahm den Zettel entgegen. Die Ziffern machten den Eindruck, als wären sie von einem Analphabeten geschrieben. »Woher hast du die?«

»Ich habe sie bekommen.«

»Von Jonathan Karlström?«

»Joakim«, berichtigte Henning, der fortwährend grinste und auf sein Stichwort zu warten schien.

»Schön«, fand Kjell. »Wenn du sie von Karlström *bekommen* hast, muss es zwischen ihm und Ardelius doch eine Verbindung geben.«

Sofi nickte und stand auf, als wollte sie ihr Plädoyer halten. Das habe sie sich auch überlegt, sei dabei aber zu dem Ergebnis gekommen, dass diese Verbindung zum jetzigen Zeitpunkt nicht dringend sei. Ardelius kam ja viel in der Stadt herum, wie die vielen Anrufer bewiesen, die ihn gesehen haben wollten. Und Joakim Karlström kannte jeden.

»Sogar Sofi Johansson«, sagte Kjell, womit zwischen ihm und Sofi alles angedeutet war.

»Ich habe einen Trick angewandt«, erklärte sie und stieß ihre Hände wie Spaten in die Hosentaschen. Mehr hatte sie dazu nicht zu sagen.

»Vergessen wir das. Das ist mit Sicherheit seine Nummer?«

»Wir sollten uns aufteilen. Ich orte das Telefon, und ihr findet heraus, wem es gehört. Wahrscheinlich läuft es ohne Abonnement.«

So gingen sie an die Arbeit.

Kjell begann mit der Telefondatenbank. Sofi führte ein kurzes Gespräch mit dem Operator von Telia. Sie gab ihre Legitimation durch und wartete.

»Ach wirklich?«, sagte sie nach einer Weile. Sie machte sich eifrig Notizen und legte auf. »Es ist abgeschaltet und war bis gestern im östlichen Maria in Betrieb. Aber es läuft auf seinen Namen! Seit acht Jahren dieselbe Nummer. Die Adresse lautet Bastugatan 1.«

Henning kam aus seinem Büro herübergeeilt. Sonst hörte er nicht so gut.

Kjell gab Namen und Adresse in das Telefonverzeichnis ein. Und erhielt keinen Treffer. »Die Telefonnummer scheint geheim zu sein.«

»Das haben wir gleich«, sagte Henning und verschwand.

Er hielt Wort. Nach drei Minuten begann der Drucker zu summen und gab eine Liste mit allen Personen aus, die in der

Bastugatan 1 wohnten. Zwei Anwaltsbüros waren darunter und eine Firma.

»Die Firma«, rief Henning von drüben. »Die Firma!«

65

Sie konnten nicht mehr länger auf Kullgren und Theresa warten. Die Schutzweste saß so eng am Körper, dass Kjell darunter ins Schwitzen geriet. Das verstärkte die Kälte und raubte ihm langsam die Aufmerksamkeit. Sofi erging es nicht besser, das konnte er an ihren schnellen Atemzügen hören. Sie drückte sich hinter ihm an die Hauswand und wartete auf seine Entscheidung. Ihre Beine steckten bis über die Knie in tagealtem Schnee, der sich an den Hauswänden türmte und hart war. Offenbar hatte der Räumdienst dieses verwinkelte Viertel schon vor einiger Zeit aufgegeben.

Von hier aus waren Henning und die beiden vermummten Gestalten vom Einsatzkommando gut auf der anderen Seite der Kreuzung zu sehen, obwohl auch sie im Schatten einer Hausecke kauerten. Ein Auto der Polizei und ein Rettungswagen warteten eine Querstraße entfernt auf das vereinbarte Zeichen.

Noch im Büro hatten sie beim Blick auf den Stadtplan entdeckt, dass es jenes erste Haus der Bastugatan war, das jeder wegen seiner exponierten Lage kannte. Es stand mit bügeleisenförmigem Grundriss mitten in der Gabelung zweier Straßen. Drei weitere Fahrbahnen trafen sich hier zu einem kleinen Platz, in den die Spitze des Hauses hineinragte. Auf der Fahrt hatte Kjell überlegt, ob dies ein Vorteil war. Die Schwierigkeit erkannte er erst jetzt: Das Kopfsteinpflaster und die enorme Steigung machten die Straßen bei dieser Witterung schwer befahrbar. Aber im Auto hätten sie ohnehin nicht warten können, ohne vom Haus aus bemerkt zu werden.

Über ihnen ächzte es. Dann schlug ein Eiszapfen zwei Meter neben Sofi auf das Pflaster. Vor Schreck rempelte sie Kjell von hinten an.

»Der hätte uns erledigen können«, flüsterte sie.

»Hast du etwas Neues von Kullgren und Theresa?«

Mit steifen Fingern zog Sofi ihr Telefon aus der Brusttasche und schüttelte den Kopf. »Sie müssten längst hier sein.«

»Wir warten nicht auf sie. Es ist zu kalt.«

In diesem Moment wurden im Haus drei übereinanderliegende Fenster erleuchtet. Jemand war aus einer der Wohnungen ins Treppenhaus getreten.

»Das ist unser Zeichen«, sagte Kjell. So waren sie nicht gezwungen, die Haustür aufzubrechen. Er schwang seinen Arm durch die Luft. Das sah aus, als holte er mit einem Schneeball aus. Henning verstand. Die beiden Vermummten vom Einsatzkommando sprangen hinter ihm hervor und liefen geduckt über die kleine Kreuzung. Kurz darauf klebten sie wie zwei Gallionsfiguren links und rechts des Eingangs mit dem Rücken an der Wand. Kjell gab Sofi das Zeichen. Gemeinsam eilten sie zum Haus. Erst jetzt kamen auch seine Gedanken in Bewegung, doch sie endeten wieder in der Vermutung, sie würden die Wohnung leer finden. Seit Tagen kursierten die Flugblätter in ganz Södermalm und klebten an jedem Laternenpfahl. Ardelius musste erfahren haben, wie dicht ihm die Polizei auf den Fersen war. Auf die entscheidende Antwort wusste Kjell keinen Rat: Wie reagierte Ardelius darauf? Floh er oder griff er an? Kjell beschlich das Gefühl, dass Ardelius' irrsinniger Plan hierherführte.

Henning traf als Letzter ein und wollte sogleich das Schallkissen auf das Türschloss legen. Die beiden Vermummten brachten die Ramme in Stellung. Kjell hob die Hand. Die anderen hatten nicht bemerkt, dass im Treppenhaus jemand auf dem Weg herab war.

Niemand kam. Kjell und Sofi sahen sich in die Augen. Innen brannte noch das Licht.

»Los!«, sagte Kjell.

Die beiden vom Einsatzkommando schwangen die Ramme. Die Tür sprang ohne Geräusch auf, doch die Wucht überraschte Henning. Der Türgriff entglitt ihm. Er musste hinterherspringen und konnte gerade noch verhindern, dass die Tür gegen die Wand des Treppenhauses stieß.

Dicht an der Wand entlang schlichen sie auf der ersten Treppe hinauf, bis der Vermummte an der Spitze der Staffel innehielt. In der Treppenkehre stand eine junge Frau vor ihnen. Sie war dabei, mit einem Kinderwagen Stufe um Stufe zu nehmen. Die Frau erstarrte. Auch der Sturmtrupp rührte sich nicht, bis Henning endlich handelte. Er drängte sich vor und ergriff die Vorderachse des Wagens. Die Frau wandte sich noch einmal nach ihnen um und verschwand in der Treppenkehre.

Zu viert schlichen sie weiter. Kurz vor dem zweiten Stock erlosch das Licht. Sofi wollte auf den Schalter drücken, doch einer der Vermummten hielt ihren Arm fest. Wie man von außen hatte sehen können, lag die Wohnung im Dunkeln. Da war es kein Vorteil, mit verengten Pupillen aus dem hellen Gang in die Finsternis zu stürmen.

Hennings Schritte näherten sich. Er hatte die Frau bis zur Haustür begleitet und kehrte mit einem dämlichen Grinsen im Gesicht zurück. Mit Gesten wies er die anderen darauf hin, dass die Wohnungstüren in diesem Haus aus massivem altem Holz waren. Zudem gab es neben dem normalen Schloss ein zweites auf Augenhöhe. Sie verzichteten auf das Kissen. Sofi hielt sich die Ohren zu und sah dabei mit ihren abstehenden Ellenbogen aus wie ein kleines Mädchen, das nicht hören will.

Kjell wusste aus einigen Gelegenheiten, dass ein Knall sie leicht in Panik versetzen konnte.

Als die Ramme auftraf, schwang die Tür ohne jeden Widerstand auf und schmetterte gegen die Wand. Sie gab einen kurzen Blick in das dunkle Innere frei, bevor sie von der Wand abprallte und zurückschwang.

»Verdammte Scheiße!«, zischte Henning viel zu laut. Es klang nicht nach Wut, sondern nach einem Unbehagen, das auch den anderen über den Rücken lief. Die Tür war angelehnt gewesen.

Zum wiederholten Mal glaubte Kjell, von einem Plan hierhergeführt worden zu sein, den er nicht verstand, und dieselbe Sorge las er in Sofis Augen, die trotz ihrer Schwärze in der Finsternis funkelten.

Die Männer ließen die Ramme fallen und brachten ihre Sturmgewehre in Stellung.

»Rückzug«, flüsterte Kjell. Mit fünf Mann waren sie für diese Lage zu wenig.

»Was heißt da Rückzug!«, brummte Henning. »Jetzt habe ich aber die Nase voll!« Er tippte genervt gegen die Tür und tappte an der Innenwand nach einem Lichtschalter. Die Stürmung verlief routiniert. Die beiden vom Einsatzkommando sicherten die Küche. Sie lag gegenüber der Wohnungstür. Das Zimmer zur Rechten war das dreieckige Zimmer über der Straßengabelung. Offensichtlich wurde es als Schlafzimmer genutzt. Nachdem der Raum gesichert war, schlichen Kjell und Henning in den Flur.

Kjells erster Eindruck war die ungeheure Kälte, die in der Wohnung herrschte. Sie unterschied sich kaum von der Temperatur im Freien. Irgendwo musste ein Fenster offen stehen.

Nach links führte ein fünf Meter langer Korridor zu einem weiteren Zimmer. Die beiden mit den Gewehren näherten sich vorsichtig der Tür und schubsten sie mit dem Gewehrlauf auf.

Der Hintermann winkte. Kjell und Sofi schlossen auf und blieben nebeneinander auf der Schwelle stehen.

Es bedurfte keiner Lampe. Von draußen durchflutete der gelbe Schein einer Laterne direkt vor dem Fenster das ganze Zimmer. Ein Mann saß an einem Tisch, der mitten im Raum stand. Sein Kopf lag auf der Tischplatte. Eine Hälfte des Gesichts war zu erkennen. Ohne Zweifel war es das Phantom, das die beiden Verkäuferinnen vom Telia-Laden und Astrid Blom dem Polizeizeichner eingegeben hatten.

Kjell ließ seine Schultern sinken.

»Der ist tot«, sagte Sofi zu allem Überfluss.

Für eine Weile betrachteten sie die starre Szene. Dann durchdrang sie ein so lauter Knall, dass Sofi sich schon geduckt hatte, bevor das Echo verklang. Kjell fuhr im Reflex herum zu Henning, der noch die Wohnungstür sicherte.

Das war ein Schuss gewesen. Aber nicht hier in der Wohnung. Kjells Augenmerk fiel gerade auf das offene Fenster, als draußen eine ganze Salve von Schüssen losging. Die beiden vom Einsatzkommando waren ebenso irritiert. Obwohl nichts im Zimmer einschlug, drängten sie Kjell und Sofi mit der Masse ihrer gepanzerten Körper in den Korridor zurück und wussten dann offensichtlich nicht, was sie tun sollten.

Auf der Straße wurde weitergeschossen. Unzählige Scheiben klirrten. Kjell warf zum zweiten Mal einen Blick zur Wohnungstür, wo Henning stand und sich vor Entsetzen die Hand vor den Mund hielt.

Anscheinend hatte der Schusswechsel nichts mit dieser Wohnung zu tun. Kjell eilte zum Fenster und warf sich mit dem Bauch auf die Brüstung. Fünf Meter unter ihm stand Theresa Julander breitbeinig hinter einem Auto. Ihr Körper bewegte sich nicht, aber die Pistole am Ende ihrer auf dem Autodach ausgestreckten Arme konnte er bis hierher arbeiten sehen. Sie feuerte sieben Schuss und zog dann mechanisch das Magazin heraus. Um sie herum waren alle Fensterscheiben zerborsten.

»Theresa!«, schrie Kjell.

Es verging eine Weile, bis sie ihn in ihrem Rausch hörte. Und noch eine Weile verging, bis sie ihn fünf Meter über sich entdeckte. Sie taumelte umher. Wieder schrie er ihren Namen. »Was ist passiert?«

»Ich weiß es nicht!« schrie sie und kämpfte mit dem Gleichgewicht. »Ich weiß es nicht!«

»Wer hat auf euch geschossen?«

»Nils hat geschossen. Er ist aus dem Auto gesprungen und hat auf die Frau geschossen.«

Nils Kullgren war von hier oben gut zu sehen. Er lag reglos vor dem Auto.

66

McKenzie hatte nie geheiratet und aß angeblich jeden Abend hier. Beim Betreten des Lokals warf Barbro einen Blick auf die Speisekarte und fragte sich, wie er sich das leisten konnte. Der zurückhaltende Luxus war ganz auf die Anwohner des Viertels zugeschnitten, und die einzige Lichtquelle waren die Kerzen auf den dunklen Tischen. Barbro sah sich um, bis sie die rote Fliege entdeckte. Der Gerichtspsychiater hatte das Kinn auf seine Arme gebettet und las in etwas, was wie die Kopie der Ermittlungsakte aussah.

Barbro sank auf den freien Stuhl und grinste. »Wir haben ihn.«

Erst jetzt bemerkte er sie. »Ihr habt ihn?«

»*Haben* ist vielleicht zu viel gesagt, aber wir wissen, wer er ist und wo er sich aufhält. Den Rest erledigen meine Kollegen.«

»Ihr habt ihn …«, murmelte er. Barbro hatte eine andere

Reaktion erwartet. McKenzie war nicht nur irritiert, sondern beinahe verstört. Dabei erweckte er nicht den Eindruck, als könnte ihn etwas aus der Ruhe bringen. »Dann, dann ist unser Treffen überflüssig.«

McKenzie war viel zu kultiviert für eine solche Taktlosigkeit. Seine Bestürzung hatte ihn vergessen lassen, dass ein Treffen mit einer Dame von solchem Kaliber niemals überflüssig sein konnte. Erst recht nicht bei Kerzenlicht.

»Ganz und gar nicht«, sagte Barbro, um die Stimmung zu retten. »Wir haben seine Identität, aber keine Ahnung von seinem Motiv.«

McKenzies Blick senkte sich hinab auf die Akte, schwenkte dann nach rechts zu seinem Notizblock, auf dem ein schwerer Füllfederhalter lag. Schließlich sah er wieder auf und Barbro direkt in die Augen.

»Du hast doch eine Theorie«, sagte sie. Auf eindringliche Blicke antwortete man am besten mit einer Frage.

»Die habe ich. Allerdings bezweifle ich, dass sie zu eurem Täter passt. Wie heißt er überhaupt?«

»Jon Ardelius.«

»Also gut. Wenn ich dich richtig verstehe, dann habt ihr starke Indizien, versteht jedoch das Motiv nicht.«

»Motive gibt es in Krimis. Wir suchen die Kette aus Gedanken, Anlässen und Ereignissen. Ardelius muss ein sehr gestörtes Verhältnis zu Frauen haben. Er kann Bindungen nur aufbauen, indem er ihre extreme Lage ausnutzt. Mit dem Ende dieser Lage endet auch die Bindung. Das ist unsere Laientheorie.«

»Meine Erklärung lautet ganz anders. Willst du sie wirklich hören?«

Barbro verstand nicht ganz. Deshalb war sie doch hier! Sie nickte aufmunternd.

»Wir haben es mit einer klassischen Giftmörderin zu tun.«

Barbro schwieg.

»Bei allem Verständnis für eure Theorie und euren Verdächtigen, aber das hier ist nicht das Werk eines Mannes.«

Barbro rutschte auf ihrem Stuhl hin und her. »Okay. Warum nicht?«

»Ihr fragt euch die ganze Zeit, was das Ziel der Serie ist. Männer haben Ziele, Frauen haben Gründe. Deshalb steht ihr nach der dritten Leiche immer noch am Anfang.«

Barbro schüttelte den Kopf. »Wir haben Ardelius. Er ist mit allen drei Opfern verknüpft. Das mit dem Gift sehe ich ein, aber es kann auch ein Mann dahinterstecken.«

»Eure Laientheorie mit dem gestörten Verhältnis passt nicht zur Vorgehensweise. Ein vollkommen steriler und mechanischer Ehrgeiz prägt sie. Es gibt keine Spur von Emotionen, Trieben oder Verzweiflung. Und in vierzig Jahren habe ich das immer gefunden, wenn der Täter ein Mann war.«

67

Die Wunde saß am Hals. Sofi konnte nichts anderes tun, als ihre Hände unter Kullgrens Kopf zu legen. Darunter hatte sich der Schnee rot gefärbt. Wegen der Kälte und ihrer Aufregung konnte sie seinen Puls nicht spüren, aber der Rettungswagen musste jeden Augenblick eintreffen. Aus den Augenwinkeln bekam sie mit, wie Kjell Theresa hochhievte und auf die Rückbank des Wagens setzte.

Henning kam mit den beiden Vermummten auf die Straße gestürzt.

»Dort?«, fragte Kjell.

Theresa nickte. Offensichtlich war sie unverletzt.

»Los!«, sagte Kjell zu den Männern vom Einsatzkommando. Zu dritt rannten sie los.

Henning kniete sich neben Sofi. »Sieh mal, wie hoch das Fenster ist. Wie kann man von dort oben runterspringen?«

Sofi starrte Henning irritiert an, bis ihr einfiel, dass er ja an der Wohnungstür gewartet hatte. »Er ist nicht gesprungen. Er sitzt tot an seinem Schreibtisch.«

»Was?«

In diesem Moment kam der Rettungswagen um die Ecke und leuchtete alles mit blauem und rotem Licht aus. Sofi wurde zur Seite gezerrt. Vier oder fünf Mann hoben Kullgrens Körper auf die Bahre. Es dauerte nur einige Sekunden. Der Rettungswagen wendete und fuhr davon.

Sofi kniete noch im Schnee. Ihr fielen die Fenster in der Straße auf. Obwohl über die Hälfte davon zu Bruch gegangen waren, hatte kein Anwohner das Licht eingeschaltet. Nur einige Lichtertreppchen brannten auf den Simsen, aber das hatten sie zuvor schon getan.

Henning half ihr beim Aufstehen. Er hatte ebenfalls jede Orientierung verloren. Theresa saß noch immer starr auf dem Rücksitz. Ihre Beine baumelten im Freien.

Einer von ihnen musste sich so schnell wie möglich um die Nachbarn kümmern und nachsehen, ob jemand verletzt worden war. Darauf wollte sie Henning gerade hinweisen, als die Tür im Haus auf der anderen Straßenseite aufging und ein Mann den Kopf ins Freie steckte. Henning ging sofort auf ihn zu und schickte ihn zurück.

Sie traten zu Theresa und erkundigten sich, was überhaupt geschehen war.

Kullgren hatte am Steuer gesessen. Sie kamen vom anderen Ende der Bastugatan und konnten wegen des vereisten Gefälles nur langsam fahren. »Die Frau mit dem Kinderwagen kam an uns vorbei. Sie ging ganz nah am Haus, und Nils ist vorsichtig an ihr vorbei. Plötzlich riss er an der Handbremse.«

Der Wagen stellte sich sofort quer, etwa in dieselbe Position, in der er jetzt noch stand. Kullgren sprang aus dem Wagen und zog seine Waffe.

»Die Frau?«, fragte Henning.

»Ja.«

»Die hat geschossen?«

»Nein. Nils hat geschossen. Er hat dreimal in ihre Richtung geschossen, bevor sie geschossen hat. Sie war bereits dort vorne, wo es dunkel ist.«

Sofi und Henning sahen sich an. Es konnte nie und nimmer so gewesen sein.

Henning beugte sich zu Theresa herab. »Woher wusstet ihr denn, dass die Frau etwas mit der Sache zu tun hat?«

»Wir wussten gar nichts. Ich weiß nicht, warum Kullgren das gemacht hat.«

Henning zog Sofi beiseite. »Kannst du dir eine Situation vorstellen, in der ein Polizist aus dem Auto springt und auf einen Menschen schießt?«

»Er muss die Frau erkannt haben.«

»Dennoch würde ein Polizist niemals schießen.« Henning kratzte sich am Kopf. Theresa musste sich irren. Kullgren hatte nicht als Erster geschossen. Das war unmöglich.

Sofi konnte ihre Eindrücke nicht ordnen. Das lag an der Frau. Was hatte die mit der Sache zu tun? »Du vergisst etwas«, sagte sie dann.

»Was denn?«

»Sie hat zurückgeschossen. Und im Gegensatz zu ihm hat sie getroffen. Das sagt uns etwas.«

»Und was?«

»Dass er sich nicht geirrt hat. Er hat richtig gehandelt.«

Auch Theresa hatte nicht lange überlegt. Nachdem der Wagen durch sein Gewicht einen Meter weit die Steigung hinabgerutscht und gegen die Hauswand geprallt war, sprang auch sie hinaus und schoss, ohne nachzudenken. Sie hatte sogar das

Magazin gewechselt und bis zur letzten Kugel weitergeschossen.

Henning betrachtete den Wagen aus einigen Schritten Abstand. »Wieso ist Theresa nichts passiert?«

Sofi deutete auf den BMW. Er war als Dienstwagen des Säpo-Chefs so stark gepanzert, dass er wegen seines Gewichts trotz der angezogenen Handbremse weiter auf der schrägen Fahrbahn hinabgerutscht war bis zur Hauswand. »Im Wagen konnte ihr nichts passieren, und später stand sie dahinter in Deckung.«

»Wo ist der Kinderwagen?«, fragte Henning. »Sie hatte einen Kinderwagen.« Er stieg die Straße hinauf, tauchte ins Halbdunkel jenseits der Laterne und kehrte zurück. In der Hand hielt er das Gestell des Wagens. »Sonst liegt da nichts. Das Oberteil muss sie mitgenommen haben. Ich verstehe es nicht. Und Ardelius liegt tot dort oben?«

»Anscheinend war sie vor uns in der Wohnung.«

»Dann hat sie uns beim Anschleichen entdeckt. Lass uns nachsehen.«

Als sie oben das Licht einschalteten, zuckte Sofi zusammen. Ihr war zuvor nicht aufgefallen, dass die Wände um Ardelius' Leiche rot gestrichen waren. Ein rotes Zimmer.

Henning umkreiste die Leiche mit großem Abstand und erkundete dann die anderen Räume.

»Sieh mal«, sagte Sofi bei seiner Rückkehr ins Zimmer. Sie kniete auf dem Holzboden und deutete auf die Stelle vor dem Fenster. Dort lag Schnee.

»Da ist ein Fußabdruck.«

»Der stammt von Kjell. Er hat sich aus dem Fenster gelehnt. Ich meine den Schnee selbst.«

»Habt ihr das Fenster nicht aufgemacht?«

»Nein. Die Frau kann es auch nicht getan haben. Sie ist ja durchs Treppenhaus.«

»Wer ist dann durchs Fenster?«

»Niemand«, sagte Sofi und deutete auf den Schnee am Boden. »Das Fenster da muss seit mindestens zwei Tagen geöffnet sein.«

Henning verstand. »Es hat am Donnerstag aufgehört zu schneien.«

»Um die Mittagszeit.«

»Und Ardelius sieht so aus, als läge er seitdem hier.«

»Filipa tauchte erst zwölf Stunden später auf, in der Nacht auf Freitag.«

68

Erleichtert warf Hampus Hysén seine Jacke auf sein Bett. Manchmal erlitt seine Mutter einen spätabendlichen Anfall von Angst. Dann hängte sie die Türkette vor und zwang ihn damit, sie in der Nacht aus dem Bett zu klingeln. Er setzte sich wie ein Besucher auf seinen Stuhl. Er grübelte selten, deshalb fühlte es sich jetzt so sinnlos an.

Nach einer Weile entdeckte er den Teller auf seinem Tisch. Trotz des Streits am Morgen hatte ihm seine Mutter ein Käsebrot hingestellt. Das war der einzige Vorteil, den er bisher an seiner Volljährigkeit entdecken konnte: Die Bullen setzten ihn jetzt unten ab und kamen nicht mehr mit hinauf, um mit seiner Mutter über seine Erziehung zu sprechen.

Es aß das Brot und grübelte weiter. Mehrmals beschloss er, sich auszuziehen und das Licht zu löschen, doch es gelang ihm nicht.

Als er eine halbe Stunde lang mit der Leere in seinem Inneren dagesessen hatte, klingelte es an der Tür. Er sprang auf. Verdammt. Er trat ans Fenster. Unten vor dem Haus stand kein

Polizeiauto. Da begriff er, dass das noch die beste aller Möglichkeiten gewesen wäre.

Es hatte nur einmal geklingelt, kurz und unaufdringlich. Beinahe heimlich. Oder unheimlich. Langsam drückte er die Klinke seiner Zimmertür hinunter. Im Flur war alles dunkel geblieben. Seine Mutter hatte nichts gehört. Er machte einen Abstecher zur Küche und nahm das lange Brotmesser aus der Schublade. Damit schlich er zur Tür und riskierte einen Blick durch den Spion.

Das Treppenhaus war erleuchtet. Das Mädchen schien ihm direkt in sein rechtes Auge zu sehen. Woher wusste die, wo er wohnte? Im Streifenwagen hatte sie kein Wort gesagt und war bereits in Kungsholmen ausgestiegen. Auf dem Rest der Fahrt hatte er sich gewundert, ob sie etwas mit Filipa zu tun hatte, denn er hatte sie nie zuvor gesehen.

Mit ernster Miene riss er die Tür auf, aber das Mädchen erschrak nicht.

»Was willst du?«

Sie schwieg und musterte ihn. Am Ende hob sie eine Augenbraue.

»Was ist?«

»Ich wundere mich nur«, sagte sie.

»Worüber wunderst du dich?«

»Dass du noch lebst.«

Sonntag
30. Dezember

69

Der Stoiker Seneca hätte ein vernichtendes Urteil über den Kriminalkommissar Kjell Cederström gefällt. Der schlich sonst wie ein Pfadfinder mit einem eigenen Plan am Tatort herum und schnappte die Zwischenberichte der Techniker mit nur einem Ohr auf. Heute stand er lieber nur da und hörte genau zu, was Per und seine Leute so glaubten, während er sich den Anblick einprägte. Die Luft roch verbrannt von den summenden und knisternden Strahlern, die die Techniker überall auf Stativen aufstellten.

Diesmal suchte er nicht nach Eingebungen, sondern beteiligte sich am Wirken der Techniker, in der Hoffnung, dass ihre unendliche Geduld auf ihn abfärbte. Zu allem Übel hatte ihn der diensthabende Koordinator zum operativen Chef der schwedischen Polizei bestimmt. Dabei hatte Kjell sich, weit abgeschlagen in der Erbfolge, sicher vor dieser Bürde gewähnt, doch solange Kullgrens Stellvertreter in Thailand hektisch die Koffer packte und Reichskriminalchefin Viklund auf eine Art und Weise verschwunden war, die ihm von Tag zu Tag unsympathischer wurde, ließ sich daran nichts ändern.

Per Arrelöv kroch über den Boden. Mit seinen abstehenden borstigen Haaren sah er in dem weißen Kittel aus, als steckte er in einer Zwangsjacke. Er war seit einer halben Stunde auf der Suche nach gelocktem Frauenhaar und würde den Schreibtisch in sieben Minuten ganz umrundet haben, wie Kjell extrapolierte. Er bewunderte den Techniker dafür, an jedem Tatort neu beginnen zu können. Pers Erinnerung reichte nur bis zum Aufklappen seines Koffers zurück.

Die Rechtsmedizinerin Suunaat Kjærgaard kniete neben Ardelius. Seine Leiche lag noch in der Stellung, wie sie sie gefunden hatten. Kjell wartete mit Ungeduld auf das Gesicht. Das war bisher nur zu einem Drittel zu erkennen, dafür aber der Hinterkopf mit dichtem dunklem Haar, das unterschiedlich stark von grauen Strähnen durchzogen war. Durchwürkt, fabulierte Kjell vor sich hin. Suunaat hatte die kahle Stelle von der Größe ihres Handtellers untersucht und kam zu dem Ergebnis, dass der Haarausfall nicht altersbedingt, sondern eine *Alopecia areata* war. Ardelius' Hut, der am Haken neben der Tür hing, hatte damit seinen Zauber verloren.

Sofi erschien neben ihm. Wegen der Plastikanzüge, die alle tragen mussten, erkannte er sie erst, als sie neben ihm stehenblieb. Die Anzüge erlaubten keinen Einblick darin, wie sich die anderen fühlten. Aber Nils Kullgren war nicht irgendjemand für Sofi. Von ihrer ersten Begegnung an hatten die beiden einen Draht zueinander gehabt und führten seitdem eine Fernbeziehung, wobei das romantische Hindernis nicht in der Distanz zwischen dem sechsten und dem dritten Stock bestand, sondern im Konflikt zwischen seelischer Nähe und dienstlicher Ferne. Sofi näherte sich anderen Menschen nie ohne schützendes Handicap; auch bei diesem Karlsson oder Karlström musste es eines geben.

Dennoch war Sofis Sorge um Kullgren nicht von einer leichten Migräne zu unterscheiden. Wie in vorangegangenen Fällen dieser Art war sie seit Stunden in völliges Schweigen verfallen und kniff zudem alle fünf Minuten die Augen zusammen.

Sie zupfte ihn am Arm als Aufforderung, ihr hinüber in das andere Zimmer zu folgen. Dort kniete sie sich vor die Kommode neben dem Bett und deutete mit der Pinzette auf einen

Stapel Fotografien. Da er keine Handschuhe trug, hielt sie ihm den Stapel vor Augen. Dass Sofi den Anblick nicht kommentierte, machte es noch unheimlicher. Elin Gustafsson von vorne im Liegestuhl.

»Sind das meine Fotos?«

Sofi starrte ihn durch ihren Sehschlitz an. Er kam sich wie ein hilfloser Idiot vor, bis ihm der frappante Unterschied auffiel. Es gab keinen Schnee auf dem Bild. Der Strand war schwarz.

»Das ist von vorne fotografiert. Wie bei meinen Bildern. Die Bilder müssen von einem Boot aus aufgenommen sein.«

Sofi wackelte zweifelnd mit dem Kopf. Statt etwas zu erwidern, zeigte sie ihm das nächste Bild. Elin Gustafsson von vorne. Der Strand war weiß und voller Polizisten. Ein Idiot trieb in einem Kajak im Wasser.

»Scheiße«, flüsterte Kjell. »Sind seine Fingerabdrücke auf den Bildern?«

Sofi nickte. Sie gab noch immer keinen Ton von sich, weil sie das Unbehagen liebte wie ein warmes Schaumbad. Sie blätterte zum dritten Bild. Elin Gustafsson im Liegestuhl. Aber diesmal war etwas anders. Nicht nur die Dämmerung, die als blauer Streifen über den Wipfeln zu sehen war. Elin lebte.

»Der 21. Dezember?«

»Siehst du das alte Gefängnis? Es sieht aus, als wäre die Wiese davor nur wenige Meter breit. Mindestens zweihundert Millimeter Brennweite also. Vielleicht vom anderen Ufer aus gemacht.«

Das vierte Bild. Judit Juholt. In Bewegung. Sie kam in die Kirche. Das musste der 21. Dezember sein.

»Moment mal. Woher wusste der Fotograf, dass sie die Kirche betreten würde?«

»Ich weiß es nicht.« Sofis Antwort hatte die Melodie einer Frage.

Bild fünf. Judit war tot. Ein sechstes Bild mit der Polizei gab es nicht.

Der enge Schlitz in der Gesichtsmaske machte Sofis Blick nur noch stechender.

70

Kjell traf Henning in der Eingangshalle des Söder-Krankenhauses. Er lungerte in einem schlafähnlichen Zustand auf den Sesseln neben der Rezeption, dabei hatte ihn Kjell auf der Station erwartet. Auf seinem Schoß lag die Sonntagsausgabe von Svenska Dagbladet.

»Versuchst du, durch die Zeitung deiner Chefredakteurin nahe zu sein?«, fragte Kjell zur Begrüßung und ließ sich auf den Sessel daneben fallen.

»Ich muss meine intellektuelle Benchmark vor dem nächsten Treffen deutlich anheben«, murmelte Henning und hielt die Augen geschlossen. Es waren stets die Frauen, die Hennings Leben auf die nächste Stufe brachten. Meist war es dabei natürlich abwärts gegangen, aber Henning war auch bei Frauen ein Spieler.

»Sei auf der Hut. Frauen können klüger schreiben, als sie wirklich sind.«

Henning öffnete die Augen und nahm Haltung an. »Die Fehlertoleranz habe ich bereits herausgerechnet. Die Zeitung tarnt mich ausgezeichnet vor denen dort.«

Ein Dutzend Reporter war auf der anderen Seite der Halle tief in die Plastikschalensitze gerutscht und behielt mit einem Auge die Tür zu Station 12 im Blick. Die Sache war schon vor dem Morgengrauen durchgesickert. Kullgrens Schicksal war kein Geheimnis mehr.

Doch keiner der Reporter schickte sich an, Kjell oder Henning zu erkennen. Dabei saßen sie wie Sonderangebote vor ihnen.

»Sie sind darauf geeicht, dass ein unrasierter Kommissar mit Trenchcoat durch die Tür dort kommt«, erklärte Henning. »Auf etwas anderes reagieren sie nicht.«

Kjell und Henning wechselten in die Cafeteria. Sie war nur ein durch Blumentöpfe eingezäunter Bereich in der Halle. Durch die Blätter der Pflanzen hindurch hatte man einen herrlichen Ausblick zum Eingang der Station.

»Die Kartei hat nichts ergeben«, sagte Henning. »Nicht das Geringste. Immerhin ist das Phantombild ganz gut geworden. Der Haftbefehl ist raus.«

»Hast du alle Frauen durchgesehen?«

Henning nickte erschöpft.

»Andererseits hat Kullgren sie erkannt.«

»Deshalb muss sie nicht in unserer Kartei sein. Die Gegengruppe hat tagelang selbst ermittelt. Kullgren kann dabei auf die Frau gestoßen sein, ohne ihr eine zentrale Rolle zuzumessen. Und als er sie dann auf der Straße laufen sah, ist ihm ein Licht aufgegangen.«

Kjell musterte seinen Streuselkuchen. Irgendetwas daran sah verdächtig aus. »So kann es nicht gewesen sein, Henning. Kullgren hätte nie das Feuer eröffnet.«

»Stimmt auch wieder.«

»Wie Theresa die Sache schildert, hat Kullgren weder gerufen noch einen Warnschuss abgegeben. Er hat auf die Frau gezielt und wollte sie treffen.«

»Das würde ein Polizist niemals tun«, sagte Henning wieder, obwohl er es seit der Nacht schon dreißigmal gesagt hatte.

»Wenn er sich an die Vorschrift hält.«

»Das ist bei Kullgren natürlich die Frage.«

»Es geht nicht um Vorschriften«, sagte Kjell. »Wie er gehandelt hat, steht im Widerspruch zu allen Prinzipien des Polizeiberufs. Stell dir vor, er hätte getroffen und sie getötet. Dann hätte er viel zu erklären gehabt. Man hätte ihn sofort entlassen und Anklage gegen ihn erhoben. Und es wäre zu einem Urteil gekommen, da kannst du sicher sein.«

An der Stationstür tat sich etwas. Die Reporter sprangen auf und scharten sich um den Eingang. Ein Schatten wuchs jenseits der Milchglastür und entpuppte sich dann als Krankenschwester. Die Reporter setzten sich wieder.

»Was machen wir mit denen?«, fragte Henning.

Kjell reagierte nicht. Er hing mit seinen Gedanken immer noch bei Kullgren. So sinnlos sein Verhalten in der vergangenen Nacht auch schien: Kullgren hätte nicht zum ersten Mal mit kühler Absicht gehandelt. »Ob die Frau verletzt wurde?«

»Es gibt keinen Hinweis darauf.«

Bisher hatte man Fußspuren im Schnee gefunden, doch sie verloren sich ein Stück vom Haus entfernt, weil die Straße vereist oder übersät mit anderen Abdrücken war. Von den Einschlagstellen der Kugeln waren in der Dunkelheit erst drei ausfindig gemacht.

»Es gibt außer Kullgren eine weitere Person, die wissen muss, warum Kullgren geschossen hat.«

Hennings Augenbrauen hoben sich vor Erstaunen. Das tat er stets mit Absicht und nie aus Reflex.

»Die Frau natürlich.«

»Da hast du recht. Die muss es wissen.«

»Und solange Kullgren lebt, ist sie mit ihrem Wissen nicht allein.«

Henning warf einen Blick zur Station. »Glaubst du etwa, Kullgren ist in Gefahr?«

»Polizisten schießen erst, wenn der Verfolgte unter gewissen Umständen nicht aufgibt und das eigene Leben bedroht ist. Das kann der einzige Grund für Kullgrens Verhalten sein. Er wusste vorher, wie gefährlich die Frau ist und wie sie reagieren würde. Und seine Einschätzung erwies sich als richtig. Sie hat sofort geschossen. Im Gegensatz zu ihm traf sie sogar. Das ist der Beweis.«

Die beiden schwiegen eine Weile. Sobald Kullgren den Mund aufmachte, würde er ihnen mitteilen, wer diese Frau war. Und nun war allgemein bekannt, dass der Säpo-Chef am Leben war.

»Das lässt sich ganz einfach lösen«, sagte Henning. »Wir erklären den Leuten dort drüben, er wäre tot.«

»Das kann nicht dein Ernst sein! Wir können doch nicht der Presse erklären, der Generaldirektor der Säpo wurde erschossen.«

»Könnte politisch ein bisschen heikel werden, das gebe ich zu. Es tut mir bestimmt gut, jetzt Abonnent bei Svenska Dagbladet zu sein.«

»Wir machen das Gegenteil. Und zwar jetzt gleich.«

Sie standen auf und steuerten auf die Station zu. Henning ließ sich zwei Schritte zurückfallen, unsicher darüber, worauf Kjell aus war. So war er wenigstens nicht im Bild, als Kjell seinen Ausweis zückte und der Kerl vor ihm die Fernsehkamera schulterte. Generaldirektor Kullgren sei wohlauf, berichtete Kjell. Er sei bei einem Schusswechsel an der Schulter getroffen worden, jedoch bei Bewusstsein. Er wies auf die Gefährlichkeit der Frau hin, verkniff sich aber die Lüge, die Polizei kenne ihre Identität. Unter Umständen hätte ihr das bestätigt, dass alles nur ein Bluff war. Zur Zeit suche man sie landesweit, ein Phantombild bekomme man um die Mittagszeit beim Pressedienst.

Henning hatte die Redezeit genutzt, um auf die Klingel zur Station zu drücken. So konnten sie gleich verschwinden.

Ein farbiger Pfleger führte sie durch den Gang.

»Das müsste reichen«, flüsterte Kjell auf dem Weg, doch zur Sicherheit bestellte er telefonisch zwei ältere Polizisten in die Cafeteria. Sie sollten ihre Morgenmäntel mitbringen. So fielen sie nicht auf, wenn sie bei Kaffee und Kuchen den Eingang im Auge behielten. »Man weiß nie«, fand Kjell nach dem Auflegen.

Henning hatte beim Gehen die Hände in den Hosentaschen. Er konnte eine sehr provokante Passivität an den Tag legen.

»Bist du anderer Ansicht?«

»Es kann uns Ärger bringen. Wir haben nichts mit der Polizeileitung abgesprochen.«

Genau das war jedoch der Grund, warum Kjell nicht gezögert hatte. Mit höherer Stelle musste er sich als provisorischer Polizeichef nur absprechen, wenn er diesen Posten lange behalten wollte. Er rechnete allerdings damit, noch vor dem Mittagessen durch einen Funktionär ersetzt zu werden. Bis dahin durfte er selbst entscheiden.

Im Flur vor der Intensivstation fanden sie Barbro in ein Gespräch mit einem Arzt vertieft. Auch Theresa war da. Sie stand am Ende des Ganges und starrte aus dem Fenster.

Was Kjell den Worten des Arztes entnahm, klang so schlecht, wie er insgeheim befürchtet hatte. Kullgren war alles andere als bei Bewusstsein. Aber sein Zustand war immerhin stabil. Nach einer Operation über mehrere Stunden entschieden die kommenden vierundzwanzig Stunden.

Warum immer vierundzwanzig Stunden, wunderte sich Kjell. »Er ist also noch länger bewusstlos?«

Der Arzt nickte entschieden und verschwand wieder durch die Tür, die sich wie von Geisterhand öffnete.

»Die Lage ist nicht gut«, erklärte Barbro, die den Morgen hier bei Theresa verbracht hatte. »Sie sind sich nicht sicher, welche Schäden er davonträgt. Die Sauerstoffzufuhr zum Gehirn war beeinträchtigt.«

Kjell rief leise nach Theresa. Sie wandte sich um und kam auf wackeligen Beinen herüber.

»Wie geht es dir?«

Sie hob die Schultern. »Die Interne war vorhin hier. Sie wollen mich heimschicken.«

»War die Säpo schon hier?«

»Die Frau sagt ihnen nichts. Sie steht auf keiner Liste.«

Kjell bot an, sie nach Hause zu bringen, aber Theresa behagte die Vorstellung nicht, in ihrem Bett liegend an die Decke zu starren. Geschlafen hatte sie vorhin ein bisschen auf der Wartebank.

»Mitarbeiten kannst du nicht. Aber du kannst im Büro herumlungern, wenn du nicht zu Hause sein willst.«

Sie nickte.

Kjell hatte wieder vor Augen, wie sie zwei Magazine in die Dunkelheit abgefeuert hatte. Zum Glück hatte sie kein drittes mehr dabeigehabt. »Kennst du den stellvertretenden Direktor?«

»Nicht sehr gut.«

»Er landet morgen Mittag in Arlanda. Seine Familie ist in Thailand geblieben. Am besten holst du ihn ab.«

»Okay.«

»Welchen Zugang hast du zu Kullgrens Büro?«

»Machst du Witze? Ohne Sicherheitsfreigabe schaffe ich es gerade zur Toilette. Und selbst da sind Kameras. Nur sein Stellvertreter hat Zugang. Niemand sonst.«

Kjell trat gegen den Abfalleimer. Theresa hatte im letzten Halbjahr intensiv mit Kullgren zusammengearbeitet. Niemand war näher dran.

71

Die Techniker beklagten sich nicht darüber, dass Sofi sich über das Bett und die umstehenden Möbel hergemacht hatte, solange sie dabei keinen Schaden anrichtete. Spuren am Tatort zu sichern, beherrschte sie mittlerweile im Schlaf. Erst im Labor folgte die Arbeit, die man jahrelang erlernen musste. Die Ecke mit dem Bett war deshalb so interessant, weil es in der ganzen Wohnung die einzige Stelle zu sein schien, wo sich persönliche Dinge von Ardelius fanden. In der Kommode links waren aber nur die Fotografien spannend gewesen. Nach zwei Stunden wechselte Sofi hinüber auf die rechte Seite des Bettes. Zuerst griff sie nach dem leeren Glas auf dem Nachttisch und schnupperte daran. Es roch nach Torf. Daneben standen sieben Flaschen. Sofi hatte kein Näschen für hochgeistige Getränke und musste jede einzelne Flasche aufschrauben, bis sie sich sicher war, dass sich Ardelius von dem Connemara bedient hatte. Die Flasche war zur Hälfte geleert, außerdem saß der Verschluss locker. Sofi untersuchte Glas und Flasche mit dem Scanner und fand daran nur die Fingerabdrücke von Ardelius.

Sie zog die obere Schublade auf. Sie quoll über vor Kreditkartenbelegen, Quittungen und alten Fahrkarten. Sofi begann, alles nach dem Datum zu sortieren, als sie auf einen gelben Zettel stieß. Es war eine Eintrittskarte für ein Streichkonzert in der Sofiakirche. Das hatte am 2. März stattgefunden. Beethovens frühe Streichquartette. Sofi wendete den Zettel. Die Rückseite war unbedruckt, aber jemand hatte eine Telefonnummer darauf notiert. Sofi zögerte nicht. Als sich am anderen Ende die Bandansage der Reichsmord meldete, erkannte Sofi die Nummer als die von Judit wieder. Nun war sie sogar ziemlich sicher, dass es ihre Handschrift war. Sofi überlegte, wie sie am frühen Sonntag mehr darüber herausfinden konnte.

Ihr fiel der Organist aus der Kirche ein. Er musste bereits aufgestanden sein und etwas über die Konzerte in seiner Kirche wissen. Er war über seine Antwort selbst erstaunt. Das Konzert hatte die Musikhochschule gegeben. Judit hatte zum Ensemble gehört.

Das war ja interessant! Ardelius und Judit kannten sich seit zehn Monaten. Sofi blätterte die sortierten Quittungen durch und entdeckte eine vom 3. März. Um 1 Uhr 07 hatte Ardelius eine nicht geringe Menge an Getränken in einer Bar in der Skånegatan bezahlt. Das konnte er nicht alleine getrunken haben.

Sie hatten sich an jenem Abend kennengelernt, daran ließ die Telefonnummer auf der Eintrittskarte keinen Zweifel.

Vom anderen Ende der Wohnung rief jemand Sofis Namen. Sie sprang auf und eilte hinüber ins andere Zimmer, wo Per und Suunaat noch immer neben der Leiche hockten. Inzwischen hatte sie den Körper auf den Boden gelegt und entkleidet. Obwohl das Fenster längst geschlossen und die Heizung aufgedreht war, spürte man die im Boden sitzende Kälte durch die Schuhsohlen.

»Deine Deutung des Schneehaufens unter dem Fenster trifft wohl zu«, sagte Per. »Das Fenster hat seit Donnerstag offen gestanden. Er ist vom Schlafzimmer hierher und hat sich an den Tisch gesetzt.«

»Saß er die ganze Zeit hier?«

Per nickte. »Füße und Gesäß sind schwarz. Außerdem vermuten wir, dass die Frau erst kurz vor euch hergekommen ist. Sie hat das Türschloss auf eigenartige Weise geknackt, so dass sich die Tür nicht mehr verriegeln, sondern nur noch anlehnen ließ.«

»Also wurden die Frauenleichen hier nicht aufbewahrt?«

Per und Suunaat sahen sich verwundert an und schüttelten vereint den Kopf. »Wie kommst du darauf?«

»Die Temperatur, die hier herrschte, entsprach genau der Körpertemperatur der Leichen.«

»Kein Wunder. Es ist die in ganz Stockholm herrschende Außentemperatur! Er ist nicht so lange tot wie die Frauen, und dann ist da noch das Türschloss. Sie muss es kurz vor eurer Ankunft geknackt haben, sonst wäre die Tür längere Zeit angelehnt gewesen und hätte sich durch den Luftzug wohl geöffnet.«

»Wir haben sie also überrascht.«

»Vielleicht. Vielleicht auch nicht.«

»Was meinst du damit?«

Per zog sich seine Gesichtsmaske herab bis zum Kinn. »Der sitzt tagelang hier, und dann kommt ihr gleichzeitig an? Mitten in der Nacht?«

»Willst du damit andeuten, dass wir ein Leck haben?«

Per zuckte mit den Schultern und setzte sich seine Maske wieder auf.

Sofi strich sich mit der Hand über die Wange, was Per richtig als Zeichen deutete, ihr einen Moment zum Nachdenken zu geben. Wenn es ein Leck gab, dann nicht bei der Säpo. Außerdem traute Sofi der Säpo nicht zu, Ardelius' Adresse gekannt zu haben. Und sie selbst hatte nach ihrem Besuch bei Joakim keine Zeit verstreichen lassen. Sie schüttelte den Kopf. »Eigentlich ist diese Wohnung doch kein Geheimnis. Wir haben nur lange gebraucht, seinen Namen zu erfahren. Wenn die Frau erst kurz vor uns hier eingebrochen ist, dann kann sie ihn nicht umgebracht haben.«

»Wir behaupten lediglich, sie habe die Tür kurz vor euch geöffnet«, sagte Suunaat. »Das bedeutet nicht, dass sie zuvor noch nie hier war.«

»Aber ihr habt keine Beweise dafür.«

Per lachte gequält auf. »Wir haben überhaupt keine Spuren von ihr. Nirgendwo!«

»Was wollte sie dann noch einmal hier?«

»Siehst du das hier?« Suunaat deutete auf Ardelius' Gesicht. Auf der Wange, die bei seinem Auffinden verdeckt gewesen war, sah man eine sonderbare Verfärbung. Für einen biologischen Prozess waren die Konturen viel zu gerade und standen zudem im rechten Winkel zueinander. Die Spitze des Flecks zeigte zur Nase, an den anderen Seiten bildeten Unterkiefer, Ohr und Haaransatz natürlichere Grenzen. »Er lag mit dem Gesicht mitten auf der leeren Tischplatte. Sie kann das nicht verursacht haben.«

»Also lag etwas auf dem Tisch, ja? Und darauf lag sein Kopf? Worauf lag er?«

»Wir tippen auf einen tragbaren Computer«, sagte Per. »Das käme von den Dimensionen her gut hin. Die Platzwunde unter dem Auge deuten wir so, dass er irgendwann das Bewusstsein verlor und erst dann vornüberkippte. Auf jeden Fall lag hier etwas, was nicht mehr da ist.«

Hinter Sofi rutschte Pers Assistent Lasse auf seinen Plastiksohlen ins Zimmer. »Kommt mal, schnell!«

Er führte sein Gefolge in den Flur. Dort war nach Stunden jemand auf die Idee gekommen, einen Blick hinter das einzige Bild in der ganzen Wohnung zu werfen.

72

Blasses Sonnenlicht fiel in die Büros der Reichsmordkommission, als Barbro Setterlind dort nach der Mittagszeit eintraf. Sofi hatte alle Heizungen aufgedreht und damit die drückende Stimmung ins Unerträgliche gesteigert. Sie saß nicht an ihrem Platz. Da ihr Computer eingeschaltet war, öffnete Barbro die Tür zum Aktenzimmer und fand sie auf der Ruheliege. Sie richtete sich sogleich auf.

Barbro setzte sich auf den Tritthocker vor dem Regal. »Das Schlimmste ist vorüber, behaupten die Ärzte. Wäre der Krankenwagen nicht sofort gekommen, hätte er es nicht überlebt.«

Sofi strich sich das Haar aus dem Gesicht und schwieg.

»Kjell und Henning sind für ein Nickerchen nach Hause gefahren.«

»Er wird Monate brauchen, bis er sich erholt hat.«

Ja, dachte Barbro, unter dem günstigen Umstand, dass sein Gehirn keinen Schaden genommen hat. »Im Justizministerium herrscht Alarmstimmung. Sie fragen sich, wie viele Geheimnisse er mit in die Bewusstlosigkeit genommen hat.«

Sofi stand auf und ordnete ihre Kleidung. »Das ist Theresas große Stunde.«

»Wie meinst du das?«

»Sie war ein halbes Jahr lang seine Assistentin. Jetzt ist sie zur richtigen Zeit an der richtigen Stelle. Wie immer.«

»Dort ist sie deinetwegen. Wenn du dich besser mit ihr verstehen würdest, hätte Kjell sie nicht versetzt.«

»Ja«, erwiderte Sofi knapp.

Barbro biss sich auf die Zunge. Theresa war Sofi egal, es ging ihr um Nils Kullgren. »Kjell macht sich Vorwürfe. Er zeigt es nicht, aber man sieht es ihm trotzdem an.«

»Komm mit. Ich zeige dir etwas.«

Barbro folgte Sofi hinüber zu ihrem Schreibtisch. Darauf standen mehrere Kartons.

»Wir haben einen Tresor im Flur entdeckt. Hat allerdings zwei Stunden gedauert, ihn aufzubekommen.«

»Er hatte einen Tresor?«

»In den hat er so ziemlich alles hineingestopft.« Sofi nahm mehrere Notizbücher aus einem Karton. Außerdem gab es Zettel unterschiedlicher Größe und sogar seine Brieftasche. »Die ist aber nicht sehr interessant.«

»Sonst etwas Interessantes?«

»Ja. Das hier.« Sofi deutete auf einen kleinen weißen Computer. Von dem führte ein Kabel zu Sofis Computer. »Ich musste ihn zuerst klonen, damit es keinen Ärger mit dem Ankläger gibt.«

Das Spiegeln war beendet. Während Sofi das Kabel zog, warf Barbro einen Blick in ein Notizbuch. Offenkundig war Ardelius ein Mensch mit reichem Innenleben gewesen. Zwischen Gedankenfragmenten zu allerlei Themen tauchten immer wieder lange Formeln auf. Seine Handschrift war jedoch ziemlich unleserlich.

»Das kann ja heiter werden«, sagte sie und verstaute die Bücher wieder im Karton. »Am besten geben wir es Henning. Seine Schrift ist auch so klein.«

»Jetzt können wir ihn einschalten.«

Barbro rollte sich Kjells Sessel herüber und nahm neben Sofi Platz.

Sofi startete den Computer. »Kjell ist übrigens entmachtet«, murmelte sie. »Polizeichef Liljemark war vorhin hier. Morgen endet Viklunds Urlaub. Mal sehen, ob sie kommt. Bis dahin leitet Liljemark selbst die Reichskrim.«

»Kjell wird sich freuen, diese Bürde los zu sein. Und die Säpo?«

»Ein Agent namens Jerker Tholander. Liljemark wollte unbedingt, dass ein Interner die Säpo übernimmt, bis der Stellvertreter eintrifft. Als Dienstältester steht er auf Platz drei der Rangfolge … Mist!«

Der Computer verlangte ein Passwort.

Barbro behagten die vielen Sekunden nicht, die Sofi auf die Anzeige starrte. Sonst zog sie ihre linke Schublade auf und kramte in ihren CDs. Drei Minuten später war das Rennen dann meist gelaufen. »Du könntest es mit einer deiner heißen Scheiben probieren.«

»Die Festplatte ist mit Luks chiffriert.«

»Wie viele Versuche haben wir?«

»Billionen. Es ist dasselbe System wie auf unseren Rechnern. Sieht nur ein wenig anders aus. Auch im organisierten Verbrechen ist es sehr beliebt. Man kann die Chiffrierung nicht unterlaufen und nicht mal schätzen, wie viele Daten darauf sind.«

»Wir könnten einige Wörter probieren.«

»Ardelius ist Mathematiker. Wenn er seinen Computer so absichert, hat er den Schlüssel bestimmt in zweiunddreißig Hexziffern festgelegt. Das mache ich auch so.« Eine Minute saßen sie ratlos da. »Wir sollten abbrechen und lieber die Frau suchen.«

»Nein, warte mal.« Barbro eilte zu ihrem Schreibtisch. Jetzt zahlte es sich aus, dass sie gestern Abend alle Akten durchforstet hatte. Sie fand das Protokoll mit einem Griff. Mit der aufgeschlagenen Akte kehrte sie zu Sofi zurück. »Der Vater von Elin Gustafsson behauptet, seiner Tochter einen kleinen, weißen Computer geschenkt zu haben. Und der ist verschwunden.«

»Glaubst du, das hier ist der Computer von Elin? Wie kommst du darauf?«

»Du behauptest doch immer, dass nur ahnungslose Mädchen sich diese weißen Computer kaufen.«

»Und Eishockeyspieler.«

»Aber keine Mathematiker.«

»Da hast du recht. Das ändert leider nichts an dem Passwort.«

»Kann man auch ein Wort eingeben? Oder funktionieren nur diese Ziffern?«

»Das kann man auch. Sie werden dann in Zahlen umgerechnet.«

»Darf ich etwas versuchen?«

Sofi schob den Computer zu Barbro. *I'm good for magic.*

And magic is good for me! Barbro wusste nicht, woher die Eingebung kam, aber sie gab das Grübeln auf, als sich die Eingebung als richtig erwies. Während sich Sofi einen ersten Eindruck verschaffte, stellte Barbro sich ans Fenster. Draußen hatte es wieder zu schneien begonnen. Der Wind wehte winzige Eiskristalle gegen das Fenster. Barbro lauschte dem Knistern und beobachtete die Schemen zweier Hunde im Park. Das brachte sie auf eine weitere Eingebung. Sie lief in ihr Büro und zog Ordner B12 aus dem Regal. Darin waren alle Tatortfotos aus der Långholmsgatan 7 mitsamt den Berichten der Tatorttechnik. Der Spruch war mit Lippenstift auf den Spiegel geschrieben worden. Weil er aber nicht mehr ganz frisch war, hatte Henning ihm keine Bedeutung zugemessen.

Lasse von der Kriminaltechnik hatte den Bericht unterschrieben. Barbro wählte seine Nummer. Lasse war noch in Ardelius' Wohnung und musste sich erst wieder erinnern, bevor er ihre Fragen beantworten konnte.

In der Zwischenzeit hatte Sofi sich in das Mailprogramm vertieft.

»Der Lippenstift war nicht mehr der Jüngste«, gab Barbro wieder, was sie soeben von Lasse erfahren hatte. »Anscheinend hat Elin ihre Lippen meist der Natur überlassen. Auch der Spiegel machte nicht den Eindruck, als diente er Elin regelmäßig als Schreibfläche.«

Sofi sah auf. »Du meinst, das stand da nicht aus Schrulligkeit, sondern als Botschaft?«

»Ich überlege nur. Vielleicht hat Elin den Satz gerne gesagt. Und zur Sicherheit noch mal in ihrem Bad verewigt. Ich frage mich jedoch, für wen.«

»Wie findest du das hier? ›*Treffen uns alle um acht. Bring Hampus mit!*‹ Abgeschickt am 29. November von *elin.gustavsson@telia.se* an *fippan@gmail.com.*«

»Hampus?«

»Hampus. Was hat der beim Verhör gesagt?«

Barbro schüttelte den Kopf, um die Frage loszuwerden. »Elin kannte Filipa?«

»Anscheinend. Die Liste der Mails passt eigentlich in unser Profil von ihrem Leben. So gut wie gar keine private Kommunikation, aber seit einem halben Jahr ab und zu eine E-Mail.«

»Hampus behauptet, nichts von den anderen Frauen und von Ardelius zu wissen.«

»›Treffen uns *alle* um acht.‹ Wer ist damit gemeint?«

»Auf jeden Fall noch eine dritte Person.«

»Ardelius oder Judit.«

»Oder beide. Immerhin wussten Elin und Filipa anscheinend voneinander.«

»Das widerlegt Kjells Hypothese, dass er eine nach der anderen flachgelegt und umgebracht hat. Wenn es kein Harem war.«

Barbro sprang auf. Sie zögerte nicht, Kjells Einkaufsliste von der Wandtafel zu wischen. »Vergiss das mit Mann und Frau. Wir haben drei Frauen, alle sind tot. Sie sind alle auf dieselbe Weise gestorben. Haben sie sonst irgendeine Ähnlichkeit?«

»Na ja, sie wohnen im selben Stadtteil.«

»Das sagt alles und nichts. Ich spreche von den seelischen Gemeinsamkeiten. Können sie Freundinnen gewesen sein?«

»Schon allein wegen Filipa nicht. Nur Vierzehnjährige können Vierzehnjährige ertragen. Und Judit und Elin sind auch eher das Gegenteil voneinander.«

»So wie Yin und Yang?«

Sofi überlegte einen Augenblick, schließlich schüttelte sie den Kopf. »Nein. Sie laufen zwar auf derselben Straße. Aber in entgegengesetzte Richtungen. Und das ergänzt sich nicht. Irgendwann laufen sie sich über den Weg, doch das ist nur eine kurze Begegnung.«

»Und um eben die geht es hier. Wir müssen klären, ob Ardelius der Anlass dafür war. Sie können sich auch so getroffen haben.«

»Er muss der Anlass sein. Wegen Filipa. Sonst hätten sich alle drei über den Weg laufen müssen. Das ist unwahrscheinlich.«

Barbro schrieb die Vornamen der drei Frauen an die Tafel und dahinter ein X. »Das X steht für die vierte Frau, die von heute Nacht. Es sind vier. Vielleicht auch mehr. Aber nur drei sind nach unserem Wissen tot.«

»Dann musst du ein N schreiben und kein X.«

Barbro wischte das X mit dem Daumen weg und ersetzte es durch ein N.

»Abgesehen vom Geschlecht gehört Ardelius eher zu den drei Frauen als zu Frau N. Er ist auch tot, sie hingegen lebt.«

»Das ist die entscheidende Frage. Warum ist Ardelius tot, aber Frau N am Leben?«

»Sie ist die Mörderin. Das hat dein Psychiater gesagt!«

Barbro steckte die Kappe zurück auf den Filzstift. Die Wandmalerei lag ihr nicht. »Die Leute von der Säpo haben keine Ahnung, wer sie sein könnte. Also hätte kein anderer sie heute Nacht auf der Straße erkannt und so gehandelt wie Kullgren. Das beschäftigt mich schon den ganzen Tag. Auch Theresa kannte sie nicht. Kullgrens Erkenntnis kann nicht aus der Ermittlung der Gegengruppe kommen, jedoch auch nicht aus der normalen Arbeit der Säpo.«

»Er hat sie vielleicht gar nicht als Person erkannt.«

»Wie meinst du das?«

»Spiel es in Gedanken durch«, sagte Sofi. »Er erreicht mit dem Auto das Haus. Theresa sitzt neben ihm. Eine Frau mit Kinderwagen kommt aus dem Haus. Mitten in der Nacht. Es war zwei Uhr.«

»Warum schießt er gleich?«

»Er hat eine Struktur erkannt. Nicht am Gesicht der Frau.

Sie trug ja eine Mütze und sah nicht sehr markant aus. Es war der Kinderwagen! Etwas stimmte mit dem Kinderwagen nicht.«

»Und dass sie eine Frau war. Das hat er auch erkannt.«

»Ja, vielleicht.«

»Ich fahre zu Hampus.« Barbro kleidete sich in Windeseile in Jacke und Mütze und verschwand.

Sofi wollte sich gerade wieder dem Computer zuwenden, als es draußen an der Tür klopfte. Sie lief in den Flur und erkannte an den Anzügen, dass die beiden Kerle von der Säpo sein mussten.

»Wir suchen Sofi Johansson«, sagte der rechte.

»Das bin ich.«

Der linke überreichte ihr ein gefaltetes Papier. Der Chefankläger des Bezirks Stockholm befahl ihre Festnahme, war darin zu lesen.

73

Draußen begann es schon zu dämmern, als Kjell seine Karte durch das Magnetschloss zog und die Glastür aufdrückte. Geplärr schlug ihm entgegen. Eine Frauenstimme schluchzte. Kjell ließ vor Schreck seine Handschuhe fallen und verharrte im Flur.

Ein handfester Streit.

Snæfríður stand mit dem Rücken zur Tür und stemmte ihre Hände in die Hüften. Durch das Dreieck aus Oberarm, Unterarm und Hüfte sah man Henning in seinem Sessel kauern. Neben ihm brannte eine Weihnachtskerze. Die Flamme flackerte im Sturm.

»Was ist denn los?«, fragte Kjell.

Snæfríður fuhr herum.

»Wie war die Reise?«

»Hulda ist weg«, brummte Henning.

»Was ist daran so außergewöhnlich?«, fragte Kjell und sah Snæfríður an. Am unscharfen Rand des Bildes begrub Henning sein Gesicht in den Händen.

»Ihr habt Fredrik gar nicht angerufen, wie ihr es versprochen habt.«

Eigentlich war Snæfríður ein sanfter Geist, aber auch anfällig für ausländische Leidenschaften wie Gefühlsausbrüche. Dabei neigte sie zur Ungerechtigkeit. Kjell und Henning hatten vorgehabt, ihr Huldas Verhaftung zu verschweigen. Dann hatte Henning alles zugeben müssen, weil die Polizeiwache bereits am Abend zuvor eine Nachricht auf Snæfríðurs Telefon hinterlassen hatte.

»Ich habe es vergessen«, knurrte Henning und knirschte mit den Zähnen. »Sofi kam mit der Telefonnummer, und wir sind sofort aufgebrochen.«

Kjell nickte. »Hier war gestern Abend sehr viel los. War Fredrik nicht zu Hause?«

»Das war er, aber er bekam keinen Anruf.« Snæfríður fuhr wieder zu Henning herum. Ihren Blick sah Kjell deshalb nicht, er tippte jedoch auf einen vorwurfsvollen.

Henning war deutlich anzusehen, dass er gerne von dem dampfenden Kaffee getrunken hätte, der wahrscheinlich seit einer kleinen Ewigkeit vor ihm stand. Aber er wagte es nicht. Stattdessen stand er auf und ruckelte den Bund seiner Hose zurecht. Er streckte sich nach dem Telefon und wählte eine Nummer aus dem Gedächtnis. Das Gespräch dauerte nicht lange. »Wannfors hat sie bis zur Haustür gebracht. Wie befohlen. Und es schien auch jemand da zu sein. In eurer Wohnung brannte Licht.«

»Vielleicht solltest du lieber Fredrik anbrüllen«, sagte Kjell.

Snæfríður verließ das Zimmer.

»Das wäre ohnehin mal Zeit«, rief Kjell ihr hinterher.

Die Tür zu ihrem Büro knallte zu.

Henning taumelte rückwärts zu seinem Sessel. »Anscheinend fehlen einige von Huldas Sachen. Fredrik muss die ganze Nacht gewartet haben.«

»Sie muss wieder hinausgeschlichen sein. Lassen wir sie suchen?«

Henning griff nickend zum Hörer.

Kjell versuchte, sich an all die Dinge zu erinnern, die er erledigen wollte. Nun fiel ihm nichts mehr davon ein. Also zog er erst einmal seine Jacke aus und setzte Kaffee auf.

»Sie ist ganz und gar überfordert mit dem Mädchen«, sagte er zu Henning, nachdem sie die erste Tasse in völliger Stille genossen hatten. »Ich begreife nicht, was in Huldas Kopf vorgeht.«

»Ich schon.«

»Ach ja?«

»Ich habe einen guten Draht zu ihr. Hulda braucht eine Bezugsperson, der sie nicht das Wasser reichen kann. Snæfríður ist zögerlich und sprunghaft wie ein Geysir und ganz und gar auf Fredrik fixiert.«

»Was ist eigentlich aus deiner Fixierung zu Lena Axelsson geworden?«

»Sie kommt später vorbei.«

»Hierher?«

»Wir sind bei einem Plausch am Telefon darauf gestoßen, dass sie Jon Ardelius kennt. Oder besser, kannte.«

»Kennt. Bei kürzlich Verstorbenen greift das gnomische Präsens. Woher kennt sie ihn?«

»Durch einen *gnomischen* Zufall. Sie nahm vor einigen Monaten an einer Radiosendung teil, bei der auch er zu Gast war.«

In Kjells linker Hosentasche läutete das Telefon. Die Anruferin war Sofi.

»Wo bist du?«, fragte er.

»Draußen. Kannst du vors Haus kommen?«

Eine Minute später stießen Kjell und Henning beherzt die Türen des Haupteingangs auf. Sofi stand mit hängenden Schultern auf dem Gehweg.

»Die Säpo hat mich suspendiert. Sie verdächtigen mich, irgendeine dunkle Rolle in der Sache zu spielen.«

»In was für einer Sache denn?«

»Ardelius.«

»Warum stehen wir eigentlich hier draußen?«, erkundigte sich Henning mit klappernden Zähnen.

Der Grund war einfach: Sofi durfte das Gebäude nicht mehr betreten. »Sie wollten von mir wissen, wie ich an die Telefonnummer von Ardelius gekommen bin.«

Sofi zitterte vor Kälte. Auf Hennings Vorschlag gingen sie zu dem nahen Café in der Hantverkargatan.

»Ich habe denen erzählt, wie ich die Nummer beschafft habe«, berichtete sie dort. Ihre Augen schienen vor Schreck dauerhaft geweitet.

Kjell schlug vor, dass Sofi alles noch einmal erzählte. Und so begann sie bei dem Abend, als sie Joakim Karlström kennengelernt hatte. »Sie behaupten, ich hätte die Nummer längst gekannt und meinen Einbruch bei Joakim nur vorgetäuscht. Auch dass ich ihn erst seit einigen Tagen kenne, bestreiten sie.«

»Warum fragen sie ihn nicht einfach?«

»Das können sie nicht, wegen Ragnar.«

Kjell musste mehrmals nachfragen, bevor er Sofis Problem wirklich durchschaute. Ihre Heimlichtuerei wurde ihr nun zum Verhängnis. Die Säpo konnte mit Fotos aufwarten, die Sofi beim Verlassen des Hotel Berns zeigten. Sie konnte also nicht leugnen, ihn zu kennen und mehrmals getroffen zu haben. Außerdem hatte sie eine Überwachungskamera für private Zwecke veruntreut, und zwar an dem Tag, bevor man Judit Juholt fand.

»Tholander hat sogar versucht, mich verhaften zu lassen. Aber der Anklägerin hat das natürlich nicht gereicht. Nichts davon lässt sie als Beweis zu.«

Kjell kratzte sich am Kopf. »Dann kann es auch keine Suspendierung geben.«

»Tholander kann jeden nach Hause schicken.« Sofi schob den Jackenärmel hoch. Auf den Arm hatte sie mit Filzstift eine Folge von Ziffern geschmiert. »Verordnung 2004:19182. Seit dem Augenblick, als Kullgren verletzt wurde, kann Tholander sich auf die akute Gefährdung des Reiches berufen und verordnen, was ihm passt. Wie ein Diktator.«

»Also ist es überhaupt keine richtige Suspendierung«, fand Henning und scharrte mit dem Stuhl über den Holzboden. »Sondern eine Anti-Terror-Notverordnung mit einer Haltbarkeit von vierundzwanzig Stunden. Und eine Stunde ist bereits um. Bleiben noch dreiundzwanzig.«

Kjell überlegte eine Weile. »Dagegen lässt sich vorgehen. Ich löse einfach die Gegengruppe auf.«

»Das ist sie längst«, wandte Henning ein. »Die Säpo muss den Anschlag auf Kullgren aufklären. Wir können froh sein, wenn wir nicht aufgelöst werden.«

»Aber damit beginnen sie doch schon.«

Sofi hob die Hände. »Hört auf damit.«

Die Männer verstummten.

Sie holte tief Luft. »Während des ganzen Verhörs habe ich mich nur eines gefragt: Was soll das alles?«

»Das hast du doch selbst gesagt: Er hat sich in die Sache mit dir verrannt und alles falsch gedeutet.«

»Das ist nicht alles. Sie behaupten, ich hätte Ardelius schon vorher gekannt. Ich glaube, es ist umgekehrt. Sie selbst haben etwas mit ihm zu tun.« Sofi gab den Männern eine Pause, bevor sie fortfuhr. »Auch sie haben erst heute Nacht erfahren, dass unser Fall mit Ardelius zu tun hat. Kapiert ihr das? Die haben unsere Ermittlung unterstützt, ohne zu begreifen, dass wir direkt auf sie zu ermitteln.«

74

Kjell und Henning liefen mit hängenden Köpfen zum Polizeigebäude zurück. Sofi hatte sich ein Taxi nach Hause genommen. Am Ende hatte sie so erschöpft gewirkt, dass ein freier Abend ihr sicher guttat. Nichts setzte Sofi Johansson so zu, wie in Frage gestellt zu werden. Das war Kjell in der Vergangenheit schon einige Male aufgefallen.

Im Aufzug postierte sich Henning mit seiner auffälligen Arglosigkeit vor der Knopfleiste, damit Kjell nicht aus Wut die Drei drücken und Tholander heimsuchen konnte. Ohne Hennings massiven Körper hätte er die Drei gedrückt, das war beiden klar, blieb aber ungesagt.

Inzwischen war Barbro eingetroffen. »Wo wart ihr?«, fragte sie und hörte sich den Bericht dann mit wachsender Ungeduld an. Sie hatte selbst Neuigkeiten. »Mit der Säpo gibt es immer Scherereien«, war ihr einziger Kommentar zu den jüngsten Ereignissen. »Wir stecken in ganz anderen Schwierigkeiten.«

Sie hielt sich ein Blatt Papier vor die Brust. Eine Namensliste. Sie war alphabetisch geordnet. Auf halber Höhe blieb Kjell hängen. Júpítersdóttir, Hulda.

»Was ist das?«

»Lies weiter.«

»Hysén, Hampus.«

»Eine Passagierliste. Sie sind vor zwei Stunden in Island gelandet. Am besten bleibst du ganz ruhig.«

»Wo ist Snæfríður?«

»Sitzt in ihrem Zimmer und schluchzt. Ich habe die beiden Polizisten angerufen, die die beiden gestern heimgebracht haben. Sie können sich die Sache nicht erklären. Angeblich haben die beiden kein Wort miteinander gewechselt. Hulda haben sie vorne in der Hantverkargatan abgesetzt, und dann sind sie zu Hampus gefahren.«

Henning lief zu Snæfríður. Kjell und Barbro folgten ihm.

»Siehst du irgendeinen Grund, warum sie nach Island geflogen ist?«, fragte Kjell. »Hatte sie Heimweh?«

Snæfríður und Henning schüttelten den Kopf. Sie litt sicherlich an Heimweh, aber ihre Abenteuerlust konnte sich dagegen mit der von Alexander dem Großen messen.

»Island kann für sie doch kein Abenteuer sein«, wandte Kjell ein.

»Vielleicht aber Hampus«, überlegte Barbro.

Henning setzte sich auf Snæfríðurs Aktentisch. »Da stimmt etwas nicht. Ich habe viel Zeit mit ihr verbracht und dabei nie den Eindruck bekommen, Jungen könnten sie reizen. Sie schien noch ein wenig zu jung dafür.«

Das fand Barbro auch. Hulda spazierte ungeschminkt und in Gummistiefeln durch die Welt wie ein kleines Mädchen.

Dazu kam, wie schnell Hulda gehandelt hatte. Alle schworen darauf, dass sich die beiden erst gestern Abend kennengelernt hatten.

»Wie seid ihr an die Passagierliste gekommen?«

»Snæfríður hat einen Bekannten bei der Fluggesellschaft«, antwortete Barbro. »Dass sie sich ausgerechnet Hampus ausgesucht hat, finde ich etwas verdächtig. Sein Name taucht auch im Computer auf. Der gehört übrigens Elin Gustafsson.«

»Das wissen wir bereits«, sagte Kjell. »Sofi hat uns davon erzählt. Alle kannten sich also?«

»Es sieht so aus.«

»Verständigen wir die isländische Polizei?«

Barbro warf einen vorsichtigen Blick zu Snæfríður. Weil die still blieb, übernahm Barbro das Sprechen. »Das würde Snæfríðurs Sorgerecht für Hulda ziemlich gefährden.«

»Ich habe wochenlang kämpfen müssen, bis ich Hulda mit nach Schweden bringen durfte.« Nur weil Hulda bereits vierzehn und Snæfríður Polizistin war, weil Schweden zum Norden gehörte und das nordische Wohlfahrtsamt den Antrag unterstützt hatte, hatte das Vormundschaftsgericht in Island eine Ausnahme gewährt. Unter der Auflage, dass sich das Jugendamt einmal im Monat telefonisch nach Huldas Wohlergehen erkundigte. »Nun ist sie ausgerechnet nach Island getürmt. Das sehen sie als Beleg, dass sie zurückwill.«

»Ins wunderbare Island«, sagte Henning. Seufzend brachte er seine Hosenbeine in Form.

Kjell hatte eine Eingebung. Er verstand soeben, warum Snæfríður noch mit diesem Versager Fredrik zusammen war. Nicht aus Entscheidungsschwäche. »Fredrik ist Teil dieses Deals, oder? Der hat dich in der Hand.«

Snæfríður nickte matt. Der Artikel 67 des isländischen Kinderschutzgesetzes kannte das Wort *Pflegeeltern* nur in der Mehrzahl. Sie war gerade einmal Huldas Halbschwester, und die eigentliche Bedrohung verriet sie erst jetzt: Huldas Eltern waren beide noch am Leben. Zwar kamen sie nicht in Frage, für Hulda Sorge zu tragen, aber dennoch beantragten sie das Sorgerecht unentwegt. Jedes halbe Jahr wurde neu entschieden.

»Wir haben einen Interessenkonflikt, wie man so schön sagt«, fasste Kjell die Lage zusammen. »Hampus bekommen wir nur mit Polizeigewalt, Hulda nur ohne.« Er zeigte auf Snæfríður. »Du solltest auf jeden Fall hinterher! Dann kannst du sie suchen und zugleich die Sache so aussehen lassen, als machtet ihr einen Familienausflug.«

»Ich begleite sie«, sagte Henning. »Und kümmere mich um Hampus.«

»Die beiden werden ohnehin zusammenbleiben. Bekommt ihr überhaupt einen Flug?«

Snæfríður nickte.

»Wir warten mit dem Haftbefehl, bis ihr angekommen seid.«

»Das müsst ihr nicht«, sagte Snæfríður. »Ich lasse seinen Namen auf die Sperrliste bei der Fluggesellschaft setzen. Dann kommt er nicht mehr weg.«

Kjell war wenig erbaut von der Aussicht, dass seine Ermittlungsgruppe bald nur noch aus ihm und Barbro bestehen sollte. Gleich morgen früh wollte er bei Polizeichef Liljemark Beschwerde gegen Sofis Suspendierung einlegen. Spätestens am Nachmittag, wenn der Stellvertreter Kullgrens das Ruder bei der Säpo übernahm, würde er Sofi zurückbekommen.

Ein Anruf aus dem rechtsmedizinischen Institut unterbrach die Reisevorbereitungen.

75

Es roch nach Ammoniak. Per Arrelöv hatte sich mit maskuliner Selbstverständlichkeit ein Labor auf Suunaats Probentisch improvisiert und sah auf, als Kjell, Barbro und Henning eintraten. Suunaat selbst umrundete mit dem Spülschlauch weiter hinten im Raum den zweiten Seziertisch.

»Hätten wir nicht telefonieren können?«, fragte Kjell.

Per schüttelte den Kopf. »Ihr müsst es sehen. Wir haben versucht, ein Foto zu machen, aber das klappte nicht.«

Suunaat stellte das Wasser ab und schaltete den Luftabzug aus. Es wurde still im Raum.

»Sofi hat ein Glas auf seinem Nachttisch gefunden«, begann

Per. »Von dem Schlafmittel haben wir nichts gefunden. Sein Körper ist zwar auch erfroren, aber mit so deutlichen Unterschieden zu den Frauen, wie es ein Erfrierungstod zulässt.«

»Das Schlafmittel hat er aber wie die Frauen nicht zu Hause, sondern irgendwo draußen eingenommen«, erkundigte sich Kjell.

»Da sind wir sicher. In der Flasche fehlten nämlich nur 4,3 Deziliter. Connemara-Whiskey enthält sechzig Prozent Alkohol und wird zweimal destilliert. Was ihn ideal für den letzten Drink des Lebens macht. Wir haben aber nicht nur die in der Flasche fehlenden 4,3 Deziliter, sondern neun in seinem Magen gefunden.« Suunaat stellte sich vorwurfsvoll dicht neben Per. »Das heißt, Suunaat hat sie gefunden. Also ist die Flasche davor nicht nur voll gewesen, es muss außerdem noch mehr Whisky gegeben haben. Er hat doppelt so viel Whiskey derselben Marke getrunken, wie in der Flasche gewesen sein kann.«

»Also war er irgendwo draußen«, konstatierte Kjell und umrundete die Leiche. »Dann kam er heim, leerte noch eine knappe Flasche und öffnete das Fenster. Daran ist er gestorben?«

Barbro steckte sich eines ihrer Zitronendrops in den Mund.

»Seid ihr euch da wirklich sicher?«, fragte Henning. »Der hat sich selbst umgebracht?«

»Sicher«, antwortete Suunaat und lehnte das Bonbon ab, das Barbro ihr anbot. Sie war mit der Weisheit aufgewachsen, dass jede Lebenslage ihren eigenen Geschmack hat. Und diese schmeckte gewiss nicht nach Zitrone.

Kjell spazierte nachdenklich zum Fenster. »Er kann dennoch der Mörder sein«, sagte er nach seiner Rückkehr. »Und nachdem seine Serie abgeschlossen war, hat er sich selbst umgebracht.«

Henning beugte sein Gesicht tief über das des Toten, als wollte er seine Fragen an ihn richten. »Warum nimmt er dazu nicht das Schlafmittel, dessen Wirkung dreifach erprobt ist?«

»Vielleicht hatte er nichts mehr.«

»Das ist doch Unsinn«, fand Barbro. »Man bringt nicht mit kühler Planung zwei bis drei Frauen um und betrinkt sich dann, um zu sterben. Ihr habt doch die Bilder in seiner Wohnung gefunden. Er wusste, dass sie tot sind, und hat sich aus Verzweiflung umgebracht.«

Kjell tauschte einen Blick mit Henning. Barbros Szenario war einfach und bestechend. »Dann ist die Frau die Mörderin?«

Barbro nickte. Der Psychiater McKenzie hatte sie überzeugt.

»Unsicher«, glaubte dagegen Henning.

»Sie ist zumindest dringend tatverdächtig«, erwiderte Barbro.

»Nehmen wir an, sie war es«, sagte Kjell. »Warum hat sie ihn nicht umgebracht?«

Auch darauf wusste Barbro eine Antwort. »Er kam ihr zuvor.«

»Das wirft erhebliche Fragen auf«, bemerkte Henning.

»Welche denn?«

»Zuerst die, warum er nicht zur Polizei geht, wenn er auf der Seite der Opfer steht. Auch sonst sieht es nicht so aus, als hätte er den Kampf aufgenommen. Kann es nicht doch sein, dass er den Whiskey nicht freiwillig getrunken hat?«

Suunaat wies darauf hin, niemand könne einen zwingen, so viel Alkohol zu trinken. Außerdem schmecke Connemara wie eine Torfgrube und eigne sich nicht für große Mengen.

»Lass es mich anders formulieren«, sagte Henning. »Alle Frauen haben das Schlafmittel mit Flüssigkeit zu sich genommen. Der typische Knockout-Trick. Wir wissen nicht, wo das jeweils geschah, aber bestimmt nicht an den Stellen, an denen sie verschwunden und als Leiche wieder aufgetaucht sind. Bei ihm war das Mittel vielleicht gar nicht nötig. Er läuft die Straße entlang, da kommt ihm eine junge Frau entgegen. Man landet in einer Bar, in der er diesen Rachenputzer trinkt, bis die beiden hinausgeschmissen werden.«

»Das klingt etwas hypothetisch«, fand Barbro. »Nach dem Tagtraum eines einfältigen Mannes.«

»Mir ist neulich genau das passiert, Barbro. Man geht also noch zu ihm und nimmt eine weitere Flasche in Angriff.«

»Ist dir das auch passiert?«

»Das nicht. Bevor sie geht, muss sie nur das Fenster öffnen. Es war bitterkalt.«

»Die Sache hat einen Haken«, erwiderte Kjell. »Warum musste sie heute Nacht die Tür aufbrechen und warum kam sie überhaupt zurück? Das ergibt nur einen Sinn, wenn sie ihn erst heute Nacht dorthin gebracht hat. Dann wäre diese Auffindesituation wie alle anderen: ein Arrangement mit großem Aufwand.«

Per hatte sich alles geduldig angehört, nun ging er zur Anrichte mit den Analysegeräten. Darauf stand ein stabiler Stuhl. Per schleppte ihn herüber und krempelte die Folie vom Sitzpolster. »Seht ihr das? Sie hätte den Stuhl mitbringen müssen, denn er hat seinen ganzen Tod darauf verbracht.«

Eine Männerleiche und eine sperrige Antiquität. Das war ein bisschen viel für einen Kinderwagen. Außerdem hatte das Haus keinen Aufzug.

»Es gibt eine weitere Entdeckung. Deshalb bat ich euch her.«

Suunaat verstand ihr Stichwort. Sie drehte den Kopf der Leiche und schwenkte die Sezierlampe dicht über die Haut.

»Er hat mit dieser Gesichtshälfte auf dem Tisch gelegen. Ob es der Tisch in seinem Zimmer war, kann ich nicht mit absoluter Sicherheit sagen, aber die Verkrümmung des Körpers stimmt mit ihm überein. Die Tischplatte war jedoch nicht frei, so wie wir sie später fanden. Die rote Verfärbung hier beweist, dass der Kopf auf einem rechteckigen Gegenstand lag, der nicht höher als ein bis zwei Zentimeter sein kann.«

»Was sind das für violette Flecken?«, wollte Kjell wissen.

»Die sind von uns. Ein Kontrastmittel.«

»Den Maßen nach haben wir auf einen tragbaren Computer getippt«, sagte Per. »Bis wir den Computer dann zu unserer Überraschung im Tresor fanden.«

»Der gehört jedoch Elin Gustafsson.«

Pers Augen weiteten sich. »Ach, tatsächlich?«

»Vielleicht war der unter seinem Kopf ja sein eigener«, rätselte Kjell.

»Nein«, sagten Per und Suunaat ihm Chor. Sie schaltete das Schwarzlicht ein. Ein Raunen ging durch die Gruppe.

»Sind das Buchstaben?«, rief Henning.

»Drei.« Per war sichtlich stolz, dass er Ergebnisse wie im Fernsehen liefern konnte. »Ihr fragt euch natürlich, wie diese Buchstaben auf seine Wange gekommen sind.«

Henning brummte. So einfältig waren sie nun auch wieder nicht. »Man kann aber nicht erkennen, was für Buchstaben das sein sollen.«

Per verschränkte die Arme vor der Brust. »Das wäre auch ein bisschen viel, oder? Immerhin wisst ihr nun, dass es bedrucktes Papier war, was unter seinem Kopf lag. Und zwar selbstgedruckt. Es ist Druckertinte.« Per ließ die Schnallen seines Vertreterkoffers aufspringen. Ein Blatt Papier in einer durchsichtigen Plastiktüte. »Erhältlich bei Elin Gustafsson und Jon Ardelius. *Svenska Cellulosa* der Sorte *Björnlunda Naturgebleicht*. Achtzig Gramm, gelblich weiß. Die Sorte ist nicht billig und ziemlich selten.«

76

Svenska Cellulosa, dachte Kjell während der Rückfahrt nach Kungsholmen. Das Leben ist ein Steilhang. Kommt das eine ins Rollen, kann das andere nicht liegenbleiben. Und alles kennt nur noch eine Richtung.

Die Fahrt verlief schweigend. In jeder Ermittlung gab es diesen Moment, wo sich die Waage der Erkenntnis zur anderen Seite neigte. Nur einmal seufzte Henning laut und sagte: »Elin Gustafsson.« Das war vor der roten Ampel am Sankt Eriksplan.

Bereits beim Betreten des Büros konnte Kjell sehen, dass etwas nicht stimmte. Snæfríður kam beim ersten Geräusch in den Flur geeilt.

»Die Säpo war hier. Ich konnte nichts machen.«

Sofis Schreibtisch war leer. Henning fluchte, bis er heiser klang.

»Sie haben den Computer ausgemacht und alles in die Kiste geräumt.«

»Den Computer haben sie *ausgemacht?*«, fragte Barbro.

»Ja«, antwortete Snæfríður irritiert.

Kjell sank in seinen Stuhl. »Was machen wir jetzt?«

Barbro griff zum Telefon und wählte eine interne Nummer. An der Begrüßung erkannten die anderen, dass sie mit Lasse aus der Technik sprach. Sie erkundigte sich nach den Tatortprotokollen. Henning kratzte sich am Kopf. Auch die anderen verstanden nicht, worauf die Sache hinauslaufen sollte. »Die Säpo hat aus den Inventarlisten von dem Computer erfahren«, erklärte sie nach dem Auflegen. »Sie wollten sogar wissen, ob die Techniker schon ein Backup für die Untersuchung des Inhalts erstellt haben.«

»Und?«, fragte Kjell. »Haben sie?«

»Nein. Lasse hat darauf verwiesen, dass Sofi den Inhalt des Tresors wegen der Dringlichkeit gleich selbst mitgenommen hat.«

»Was bringt uns das?«

»Du musst die Frage anders stellen: Was bringt es *der Säpo?*«

»Sie wollen wissen, was darauf gespeichert ist«, vermutete Kjell.

»Vor allem wollen sie verhindern, dass auch wir erfahren, was darauf ist. Sonst könnte es ihnen egal sein, ob die Technik eine Kopie der Daten hat.«

»Das haben sie geschafft. Mit einer Aktion aus dem Säpo-Lehrbuch.«

Eine kurze, ratlose Stille trat ein.

»Wir sollten mit dem Justizkanzler Kontakt aufnehmen«, sagte Henning am Ende dieser Stille. »Wir haben es mit einem eindeutigen Rechtsbruch zu tun.«

»Was willst du damit erreichen?«, fragte Barbro.

»Der Justizkanzler soll die Daten einsehen und entscheiden, ob sie für die Aufklärung unseres Dreifachmordes von Belang sind. Dagegen können sie nichts einwenden.«

Barbro schnitt eine Grimasse. »Das wird nicht klappen. Die Säpo ist nämlich gar nicht in der Lage, dem Justizkanzler einen Blick auf die Daten zu gewähren.« Sie erzählte, wie sie zuvor mit Sofi auf das Passwort gekommen war und warum sie soeben gleich hatte wissen wollen, ob die Agenten den Computer ausgeschaltet hatten. Wenn sie den Computer wieder einschalteten, würde er wieder das Passwort verlangen. »Ich bezweifle, dass sie darauf kommen.«

»Irgendwann werden sie das Passwort herausfinden«, sagte Kjell. »Wenn auch nicht so schnell wie du und Sofi.«

»Zuerst müssen sie erkennen, dass es Elins Computer ist. Und dann müssen sie darauf kommen, dass Elins Lebensmotto zugleich ihr Passwort ist.«

»Trotzdem stecken wir ohne die Daten fest.«

»Glaubt ihr wirklich, Sofi hätte keine Kopie gemacht? Sie fotokopiert ja sogar ihr Tagebuch. Wir müssen sie nur fragen, wie wir in ihren Computer kommen.«

Kjell wählte Sofis Nummer und lauschte verwundert ihrer Stimme als Bandansage. »Sie ist im Urlaub, sagt ihre Stimme.«

Henning kniff die Augen zusammen. »Das ist ein Code, oder?«

»Kein ausgemachter.«

»Dann ein selbsterklärender. Wenn sie gerade erst suspendiert wurde, aber jetzt schon behauptet, im Urlaub zu sein, dann will sie sagen, dass wir nicht versuchen sollen, sie zu erreichen. Hat sie unseren Anruf vorausgesehen?«

Kjell versuchte, Sofis Gehirn in seinem Schädel zu simulieren. Vorhin hatte sie darauf hingewiesen, mit der Säpo stimme etwas nicht. Also ging sie davon aus, dass man ihr Telefon überwachte. Und sie konnte mit einem Anruf ihrer Kollegen rechnen. »Ich glaube, du hast recht. Sie will nicht, dass wir mit ihr über den Computer sprechen.«

Die anderen ließen die Schultern sinken. Ohne Sofi keine Daten.

»Macht ihren Computer an«, sagte Kjell und streckte sich zur Fensterbank, wo alle Bücher in Reih und Glied standen, die er in seinem Leben stets um sich haben wollte. Er zog eines heraus und schlug Seite 13 auf. Die siebte Zeile von unten.

Inzwischen hatte Snæfríður ihre Hände auf die Tastatur gelegt und wartete auf sein Diktat.

»Du gibst alles in einem Wort ein. Nur Kleinbuchstaben. Bist du bereit?«

Sie nickte.

»*Und dann geschah, was noch nie geschehen war, seit der ers-*

te Mumintroll sich zum Winterschlaf zusammengerollt hatte. Mumin wachte auf und konnte nicht wieder einschlafen.«

Snæfríður war fertig und drückte auf Enter. Henning und Barbro standen gebannt hinter ihr.

»Sieht aus, als hätte sie alles für einen Fall wie diesen vorbereitet«, murmelte Henning.

»So ist sie.«

Sofi hatte eine eigene Benutzeroberfläche erschaffen, die Kjells gespanntes Verhältnis zur Technik abfederte. Vielleicht wollte sie ihren Computer auch nur vor Schaden bewahren. Elins Daten waren noch verschlüsselt, ließen sich mit ihrem Passwort aber öffnen.

»Ihre E-Mails haben wir uns schon vorgenommen«, sagte Barbro.

Snæfríður stöberte in den Ordnern herum. Sie fanden Briefe an die Hausverwaltung und das Finanzamt, ein bisschen Musik und Bilder, die im Frühling in den Schären entstanden sein mussten. »Hier ist ein Ordner mit dem Namen ›Artikel‹. Er enthält ziemlich große Textdokumente.«

Kjell umrundete den Schreibtisch und warf selbst einen Blick darauf.

»Welches soll ich öffnen?«

»Es scheinen verschiedene Fassungen ein und desselben Textes zu sein. Nimm die neueste.«

»Elin Gustafsson«, wiederholte Henning, was er schon vor der roten Ampel gebrummt hatte.

Und Jon Ardelius. Sein Name stand über ihrem.

»*N größer gleich drei revisited*«, las Snæfríður alles andere als flüssig.

»Ein wissenschaftlicher Artikel«, sagte Kjell. »*Revisited* bedeutet, dass der Artikel ein Thema behandelt, das schon einmal behandelt wurde.«

»Was ist *N?*«, fragte Henning.

»Irgendeine Variable aus der Physik oder Mathematik«, sagte Snæfríður. »*Größer gleich* ist als mathematisches Zeichen geschrieben. Newton, vielleicht. Was kann alles *N* sein?«

»Nein«, erwiderte Henning. »Newton kenne ich aus meiner Zeit bei der Seefahrt. Das ergibt keinen Sinn. Natürliche Zahlen!«

»Ich finde es interessanter, dass sowohl Jon als auch Elin die Verfasser sein sollen«, sagte Kjell. »Beide Namen stehen unter dem Titel.«

Snæfríður ließ den gesamten Text vorbeirauschen. Nach einer kurzen Einführung, deren Inhalt niemand verstand, begann eine lange Serie von Formeln und Diagrammen. Auf Seite 153 war die Datei zu Ende.

»Ist euch das Datum aufgefallen?«, fragte Kjell. Die erste Fassung stammte vom 12. September, die letzte vom 23. Dezember, zwei Tage nach Elins Verschwinden.

77

Hennings Hand lag schon auf dem Gartentor, als er innehielt und den Kopf in den Nacken legte. Milliarden winziger Schneekristalle schienen knisternd und glitzernd in der Luft zu stehen.

Das Tor öffnete sich lautlos. Henning klingelte und klopfte sich den Schnee von der Brust, bis sich in der rautenförmigen Milchglasscheibe im Türholz eine Gestalt abzeichnete.

Jakob Gustafsson vergaß das Ausatmen und nickte zur Begrüßung stumm.

»Bist du allein?«

Jakob Gustafsson nickte noch einmal.

»Gehen wir ein Stück?«, sagte Henning und deutete mit dem Kinn auf die kristallverhangene Luft. Er wartete am

Gartentor, bis Gustafsson sich angezogen hatte und nachkam.

»Ich habe eine Bitte«, sagte Henning. »Könnte mein Kollege dort im Auto mit dem Gerät, das er umklammert hält, einen kurzen Streifzug durch euer Haus machen?«

Per Arrelöv musste bemerkt haben, dass über ihn gesprochen wurde. Dennoch rührte sich nichts in seinem grimmigen Gesicht.

Offenkundig hatte Henning Tonlage und Gesichtsausdruck richtig getroffen, denn Jakob Gustafsson verstand auf Anhieb. Er kramte in seiner Jackentasche nach dem Schlüssel.

Henning winkte seinen Kollegen herbei. Per Arrelöv kletterte aus dem Wagen und überquerte vorsichtig die rutschige Fahrbahn. Das Gerät, das er vor sich hertrug, hatte zwei Antennen und ließ ihn wie einen kleinen Jungen mit einer riesigen Fernbedienung für ein Spielzeugboot aussehen. Als er den Schlüssel übernahm, fragte er nach dem Mobiltelefon.

»Das liegt auf dem Küchentisch.«

Henning und Gustafsson machten sich auf durch den quietschenden Schnee. Unter der nächsten Laterne zündete sich Henning eine *Prince Denmark* an. »Ihr habt gar nicht angerufen und euch nach dem Gang der Dinge erkundigt.«

»Die Psychologin hat uns alles erklärt.«

»Ist sie nett?«

»Ich hätte nicht gedacht, dass Psychologen so viel Ahnung haben.«

»Wisst ihr schon, wie ihr den Jahreswechsel verbringen wollt?«

»Wohl wie die letzten Tage. Einige Verwandte und Nachbarn.«

»Ihr solltet es nicht ausfallen lassen. Das wäre mein Ratschlag. Was auch immer aus dem Abend wird. Wenn man erst in einer Zeitstarre gefangen ist, wird das mit der Dauer ziemlich unangenehm. Nichts löst sich dadurch.«

Jakob Gustafsson stülpte seine Lippen ein und aus. Da war wohl was dran.

»Hast du irgendetwas Außergewöhnliches im Haus bemerkt? In den letzten Wochen? Das dich stutzig gemacht hat?«

Gustafsson warf einen Blick über die Schulter zurück zum Haus. »Nein«, sagte er nach einer Weile.

»Wir haben einige Dinge herausgefunden. Bevor ich dir davon erzähle, hätte ich einige Fragen. Tu für den Augenblick so, als wäre Elin nur auf Reisen und ich ein Nachbar, der in dem Haus dort drüben wohnt.«

Jakob schmunzelte. Das Haus war so winzig, dass Henning darin nur im Stehen wohnen könnte. So war er von der Aufforderung abgelenkt, Elins Tod solle gar nicht stattgefunden haben.

»Ich habe mir vorhin noch einmal die Akte von vorne bis hinten durchgelesen. Meiner Kollegin hast du erzählt, euer Kontakt sei in den letzten Monaten etwas lockerer geworden.«

»Das stimmt, ja.«

»Gab es einen äußeren Anlass dafür? Einen Streit oder einen unterschwelligen Vorwurf?«

»Das hat es zwischen uns nie gegeben. Leider. Ich war zu fürsorglich. Für anspornende Vorwürfe war Iris zuständig. Das hat sich mit den Jahren eingefahren und kann kaum der Grund gewesen sein. Es hätte Elin nicht ähnlich gesehen, sich zurückzuziehen. Sie konnte viel mehr einstecken.«

»Wenn man ihre Krankenakte liest, drängt sich einem eine Verbindung zwischen ihrer seelischen und körperlichen Verfassung auf.«

»Das hat sie selbst erkannt. Im Sommer ging es ihr oft schlechter als im Winter.«

Hennings Wangen waren steif von der angenehm erfrischenden Kälte. »Sie war also kein Sommerkind?«

Jakob sah ihn fragend an.

»Das hat meine Kollegin an den Rand der Akte geschrieben. Offenbar hat sie es verstanden. Einzelgänger fühlen sich im Sommer plötzlich einsam. Die Sonne mahnt sie dazu, aus sich selbst heraus und ins Freie zu treten.« Eine ganzjährige Variante der Mittsommereinsamkeit, dachte Henning. Sofi hatte ein gutes Gefühl für Elin gehabt.

Jakob stimmte zu. Elin hatte sich beim Winter geborgener gefühlt. Der Winter drängte einen zu nichts.

»In diesem Sommer jedoch nicht«, sagte Henning. »Da hatte sie keine Beschwerden. Die kamen erst vor kurzem.«

Jakob nickte entschieden. Das war wahr.

Henning fragte weiter. Jakob gestand sich ein, er habe bereits im Frühling vergessen, sich um sie zu sorgen. Eine Querstraße weiter konnte er den Grund in Worte fassen. Sie wirkte nicht niedergeschlagen, wenn er mit ihr sprach. Ein Unterton in ihrer Stimme war so unauffällig verschwunden, dass er es nicht bemerkt hatte.

78

Das Mädchen, das neben ihm auf ihre Bahn wartete, wippte unaufhörlich mit dem rechten Bein, das sie über das linke Knie geschlagen hatte. Ihre gelb-schwarz geringelte Strumpfhose machte alles nur schlimmer.

Kjell konnte sich herrlich unter nervösen Menschen entspannen. Die Vierzehn nach Fruängen hatte er ausgelassen. Als die Dreizehn nach Norsborg einfuhr, stieg er in den dritten Wagon des Zuges ein und spazierte ohne Eile bis zum letzten Abteil. Dort ließ er sich neben Theresa Julander in den Sitz fallen.

»Kluges Mädchen«, rief er gegen das Rattern des Zuges an. Auf Kjells Linie setzten sie noch die alten Wagen ein. Dahinter stand der Plan von Stockholms Lokaltrafik, ihn über die Jahre zu zermürben.

Auf Theresa war immer Verlass. Er hatte erst spät bemerkt, welch klarer Geist sich hinter ihren vollen Wangenknochen und unter der Lockenpracht verbarg.

»Ich bin komplett aus dem Rennen«, sagte sie. »Tholander schart jeden um sich. Alles läuft über die Spionageabteilung.«

»Hat Kullgren keine anderen Vertrauten?«

»Vergiss ihn. Tholander hat ein eigenes Drehbuch. Als hätte der nur auf seinen Einsatz gewartet.«

»Wieso war der überhaupt in der Gegengruppe?«

»Mir ist etwas eingefallen. Kullgren hat ihn wegen seiner Erfahrung dazugenommen. Das ist bei einer so dringlichen Sache ziemlich wichtig. Vor allem aber trieb er sich als Einziger während der Feiertage im Büro herum. Das schien irgendwie ganz natürlich, es passte zu ihm. Feiertage sind für ihn sinnloses Warten wie an einer roten Ampel. Wir haben uns nichts dabei gedacht, als er sich auf Sofi fokussierte. Sie war die einzige unklare Figur bei der Reichsmord. Nur sie warf Fragen auf.«

»Ist Kullgren ihm dabei gefolgt?«

»Er hat es durchaus ernst genommen, jedoch nicht zugelassen, dass Tholander sich auf sie stürzt. So richtig hat er nicht an Sofis heimliche Zweitrolle geglaubt.«

Der Zug fuhr in die nächste Station ein. Kjell zog ein Blatt Papier hervor. Es hatte in seiner Jackentasche ziemlich gelitten. »Das hier schon mal gesehen?«

Theresa nahm das Deckblatt des wissenschaftlichen Artikels.

»Sind über hundert Seiten. Alles Physik.«

»Hast du es Ida gezeigt?«, fragte sie.

»Sie nimmt es sich gerade vor, kann aber auf den ersten Blick nichts dazu sagen. Es hat nicht viel mit den Dingen zu tun, mit denen sie sich sonst beschäftigt, wenn man davon absieht, dass es ein Haufen Zahlen ist. Leider ist es das einzig Interessante auf Elins Computer. Und es muss sehr interessant sein. Tholander hat alles beschlagnahmen lassen.«

Theresa seufzte. Nicht einmal davon hatte sie etwas mitbekommen. Sie wedelte mit dem Blatt herum. »Sei dir da nicht zu sicher! Er weiß nicht viel, das meiste reimt er sich zusammen. Er besitzt eine reiche Einbildungsgabe, auch wenn er nicht so aussieht. Vielleicht macht er nur Theater, um Kullgren zu ersetzen.«

Daran glaubte Kjell überhaupt nicht. Er kannte Tholander zwar nicht, aber niemand, der ihn kannte, traute ihm Theater zu. Er steckte das Papier in die Tasche. »Gleich kommt meine Station. Ich melde mich, wenn ich etwas von Ida weiß.«

Theresa nickte.

Kjell steckte ihr einen Fünfhunderter in die Brusttasche. »Steig in Liljeholmen aus und nimm dir ein Taxi zurück in die Innenstadt.«

79

Henning hatte sich den Kopf zerbrochen, ob er hinunterstürmen sollte, um Lena Axelsson an der Rezeption abzuholen. Das schien ihm eine Nuance zu eifrig. Sie sich bis zum Schreibtisch bringen zu lassen, kam allerdings auch nicht in Frage. Ein guter Kompromiss war, im Flur zu stehen, wenn sich für Lena die Aufzugtür im Sechsten öffnete. Außerdem psychologisch geschickt.

Beeindruckt war Lena anscheinend nicht. »Ich habe noch versucht, einen Mitschnitt der Sendung aufzutreiben«, sagte sie beim Aussteigen. »Aber am Sonntagnachmittag erreicht man da keinen.«

»Das macht überhaupt nichts«, fand Henning. »Mir reicht es, wenn du es erzählst.«

Er führte sie durch den Gang bis in sein Büro. Die Wirkung der beiden Weihnachtskerzen hatte er mit seiner Schreibtischlampe etwas gemildert und zudem die Birne gegen eine schwächere ausgetauscht. Vorhin war ihm das Licht perfekt erschienen, nun kam es ihm so übertrieben vor, als hätte er ein Eisbärenfell auf dem Boden ausgebreitet.

Lena nahm auf dem Besucherstuhl Platz. Sie wollte nicht mehr als ein Glas Wasser, was Henning als schlechtes Zeichen deutete.

»Habt ihr nur während der Sendung miteinander gesprochen?«, fragte er zur Einstimmung.

»Nein, man sitzt ewig im Hinterzimmer, bevor es losgeht. Zum Kennenlernen überlegt man gemeinsam, warum man zur Sendung eingeladen ist.« Lena wurde als Chefredakteurin anscheinend oft zu Sendungen im Radio und im Fernsehen eingeladen, aber bei Jon Ardelius war die Redakteurin sehr aufgeregt gewesen. Er galt als öffentlichkeitsscheu, und niemand hatte damit gerechnet, dass er ausgerechnet eine Anfrage von P1 annehmen würde. »Wir haben selbst mehrfach versucht, ein Interview mit ihm zu führen, zuletzt vor vier Jahren, als er den Abelpreis annahm, während er sonst alle Preise ablehnte.«

»Hast du ihn danach gefragt?«

»Er hat es in der Sendung offenbart. Die Anfrage zu dieser Sendung war die erste, bei der nicht seine Person als schrulliger Wissenschaftler das Thema sein sollte. Die Sendung heißt ›Philosophisches Zimmer‹, und das Thema der Diskussion war, ob es in unserer Zeit noch Wahrheiten gibt.«

»Das klingt nach Staatsrundfunk.«

»Haben wir uns auch gesagt. Ardelius sollte für die Wissenschaft sprechen, eine Theologin für die Religion. Ich war als Chefin von Schwedens langweiligster Zeitung eingeladen.«

»Das klingt noch mehr nach Staatsrundfunk.«

»Der erste Schock dann gleich in der ersten Sendeminute: Der Moderator fragt, warum er den Abelpreis annimmt, ein Jahr zuvor die Sonderauszeichnung der Fields-Gesellschaft jedoch nicht. Er habe auch den Abelpreis nicht gewollt, aber die sieben Millionen Kronen. Da wäre er doch blöd gewesen, wenn er die nicht genommen hätte.«

»War das nur eine Replik?«

»Da bin ich nicht sicher. Er wirkte nicht schlagfertig.«

»Das passt in das Bild, das wir von ihm haben.« Henning zog den Bogen Papier unter seinem Notizblock hervor. Darauf hatte Barbro alles skizziert, was sie bisher über Ardelius' Unternehmergeist herausgefunden hatten. »Wir können leider seine Steuererklärung nicht einsehen, weil er im Ausland lebte, aber was er allein in Schweden verdiente, war nicht gerade wenig. Vom staatlichen Wetteramt hat er 35 Millionen für ein Computerprogramm bekommen, das die Strömung des Mälaren ausrechnet. Zehn Millionen stammen aus einem Verkehrsleitprojekt. Außerdem zwei Millionen Euro, also zwanzig Millionen Kronen, bei einem Projekt der Europäischen Union. Da geht es um Klimaerwärmung und ihre Folgen für die Landwirtschaft.«

Lena verschlug es die Sprache. »Klingt ziemlich geschäftstüchtig.«

»Finde ich auch. Seine letzte wissenschaftliche Veröffentlichung liegt elf Jahre zurück.«

»Man nimmt an, dass viele seiner Arbeiten aus seinen jungen Jahren stammen.«

»Woher weiß man das?«

»Er bewegt sich außerhalb des Stroms. Seine Themen waren vor zwanzig, dreißig Jahren aktuell. An aktuellen Trends nimmt er überhaupt nicht teil. Er muss sich damals einen Vorrat an Erkenntnissen angelegt haben, die er über seine Lebenszeit verteilt.«

Henning ließ seinen Sessel in die Mittagspausenposition zurückkippen und sah Lena an. »Ich würde es etwas anders formulieren. Ich glaube, er veröffentlicht nur das, was sich vorher nicht zu Geld machen ließ. Wie findest du das?«

Hennings Gedanke reichte noch viel weiter. Er war sich sicher, dass Ardelius gar keine Fülle von Entdeckungen zur Verfügung stand. Er forschte nicht am laufenden Band. Er hatte irgendeinen Trick, den er seit Jahren immer wieder aufwärmte und ständig neu zu Geld machte.

Lena konnte Henning bei seiner Vermutung nicht helfen. Deshalb bat er sie, weiter von der Sendung zu erzählen. Für den Moderator war es ziemlich schwierig gewesen, nahtlos von den sieben Millionen zum Thema der Sendung überzuleiten, der Frage nämlich, ob es heute noch Wahrheiten gebe.

80

Als sich die Aufzugtür öffnete, nahmen zwei Soldaten Tholander in Empfang. Ohne ein Wort folgte er ihnen bis zu der einzigen Tür in der Halle. Er musste alles ablegen, was elektrisch war. Sogar seine Brillengläser wurden durchleuchtet.

Tholander hatte den Generalmajor nie in einer Uniform gesehen. Er trug graue Geschäftsanzüge, wobei sich das Grau aus der Nähe als feines Muster aus schwarzen und weißen Linien entpuppte. Wie immer im Leben. Wozu sich so hübsch machen, wenn man am Ende aller Korridore sitzt, wunderte sich Tholander. Das galt auch seiner Sekretärin, die bei jedem seiner Besuche am Konferenztisch saß.

»Du bist jetzt der Chef des ganzen Ladens. Glückwunsch!« Der Generalmajor war aufgestanden, um Tholander mit einer einladenden Geste an den Tisch zu führen.

»Danke«, sagte Tholander gequält. Eigentlich hätte er lieber nur genickt. Er nahm Platz.

»Um welche Art von Problem handelt es sich?«

Aus irgendeinem Grund stand immer eine Vase mit Nelken auf dem Tisch.

»Um ein logisches. Kennt ihr den Bericht über den Vorfall heute Nacht?«

Der Generalmajor deutete ein Nicken an.

»Sofi Johansson war bei dem Einsatz dabei. Auf Seiten der Polizei.«

Der Generalmajor schob den Schreibblock ein Stück von sich weg. Eine Geste, die sogar Tholander verstand. »Willst du damit sagen, dass sie nicht die Frau sein kann?«

»Johansson stand oben am Fenster, als unten geschossen wurde.«

Der Generalmajor war wie Tholander ein Mann der Vernunft. »Sehen wir den Tatsachen ins Gesicht. Wir stehen wieder am Anfang.«

Montag
31. Dezember

81

Barbro zog ihren Morgenmantelknoten fester. »Passwort? Da klingelt bei mir gar nichts.«

Sie blickte auf den kleinen Bildschirm neben ihrer Wohnungstür und wartete ab, wie die beiden Säpo-Agenten unten vor dem Haus reagieren würden.

Der eine, der einen Schritt hinter dem anderen stand, begann sich links und rechts auf dem Strandvägen umzusehen, was Barbro als eher schlechtes Zeichen deutete. Das Haus der Setterlinds war jedoch eines der bestgesicherten Häuser am Strandvägen. An dieser Tür würden die beiden scheitern. Barbro erwog, die rote Taste neben dem Monitor zu drücken, entschied sich dann aber für die gelbe. Damit konnte man einen Abzug des Kamerabildes speichern. Zum Beispiel, um anderen damit später das Leben zur Hölle zu machen. Diese Sonderfunktion war bei allen Nachbarn beliebt, die erst vor kurzem zu Vermögen gekommen waren und seinen Segen noch genießen konnten.

Barbro war sich darüber im Klaren, dass sie die beiden nicht aufhalten, sondern nur ein bisschen ärgern konnte. Das hatte sich bei einem Telefonat mit dem Justizkanzler am gestrigen Abend herausgestellt. Sein Rat war unmissverständlich: Dem Exekutivbefehl der Säpo durfte sie sich nicht widersetzen. Natürlich sah das schwedische Recht eine Einspruchsmöglichkeit beim Rechtsausschuss des Reichstags vor. Später allerdings, wenn die Sache gelaufen war.

»Doch«, sagte der andere gelassen, obwohl einen verdächtigen Augenblick zu spät. »Deine Fingerabdrücke sind auf den Tasten, und die von Sofi Johansson auch. Deswegen stehen wir hier.«

Dank der Abdrücke wusste man sogar, welche Zeichen das Passwort enthielt, die beiden Agenten standen nur noch wegen der richtigen Reihenfolge der Zeichen zu dieser frühen Stunde vor Barbros Tür.

»Wie kommt ihr darauf, dass wir das Passwort herausgefunden haben?«

Weil auch Funktionstasten gedrückt worden waren. »Wir brauchen ungefähr drei Tage ohne dich.«

»Ich will deinen Ausweis sehen.«

Der Mann klappte ihn auf und hielt ihn dicht vor die Kamera.

Barbro drückte wieder die gelbe Taste. Und dann auf die grüne. Das Türschloss summte. »Komm allein hoch.«

Die Setterlinds hatten bereits am Strandvägen gewohnt, als auf der anderen Seite der Straße noch Fässer über die Landungsstege gerollt wurden. Der Altadel renovierte seine Häuser behutsam. Deshalb konnte Barbro am Quietschen der Treppenstufen hören, dass er tatsächlich allein kam. In der Zwischenzeit notierte sie das Passwort auf eine alte Parkquittung.

»Das da«, sagte sie und überreichte ihm den Zettel.

Der Kerl war jung. Er betrachtete den Satz und runzelte die Stirn. »Wie habt ihr das herausbekommen?«

»Ihr solltet die Arbeit lieber Leute machen lassen, die etwas davon verstehen. Frohes neues Jahr, falls wir uns nicht mehr sehen!«

Barbro schloss die Tür und hätte am liebsten Kjell angerufen. Aber das ließ sie lieber bleiben. Auf dem Weg zum Ankleidezimmer schlüpfte sie aus ihrem Morgenmantel.

82

Durch die Vorderscheibe des Wagens war der letzte Tag des Jahres ein Sonnendezembertag. Die halbe Stadt hatte sich auf dem zugefrorenen Fjord versammelt. Irgendwo da draußen mussten auch die Mädchen sein. Linda hatte sich Schlittschuhe angezogen und Lilly auf den Schlitten gesetzt. Ihr Ziel war das Stadthaus gewesen, das von hier aus in der Sonne glänzte. Ihre Strahlen brachten den Staub auf dem Armaturenbrett zum Schweben.

Ein Polizeiwagen bremste auf der Fahrbahn. Kjell sah ihn im Rückspiegel langsam über den Kai auf sich zurollen. Als Einsatzleiter Tom-Olof Klingberg die Beifahrertür aufriss, wirbelte Eiswind herein und brachte den Stadtplan, den Kjell über dem Lenkrad ausgebreitet hatte, in Unordnung. Klingberg trug Uniform und hängende Schultern. Augenfällig erwartete er eine Zurechtweisung, weil seine Großfahndung nach der Frau mit dem Kinderwagen in der vergangenen Nacht ergebnislos verlaufen war.

Kjell deutete einladend auf die Thermoskanne neben Klingbergs Stiefeln. »Es gibt also keine einzige Spur von ihr?«

»Leider nicht.«

Wieder breitete sich Kaffeeduft im Wagen aus.

»Zufällig Appetit auf Butterkekse? Die haben meine Töchter für uns gebacken.«

Klingberg entschied sich für einen lädierten Stern. Den hatte Lilly ausgestochen.

»Wir sollten die Suche umstellen«, begann Kjell und tippte auf den Stadtplan. »Du bist ein ebenso systematischer Kopf wie eingebungsvoller Künstler bei Großfahndungen, Tom-Olof, das weißt du.«

»Aha.«

»Diesmal bist du auf einen Flüchtigen gestoßen, der dich ideal ergänzt. Wie diese entzweiten Herzen, die man zusammenstecken kann.«

»Was soll ich umstellen?« Zudem stand Klingberg noch die Frage ins Gesicht geschrieben, warum sie sich ausgerechnet hier treffen mussten, am Söder Mälarstrand. Von der anderen Straßenseite waren es nur hundert Schritte bis zu Ardelius' Wohnung.

»Das hier ist genau die Stelle, wohin ich vorgestern Nacht gerannt bin«, erklärte Kjell. »Aber weil in beiden Richtungen keine Menschenseele zu sehen war, so weit das Auge reichte, bin ich zurück und hinauf zum Monteliusvägen, bis ich den Leuten von der Maria-Wache begegnete.«

Klingberg klappte seine Mappe auf. »Die haben sich im Viertelkreis von Ost bis Süd genähert. Im Westen kommt gleich der Guldfjärdsplan.«

»Guldfjärdsplan?«

Klingberg deutete mit dem Daumen über seine Schulter. Die mit düsterem, gelbem Licht beleuchtete und heruntergekommene Großbushaltestelle unter der Centralbrücke, nach einhelliger Meinung aller Stockholmer die hässlichste Stelle der Stadt, hatte tatsächlich einen Namen. *Guldfjärdsplan.*

»Wir haben dort alle Überwachungskameras ausgewertet, auch oben am Södermalmstorg. Da ist sie nicht vorbeigekommen.«

»Was schließen wir daraus?« Kjell hatte dieses Treffen so akribisch vorbereitet, dass diese Frage direkt in die aktuelle Parkposition seines Wagens mündete.

»Sie muss sich in einem der Häuser in der Nähe verbergen«, antwortete Klingberg. Seiner Intuition waren also Grenzen gesetzt.

»Habt ihr die Häuser nicht durchsucht?«

»Das haben wir, aber eine andere Erklärung gibt es nicht.

Wenn sie nicht senkrecht nach oben geflogen ist wie eine Silvesterrakete.«

Kjell strich den Stadtplan glatt und tippte auf Långholmen. »Ich habe dir doch erzählt, wie unser Fall aussieht. Neulich war ich beim Wetteramt. Bei der ersten Leiche wurde eine Unterwasserboje beschädigt, direkt vor der Stelle und zur gleichen Zeit. Wir hielten das lange für einen Zufall. Aber was kann einer Boje schon etwas anhaben?«

»Ein Schiffsrumpf. Oder der Kiel.«

»Sie nutzt die Geografie der Stadt äußerst kreativ. Sie ist mit einem Boot gekommen. Deshalb konnte sie die Leiche, den Schirm und den Liegestuhl ungesehen zum Ufer schaffen. Die beiden anderen Leichen fanden wir am Rand großer Parks. Die Sofiakirche liegt in Vita Bergen, umgeben von Hügeln und Bäumen, und der Sportplatz an der Nordgrenze vom Tantolunden. Wieder ein Park. Dahinter jeweils: das Wasser. Das ist das Geheimnis der Orte. Aber es gibt noch etwas, was sie uns verrät.«

»Da bin ich gespannt.«

»Ein Schiffsbug kann den Bojen eigentlich nichts anhaben. Die Bojen schweben an einem Seil im Wasser. Selbst wenn eine Kollision eigentlich stattfinden müsste, sorgt die Wasserverdrängung des Bugs dafür, dass die Boje zum Grund gedrückt wird, bevor der Bug sie berühren kann. Auch die dicke Eisdecke, die jetzt auf dem Wasser liegt, drückt die Bojen nach unten. Der Schaden ist nur durch einen Umstand zu erklären.«

»Einen Anker.«

»Genau. Ein kleiner Anker. Die Spitzen müssen so klein sein, dass sie in die Öffnung der Sensoreinheit am Kopf der Boje passen. Ein verdammter Zufall.«

»Und was verrät der Anker nun?«

»Das Allerwichtigste: Sie ist ganz allein.«

»Verstehe.«

»Das Boot war leer, während sie am Strand alles dekorierte. Neulich wusste ich davon nichts. Deshalb stand ich hier. Ich sah nach links und nach rechts, aber nicht geradeaus. Aufs Wasser.«

Klingberg starrte hinaus. Das Eis war so dick, dass man selbst die Fahrrinne in der Mitte längst aufgegeben hatte.

»Diesmal hatte sie natürlich kein Boot«, sagte Kjell. »Das ändert jedoch nichts am Fluchtweg. Man konnte gut auf dem Eis rennen. Ich habe das gestern Abend mit meiner Tochter nachgestellt. Sie trug einen hellgrauen Mantel. Nach dreißig Metern wurde sie unsichtbar.«

»Wie willst du die Suche denn ändern? Die Wasserschutzpolizei kann ja schlecht patrouillieren.«

»Ich will, dass du die Männer hier in der Stadt nach Hause schickst, damit sie am Abend feiern können. Du konzentrierst dich auf alle Möglichkeiten, wie die Frau das Land verlassen könnte. Ich werde dem Fernsehen gleich mitteilen, dass sie das bereits geschafft hat, aber euch beeinflusst das nicht.«

Klingberg starrte durch die Vorderscheibe des Wagens und drehte in seinem Kopf eine große Runde. Bei seiner Rückkehr hatte er verstanden. »Du willst sie in Sicherheit wiegen. Wieso glaubst du, alles wäre vorbei?«

»Wegen der Wohnung«, antwortete Kjell. »Der Kerl hatte alles in seinen Safe gepackt, als wollte er seine persönlichen Sachen in Sicherheit bringen. Der Safe war so voll, dass uns die Sachen beim Öffnen der Tür entgegenfielen. Auf seinem Schreibtisch lag dagegen nur ein Manuskript und darauf sein toter Kopf.«

Die Frau war auf dieses präparierte Arrangement angesprungen und hatte das Manuskript mitgenommen. Daran hatte Kjell die ganze Nacht denken müssen.

»Ardelius hätte es für die Frau auch gleich unter den Weihnachtsbaum legen können, meinst du das?«

»Das hätte er«, fand Kjell. »Aber er hatte keinen.«

83

Sonst gab es nichts, worüber Barbro Setterlind nicht stehen konnte. Früher hatte Kjell ihre maßlose Gelassenheit für angeboren gehalten, mittlerweile war ihm die Erkenntnis gekommen, dass ihr als Millionenerbin einfach die Erfahrung fehlte, sich in ihrer Existenz bedroht zu fühlen.

Er hatte Barbro nie so empört gesehen. Sie war schon im Besprechungszimmer herumgelaufen, als er ankam.

»Ich hätte doch auf die rote Taste drücken sollen!«, jammerte sie.

»Was wäre dann passiert?«

»Der Wachschutz wäre im Nu gekommen und hätte die beiden dem Schicksal jedes Hausierers zugeführt.«

»Wohl kaum. Sie hätten einfach ihren Ausweis gezückt und notfalls ihre Knarren.«

»Eben deshalb bereue ich es so!« Sie warf das angebissene Gebäck auf den Teller und rauschte in ihr Büro. »Sieh dir das an«, rief sie von drüben. »Ich habe den ganzen Musterkatalog durchgeblättert. Diese Ausweise gibt es bei der Säpo nicht.«

Die Ausweise sahen wirklich sonderbar aus. »Wie bist du darangekommen?«

»Er hat ihn in die Hauskamera gehalten. Da habe ich abgedrückt.«

»Diese Ausweise gibt es nicht?«

»Nein. Wenn wir Pech haben, waren das gar keine Polizisten.«

Kjell stand von seinem Stuhl auf. In seiner Schreibtischschublade kramte er nach der Lupe. Die beiden Kerle mussten zur Säpo gehören, denn was hätte ihnen das Passwort gebracht, wenn sie die Daten gar nicht besaßen? Wie Sherlock Holmes kehrte er ins andere Zimmer zurück. »Sieh dir mal das Wappen an.«

Barbro ließ die Lupe über dem Papier kreisen. Ihre Stirn legte sich in Falten. »Sieht komisch aus.«

»Das Drei-Kronen-Wappen ist dasselbe wie bei uns. Aber bei uns liegt das Wappen auf zwei gekreuzten Beilen.«

»Und hier auf einem Schwert. Das Militär. Das ist das Wappen des Militärs.«

»Beim Militär zeigt die Spitze des Schwertes nach oben«, bemerkte Kjell. »Hier zeigt sie nach unten.«

»Ein Fälschung.«

Kjell schüttelte den Kopf. »Die beiden waren vom KSI.«

Über das KSI war so gut wie nichts bekannt. Es war ein Teil des militärischen Nachrichtendienstes MUST. Vor Jahren war das KSI wegen der IB-Affäre in die Schlagzeilen geraten: Reporter hatten die Existenz des KSI herausgefunden. Das war auch für den Souverän Schwedens eine hübsche Überraschung gewesen. Während Reichstag und Volk das KSI also kennenlernten, erfuhr man zugleich, dass das KSI die Sicherheit des Reiches durch Berichte und Akten sicherte. Darin konnten Linke und Aufmüpfige über sich lesen wie in ihrem privaten Tagebuch. Daraufhin hatte es zuerst Bestürzung, dann einen Untersuchungsausschuss und schließlich die erforderlichen Veränderungen gegeben: Das IB, das Informations-Büro, hatte seine Telefonnummer und seinen Namen in KSI, Büro für Einsätze der besonderen Art, geändert. Der neue Name passte ohnehin besser zur Aufgabe des KSI, ausländischen Botschaften nächtliche Besuche abzustatten.

»Wir hätten also eine neue IB-Affäre«, sagte Kjell. »Das KSI weckt Barbro Setterlind am frühen Montagmorgen und bringt sie dadurch in Rage.«

Barbro verkrampfte sich am ganzen Körper. »Wie sicher bist du dir?«

»Überhaupt nicht sicher. Aber möglich ist es. Als ziviler Geheimdienst arbeitet die Säpo oft mit dem militärischen Nachrichtendienst zusammen. Ich kann mir gut vorstellen, dass die KSI-Leute generell für Verschlüsselungen zuständig sind. Auch bei Elins Computer.«

Barbro seufzte. Das würde erklären, warum diese Typen bei ihr geklingelt und das Passwort verlangt hatten. Allerdings hatte die Säpo ihre eigene Kryptografie-Abteilung. Barbro war nicht ganz davon überzeugt, dass die beiden Geheimdienste nicht noch aus einem anderen Grund als zur Ersparung von Personalkosten zusammenarbeiteten. Die beiden Typen vor ihrer Haustür hatten ein wenig zu eifrig gewirkt.

»Ich habe mich vorhin mit Einsatzleiter Klingberg getroffen«, sagte Kjell. »Seit dreißig Stunden suchen sie. Ohne jeden Erfolg. Man muss einiges auf dem Kasten haben, wenn man da nicht ins Netz geht.«

Barbro öffnete ihre Haarspange, strich alles nach hinten und befestigte die Spange wieder. Jetzt saß es schön straff. »Willst du damit sagen, die Frau könnte auch zum KSI gehören?«

»Über den KSI ist so gut wie nichts bekannt«, sagte Kjell.

»Sie kann doch zu einem ausländischen Dienst gehören.«

»Dann würde die Säpo mit uns zusammenarbeiten, um die Sache aufzuklären. Sie setzen aber alles daran, die Sache zu vertuschen.«

»Dann wäre das KSI in einen Dreifachmord verwickelt. Es gibt nicht den geringsten Hinweis, dass einer unserer Geheimdienste je einen Mord begangen hätte. Und schon gar nicht an drei unbeteiligten Frauen. Das klingt wie ein amerikanischer Thriller.«

»Stumpfsinnig?«

Barbro stöhnte. »Ich meinte: Als wäre es ganz natürlich, dass man drei Menschen tötet, um ein Ziel zu erreichen. Als wäre das je bei uns vorgekommen!«

»Ich finde es plausibler als eine verrückte Serienmörderin.«

Im Nebenraum klingelte ein Telefon. Kjell hielt sich für gesammelter als Barbro und stand auf. Nach dem Abheben meldete sich Jonas Gulliksson von der Kryptografie.

»Das Passwort, das deine Kollegin uns gegeben hat, stimmt nicht.«

Jetzt hatte die Säpo einen Fehler gemacht. Gulliksson gehörte zur Säpo. Die Säpo versuchte also selbst, den Computer zu entschlüsseln. »Uns?«, fragte Kjell. »Seit wann bist du denn beim KSI?«

Das war nur ein Versuch. Der jedoch kläglich scheiterte.

»Weiß ich nicht. Mit den Agenten habe ich nichts zu tun. Wir sitzen hier in einem fensterlosen Raum, und die Wände sind mit Aluminium tapeziert.«

»Was hast du eingegeben?«

»I'm good for magic. And magic is good for me!«

»Das müsste klappen«, sagte Kjell wie das Hotline-Fräulein von Telia. »An uns kann es nicht liegen.«

»Ich brauche zweiunddreißig Hexziffern.«

Kjell blickte auf den verlassenen Stuhl von Sofi. Jeden Morgen änderte sie zuerst ihr Passwort, gleich nachdem sie ihren Tisch mit dem blauen Lappen abgewischt und den Lappen zum Trocknen auf die Heizung gelegt hatte. Er lächelte. »Was sagt Sofi Johansson dazu?«

»Sie kann uns nicht helfen.«

»Wieso?«

»Die Agenten sagen, dass sie verschwunden ist.«

»Verschwunden?«

»Angeblich ist sie gestern Abend zu dem Tanzstudio gefahren und nicht mehr heimgekommen.«

Kjell sah aus dem Fenster. Dort berührte die Sonne gerade die Dachgiebel auf der anderen Seite des Parks. Die Beleuchtung änderte sich dramatisch. »Das macht gar nichts. Wir haben die Daten. Ich komme gleich mal runter und bringe sie euch. Melde mich bitte beim Empfang.«

Nachdem sich die Aufzugtür im dritten Stock geöffnet hatte, konnte Barbro kaum Schritt halten. Auf der einen Seite wollte sie auf keinen Fall verpassen, was gleich geschah, auf der anderen wäre sie lieber oben geblieben.

Die Empfangsdame öffnete, als sie sich näherten.

»Wo ist Tholander?«, fragte Kjell. »Ich spreche nur mit ihm.«

Die Sekretärin nickte und konsultierte ihren Plan. »E9. Das ist der Besprechungssaal ganz hinten.«

Kjell öffnete, ohne anzuklopfen. Hinter der Tür saß eine Gruppe von Männern und Frauen wie eine Schulklasse vor einem Mann.

»Bist du Tholander?«, fragte Kjell.

Der Mann nickte.

Kjell steuerte geradewegs auf den provisorischen Generaldirektor zu und versetzte der Stuhllehne einen Tritt. Ohne sich voneinander zu trennen, kippten Tholander und der Stuhl um und lagen am Boden.

»Ich habe alle zweiunddreißig Ziffern in meinem Kopf. Ich gebe dir Zeit bis Mitternacht. Dann komme ich mit einem Knüppel zurück, wenn du Sofi Johansson bis dahin nicht unversehrt bei mir ablieferst. Hast du verstanden?«

Tholander nahm seinen Unfall mit asiatischer Gelassenheit hin. Er rappelte sich auf und brachte seine Brille in Ordnung. »Ich glaube nicht, dass du das tun wirst«, sagte er.

»Du hast mein Ehrenwort. Deine Aufstiegsphantasien sind vorüber.«

84

Karl Gregersiö wartete in aller Seelenruhe am Gepäckband auf seinen Koffer. Plötzlich stieß ein Gepäckwagen gegen seine Knie. Er wich zurück. Die Frau, die den Wagen lenkte, lächelte.

»Hej! Ich bin's. Theresa!«

Karl Gregersiö nickte knapp. Er würde eine Herausforderung für sie werden, das erkannte Theresa sofort. In seinem Gesicht regte sich nichts. Bei seinem Einheitsgesicht mit meliertem Haarkranz und dem blauen Anzug hatte sie Schwierigkeiten gehabt, ihn in der Menge zu entdecken, und beim Kontaktaufnehmen mit dem Gepäckwagen bereits zwei Fehltreffer hinter sich.

Sie war ihm erst einige Male begegnet und hatte nie ein Wort mit ihm gewechselt. Sie wusste nur, dass ihn alle im Haus Carlito nannten. Da er sie um zwei Köpfe überragte, konnte sich der Spitzname nur auf seine Aura beziehen.

»Bist du sauer, weil du nicht mit deiner Familie ins neue Jahr feiern kannst?«

»Da kommt mein Koffer, glaube ich.« Carlito schlängelte sich zwischen den Wartenden hindurch. Tatsächlich schien der Koffer, der allen anderen glich, seiner zu sein. Theresa manövrierte den Wagen hinterher.

»Am besten folgst du mir einfach. Mein Wagen steht auf dem Zollparkplatz. Da haben wir es nicht weit.«

Carlito nickte. Beim Anschieben schielte Theresa nach rechts und sah die beiden Säpo-Agenten hinter dem Ausgang mit ihrem handgemalten Namensschild zwischen den Taxifahrern und Abholern warten. Eins zu null für Theresa Julander, zwei zu null, wenn man ihre ausgiebige Vorbereitung bedachte. Sie lächelte vor sich hin, bis sie das Auto erreichten.

Die Fahrt verlief schweigend. Auf halber Strecke begann Theresa einfach ihren Rapport, den Carl Gregersiö schweigend entgegennahm. Wahrscheinlich feierte seine in Thailand zurückgebliebene Familie seine vorzeitige Abreise gerade mit Mai Tais, dachte sie.

Als sie eine Stunde später die Polizeigarage erreichten, war Carlitos Gesicht zwar so ausdruckslos wie zuvor, doch immerhin nickte er inzwischen fast doppelt so häufig wie zu Beginn.

»Hast du einen Schlüssel für Kullgrens Büro?«, fragte sie deshalb.

85

Die Parklücke war so klein, dass der Wagen mit dem Heck in die Garageneinfahrt ragte. Kjell überlegte, ob er zur Sicherheit das Blaulicht auf das Dach montieren sollte. Das hing davon ab, ob die drei Jungen, die zehn Meter weiter die ersten Raketen zum Himmel steigen ließen, davon abgeschreckt oder angelockt würden.

Alle Fenster der Långholmsgatan 7 leuchteten, auch die von Elin Gustafssons Wohnung. Die Tür war angelehnt. Per saß mit mildem Gesicht und gefalteten Händen am Tisch.

»Wo war es?«, fragte Kjell.

Per hob das Telefon, den einzigen Gegenstand auf dem Tisch, hoch und legte es wieder ab.

»Das Telefon? Habt ihr das neulich nicht mitgenommen?«

»Haben wir«, antwortete Per seelenruhig. »Ich kann natürlich nicht bei jedem Tatort davon ausgehen, dass die Wohnung von einem Geheimdienst verwanzt wurde.«

Kjell wollte etwas Ungehaltenes erwidern, besann sich jedoch. Er hatte ja selbst erst vor einigen Stunden erkannt, dass die Säpo bei diesem Fall eine andere Rolle spielte, als er vermutet hatte. Er verstand plötzlich, warum Kullgren sich als Leiter der Gegengruppe angeboten hatte.

Kjell nahm auf der anderen Seite des Tisches Platz und wog das Telefon in den Händen. Es funktionierte drahtlos und bestand nur aus dem Hörer. »Hast du den Sender ausgebaut?«

»Das ist das Perfide daran. Das Telefon selbst ist der Sender.« Per wusste natürlich nicht, ob jemand die Wohnung betreten und bloß die Platine oder das ganze Telefon ausgetauscht hatte. »Das Modell bekommst du an jeder Ecke für tausend Kronen.« Das erklärte, warum die Techniker bei ihrem ersten Besuch nichts gefunden hatten. »Wir haben die Strahlung gemessen, aber das Telefon strahlt ja nicht. Es funktioniert nur beim Telefonieren.«

»Die Wohnung kann man damit nicht abhören?«

»Nein.«

»Weißt du, was das bedeutet?«

Per nickte. »Ein anderer steckt dahinter. Das ist nicht der Stil der Säpo. Um das Telefon abzuhören, müssen die nicht aus dem Haus gehen. Sie könnten sich bei der Telefongesellschaft eine Umleitung legen lassen, ohne dass es jemand nachweisen kann.«

»Und wenn es ein Manöver ist?«

»Das Telefon lag tagelang bei mir im Labor und war in der Inventarliste verzeichnet.«

»Die hätten es sich geholt?«

»Das ist sicher.«

»Und sonst?«

»Nichts. Weder bei ihren Eltern noch im Telia-Laden.«

Auch bei Judit Juholt und Filipa Lindenbaum hatte Per nichts gefunden. Also musste Elin eine besondere Bedeutung zukommen.

»Elins Name taucht in diesem Aufsatz auf«, fügte Per nach einer Weile der Stille hinzu.

»Daran denke ich gerade. Als Mitautorin. Wir haben sie falsch eingeschätzt.«

»Weißt du inzwischen, worum es in dem Text geht?«

Kjell prüfte auf seinem Telefon, ob Ida endlich angerufen hatte. Sie saß seit gestern in ihrem Arbeitszimmer und studierte den Aufsatz. Drei Wochen brauchte sie unter normalen Umständen, um einen Text dieses Kalibers so durchzuarbeiten, dass sie ihn in groben Zügen verstand.

Er ließ Per mit der offenen Frage am Tisch zurück und streifte durch die Zimmer. Keiner der Besuche, weder von den Ermittlern, den Technikern noch von Hulda, hatte Elins Ordnung etwas anhaben können. Sie hatte wirklich ein enormes Talent besessen, viele Dinge auf wenig Raum unterzubringen. Kjell setzte sich auf die Matratze und wippte ratlos.

Es klingelte an der Wohnungstür. Kjell schlich in das Wohnzimmer zurück. Per war aufgesprungen und hob die Achseln. Da es keinen Spion gab, entsicherte Kjell seine Pistole und riss die Tür auf. Es war Tholander.

Ertappt, dachte Kjell im ersten Augenblick, er will das Telefon holen. Aber Tholander sah alles andere als ertappt aus.

»Vielleicht können wir vergessen, was heute Nachmittag passiert ist.«

Es war Tholander, der das sagte, nicht Kjell. Der musterte Tholander abwartend.

»Hast du einen Schlüssel für ihre Wohnung?«

Kjell nickte.

»Bei dir?«

Kjell nickte wieder. Er war eigentlich schon auf dem Weg dorthin.

»Können wir nachsehen?«

»Keine Spur?«

Tholander steckte den Zeigefinger in den Knoten seines Schals und lockerte ihn.

»Dann fahren wir.«

Sie liefen schweigend ins Erdgeschoss. Tholander hatte seinen Wagen hinter dem von Kjell geparkt. Kjell erkundigte sich, ob sie getrennt fahren würden, aber Tholander schüttelte den Kopf.

»Ich will dir etwas zeigen.«

Im Wagen öffnete er ein Kuvert und zog ein Foto von sehr großem Format heraus.

»Ist das Sofi?«, fragte Kjell. Tholander antwortete nicht. Offenbar war das Bild von einer Verkehrsüberwachungskamera aufgenommen worden. Es zeigte eine junge Frau am Steuer eines Wagens. »Wo ist das entstanden?«

»In Växsjö.«

»Was macht sie dort?«

»Das Bild ist nicht von heute. Es wurde am 10. September gemacht.«

»Das ist nicht ihr Wagen«, sagte Kjell. »Das Nummernschild stimmt auch nicht.«

»Es ist auch nicht Sofi Johansson. Der Wagen wurde in Malmö gemietet und ist seitdem verschwunden. Gemietet wurde er von einer Frau mit dem Namen Laura Vasari. Deshalb kam das Bild zu uns.«

Die Kamera überwachte nämlich nicht den Verkehr, sondern einen Autobahnabschnitt im Süden Schwedens, den viele Ausländer nach der Einreise passierten. Das Nummernschild war wie alle anderen geprüft worden.

»Vor einem Jahr hat diese Frau in Mailand ein Auto gemietet. Die italienische Polizei fand heraus, dass dieses Auto eine Rolle in einem Mord an einem Mailänder Geschäftsmann spielen muss. Die Mieterin hieß Magdalena Mariano. Diesen Namen gibt es in Italien nicht. Ein findiger Ermittler hat aber entdeckt, dass einmal eine Frau diesen Namen getragen hat. Und zwar zu Zeiten der Hochrenaissance.«

»Muss man sie kennen?«

»Der Name taucht nur an einer einzigen Stelle auf: in einem Bürgerregister, das dreihundert Namen umfasst.«

»Sind die Italiener sich sicher, dass sie den Namen aus dieser Liste gewählt hat? Ist das nicht leichtsinnig?«

»Es gibt einige Hinweise, dass die Frau gewisse Spurenstrukturen aussät, als wollte sie die Spannung erhöhen. Weil der Name also ein Pseudonym war, haben die Italiener alle hundertsechzig Frauennamen aus dieser Liste zur internationalen Fahndung ausgeschrieben.«

»Muss ein schlimmer Mord gewesen sein, wenn Italiener so viele Formulare ausfüllen.«

»Die ganze Familie des Geschäftsmannes wurde getötet. Sieben Personen lagen im Haus. Man fand sie nur, weil der Mann selbst nicht im Haus lag, sondern mit seinem Auto in eine Schlucht stürzte. Ohne die anderen Leichen hätte das wie ein Unfall ausgesehen.«

»Wie kommt die Frau mit ihrem Mietwagen ins Spiel?«

»Durch die Gnade der Verkehrsüberwachung.«

»Der Name Laura Vasari steht also auch auf dieser Fahndungsliste der hundertsechzig Frauennamen aus der Renaissance?«

Tholander nickte. »Wir erfuhren im September, dass sie nach Schweden eingereist war, aber sonst wussten wir nichts, nicht einmal, ob sie die Morde selbst begangen hat. Vielleicht half sie nur dabei.«

»Habt ihr überprüft, wo Sofi an diesem Tag war?«

»Dem Journal nach vier Tage lang in Öresund zur Revision bei der örtlichen Kriminalpolizei. Das kam hin.«

»Auch wir verdächtigen eine Frau.«

»Mir ist die Ähnlichkeit zu Sofi Johansson erst aufgefallen, als ich eure Personalakten gelesen habe.«

»Und woher weißt du plötzlich, dass diese Frau nicht Sofi ist?«, fragte Kjell, denn hätte Tholander behauptet, die Frau auf diesem künstlich aufgehellten und körnigen Bild wäre Sofi, hätte er es geglaubt.

»Sofi Johansson kann nicht die Frau sein, die auf Nils Kullgren geschossen hat. Das ist unser Problem.«

»Es gibt nicht mehr als dieses Foto von ihr, verstehe ich das richtig?«

»So ist es.«

»Dann trägt sie hier eine Perücke. Im Treppenhaus waren ihre Haare braun und lockig. Außerdem will mir nicht in den Kopf, wie Kullgren sie erkannt haben will. Er muss eine sehr hohe Wahrscheinlichkeit in Kauf genommen haben, auf eine unbeteiligte Frau mit Kind zu schießen.«

»Genau das fragen wir uns seit gestern.«

»Und wie lautet eure Erklärung?«

»Aufgrund dieses Fotos hätte er niemals geschossen.«

86

»Dear Mrs. Setterlind!« las Barbro. Sie ballte die Faust und reckte sie zur Bürodecke. *Nobody can stop Miss Setterlind.* Sie hatte nicht erwartet, am selben Tag Antwort zu erhalten, noch dazu an einem wie diesem. Seit dem Mittag hatte sie alle E-Mails in Elins Daten durchforstet und war auf eine Quittung gestoßen, eine Nachricht, die nicht mehr enthielt als die Bestätigung, dass der Empfänger eine E-Mail, die Elin am 7. September abgeschickt hatte, empfangen und gelesen hatte.

Elin hatte viele Universitäten angeschrieben und sich beworben, aber die lagen alle in Schweden. Princeton dagegen passte nicht zu Elin.

Barbro legte den angebissenen Apfel beiseite und begann zu lesen.

Steven.Gardiner@math.princeton.edu antwortete: »Ich kann bestätigen, dass sich Jon Anfang Juni in der von Ihnen erwähnten E-Mail an mich gewandt hat. Das Thema der Nachricht war ein Angebot für einen Beitrag für die Zeitschrift *Proceedings in Mathematics,* die ich herausgebe. Das Thema des Artikels lautete ›n≥3 revisited‹. Jon Ardelius hat einen so außergewöhnlichen Ruf, dass ich einer Veröffentlichung zustimmte, obwohl er den Inhalt seines Artikels nur in wenigen Zeilen skizzierte. Da *Proceedings in Mathematics* zu den renommiertesten Zeitschriften für Mathematik gehört, vereinbarten wir in einem längeren Telefonat, welche Gutachter den Artikel prüfen sollten. Er versprach mir, innerhalb einer Woche eine ausführliche Zusammenfassung zu schicken und Anfang Dezember den fertigen Artikel. Die Veröffentlichung war für April des kommenden Jahres in der Jubiläumsausgabe unserer Zeitschrift geplant, da das Thema so gut zu den Borromäischen Ringen, dem Signet von *Proceedings in Mathematics* passt.«

Barbro fluchte. Sie hatte nicht mit einer schnellen Antwort gerechnet und daher versäumt zu fragen, worum es in dem Artikel überhaupt ging. Sie lud die Internetseite der Zeitschrift und schnappte nach Luft. Das Signet sah ziemlich alt aus und existierte seit der ersten Auflage, die ein Jahrhundert zurücklag. Es zeigte drei ineinander verflochtene Dreiecke. Herrgott, dachte Barbro, wie viele Bedeutungen hatte das Zeichen denn noch? Welche Bedeutung es für Elin auch immer gehabt hatte,

Jon hatte ihren Anhänger an jenem Herbstmorgen im Telia-Laden als mathematischen Knoten identifiziert.

Barbro las weiter. »Da ich nach dieser Verabredung keine Nachricht mehr von Jon erhielt und auch nicht das Manuskript, sandte ich mehrere E-Mails, die alle unbeantwortet blieben. Der Name Elin Gustafsson ist mir bekannt. Sie sollte den Artikel in Schriftform bringen und dafür als Mitautorin genannt werden. Ich wünsche Ihnen ein frohes neues Jahr! Ihr Steven Gardiner.«

Das war sonderbar, dachte Barbro. Auf Elins Computer gab es keine Erinnerungsschreiben von Steven. Und umgekehrt hatte Steven den Aufsatz nie erhalten, obwohl Barbro diese E-Mail auf Elins Computer im Ordner der versandten Nachrichten fand. Nach der ersten Kontaktaufnahme war also keine Nachricht, die eine der beiden Seiten versandt hatte, beim Empfänger angekommen.

Barbro sah keinen Grund, Steven nicht zu glauben. Ebensowenig hatte Barbro allerdings Grund, Elin und Ardelius nicht zu glauben. Sie stellte sich ans Fenster. Sie konnte Elin und Ardelius klar vor sich sehen: Er will ein Kabel kaufen und spricht sie auf das Amulett an ihrem Hals an.

›*Das ist ein magisches Symbol*‹, *sagte sie.*

›*Ach ja? Für mich ist es Mathematik.*‹

›*Wirklich? Ich möchte Physik studieren.*‹

›*Wunderbar! Am besten sprechen wir mal bei einer Tasse Kaffee darüber. Wann beginnt deine Mittagspause?*‹

Kjell hatte recht, Ardelius war ein Leuchtturm in der Nacht gewesen. Elin hatte plötzlich ein Ziel. Wenn sie als Mitautorin über dem Artikel stand, konnte ihr Anteil nicht unwesentlich sein. Dasselbe Schema bei Judit. Sie haben sich bei ihrem Konzert kennengelernt. Und dass sich ›alle heute Abend treffen‹ wollten, Ardelius und die drei Frauen, ließ keinen Zweifel zu: Es hatte sich um einen Club gehandelt. Auch Filipa hatte Ardelius irgendwo kennengelernt. Mit Sicherheit hatte er ihre Lücken in Mathematik geschlossen. Filipa musste uneingeschränkt zum Club gehört haben, sie war schließlich am 22. Dezember wegen der Ereignisse in Stockholm hierhergereist. Barbro bezweifelte, dass sie Filipas Aufgabe herausfinden konnte, solange sie nicht verstand, worum es in dem Artikel überhaupt ging.

87

Sofis Wohnung war mit ihrer Leere das Gegenteil von Elins vollen Zimmern. Gemeinsam war ihnen nur die Ordnung, doch im Gegensatz zu Elin hatte Sofis Ordnungsliebe eher schrullige Züge. Es gab Dinge in ihrem Leben, die um keinen Preis durcheinandergeraten durften.

Während Kjell noch das Schlafzimmer und die Küche abschritt, kniete Tholander vor der Kommode. Die Türen standen offen. Allerlei Gegenstände, Notizbücher, Musik-CDs und kleine Kartons, lagen verstreut auf dem Boden.

»Hat sie selbst darin gekramt?«

Kjell musterte die Unordnung auf dem Boden. Sie bildete einen deutlichen Kontrast zum Rest der Wohnung. »Ist sonst nicht ihre Art.« Er ging zur Tür und begutachtete den Schlosszylinder von außen. Das Schloss war uralt und übersät mit Kratzspuren, die sich unmöglich datieren ließen.

»Ist das Bett unbenutzt?«

»Es ist gemacht. Wie habt ihr sie verloren?«

»Sie kam gestern Abend um sechs Uhr mit ihrer Sporttasche aus dem Haus und verschwand hinter dem Haus in den Park. Der Agent konnte ihr nicht folgen. Er vermutete, dass sie zum Tanzen ging, und wartete im Wagen auf ihre Rückkehr. Aber sie kehrte nicht zurück.«

»Habt ihr in der Tanzschule nachgefragt?«

»Da war sie nicht.«

Tholander sah aus wie eine alte bürokratische Maschine, aber schon nach wenigen Minuten hatte Kjell erkannt, dass er alles aus Instinkt tat. »Was glaubst du?«, fragte er daher.

»Kennst du diesen Lasse aus der Tatorttechnik?«

»Natürlich.«

»Von ihm weiß ich, dass Sofi gestern Mittag mit dem Computer unter dem Arm das Haus in der Bastugatan verlassen hat. Sie lief damit hinab bis zum Mälarstrand, wo sie sich ein Taxi nehmen wollte.«

»Ob sie sich mit einer Kopie der Daten aus dem Staub gemacht hat?«

Tholander schüttelte den Kopf. »Dazu müsste sie nicht verschwunden sein.«

»Wer sie laufen sah, wusste also, dass sie den Computer hatte?«

Tholander nickte.

Kjells Telefon klingelte. Endlich war es Ida. Sie klang gehetzt.

»Es wird ein wenig unheimlich für dich. Bist du bereit?«

Kjell ging hinüber in Sofis Küche und füllte ein Glas mit Leitungswasser.

»Der Artikel bietet eine Lösung für das Drei-Körper-Problem.«

»Drei Körper?«

»Ja.«

»Frauenkörper.«

»Himmelskörper. Stell dir vor, ein Mond kreist um einen Planeten. Wie berechnet man das?«

»Mit den Kepler'schen Gesetzen.« Kjell hatte schließlich seine Tochter Linda jahrelang bei ihrer Odyssee durch die Schulphysik begleitet.

»Stell dir drei Himmelskörper vor, die umeinanderkreisen. Wie berechnet man die Bahnen?«

»Noch mehr Kepler'sche Gesetze?«

»Der Fall *N gleich drei*, bei einer Anzahl von drei umeinanderkreisenden Himmelskörpern also, ist nicht nur für dich das Ende der Mathematik. Es ist ein komplexer, dynamischer Vorgang, der als nicht zu beschreiben gilt.«

»Und Ardelius hat die Lösung?«

»Ich weiß es nicht. Es gibt Unklarheiten.«

»Und wenn doch?«

»Es wäre der Durchbruch in die Analysis dynamischer Systeme.«

»Kannst du mir mehr verraten?«

»Ich kann dir alles über deinen Mordfall verraten. Er ist eine Inszenierung des Grundproblems mitsamt dem Lösungsansatz. Barbro berichtet, Ardelius habe ein Exposé vorausgeschickt. Das dürfte sich mit der Zusammenfassung am Anfang des Artikels decken. Darin gibt es eine Skizze, die die drei Himmelskörper in einer gewissen Position zeigt. Wenn du die Kontur von Södermalm darum herumzeichnest, hast du die Stellen, wo die Leichen saßen.«

»Nur Ardelius und Elin kannten die Skizze.«

»Barbro vermutet, dass die E-Mails abgefangen wurden. Und zwar nicht auf Seiten von Ardelius, sondern bei dem Herausgeber der Zeitschrift, wo alles veröffentlicht werden sollte. Anscheinend fängt jemand alle guten Sachen ab, die er so bekommt. Außerdem hat sie von dieser Wetterstation in der Winterbucht erzählt. Da ist angeblich vor kurzem eingebrochen worden, obwohl es dort nichts zu holen gibt.«

88

Ida seufzte, als Barbro ihr am Telefon die neuesten Erkenntnisse vortrug. »Vielleicht siehst du die Sache zu idealistisch.«

»Wie kommst du darauf?«, fragte Barbro.

»Mir drängt sich beim Lesen des Artikels der Verdacht auf, dass der Artikel ein Bluff ist. Vielleicht hat er die Frauen damit getäuscht.«

»Ist der Artikel nichts wert?«

»Das kann man nicht sagen, aber eine Lösung für das Drei-Körper-Problem sehe ich nicht. Ich bin auf Seite 103. Alles mündet in einen Haufen von Gleichungen, die man nicht lösen kann.«

»Dann ist der Artikel nichts anderes als die mathematisch-poetische Beschreibung der Morde?«, fragte Barbro unsicher.

»Daran habe ich gedacht, ja.«

»Welche Fassung des Textes hast du?«

»Die letzte natürlich.«

»Mir ist da etwas aufgefallen«, sagte Barbro. »Die allererste Fassung stammt vom 12. September. Kurz davor müssen sich Elin und Ardelius kennengelernt haben. Von da an folgte in kurzen Abständen von einer Woche eine Überarbeitung. Das endet mit der vorletzten Fassung am 1. Dezember. Das ist der vereinbarte Abgabetermin. Und dann geschieht drei Wochen lang nichts. Und am 23. Dezember entsteht die letzte Fassung. Da war Elin bereits verschwunden. Ardelius muss sie ganz allein gemacht haben. Sie steht isoliert von den anderen Fassungen.«

Am anderen Ende der Leitung blieb es still, doch Barbro konnte Ida vor ihrem inneren Auge nach Luft schnappen sehen. »Kjell hat mir den Text ausgedruckt«, sagte sie nach einer Weile.

»Hast du die anderen Fassungen?«

Ida seufzte und legte auf.

89

»Barbro hat recht«, sagte Ida. »Die letzte Fassung ist eine Verschlechterung.«

»Absicht?«, fragte Kjell. Er hatte es sich auf Sofis Sofa bequem gemacht. Es duftete sogar nach ihr.

»Ganz sicher. Es ist Sabotage. Ardelius muss Jahre an seinem Beweis gearbeitet haben. Er ist sehr effizient und elegant. Der eigentliche Kern ist eine Zahlenmatrix, mit der man die Riesengleichungen faktorisieren und lösen kann. Genau diese Matrix fehlt in der letzten Fassung, obwohl sie im Exposé erwähnt ist.«

»Dann ist es doch kein Bluff?«

»Die Wahrscheinlichkeit für einen Bluff ist dramatisch gesunken. Ich rechne es gerade durch.«

»Ich will dich nicht aufhalten«, sagte Kjell. Tholander hatte soeben Sofis Kleiderschrank geöffnet und starrte hinein. Kjell beendete das Gespräch. »Da brauchst du gar nicht hineinzuschauen. Sie ist nicht abgehauen.«

Tholander zwinkerte nervös und schloss die Türen. Ganz bestimmt war es sein Prinzip, alles selbst nachzuprüfen und sich nie auf die Ergebnisse anderer zu verlassen. Kjell fürchtete, in zwanzig Jahren wie Tholander auszusehen.

»Auf der Fahrt hierher hast du mich gefragt, ob ich die Frau für eine Einzeltäterin oder für eine Handlangerin von Ardelius halte. Jetzt bin ich mir sicher, du hast recht. Sie hat alles geplant.«

»Das erfahren wir, wenn wir sie haben.«

»Wir können uns jetzt schon sicher sein. Sie hat alles so aussehen lassen, als wäre Ardelius der Täter.«

»Sie hätte ihn umbringen können.«

Kjell schüttelte den Kopf. »Sie ist eine perfide Sadistin. Die Morde dienen dem Zweck, ihn zuerst zu erpressen und zu guter Letzt in den Tod zu treiben. Ihre Mordopfer sind Statisten. Ihren eigentlichen Opfern nimmt sie dagegen alles, nur nicht das Leben. Hast du nicht erzählt, dass das Haus des Mannes in Italien mit Leichen überfüllt war und er selbst im Auto in die Schlucht gestürzt ist?«

Tholander reagierte nicht auf rhetorische Fragen. In Italien wusste man nicht, ob der Unfall eingefädelt war oder Selbstmord.

»Sie wiederholt dauernd dasselbe Spiel«, erklärte Kjell. »Sie fotografiert die Leichen für die Erpressung, lässt sie danach aber nicht verschwinden. Sie will, dass die Polizei sie findet.«

»Auch Rache kommt in Frage«, sagte Tholander.

»Rache wofür?«

Tholander nickte einsichtig. »Ihre eigentlichen Opfer, wie du sie nennst, sollen sich selbst umbringen?«

»Wenn es nicht gründlich schiefläuft. Wie in diesem Fall.«

»Schief? Er ist tot.«

»Das eigentliche Opfer soll sich erst *am Ende* umbringen. Aber die Sache war noch längst nicht zu Ende. Ardelius geht nicht auf die Erpressung ein und wartet auch nicht auf das nächste Opfer. Weil er klüger ist als der Mann in Mailand und wahrscheinlich glaubte, er könne damit die kleine Filipa retten, entzieht er sich dem Spiel wie ein kynischer Philosoph. Für die Erpresserin ist alles schiefgelaufen.«

»Was soll für sie schiefgelaufen sein? Sie hat den Artikel.«

»Sie hat die Morde begangen. Wir wissen es. Sie weiß, dass

wir es wissen. Sie ist enttarnt. Und das verdankt sie Sofi Johansson.«

»Und deshalb soll Sofi etwas zugestoßen sein?«

»Die Frau ist auch mit ihrem Hauptziel gescheitert. Wie ich soeben erfahren habe, hat sie nicht bekommen, was sie wollte. Ardelius hat sie mit ihren eigenen Mitteln geschlagen. Die letzte Fassung des Aufsatzes ist ein Bluff. Er hat sie angefertigt, um zum Schein auf die Erpressung einzugehen und weitere Morde zu verhindern. Was da unter seinem Kopf lag, muss die letzte Fassung gewesen sein.«

Tholander riss sich die Brille vom Kopf und putzte sie mit dem Saum seines Pullovers.

»Und Sofi marschiert bei helllichtem Tag mit dem Inhalt des Tresors über die Straße«, sagte Kjell. »Das ist typisch für sie.«

»Hast du dich nicht gefragt, warum sich Ardelius nicht an die Polizei gewandt hat?«

Kjell hatte nicht die geringste Ahnung. Vielleicht hatte er gewusst, dass auch Judit schon verschwunden war, und es für zu riskant gehalten, die Polizei einzuschalten.

»Die Frau will an die Daten«, sagte Tholander nachdenklich.

»Sofi hat keinen Zugriff auf die Daten. Gilt ihre Suspendierung noch?«

Tholander nickte. »Spielt das eine Rolle?«

»Eine wichtige. Sie kommt nicht ins Polizeigebäude. Sind die Daten dort?«

»Aber du hast deiner Frau doch die Daten gebracht.«

»Eine Kopie, von der niemand weiß. Sie wird also versuchen, ins Polizeigebäude zu kommen.«

»Dann muss sie aufgeben. Niemand kommt in dieses Gebäude, der nicht hineingehört.«

Kjell musterte Tholander. »Wieso sagst du das so?«

»Verzeihung, ich verstehe nicht.«

»*Niemand kommt in dieses Gebäude, der nicht hineingehört.* Wieso hast du das gesagt?«

»Weil es der Fall ist. Ihre Aussichten sind gleich null.«

»Ich kenne jemand, der es geschafft hat.«

»Aber nicht ins Polizeigebäude.«

»Genau dort.«

Verdammt, dachte Kjell. Hulda hatte es bis in den sechsten Stock geschafft. Hampus hatte von Ardelius und seinem Frauenzirkel gewusst. Auch den Artikel musste er kennen. Hulda war in Elins Wohnung gewesen. Hulda und Hampus waren kopfüber nach Island abgehauen. Nicht abgehauen, sie waren geflohen.

Tholanders Telefon klingelte. Das Gespräch dauerte nicht lang. »Jemand ist ins Haus gekommen, der nicht hierhergehört. Er hat zu uns hinaufgesehen.«

»Sofi?«

»Ein Mann. Er trägt einen Hut.«

»Einen Hut?«

»Entspricht dem Phantombild, das ihr über ganz Schweden verbreitet habt.«

Sie starrten sich entsetzt an, vereint in einem gemeinsamen Gedanken: Ardelius war tot. Aber im Treppenhaus stand ein Mann mit Hut.

»Mein Agent sichert den Hauseingang«, flüsterte Tholander.

Sie schlichen zur Tür. Kjell legte sein Ohr auf das Holz. Schritte hallten durch das Treppenhaus. Sie näherten sich, waren aber nicht zu lokalisieren.

»Er ist irgendwo stehen geblieben«, flüsterte Kjell und schob Tholander aus dem Flur zurück ins Zimmer. Beide zogen ihre Waffen. Kjell lehnte sich an die linke Wand, Tholander an die rechte. So verharrten sie und horchten. Nichts rührte sich. Tholander warf Kjell einen fragenden Blick zu. Der hob die

Schultern. Tholander prüfte sein Telefon, aber es war keine Nachricht eingegangen. Der Mann musste noch im Haus sein. Wo ist der hin, überlegte Kjell. Er hatte keine Wohnungstür gehört, und einen Aufzug gab es nicht. Vielleicht war er umgekehrt.

Er muss in eine der Wohnungen verschwunden sein, schloss Kjell nach einer Ewigkeit und riss die Tür auf. Der Mann stand nur einen Fußbreit vor ihm.

90

Jesus, dachte Henning, links war das Meer, rechts war das Meer. Und wenn das Meer hier einmal anfing, hörte es so bald nicht mehr auf. Deshalb zwang er seinen Blick geradeaus, wo der Wind den Schnee wie einen weißen Teppich über die Fahrbahn zog. Der kleine Wagen aus Japan, in dem Henning saß, wurde hin und her gerüttelt. Einmal hüpfte er weit zum Straßenrand. Ohne sein Gewicht hätte Snæfríður den Wagen nicht auf der Straße halten können, glaubte er.

»Lass den Türgriff lieber los«, sagte Snæfríður, obwohl sie so beharrlich nach vorn blickte, dass Henning sich fragte, wie sie das bemerkt haben konnte. »Es sind noch vierzig Kilometer.«

Er löste seine Finger vom Griff und atmete durch. Doch als plötzlich ein Jeep an ihnen vorbeizog, griff Henning wieder zu. Es war das erste Auto seit dem Flughafen.

»Jesus, ist der wahnsinnig?«

»Das ist ganz normales isländisches Jeeptempo«, sagte Snæfríður.

»Vielleicht hätten wir doch einen größeren Wagen nehmen sollen.«

»Um nach Reykjavík zu fahren?«

Sie war der einzige ruhige Punkt in dieser Hölle. Ihre

Durchsetzungsschwäche, die man ihr zu Hause als Defizit auslegte, erwies sich hier als Zähigkeit. Dafür sorgte allein die Umgebung.

Die ersten Ampeln und Häuser tauchten auf, doch was wie der Beginn der Stadt aussah, entpuppte sich als Vorort. Als der erste von vielen, wie sich herausstellen sollte.

Eine Viertelstunde später setzte Snæfríður den Blinker. »Jetzt kommt Garðabær. Da müssen wir raus.«

»Was ist Garðabær?«, fragte Henning, der nur weiß sah.

»Ein Vorort.«

»Verstehe.«

»Jeder Reykvikinger will in Garðabær wohnen. Das ist so etwas wie Djursholm.«

»Verstehe.«

Gleich nach der Ausfahrt begannen die Wohnstraßen, an denen sich ein Grundstück ans andere reihte. Die Villen waren riesige und verschachtelte Alpträume aus Beton. In den Einfahrten hingen sogar Basketballkörbe über dem Garagentor.

»Nirgendwo brennt Licht«, bemerkte Henning.

»Seit der Finanzkrise schon nicht mehr. Du kannst dir etwas aussuchen und sofort mit Lena Axelsson einziehen.«

Henning blinzelte hinüber zu Snæfríður. Er konnte sich nicht erinnern, je etwas so Deftiges aus ihrem Mund gehört zu haben. Sie hielt am letzten Grundstück der Siedlung. Henning sehnte sich nach festem Boden unter den Füßen und begleitete sie zum Haus. Dort öffnete ein kleiner Junge. Während Snæfríður mit ihm sprach, vollführte Henning eine langsame Pirouette, um die Umgebung auf sich wirken zu lassen. Die Vororte lagen auf Landzungen mit tief eingeschnittenen Buchten. Bis zum Wasser waren es fünfzig Schritte, aber der Boden war viel zu schroff, als dass man am Morgen mit seinem Kaffee zum Ufer hätte schlendern können. Schwarze Lavakanten ragten aus der Schneedecke.

»Sie ist nicht da«, fasste Snæfríður das Gespräch mit dem Jungen zusammen. »Ihre Mutter hat sie mit in die Stadt genommen.«

Die Rede war von Fjóla, Huldas bester Freundin und Zwillingsseele. Snæfríðurs ganze Islandstrategie bestand in der Idee, dass die beiden zusammen waren. Falls diese Strategie scheiterte, konnte Fjóla angeblich als einziger Mensch Huldas Absichten wie den nächsten Zug eines Springers beim Schach vorausbestimmen.

»Die Mutter nimmt an einem Bridgeturnier teil«, erzählte Snæfríður, als sie wieder auf der Schnellstraße fuhren. »Fjóla ist wahrscheinlich mit ihren Freunden in der Stadt unterwegs, um zu feiern. Ich muss die Mutter fragen, wo wir sie finden.«

Henning wollte sich ein Bridgeturnier am Silvesterabend nicht entgehen lassen. Deshalb begleitete er Snæfríður in die Halle des Hotels Loftleiðir, wo sie ohne Namensschild am Revers und mit ihrem klaren Verstand auffielen wie bunte Hunde.

»Weißt du, wie sie aussieht, Fjólas Mutter?«

»Ich frage mich durch.« Sie deutete auf die offenen Türen zum Tagungssaal.

»Wie heißt die Mutter? Dann sehe ich mich hier um.«

Sie wusste bloß den Vornamen: Þórunn. Ein Hoch auf die Erfindung des Namensschildes, dachte Henning. Den Namen hätte er nicht über die Zunge gebracht. An der Bar musste er nur den Arm ausstrecken, um ein Glas *Goldbräu* zu erhalten. Damit ließ er sich auf dem Sofa zwischen zwei Damen nieder, die sich als sehr kontaktfreudig erwiesen. Das Alter ihrer Lidschatten datierte Henning auf etwa drei Tage. So lange dauerte das Bridgeturnier nämlich schon. Henning begriff, dass Durchhaltevermögen keine Besonderheit an Snæfríður war, sondern die gemeinsame Eigenschaft aller Isländer. Obwohl sich kaum noch jemand auf den Beinen halten konnte, wurden auf der anderen Seite der Halle mit putziger Ernsthaftigkeit Ranglisten an die Wand projiziert. Bertil Svensson war als einziger Abgesandter Schwedens auf Platz 49 gelandet.

»Woher kommst du?«, fragte die draufgängerischere der beiden Damen zum dritten Mal auf Englisch.

»Garðabær«, antwortete Henning. »Ich bin Villenbesitzer.«

»Garðabær, Wahnsinn! Da ist es schön!«

Während die beiden Damen Hennings angebliche Heimat als Paradies auf Erden lobten, behielt er die vorbeiziehenden Frauen im Auge. Ständig strömten Menschen aus dem Aufzug oder verschwanden darin. In Henning keimte der Gedanke, dass die zweihundert Turnierteilnehmer vielleicht nicht nur im Bridge gegeneinander antraten. Er kannte Þórunn nicht, traute ihr aber zu, sich oben in einem Hotelbett mit einem anderen Turnierteilnehmer zu entspannen, während ihre Familie in Garðabær alleine feierte.

Als Snæfríður wieder in der Menge auftauchte, hatte Henning seinen Harem auf sieben Isländerinnen erweitert.

Sie zerrte ihn vom Sofa. »Ich habe sie. Dein Bier kannst du mitnehmen.«

Und so fand sich Henning bald mit seinem *Goldbräu* zwischen den Knien im Wagen auf der breiten Snorrabraut dahinrollen. Plötzlich bog Snæfríður in eine kleine Seitenstraße ab.

»Von nun an müssen wir aufpassen.«

»Wie sollen wir sie denn identifizieren?«

»Hierzulande haben die Menschen alle einen eigenen Geschmack. Sie trägt eine grüne Mütze und ein weißes Kleid.«

Die Straße war nicht breiter als ein Feldweg, aber nach Snæfríðurs Erklärung die isländische Antwort auf die Champs-Élysées. Alle zehn Meter wechselten sich links und rechts Parkbuchten ab, so dass Snæfríður ständig steuern musste.

Auf beiden Seiten säumten Lokale die Straße, vor denen lauter Menschengruppen standen, als wären nach einem Erdbeben alle ins Freie gerannt. Henning betrachtete die Welt jenseits der Scheibe mit Staunen. Sie sah aus, als hätte das hippste Viertel Londons eine heruntergekommene walisische Kleinstadt belagert und sich unter die Bergarbeiter gemischt. Er war definitiv dreißig Jahre zu spät hergekommen.

Immer mehr Raketen stiegen zum Himmel. Noch eine halbe Stunde bis Mitternacht. Sie waren Teil eines langen Konvois aus Geländewagen, amerikanischen Schlitten und japanischen Kleinwagen, die alle vom gleichen Modell waren. Der Konvoi kam nur langsam voran. Henning musterte die Gesichter der jungen Mädchen. Alle fünfzig Meter prügelten sich zwei Kerle.

Plötzlich bremste Snæfríður und sprang aus dem Wagen. Sie hatte die linke Seite überwacht und rannte in einen hell erleuchteten Imbiss. Tatsächlich, da stand ein Mädchen mit grüner Mütze vor der Kasse. Henning stürzte den Rest seines Biers hinunter und beobachtete, wie Snæfríður das Mädchen an der Kapuze ihres Mantels aus dem Lokal zog. Henning sprang ins Freie und öffnete die Hintertür. Die Fahrzeuge hinter ihnen hupten nicht. Kleine Zwischenfälle und zwischenmenschliche Dramen waren hier offenkundig beliebt. Snæfríður drängte sich zu dem Mädchen auf die Rückbank. Henning setzte sich hinter das Steuer und hielt zehn Meter weiter in einer Parkbucht.

Vom Gespräch auf der Rückbank verstand er kein Wort. Als Snæfríður eine Pause einlegte, drehte er den Kopf zu dem Mädchen. Sie erinnerte ihn sehr an Hulda und hatte sich wie sie gelbe Perlen ins Haar geflochten, als Zeichen der Seelenverwandtschaft.

»Wir glauben, dass Hulda in großer Gefahr ist«, sagte er auf Englisch.

Das Mädchen antwortete nicht, dafür aber Snæfríður. »Hulda war gestern bei ihr und hat sich Geld und Kleidung geliehen.«

»Und dann?«

»Hampus war bei ihr, hat aber kein Wort gesagt. Sie wollten nicht bei Fjóla übernachten und haben sich ein Taxi genommen. Sie vermutet, dass sie zu den Flugtaxis wollten.«

»Wohin kommt man damit?«

»Ísafjörður. Das ist da, wo sie aufgewachsen ist.«

91

Theresa Julander eilte durch den Gang und geriet dabei ins Rutschen. Sie litt schon den ganzen Tag an den Ledersohlen ihrer neuen Schuhe. Sie klopfte an die Tür des neuen Direktors, wartete aber nicht auf eine Antwort. Ohne Einladung sank sie in den Stuhl vor Kullgrens Schreibtisch, an dem Gregersiö mit seinen wenigen Sachen aussah, als machte er ein Picknick.

»Ich habe eine Frau gefunden, die heute ebenfalls in der Maschine nach Island saß«, begann sie. »Sie stammt aus London und heißt Cathy Ryan.«

Gregersiö blickte wie immer skeptisch drein.

»Es gibt keinerlei Hinweise, warum sie in Stockholm war, wie lange sie hier war, wie sie eingereist ist und was sie nun in Island sucht.«

»Gibt es ein Foto von ihr?«

»Der Flug geht im Winter über Kopenhagen. Da werden die Ausweise nicht erfasst. Aber dem Alter nach könnte sie es sein. Cathy Ryan, das klingt ein wenig unecht, findest du nicht? Wie ein Kunstname, wie er auf Musterdokumenten verwendet wird.«

Gregersiö deutete ein Nicken an. Es galt seinen Unterlagen.

»Bist du dir wirklich sicher, dass Kullgren sie wiedererkannt hat?«

»Willst du darauf hinaus, er könnte bloß die Situation richtig eingeschätzt haben?«

Diesmal nickte er. Genau das meinte er. »Er hat irgendein Merkmal, ein Detail wiedererkannt. Oder er hat die ganze Situation schon einmal erlebt und ein Schema wiedererkannt.«

»Auf keinen Fall. Das ist ausgeschlossen. Das wäre viel zu vage für den Entschluss, auf eine Frau mit einem Kinderwagen zu schießen.«

»In den aktuellen Akten gibt es aber keine Hinweise auf eine Frau. Es kann sich nur um eine Begegnung mit der Vergangenheit gehandelt haben.«

Er stand auf und seufzte. Theresa hatte natürlich schon mehrmals erwähnt, dass niemand im Haus von dieser Frau gehört hatte, nicht einmal sie selbst, obwohl sie das letzte halbe Jahr in Kullgrens unmittelbarer Nähe verbracht hatte. Sie musterte sein Gesicht. Carlito war nicht dumm, er brauchte nur sehr lang, um ein neues Spiel zu beginnen.

»Wir müssen in den Aktenraum«, sagte er endlich.

»Dafür habe ich keine Freigabe.« Das erwähnte Theresa lieber gleich. Zudem lenkte es ihn von der Erkenntnis ab, dass sie den ganzen Tag auf diesen Moment hingearbeitet hatte.

»Du stehst auf Kullgrens Unbedenklichkeitsliste.«

Theresa lächelte erfreut. Sonst fand sich ihr Name immer nur auf Bedenklichkeitslisten, die bloß ihretwegen angelegt wurden.

Gregersiö öffnete die Metalltür hinter Kullgrens Büro. Theresa wurde aus ihm nicht klug. Bisher hatte er jede Einzelheit mit Blicken oder Worten in Zweifel gezogen, doch nun nahm er sie mit in das Allerheiligste der Sicherheitspolizei. Wie alle anderen hatte sie noch nie durch diese Tür gesehen und sich dahinter eine Kammer ausgemalt. Lampen mit blaustichigem Licht zuckten an der Decke und offenbarten, wie viele Geheimnisse die Säpo in den letzten Jahrzehnten angehäuft hatte. Die Vitrinen mit den Akten waren nicht gesichert. Falls es doch jemand durch die sieben Sicherheitsschranken bis in Kullgrens Büro schaffte, wollte die Säpo auf den letzten Metern kein Spielverderber sein. Wie Dominosteine reihten sich die Vitrinen um alle vier Wände.

Theresas erster Gedanke war banal: Wer machte hier eigentlich sauber, wenn kein anderer als Kullgren hereindurfte? »Gibt es keinen Computer?«, fragte sie.

Den gab es nicht. Das autarke Stromaggregat reichte nur für die Deckenlampen und wurde von umweltfreundlichen Solarzellen auf dem Hausdach aufgeladen, die man von weither sehen konnte.

»Wir werden Jahre brauchen!« Theresa drehte sich mit ausgestreckten Armen um ihre Achse, als wäre das ihr glücklichster Tag. Ein wenig war es das auch: Sie hatte es in vier Jahren bis hierher geschafft.

Gregersiö öffnete eine Vitrine, in der sich keine Ordner befanden, sondern Karteikästen. Er hievte gleich mehrere davon auf den Tisch in der Mitte des Raumes und erklärte das System. Zu jeder Person, die in einer Akte erwähnt wurde, gab es eine Karteikarte. Je aktueller das Ereignis war, mit dem die Person in Verbindung stand, desto weiter wanderte die Karte nach vorn. Sie teilten die Frauenkarten auf. Theresas erste Karte gehörte der Chefin der Sozialdemokratischen Partei.

»Was hat die denn angestellt?«

»Das kann nur ein Sicherheitsproblem sein.«

Ein Besuch des Ehemanns in einer Gogo-Bar war etwas, was die Säpo ein Sicherheitsproblem nannte. Die Karten enthielten lediglich Verweise auf Akten.

»Was bedeuten die Vermerke mit E? Das sind keine Aktenzeichen von uns.«

»Externe Vermerke. E steht für Extern.«

E stand für den internationalen Kampf gegen Terror, dachte Theresa. Alle Frauen mit E sahen ausländisch aus. Sie nahm ein Bündel Karten und spielte Daumenkino. Bei jedem roten E zog sie die Karte heraus. Nach zwei Minuten war sie durch.

Gregersiö verstand schnell, doch sein Gemüt brauchte eine Weile, bis auch er alle blonden Berühmtheiten aus dem öffentlichen Leben auf diese einfache Weise herausfilterte.

»Ich suche noch einmal«, sagte Theresa eine Viertelstunde später. »Sie muss dabei sein.«

Gregersiö rutschte auf seinem Stuhl herum. Er hatte sich auf dem langen Flug erkältet und besuchte dreimal in der Stunde die Toilette. Er sah Theresa prüfend an und fragte sich wohl, ob er sie hier in diesem Raum für einige Minuten allein lassen konnte. Sie lächelte aufmunternd. Gregersiö stand widerwillig auf und eilte aus dem Raum.

Nachdem die Tür zugefallen war, sprang auch Theresa auf und ging zur dritten Vitrine, öffnete die Tür, nahm den Ordner mit dem Vermerk »Mord an Ministerpräsident Olof Palme« heraus, blätterte den Ordner in Windeseile durch und überflog die Zusammenfassung, staunte, stellte den Ordner wieder ins Regal, schloss die Vitrine und setzte sich wieder auf ihren Stuhl. Dann begann sie, den ganzen Stapel noch einmal durchzusehen. Kurz darauf kehrte Gregersiö zurück.

»Und?«, fragte er.

»Nichts.«

»Er hat sie nicht wiedererkannt.«

»Doch.«

»Hier sind alle Frauen dabei, die er in den letzten vier Jahren beruflich kennengelernt hat.«

»Dann muss es davor gewesen sein. Vor seiner Zeit als Säpo-Chef.« Gregersiö schwieg. »Ich habe eine Idee.« Sie wechselte zu Kullgrens Schreibtisch. »Nils telefoniert manchmal mit einem Mann namens Ben«, erklärte Theresa. »Sie sprechen Englisch miteinander. Er ist ein Freund aus alten Tagen, vermute ich. Sieh in seinem Kalender nach, ob ein Ben darinsteht.«

Gregersiö nahm den Kalender, den er bereits am Nachmittag geprüft hatte, und schlug das Namensverzeichnis am Ende auf. Die Vorwahl lautete +972.

»Das muss sein Kontakt in Israel sein«, sagte Theresa. »Wir rufen an.«

»Um diese Zeit?«

»Sie telefonieren immer am Abend.«

»Wenn du meinst, bitte.«

Theresa tippte die lange Nummer ab. Es tutete, dreimal und weit entfernt klingend, dann klickte es leise.

»Hello?«, fragte sie. Die Männerstimme am anderen Ende der Leitung grunzte knapp. »I am searching for Ben. My name is Theresa Julander. I am assistant to Nils Kullgren. From Sweden.«

Gregersiö grinste zum allerersten Mal und rieb sich weiter nervös am Kinn. Er konnte über den Lautsprecher alles mit anhören. Am anderen Ende wurde aufgelegt.

»Der hat einfach aufgelegt!«, sagte Theresa. Sie verglich noch einmal die Nummer auf der Anzeige mit der im Kalender. Sie stimmten überein.

Das Telefon klingelte. Theresa nahm ab.

»What's up?«, fragte dieselbe Stimme wie zuvor.

Theresa begriff, dass der Rückruf eine Sicherheitsmaßnahme war. Im Stil eines Telegramms berichtete sie, was Kullgren zugestoßen war und was sie vom Mossad wollte. Dann wurde wieder aufgelegt.

Theresa zuckte mit den Schultern.

»War er vom Mossad?«, fragte Gregersiö.

»Er fragt sich bestimmt, was für ein Schwachkopf da aus Schweden anruft. Jedenfalls klang er so.«

»Was hat er gesagt?«

»*Okay, we'll see.* Das würde er doch nicht sagen, wenn er ein Eisverkäufer in Tel Aviv wäre.« Theresa legte die Hände in den Schoß. »Was hat Nils eigentlich beim Mossad gemacht?«

»Offiziell war er dort nicht. Er war Mitglied eines Forschungsinstituts, das sich mit Terrorismus beschäftigt. Deshalb wurde ihm 2003 die Leitung der Säpo angetragen.«

»Und das Institut hatte Verbindung zum Mossad?«

»Sagen wir es so: *Mossad* ist das hebräische Wort für *Institut.*«

Im Hintergrund waren Straßengeräusche zu hören gewesen. Vielleicht war Ben wirklich Eisverkäufer. Ihr kamen Zweifel. Wenn Ben nicht half, wusste sie nicht mehr weiter. Nicht weiterzuwissen, war eine völlig neue Erfahrung für Theresa Julander.

92

Ida hatte sich mit ihrer Tochter Lilly in ihrem Arbeitszimmer verschanzt. Das Mädchen lag in eine Decke gehüllt auf dem Sofa und wartete darauf, für das Feuerwerk geweckt zu werden. Aber bis dahin blieb noch Zeit. Ida war verärgert darüber, dass sie wegen Kjell einen ganzen Tag mit der falschen Fassung vertan hatte, und spürte keine Lust zu feiern. Aus dem Flur drangen seit Stunden Musik und Gelächter. Linda hatte alte Freunde eingeladen. Auch Kjell und Barbro wollten vor zwölf zum Anstoßen eintreffen.

Es klopfte an der Tür, und Linda steckte den Kopf herein. Ihre Wangen waren rot, ihr Haar zerzaust und voll Schnee.

»Wir können nicht aufs Dach«, sagte sie atemlos. »Man hält es kaum aus da draußen.«

»Hat Kjell sich gemeldet?«

»Nein. Aber Barbro ist da. Sie zieht gerade die Stiefel aus und trinkt ein Glas Champagner, um sich aufzuwärmen.«

Hinter Linda erschien Barbros rotblonde Mähne. Sie drängelte sich an Linda vorbei und drückte mit dem Hintern die Tür zu. »Kennst du einen Peter Damian Deasy?«, fragte sie ohne Begrüßung.

Ida nickte zögerlich. »Das ist ein Mathematiker.«

»Ist er berühmt?«

»Berühmt nicht. Aber der Name ist einem geläufig, wenn man sich mit Mathematik beschäftigt. Er macht irgendetwas mit Knotentheorie.«

»Er leitet das Trinity College in Dublin. Außerdem gehört ihm die andere Hälfte von Ardelius' erfolgreicher Firma. Der Mann, der das Programm für das Wetteramt und all die anderen Programme entwickelt hat, ist also kein Jüngling mit Pickeln, wie wir geglaubt haben, sondern der ehrenhafte Mr. Deasy. Und die Firma wurde Anfang September abgemeldet.« Barbro wollte sich auf das Sofa fallen lassen, entdeckte jedoch rechtzeitig Lillys Kopf und nahm das Kind auf den Schoß.

»Hast du Elli mitgebracht?«, erkundigte sich Ida. Barbros Tochter war drei Jahre älter als Lilly.

»Sie feiert draußen mit ihren neuen Freunden. Seit neuestem hält sie sich für eine Jugendliche. Soll ich Lilly wecken?«

Ida sah auf die Uhr. »Es ist zu früh. Länger als eine halbe Stunde hält sie nicht durch. Sie ist eine typische Cederström und schläft sehr viel. Kannst du dich an Hennings Umzugstag erinnern?«

Barbro nickte. Henning hatte Ida in einem Taxi abholen lassen. In der Küche sollte eine versilberte Stange über zwei Wände laufen, so dass Henning Töpfe und Kellen daran aufhängen konnte. Von Ida hatte er wissen wollen, wie lang das Stück für die Ecke sein musste, damit es nach dem Biegen genau in die Lücke passte. Ida hatte versucht, Henning zu erklären, dass man das nicht mit einem Dreisatz ausrechnen konnte, und hatte dann ein Stück der teuren Stange nach Augenmaß abgesägt und den ganzen Nachmittag lang gefeilt und immer wieder probiert. Während des Feilens hatte sie über komplexe Fragen der Infinitesimalrechnung nachgedacht.

»Etwa so verhält es sich mit den Umlaufbahnen dreier umeinander kreisender Körper. Man kann das mit allen schmutzigen Tricks der Ingenieurskunst ermitteln, aber eine elegante Formel gibt es nicht. Selbst die Umlaufbahn der Erde um die Sonne ist viel komplexer, als wir in der Schule lernen.«

»Hat er die elegante Formel?«

»Er hat eine Matrix aus Gleichungen über zehn Seiten. Elegant ist sie nicht, aber bis Seite 103 schwellen die Formeln immer mehr an und werden unlösbar. Dann kommt ein Bruch über zehn Seiten. Und dahinter wird alles knapp und übersichtlich.«

»Stimmt es?«

»Die Firma wurde abgemeldet, sagtest du?«

»Im September.«

»Also genau zu der Zeit, als Ardelius den Artikel anbot.«

Barbro leerte ihr Glas. »Obwohl die Firma gut lief. Ich habe mit der irischen Polizei gesprochen und die Einkünfte erfahren. Sie bezahlen tatsächlich kaum Steuern.«

»Eure Theorie war verkehrt herum. Ihr glaubtet, dass Ardelius mit der Firma seine wissenschaftlichen Erkenntnisse zu Geld machen wollte. Jedes Projekt beschäftigt sich mit komplexen dynamischen Systemen und kann als Anwendung dieser Theorie verstanden werden. Und zur selben Zeit, als er die Firma abmeldet, bietet er der Zeitschrift seinen Artikel an. Die Projekte seiner Firma dienen dem Zweck, die Theorie zu testen und abzusichern.«

Lilly streckte sich im Schlaf und ruderte mit den Händen. Barbro musste mit dem Kopf ausweichen. »Aber wieso hat er die Theorie so ausgiebig getestet?«, flüsterte sie. »Bereits das erste Projekt war ja ein Erfolg.«

»Mich interessiert etwas anderes. Er verfälscht den Artikel, und mit Sicherheit war das die Fassung, die er auf seinem Schreibtisch liegen hatte. Die hat er nur für diese Gelegenheit gemacht. Er wollte die Frau damit täuschen.«

»Aber dennoch wollte er die richtige Fassung veröffentlichen. Daran besteht kein Zweifel. Und diese Fassung hätte dann auch die Frau lesen können. Sie braucht die Zeitschrift nur zu abonnieren.«

»Genau. Warum also dieses Spiel?«

»Es ist kein Spiel, glaube ich. Es ist bitterer Ernst.«

Es klopfte erneut. Linda kam herein und überreichte Ida das Telefon.

»Hier ist Theresa Julander«, sagte die Stimme am anderen Ende der Leitung. »Ich arbeite mit Kjell zusammen.«

»Ich weiß«, sagte Ida und suchte nach der Lautsprechertaste. Sie kannte Theresa Julander nur aus Erzählungen. Die waren jedoch so plastisch, dass sie sie leibhaftig vor sich sah.

»Weißt du, worum es in dem Text geht?«

Ida erzählte alles noch einmal.

»Das kann nicht sein«, sagte Theresa Julander entschieden. »Es kann nicht um theoretische Physik gehen.«

Barbro schnitt eine Grimasse.

»Daran gibt es überhaupt keinen Zweifel«, erwiderte Ida.

»Ich habe die Frau gefunden und weiß, warum Nils Kullgren sie erkannt und geschossen hat.«

Barbro legte Lilly aufs Sofa, sprang auf und riss Ida das Telefon aus der Hand. »Hier ist Barbro.«

»Kennt ihr euch mit der Renaissance aus?«

»Wahrscheinlich besser als du.«

»Da hast du wohl recht. Sie wird international gesucht. Ihre Identität ist nicht bekannt, aber aller Wahrscheinlichkeit nach stammt sie aus den Vereinigten Staaten. Man nennt sie ›die Condottiera‹. Wisst ihr, was das ist?«

Barbro zögerte. Ida zerrte ihr das Telefon vom Ohr. »Das wissen wir. Wallenstein war ein Condottiere.«

»Wer ist Wallenstein?«

Barbro holte sich den Hörer zurück. »Vergiss es. Was ist damit?«

»Der Condottiere war ein neuer Typ von Heerführer am Ende des Mittelalters. Er fühlt sich keinem Herrn oder Land verpflichtet. Und auch die Moral ist ihm gleichgültig.«

»Woher weißt du das?«

»Das steht hier auf einem Dokument, das wir erhalten haben. Diese Frau ist offenkundig genauso intelligent wie wahnsinnig. Sie hält sich für einen Condottiere der Renaissance, übernimmt Namen und Verhaltensweisen dieser Zeit. Eines der besonderen Merkmale ist der raffinierte Giftmord. Den wendet sie jedes Mal an, und immer spielt sie ein kompliziertes Spiel. Daran berauscht sie sich.«

»Sie dient jedem Herrn? Dann ist sie eine Auftragsmörderin.«

»Nein. Der Mord ist nur ihr Mittel oder ihr Vergnügen. Sie ist Spionin der ersten Liga. Der Text muss etwas enthalten, was sehr viel Geld oder Macht bringt. Es kann nicht um Planetenbahnen gehen.«

Ida zuckte mit den Achseln und rief in den Hörer, den Barbro ihr zudrehte. »Dann kann es nur noch um seine Firma gehen. Die Projekte bringen viel Geld.«

»Nein, es muss um viel mehr gehen. Sie beschafft neueste technische Entwicklungen oder Atomwaffen für den Iran. Das ist ihr Angebot. Und so hat sie auch Kullgrens Weg vor einiger

Zeit gekreuzt. Er hat sich mehrere Jahre lang nur mit ihr beschäftigt. Der Mossad geht davon aus, dass sie brisante Dinge in den Nahen Osten liefert, und sucht sie deshalb auf der ganzen Welt. Und wer es schafft, zehn Jahre lang vom Mossad nicht gefasst zu werden, ist sehr ausgebufft.«

»Ich weiß es nicht«, rief Ida. »Ich bin damit überfordert.«

»Wir kommen zu euch und holen die Daten«, sagte Theresa und legte auf.

Barbro ließ den Hörer sinken. »Sie muss völlig wahnsinnig sein.«

»Theresa?«

»Und die andere.«

Die Tür sprang auf. »Kommt schnell!«, rief Linda. »Wir zählen schon.«

Ida griff nach Lilly und folgte Barbro und Linda hinüber ins Wohnzimmer. Nur ein Drittel der Gäste passte auf den Balkon. Linda nahm ihre kleine Schwester auf den Arm, setzte ihr eine Mütze auf und drängte sich hinaus.

Barbro und Ida blieben im Wohnzimmer.

»Wo ist Kjell?«, fragte Ida.

»Der kommt schon. Lass uns anstoßen.«

Es klingelte. Ida stellte ihr Glas ab und rannte in den Flur. Nachdem sie die Tür aufgerissen hatte, wich sie zurück.

Barbro konnte die Frau nicht sehen, begriff aber sogleich, dass sie selbst sie hierhergeführt haben musste. Bestimmt hatte sie vor dem Polizeigebäude gelauert und gewartet, bis jemand von der Reichsmord herauskam. Sie ging zur Tür und beschloss unterwegs, sich dumm zu stellen. Sie hob wie Ida die Hände.

Die Frau war mittelgroß und konnte ihrem Aussehen nach alles sein, Europäerin, Israeli und sogar Schwedin. Es war kein Wunder, dass man sie nicht fing. Nur ihre Augen funkelten. Mit der automatischen Pistole konnte sie ein Blutbad anrichten, und wie Barbro sie inzwischen einschätzte, würde sie nicht zögern.

Ihre ersten Worte ließen keinen Zweifel: Sie stammte aus Amerika. »Hol das Mädchen!«, sagte sie auf Englisch und warf einen Blick zum Wohnzimmer, wo Lindas Freundeskreis sich um die Balkontür drängte.

»Welches Mädchen?«, fragte Barbro, obwohl ihr gerade ein Licht aufging.

»Das in der Wohnung war.«

Hulda hatte bei Elin eine Kopie des Artikels gefunden, das wurde Barbro jetzt klar. Den Ausdruck der vorletzten und korrekten Fassung. Und die Frau vor ihr musste inzwischen dasselbe wie Ida bemerkt haben: Die Fassung aus Ardelius' Wohnung war eine Täuschung.

»Die ist hier nicht«, antwortete Barbro und spürte Idas irritierten Blick auf sich gerichtet. »Da musst du schon nach Island fahren.« Die Frau sah Barbro durchdringend an. Hulda hatte sie ausgetrickst. Eigentlich hatte Barbro die Gefahr abwenden wollen, tatsächlich aber erst heraufbeschworen. Der Artikel bedeutete Barbro nichts. Sie würde dafür kein Risiko eingehen. »Du willst den Artikel, oder? Den haben wir.« Sie drehte sich zu Ida. »Hol den Artikel, Ida!«

Ida reagierte mit einem wütenden Zwinkern.

»Er liegt in dem Zimmer dort«, fügte Barbro hinzu, um die Sache unumkehrbar zu machen, denn Ida war augenfällig nicht bereit, den Artikel preiszugeben.

Die Frau richtete den Lauf auf Ida. »Du hast fünf Sekunden.«

Ida rannte los. Barbro ließ erleichtert die Hände sinken. Warum sie sie wie im Fernsehen hochgenommen hatte, wusste sie nicht. Die Frau war sehr ruhig und zeigte keine Nervosität. Das war ein gutes Zeichen.

Ida kehrte mit dem Stapel zurück und streckte ihn der Frau hin. Die fasste ihn mit der freien Hand und lockerte den Griff der anderen um die Waffe nur, um den Stapel durchzublättern.

Sie wusste genau, welche Stellen sie prüfen musste. Überall leuchteten rote Anstreichungen, die Ida gemacht hatte. Anscheinend war sie zufrieden. Sie griff nach der Klinke und säuselte: »So long!«

Die Tür flog mit einem Krachen zu.

Ida und Barbro standen reglos da. Einige Jugendliche hatten den Vorfall vom Wohnzimmer aus bemerkt und strömten in den Flur.

»Sie glaubt, dass es keine weiteren Kopien gibt«, stammelte Barbro. »Oder es ist ihr egal.«

»Zum Glück! Schnell! Der Schrank da!« Ida zwängte sich in den Spalt zwischen der Wand und dem Schrank und schob ihn zur Tür. Die anderen begriffen und halfen ihr.

»Sie kommt nicht zurück«, sagte Barbro. »Sie hat, was sie wollte.«

»Hat sie nicht«, ächzte Ida und gab dem Schrank mit ihren dünnen Armen einen Schubs.

Lindas Bilder fielen vom Aufprall von den Wänden. Linda kam angelaufen und jammerte.

»Setz dich mit Lilly in die Badewanne«, befahl Ida. »Der Schrank reicht nicht.« Sie zog einen von Lindas Freunden mit sich ins Wohnzimmer. Von dort schleppten sie eine Kommode herbei. »Ich konnte es nicht zulassen«, sagte Ida, während sie mit dem Jungen die Kommode auf den umgefallenen Schrank hievte.

»Hast du ihr etwa die falsche Version gegeben?«

Ida rieb sich die Hände. »Eine Mixtur, die nicht funktionieren wird.«

»Bist du wahnsinnig?! Sie hatte eine automatische Waffe auf dich gerichtet. Hast du nicht verstanden, wie gefährlich sie ist?«

»Genau da habe ich es verstanden. Sie ist nicht gefährlich. Gefährlich ist der Artikel. Die Zahlenmatrix und der ganze Aufsatz ist ein universeller Primzahlenfaktorierer. Ich habe nicht militärisch genug gedacht, deshalb ist es mir nicht in den Sinn gekommen.«

»Was macht ein Primzahlenfaktorierer?«

»Er faktoriert Primzahlen in Produkte und kehrt damit jede Verschlüsselung um. Ardelius hat so lange gezögert und sich bedeckt gehalten, weil er erkannt hat, wie gefährlich diese Matrix ist. Er wollte nicht wie Einstein die mächtigste Waffe seiner Zeit bauen und es danach bereuen. Aber ohne die Matrix ist seine Theorie nichts wert. Leider war er so naiv, jemandem in den USA in einer E-Mail mitzuteilen, dass er dynamische Systeme mathematisch beschreiben kann. Da wird jeder Geheimdienst hellhörig.«

»Die Polizei kommt!«, rief jemand vom Balkon.

Barbro trat hinaus. Ihre erste Befürchtung war, dass sich der Vorfall von Ardelius' Wohnung wiederholen könnte, aber als Theresa und einige andere aus den vier Fahrzeugen stiegen, beugte sich das Mädchen, das neben Barbro stand, weit über die Brüstung, fuchtelte mit den Armen und schrie. Unten sahen alle zum Balkon hinauf.

»Sie ist aufs Eis gerannt. Da lang!«

Die Horde vor dem Haus begriff nicht, wer aufs Eis gerannt war, deshalb rief nun auch Barbro.

Theresas Erkenntnisse waren niemals tief, aber immer schnell. Sofort rannte sie mit drei Männern zum Steg.

»Du bist Cissi, oder?«

»Klar!«, sagte das Mädchen neben ihr.

Das ist aussichtslos, dachte Barbro. Die Condottiera hatte ihre Flucht geplant. In ihrem hellgrauen Klempneranzug wurde sie auf dem Eis nach zwanzig Metern unsichtbar. Und dort standen ihr alle Richtungen offen. Wahrscheinlich hatte sie mit ihrem gesamten Plan gewartet, bis es schneite.

Die andere Hälfte der Mannschaft war hinaufgekommen, begriff aber lange nicht, dass die Insassen der Wohnung erst alle Möbelstücke von der Tür wegschaffen mussten.

»Seid ihr vom Militär?«, begrüßte Barbro die Männer.

»KSI.«

Barbro berichtete, wer gerade zu Besuch hier gewesen war. Der KSI-Mann widersprach. Das könne nicht sein. Die Säpo habe herausgefunden, dass die Mörderin mit falschem Namen nach Island gereist war.

»Ihr irrt euch«, sagte Barbro und erklärte, was die Frau gewollt und was sie bekommen hatte. Im Gesicht des Mannes deutete eine kaum wahrnehmbare Entspannung der Muskeln auf Erleichterung hin.

»Wir wissen leider nicht, was an dem Artikel so besonders sein soll«, log Barbro, bevor Ida auch nur einen Ton sagen konnte.

»Das braucht ihr auch nicht zu wissen. Wir müssen alles mitnehmen und die Wohnung durchsuchen.«

Dazu musste das KSI jedoch an Ida vorbei. »Auf dem Computer sind alle Babyfotos und meine Unterlagen. Das kommt überhaupt nicht in Frage.«

Der Anführer blinzelte. »Wir werden auf die Babyfotos achtgeben.«

Nun musste das KSI nur noch an Barbro Setterlind vorbei. Dass sich das KSI so zu erkennen gab, war für sie ein klares Zeichen. Sie wissen, welches Geheimnis der Aufsatz enthielt, dachte Barbro, und Ida verstand es auch. Anscheinend hatte das KSI Elins Computer endlich geknackt. Nun ging es nur noch darum, dass nur das KSI in Zukunft Primzahlen faktorisieren konnte und kein anderer.

»Wühlt ihr etwa auch in unserem Büro?«, fragte Barbro.

»Natürlich. Das KSI macht so gut wie nichts anderes als wühlen.«

»Ich würde gern mit dem Justizkanzler telefonieren. Reine Routine.«

»Das kannst du, aber heute wirst du keinen finden, der nicht auf unserer Seite ist.«

93

Hier musste es sein: Regeringsgatan 86, erste Etage. Kjell legte den Kopf in den Nacken und ließ seinen Blick an den sanft geschwungenen Formen der Fassade entlangwandern. Das Haus war etwa ein Jahrhundert alt. Er deutete mit dem Kinn hinauf zum Fenster in der ersten Etage. »Es brennt tatsächlich Licht!«

»Dann klingeln wir«, sagte Tholander, in dessen Innerem sich die Zahnräder selbst in einem Augenblick wie diesem einfach weiterdrehten.

Eine Frauenstimme meldete sich aus der Sprechanlage.

»Wir sind von der Polizei«, antwortete Kjell. »Könntest du uns hereinlassen?«

Im Treppenhaus hörte Kjell, wie oben die Tür quietschte. Noch auf den letzten Stufen wünschte er ein frohes neues Jahr, damit die Frau sich nicht fürchtete.

»Euch auch. Seid ihr von der Säpo?«

»Nein«, antwortete Kjell und klappte seinen Ausweis auf.

»Ja«, antwortete Tholander und tat dasselbe.

»Wie kommst du darauf, dass wir von der Säpo sind?«, fragte Kjell.

Die Frau hatte weißes Haar, doch das war das Einzige, was an ihr wirklich alt aussah. »Die war früher immer für uns zuständig. Im Reichstag, wisst ihr.«

»Ja, deswegen kommen wir. Wir suchen Elsa Wetterstig.«

»Die bin ich. Kommt nur herein.«

In der Wohnung musste es über dreißig Grad warm sein. Kjell und Tholander zogen im Flur ihren Mantel aus. Doch außer der Hitze und dem sorgsam arrangierten Blumenduft verriet nichts, dass hier eine alte Dame lebte. Die Möbel waren alle neu und aus hellem Holz. Dem gleichen hellen Holz wie der Plenarsaal des Reichstags. Das war bestimmt kein Zufall, dachte Kjell.

Elsa Wetterstig war alleinstehend, aber alles andere als allein. Im Wohnzimmer saßen sechs weitere Damen an einem runden Tisch. Sie freuten sich über den Herrenbesuch.

»Habt ihr gemeinsam den Jahreswechsel gefeiert?«, fragte Kjell, nachdem sie Platz genommen hatten. Zwischen ihm und Tholander hatte Elsa einen Puffer von zwei Damen vorgesehen.

»Wir feiern alles zusammen«, lautete die Antwort.

Kjell willigte ein, auf das neue Jahr anzustoßen, weil die Damenrunde so kultiviert wirkte. Keine war unter siebzig. Außerdem wollte er beobachten, wie Tholander an dem bernsteingelben Likör nippte. »Wir kommen in einer dringenden Angelegenheit«, begann er dann und wandte sich an Elsa. »Nach unseren Informationen warst du von 1971 bis 1998 als Protokollantin im Reichstag beschäftigt.«

»Nicht nur ich. Alle hier.«

Die Damen nickten. Kjell fischte seinen Notizblock aus der Hosentasche. »Ist eine von euch Solveig Ehrsson?«

»Das bin ich!«

»Ich bin Charlotta«, sagte eine andere.

»Und ich bin Martha.«

»Ich bin Gull-Britt«, meldete sich die Letzte. Sie hatte auch noch goldgelbe Locken.

Kjell starrte auf seine Liste. Dort standen genau diese Namen. Eine Stunde lang hatte er zusammen mit Tholander herauszufinden versucht, welche Angestellten zum entscheidenden Zeitpunkt im Schreibbüro des Reichstags gearbeitet hatten. Sie hatten nur deshalb mit Elsa begonnen, weil sie damals die Chefin gewesen war. Und nun saßen sie hier alle an der runden Tafel. Offenkundig erfasste auch Tholander diesen dramaturgischen Glanzpunkt, doch wegen seiner seelischen Trockenheit fühlte er sich darin unwohl.

»Ihr habt also alle im Herbst des Jahres 1982 im Reichstag gearbeitet?«, erkundigte sich Kjell.

»Ja.«

»Dann könnt ihr euch vielleicht an eine Frau mit dem Namen Ellen Johansson erinnern. Sie war damals eine Kollegin von euch. Von 1980 bis 86.«

Mit einer kleinen Verzögerung nickten Elsa und darauf auch die anderen.

»Im Sommer 1982 habt ihr alle einen Ausflug nach Lissabon gemacht, eure ganze Abteilung.«

»Es handelte sich nicht um einen Ausflug«, sagte Elsa. »Der Europa-Ausschuss ist damals dorthin gereist, und wir haben ihn zum Mitstenografieren begleitet. Aber es war nicht die ganze Abteilung. Ein halbes Dutzend vielleicht.«

»Ich war nicht dabei«, wandte Charlotta ein. »Ich konnte kein Englisch.«

»Die Teilnehmer wurden nach ihren Fremdsprachenkenntnissen ausgewählt«, erklärte Elsa. »Aber wer das war, weiß ich nicht mehr.«

»War Ellen Johansson dabei?«

»Ja.«

»Warum bist du dir sicher?«

»Es gab Schwierigkeiten. Ich war als Chefin dafür verantwortlich.«

»Was für Schwierigkeiten gab es denn?«

»Ellen war plötzlich verschwunden. Sie hat etwas mit einem Einheimischen angefangen und sich zwei Tage lang nicht gemeldet.«

Die anderen lehnten sich interessiert vor. Offenkundig wussten sie nichts von dem Vorfall. Elsa hatte ihn damals wohl diskret behandelt.

»Es gab einen weiteren Vorfall«, sagte Kjell. »Später, hier in Stockholm.«

Elsa nickte. »Ellen hat ein Kind bekommen.«

»Das meine ich nicht. Kurz nach eurer Rückkehr kreuzte ein Mann im Büro auf.«

Elsa nickte, daraufhin nickten auch die anderen. Davon wussten sie.

»Nach meiner Kenntnis wollte er Ellen Johansson sehen«, sagte Kjell.

»Sie war an jenem Tag nicht da. Ich habe sie angerufen.«

»Ahntest du damals, dass er Ellens Affäre in Lissabon war?«

»Natürlich. Er kam ja aus Lissabon. Den Zusammenhang habe ich sofort begriffen.«

»Er hat bei seinem Besuch hier in der Stadt allerdings nicht erfahren, dass er Vater würde?«

»Ellen ließ sich verleugnen. Sie war immer recht sonderbar. Sie war ein wunderbarer Mensch, aber ohne jedes Gefühl für Gemeinschaft. Irgendwann ist sie weggezogen aus Stockholm. Wir wissen nicht, was sie heute macht.«

»Ihr habt den Mann damals im Büro also alle gesehen?«

»Das haben wir.«

»Er war sehr schön«, ergänzte Charlotta. »Ein wenig älter als Ellen war er, aber genauso, wie ein Portugiese sein muss.«

Tholander reichte Kjell das Kuvert über den Tisch. Der nahm drei großformatige Bilder heraus und breitete sie auf dem Tisch aus. »Ist es dieser Mann?«

Die Reaktion fiel nicht gerade eindeutig aus. Elsa und Charlotta zogen je einen Abzug zu sich heran. Martha suchte nach ihrer Lesebrille.

»Euer Urteil ist für uns von höchster Wichtigkeit. Ellens Tochter Sofi ist heute siebenundzwanzig Jahre alt …«

Charlotta ließ ihre Hände auf die Tischplatte sausen. »Natürlich! Sofi hieß das Mädchen! Die hatte ganz schwarzes Haar. Wie der Portugiese.«

»… und arbeitet als meine Assistentin bei der Reichsmordkommission«, nahm Kjell den Faden wieder auf. »Wir ermitteln in einem Fall, wo ein Mann dieses Alters und mit einem solchen Hut die Schlüsselfigur ist.« Kjell nahm das Phantombild aus der Mappe, mit dem sie Ardelius gesucht hatten.

Die Frauen verstanden noch nicht recht. Sie verglichen die Fotos von dem Mann, der vorhin vor Sofis Tür gestanden hatte, mit der Phantomzeichnung von Ardelius. Das hatte Kjell einem Foto von Ardelius' Leiche vorgezogen, weil er darauf natürlich keinen Hut trug.

»Hm«, meinte Elsa. »Die sind beide im selben Alter und tragen einen Hut. Wollt ihr nun von uns wissen, ob der Mann auf den Fotos der Mann auf der Zeichnung ist?«

»Nein. Das könntet ihr ja nicht besser beurteilen als wir. Ich möchte wissen, ob der Mann auf dem Foto Ellens Liebhaber aus Portugal ist. Das behauptet er nämlich. Und er behauptet, Sofis Vater zu sein.«

Elsa Wetterstieg wog das Foto und die Phantomzeichnung in den Händen. »Verstehe ich das richtig? Die beiden sehen sich verflixt ähnlich. Wenn der auf dem Foto tatsächlich der Mann ist, den wir kennen, dann hat der überhaupt nichts mit deiner Ermittlung zu tun, weil er Sofis Vater ist, ja?«

Kjell lächelte verkrampft. »Genauso ist es.«

Der Chor der pensionierten Reichtstagsschreiberinnen seufzte.

»Der angebliche Vater taucht also mitten in deiner Ermittlung auf und sieht aus wie dein Hauptverdächtiger. Wieso taucht der erst jetzt auf?«

Kjell und Tholander tauschten einen kurzen, aber verzweifelten Blick. Die Damen hatten sie in Hand.

»Irgendwie erfuhr er zwei Jahre nach dem Vorfall in Lissabon, dass Ellen Johansson nicht mehr in Stockholm, sondern in Karlstad wohnt und in einem Krankenhaus liegt«, erklärte Kjell also. »Er reiste dorthin, um sie zu besuchen. Das Krankenhaus war aber in Wahrheit ein Sanatorium. Ellen wurde kurz nach ihrem Umzug nach Westschweden eingewiesen, wegen einer schweren Schizophrenie, die organisch war. Zu sehen bekam er sie damals nicht. Er kehrte nach Portugal zurück. Vor kurzem kam sie ihm wieder in den Sinn. Als er sich erkundigte, was aus ihr geworden war, erfuhr er, dass sie bereits vor siebzehn Jahren an einem Schlaganfall gestorben ist.«

»Das arme Kind. Wie alt war Sofi damals?«

»Etwa zehn. Sie ist bei einer Pflegefamilie in Westschweden aufgewachsen. Nach Stockholm kehrte sie erst während des Studiums zurück. Von der Verwaltung des Krankenhauses erfuhr er beiläufig, Ellen Johansson habe eine Tochter. Wie er 1982 auf die Idee kam, Ellen könnte von ihm ein Kind erwarten, weiß ich nicht, aber als er jetzt hörte, dass Ellen tatsächlich eine Tochter hat, die im richtigen Alter ist, um damals in Lissabon gezeugt worden sein zu können, da hat er nicht mehr losgelassen. Das Amt in Karlstad fand für ihn heraus, wo diese Tochter heute lebt. Und dabei kam heraus, dass Sofi genau neun Monate nach Lissabon geboren wurde. Im Volksbuch war kein Vater eingetragen. Angeblich ist er schon seit Wochen hier in Stockholm. Es hätte ja sein können, dass Ellen damals viele Männer hatte. So stellte er sich als Südeuropäer die Sitten hier in Schweden vor. Sofis Teint gab ihm die Gewissheit, dass der Vater nie und nimmer Schwede sein kann.«

Tholander hatte ein Porträt von Sofi parat. Ihre schwarzen Haare verzückten die alten Damen.

»Heiligabend wollte er bei ihr klingeln.«

»Als Weihnachtsgeschenk«, murmelte Tholander.

»Aber sie war nicht da. Sie haben sich mehrmals verpasst.«

Der Vater hatte ihr Nachrichten hinterlassen. Worte wollte er dabei nicht gebrauchen, deswegen hatte er gezeichnet.

»Verstehe ich dich richtig?«, sagte Elsa. »Sofi weiß gar nicht, dass er ihr Vater ist?«

»Das Einzige, worüber ich mir bei Sofi Johansson sicher bin, ist, dass sie nicht weiß, wer ihr Vater ist. Auf dieser Ungewissheit beruht ihr gesamtes Wesen.«

Elsa betrachtete wieder das Foto des Mannes und seufzte. »Es ist bald dreißig Jahre her. Ihr bei der Polizei habt doch Methoden, um herauszufinden, ob er ihr Vater ist!«

»Leider ist Sofi seit gestern verschwunden, und heute klingelt er an ihrer Tür und tischt uns diese Geschichte auf. Er sitzt jetzt im Untersuchungsgefängnis. Ohne Beweis lassen wir ihn nicht frei, solange Sofi nicht wieder auftaucht.«

Und wenn dieser Mann ihr Vater war, verringerte sich die Wahrscheinlichkeit, dass Sofi gegen ihren Willen verschwunden war. Sie konnte dann zwar immer noch in der Hand der unbekannten Frau sein, aber alle unerklärlichen Ereignisse, die in der vergangenen Woche in Sofis Privatleben vorgefallen waren, hätten nichts mit dem Fall zu tun.

»Das kannst du uns nicht weismachen«, sagte Charlotta. »Ihr habt doch bestimmt genetische Gegenproben von allen Polizisten. Und ihre Wohnung wird ja nicht auch verschwunden sein. Da müsst ihr nur eine Haarprobe nehmen.«

»Ja.«

Charlotta lächelte milde. »Du traust dich nicht ohne ihre Einwilligung.«

»Ja.«

»Hast du die Geschichte von damals heute Abend von ihm erfahren?«

»Ja.«

Elsa legte die Fotos von Sofi und ihrem angeblichen Vater vor Kjell auf den Tisch. Wenn man sie nebeneinanderlegte, war die Ähnlichkeit frappierend. »Dann hast du die Antwort bereits«, sagte sie. »Meine brauchst du nicht.«

Dienstag
1. Januar

94

Gleich neben der Uferstraße ragten schwarze Felswände bis in den Himmel. Auf der anderen Seite reichte das Meer bis zum Nordpol. Obwohl Henning auf der Rückbank vom Dröhnen des Motors nicht verstand, was Snæfríður mit dem Polizisten aus Ísafjörður sprach, hörte er durch das Fenster die Wellen rauschen. Es war wirklich die Kante der Welt, an der sie entlangfuhren. Er schloss für ein Weilchen die Augen. Plötzlich hielt der Wagen nach langer Fahrt.

Snæfríður beugte sich zu ihm nach hinten. »Wir sind da. Das ist das Djúp.«

Zwei Landzungen von unfassbarer Höhe schlossen einen Fjord ein, genannt ›die Tiefe‹. Das war Huldas Heimat. Der Wind dröhnte gegen die Vorderscheibe des Wagens. Das Wasser war eine schwarze Fläche, nur hin und wieder zeigten sich helle Striche auf den Wellenkämmen.

»Wo ist denn das Haus?«

»Da hinten an der Spitze. Man könnte es sehen, aber wegen der Felswand nimmt man es nicht wahr. Schon gar nicht in der Dämmerung.«

»Der Weg scheint befahren worden zu sein«, sagte Pétur, der seit Ísafjörður den Wagen der Polizei lenkte.

Wann hier jemand gefahren war, konnte man wegen des Windes nicht sagen.

Langsam setzte sich der Jeep in Bewegung.

Hulda Júpitersdóttir drehte am Rädchen, bis die Gasflamme erlosch. Sie kniff die Augen zusammen und starrte auf das Ende des Fjords. Sie begann zu zählen. Bei neunzehn tauchte das Flackern erneut auf. Scheinwerfer.

Sie wandte sich vom Fenster ab. »Wir müssen los. Da kommt jemand.«

»Sollen wir nicht lieber warten, bis wir erfahren, wer das ist?« Hampus war in zwei Jacken eingepackt und konnte sich kaum rühren.

»Nein.« Hulda schulterte den Rucksack und stemmte die Tür auf. Sogleich wehte Schnee in die Stube.

»Und wenn sie uns weiter folgen?«, sagte er hinter ihr.

»Hier sind schon viele gestorben. Bist du bereit?«

Er nickte zögernd.

Hulda drückte mit der Schulter gegen die Tür und schloss den Riegel. Es erleichterte sie, von hier wegzukommen. Das Haus war ohne Großvater tot. Das Einzige, was hier spukte, war die diesige Leere.

Sie schlugen den Pfad hinauf auf die Höhe ein. Nach wenigen Metern lösten sich ihre Umrisse in der Dunkelheit auf, und das Fauchen des Windes übertönte ihre Schritte.

95

Die Morgendämmerung war noch weit entfernt, als ein himmelblauer Ford Zephyr die Straße entlangschlich. Dort, wo der Laugavegur nach vielen Kilometern und Windungen auf den letzten fünfzig Metern vor seinem Ende plötzlich stark hinab zur Lækjargata abfiel, an der Stelle also, wo der Laugavegur plötzlich Bankastræti hieß, dort hielt der Zephyr an der linken Straßenseite. Die Scheinwerfer erloschen.

Die Straße lag völlig verlassen da. Die Menschenmassen,

die bis vor kurzem in den Lokalen und auf der Straße gefeiert hatten, lagen inzwischen im Bett.

Die Insassen des Zephyrs waren: Gísli, 22, Birta Kristín, 18, Sindri Lárus, 23, Rakel, 17, und Fjóla, 15.

Gísli, der am Steuer saß, schaltete den Motor aus und spähte durch die Scheibe. Bis zur Ruine des neuen Konzerthauses war kein Mensch zu sehen.

Sindri Lárus klappte den Computer auf seinem Schoß auf. Der Zephyr stand gleich neben der ›Kaffeetasse‹, einem der wenigen Cafés auf dem Laugavegur, das um sechs Uhr am Abend zumachte und sich nicht in eine Tanzhölle verwandelte. Und obwohl die ›Kaffeetasse‹ nach sechs Uhr dunkel und verriegelt war, lief irgendwo in einem Hinterzimmer ein Computer und sendete weiterhin ein Netzwerk aus für Gäste, die es gar nicht gab.

»Du hattest recht«, sagte Sindri Lárus. »Es ist nicht verschlüsselt und aktiv.« Er öffnete das E-Mail-Programm. Die beiden hatten die ganze Nacht gebraucht, um alle Seiten einzuscannen und dann die Größe der Datei so zu reduzieren, dass man sie versenden, aber noch gut lesen konnte.

Sindri Lárus drehte den Kopf nach hinten. Dort saßen die drei Damen schweigend auf der Rückbank. »Darf ich jetzt um die Daten bitten?«

Birta Kristín hielt den Speicherstift so fest in der Hand, dass ihre Fingerknöchel rot anliefen. »Bist du sicher? Sollen wir das wirklich tun? Wir wissen doch gar nicht, was das ist.«

Die drei auf der Rückbank hatten noch mehr Arbeit gehabt. Sie hatten alle E-Mail-Adressen von der Liste abgetippt.

Sindri Lárus zuckte mit den Schultern. Alle blickten zu Fjóla, die sich in die Ecke des Sitzes drückte.

»Sie tut immer, was Hulda ihr sagt«, sagte Rakel. »So ist es doch, Fjóla.«

»Jetzt gibt das Ding schon her!«, rief Gísli vorne. »Ihr habt die Adressen doch gesehen. Die meisten stammen von Universitäten. Was kann da schiefgehen!«

»Es sind auch andere dabei. Die NSA zum Beispiel. Weißt du Schlappschwanz, was das ist?«

Gísli fuhr herum und legte seinen Arm auf die Lehne. »Es sind alle. Alle, die etwas damit anfangen können. Keiner kommt zu kurz.«

Mit einer abgehackten Bewegung streckte Birta Kristín den Arm aus.

Sindri Lárus nahm den Speicherstift und steckte ihn in den Computer. Er kopierte die Adressen in einem Block in die Empfängerzeile. »Kann losgehen.«

»Dann los.«

96

Madame Lacroix nahm um neun Uhr am Morgen ihre Sitzposition auf dem Hocker hinter der Kasse ein. Diese Position würde sie für den Rest des Jahres beibehalten, jedenfalls sah sie aus, als verbrächte sie auch die Nächte auf diesem Hocker. Über die Jahre waren Madame Lacroix und der Hocker zu einer ergonomischen Einheit verschmolzen. Niemand in La Rochelle konnte sich Madame Lacroix oder den Hocker einzeln vorstellen. Von ihrer Stelle aus blickte sie geradewegs auf den januargrauen Parkplatz vor dem Geschäft. Der Januar dauerte schon ganz schön lange, obwohl heute erst der Zweite war.

Am besten rauche ich noch eine, sagte sie sich.

Da geschah etwas. Ein alter Fiat bog von der Straße auf den Parkplatz und steuerte geradewegs auf den Eingang zu. Der Hocker wankte sanft vor und zurück. Madame Lacroix setzte ihre Brille auf und versuchte, das Departement aus dem Nummernschild abzulesen. Doch daraus wurde nichts.

Die junge Frau, die aus dem Wagen stieg und die breite Fassade des Ladens von links nach rechts musterte, stammte aus der Ferne. Das kann ja heiter werden, murmelte Madame Lacroix.

»Guten Tag! Haben Sie zufällig CDs von Jean Ferrat?«

»Aber natürlich, Mademoiselle. Franc, komm her und bring die Mademoiselle in die Jean-Ferrat-Abteilung.«

»Abteilung?«

»Gewiss.«

Franc kam angetrottet und führte die Kundin nach hinten.

»Vielen Dank«, sagte sie noch.

»Ich bitte Sie, Mademoiselle.«

Es dauerte nicht lange, da kehrte sie zurück. Mit einem Stapel CDs. Sie wirkte jetzt weniger zielstrebig als zuvor. Beinahe erleichtert.

»Machen Sie Urlaub hier?«, fragte Madame Lacroix deshalb.

»Hm.«

Das wäre ohnehin unwahrscheinlich gewesen, bei dem Wetter fuhr niemand an den Atlantik.

»Dann sind Sie geschäftlich hier?«

Die Frau schüttelte den Kopf. Ausländer hatten selten Lust auf ein Schwätzchen. Die Frau lächelte zum Abschied. Oder auch aus Freude. Dann ging sie zu ihrem Wagen.

Madame Lacroix sah dem Wagen hinterher, bis er nach rechts auf die Hauptstraße abbog. Sehr verwunderlich, dachte sie.

97

Bæjarins besta

Westfjordische Nachrichten, 19. April — Am Morgen wurde bei Jökuldalir die Leiche einer Frau geborgen. Þórgeir Hávarson von der Polizei in Ísafjörður hatte in einer ersten Stellungnahme noch keine Erklärung, wie die Frau, die etwa dreißig Jahre alt gewesen sein muss, einen Meter achtundsechzig groß ist und eine schlanke Figur und lockiges Haar hat, zu Tode gekommen sein könnte. Kreditkarten und unterschiedliche Devisen, die die Frau bei sich trug, deuten jedoch darauf hin, dass sie keine isländische Reichsangehörige ist. Wegen des Zustands ihrer Leiche könnte sie bereits seit der letzten Saison dort gelegen haben, denn der Körper wurde nach der Schneeschmelze der letzten Woche entdeckt. Þórmóður Bessason vom Fremdenverkehrsbüro Ísafjörður wies darauf hin, dass ausländische Wanderer bei ihrer Ankunft in den Westfjorden stärker vor den Gefahren gewarnt werden sollten, die in den Hornstränden und am Djúp lauern können. Ohne die empfohlenen Sicherheitsmaßnahmen und Ortskenntnisse sei es in der menschenleeren Gegend leicht, sich zu verirren.